新 潮 文 庫

花 と 茨

七代目市川團十郎

仁志耕一郎著

新 潮 社 版

11949

花と茨　七代目市川團十郎◇目　次

雲上口上

序　幕　江戸の徒花　11
第二幕　辰巳芸者の助六　26
第三幕　團と菊　84
第四幕　表の《忠臣蔵》、裏の《四谷怪談》　152
第五幕　味よしお伝　205
第六幕　十八番と女難　284

第七幕　茨（いばら）の花道　371
第八幕　親孝行に親不孝　419
第八幕返し　浪速（なにわ）に散る江戸の花　474
終　幕　泥まみれの花道　541
参考文献・参考論文
解説　市村萬次郎

〈文中の「歌舞妓」の表記は江戸時代に使用されていたものをそのまま使っており、今現在の「歌舞伎」とは異なっております。ちなみに、「歌舞伎」という表記になったのは明治以降のことであります〉

雲上口上

東西、東西——。

高うはございまするが、あの世より、口上をもって申し上げ奉りまする。

さて、こたびは何とも畏れ多いことと存じまするが、わが家の護り本尊成田山不動明王様のお許しを得、私こと七代目市川團十郎の生涯を本にし、ご披露させて頂く運びと相成りましてございまする。

とは申せ、七代目市川團十郎を御存じない方も大勢おられましょう。今より遥か二百年も前の江戸時代後期に生まれた者のことにございますれば、ご尤もなことと存じまする。当時は飛行機や新幹線は勿論、テレビもスマホなる携帯電話もない、ないない尽くしの時代でございまする。されど、「花のお江戸」と呼ばれし大江戸八百八町には、今と同じように大勢の人々が住んでおり賑わっておりました。

庶民の娯楽と申せば、相撲に歌舞伎、吉原遊廓……。中でも歌舞伎は、文化・文政と呼ばれし時代に多くの名優たちが切磋琢磨し、見事な大輪の花を咲かせ「巷の流行りは芝居から」と申すほどに、老若男女を夢中にさせたのでござりまする。

私こと七代目市川團十郎も、その一役を担ったと自負しておりまする。

さりとて未熟不鍛錬者の一生。嬉しきこと、華やかなりしことばかりでなく、辛きことや人には言えぬ恥ずかしきことも多々あった、六十九年の生涯にござりまする。

憚りながら、現代の皆々様の人生の糧に少しでもお役に立てれば幸いに存じまするが、何分にも、この世に出てきたのも久しく不慣れにござりまする。歌舞伎に馴染みなき方々様には、言葉足らずでわかり難いところもあろうかとは存じまするが、御目まだるき所は袖や袂で幾重にもお隠しあって、良き所は拍手御喝采を賜りとう存じまする。

又候、この世にて市川團十郎の名跡が何代目と相成り、今に至っておるかは存じ上げませぬが、市川團十郎家のみならず、他の名跡をお継なされた方々様、並びに、歌舞妓を陰日向に支え続けておられる数多の方々様・御贔屓様への励ましと慰みになりますれば、この七代目市川團十郎、無上の喜びにござりまする。

それでは、『花と茨』――。とくとご高覧のほど、七重の膝を八重に折り、隅から隅までずずいーと、御願い申し上げー奉りまするー。

七代目　市川團十郎

花と茨

七代目市川團十郎

序　幕　江戸の徒花

一

舞台中央に座し、なみなみと酒の入った一合升を両手でうやうやしく持つ。目を落とす。水面に両目が浮かぶ。人一倍大きな黒目——先代から褒められた目だ。心の中で不動真言を三度唱え、大きくカッと見開き、気合いを入れる。刹那、この世の万物の力がすべて体に宿っていく。

やがて心に静寂が訪れ、外から聞こえてくる芝居小屋の屋根をかすめる江戸特有の空っ風も、遠くで鳴っている半鐘も、この玉川座の場内のざわめきも、一切、聞こえなくなる。

世の中の、ありとあらゆる邪気を祓うように、体にみなぎる生気を両眼に込めて左目を寄せると、「——成田屋！」の掛け声とともに大喝采が沸き起こる、成田屋代々相伝の〈睨み〉の目。

四歳で初舞台を踏み、十歳で七代目市川團十郎を襲名して、十八年――。

二十八歳の今、ようやく〈睨み〉も様になってきた。

両目が浮かぶ一合升の酒を一気に飲み干す。

初めの一合升に右目を浮かべ、二つ目の升には左目を、そして、三つ目の升には両目を映して飲み干し、升を重ねる。

升、升、升と三度重ねて、成田屋市川團十郎家の〈三升紋〉――。

これが團十郎の得意とする〈睨み〉の目の清めと、更なる天の力を目に宿す團十郎の座頭としての儀式だ。一年の舞台初めと終わりには必ず舞台中央に座り、紋付羽織袴という正装で行う。

江戸歌舞伎では、十一月一日からの〈顔見世興行〉をもって始まりとする。

舞台は年六回。十一月の〈顔見世興行〉を口開けに、年明け正月の〈初春興行〉、三月の〈弥生興行〉、五月の〈皐月興行〉、七月の〈夏興行〉、最後が九月の〈菊月興行〉で〆となる。

今宵は、歌舞伎役者を振り分ける〈寄初〉だ。多くの役者が十一月の〈顔見世興行〉からの一年間、お上から興行を許され櫓を上げることができる中村座・市村座・森田座の「江戸三座」の、どの芝居小屋で演じるかを決める。

　文政元年（一八一八）の今、江戸三座で櫓を上げているのは、堺町の中村座だけ。葺屋町の市村座と木挽町の森田座は休座しており、市村座の控櫓としてここ玉川座が、森田座は河原崎座が務めている。

〈寄初〉は、毎年十月十七日の宵。三座のある「芝居町」は役者の発表を待つ群衆で賑わう。團十郎が座頭を務める玉川座の前にも、新吉原遊廓や江戸八百八町の町々の贔屓筋から贈られた酒樽や米俵などを山に積み、さらに幟や引幕などで飾った宝船を置き、軒先いっぱいに紅白の提灯を提げ盛り上げている。

　團十郎は〈寄初〉が終わると、玉川座に決まった役者や裏方衆を集め、一同で手打ちを行う。その後に自分だけの儀式をするのが、ここ数年の常となっている。

　微かに目を閉じ、ふうっと息を吐く。

その時、誰かが待ちかねたように、座している團十郎の肩を軽く叩いて前に座った。

「よう、座頭。升が三つ重なったところを見ると、いつもの儀式が終わったようだな」

　親しみを込め言ったのは、義理の父、五代目松本幸四郎だった。

　同じように黒紋付に羽織袴という出で立ちだ。胸には高麗屋松本幸四郎家の〈花菱紋〉――。

幸四郎は鼻が高いことから「鼻高（はなたか）の幸四郎」と呼ばれている。五十代半ばとあって、髪も眉（まゆ）も燻（いぶ）し銀になってはいるが、豪快な動きを見せる〈荒事（あらごと）〉と柔らかく優美な身のこなしの〈和事（わごと）〉を兼ね備えた二枚目役者で、歌舞伎界の重鎮（じゅうちん）でもある。團十郎が五年前に市村座の座頭になれたのも、幸四郎の後押しがあったからに他ならない。

座頭は一座の役者の中で品格・技量ともに優れた者がつく地位だが、家柄がなくてはなれない。今の團十郎に座頭としての力量があるかどうかはわからないが、幸四郎は團十郎に役者としての自信と重みを付けたいとの思いなのか、屋号の「成田屋」ではなく、必ず「座頭」と呼ぶ。

幸四郎は裏方衆が持ってきた一合升を受け取ると、渋く笑った。

「また一年、玉川座で厄介（やっかい）になるぜ。座頭、宜（よろ）しくな」

「何をおっしゃってんですかぃ。厄介になるのは、こっちでさ。また一年、宜しくお願いしやす」

團十郎が軽く頭を下げると、幸四郎は一合升の酒を舐（な）めながら辺りを見回した。

舞台の袖（そで）では、女形（おんながた）ほか中堅役者たちが和（なご）やかに談笑していた。舞台下の平土間席（ひらどませき）には、衣装、床山（とこやま）、小道具、大道具などの裏方（うらかた）衆ほか、ちょい役の〈中通り（ちゅうどおり）〉や駕籠（かご）かき・捕（と）り方（かた）・馬の脚（あし）などを演じる大勢の〈下立役（したたちやく）〉の大部屋役者が胡坐（あぐら）をかき、楽しげに酒を酌み交わしている。

「今年も、ことなく済んで何よりだ」

〈寄初〉の役者の振り分けは三座の興行主の座元と、三座の芝居小屋に金を出している金主が集まり、談合により男役の立役の中でも主役を演じる〈大立者〉や〈立者〉、女形の最高位〈立女形〉など〈名題〉の看板役者を決める。談合で決まらない場合は〈くじ取〉にする。もっとも〈寄初〉は一年間、江戸三座に置く籍を決めるだけで、座元や座頭が許せば他の芝居小屋に出ることはできる。

幸四郎の他に玉川座で〈名題〉役者といえば、四十過ぎにもかかわらず未だに江戸の町娘が化粧を真似る、〈立女形〉の五代目岩井半四郎だ。ちなみに、〈立女形〉とは一座の女形を統括し、座頭とほぼ対等の立場にある。他に〈名題〉役者といえば、座元が〈くじ取〉で引き当てた女形の筋目を継ぐ、十七歳と若い五代目瀬川菊之丞などが顔を揃えた。お囃子方は河東節の家元、十寸見河東一門だ。

これが明日、新しい顔ぶれを紹介する「顔見世番付」で公表されれば、十一月の〈顔見世興行〉は〈大入り〉に間違いない。そんな思いが裏方まで伝わったのだろう。座元の振る舞い酒に酔いしれ、誰もが笑顔になっている。

團十郎は周りに目を移しながら、言葉を継いだ。

「この顔ぶれで顔見世恒例《暫》の後、大南北先生の芝居で行けば江戸っ子も大喜びってもんだ」

市川團十郎家が座頭を務める芝居小屋では、初代團十郎が〈初春興行〉で初めて《暫》を演じてから、二代目以降、〈顔見世興行〉の序幕は《暫》と定められている。

豪傑な主人公鎌倉権五郎景政の、車鬢の鬘に紅の筋隈の化粧と大太刀という派手な出で立ちもさることながら、「——暫く！」と大声を掛けて登場し、悪人たちを翻弄して善人たちを救う痛快な〈荒事〉が江戸っ子たちを魅了してやまない。

「まぁ、大南北先生なら、面白ぇのを出してきなさるだろうよ」

大南北先生とは、狂言作者の四代目鶴屋南北のことだ。

「親っさん。菊之丞を入れて、『四天王』と銘打っては如何でやんしょう」

座頭は芝居小屋が出す演目にもすべて責めを負う。菊之丞はまだ若いが人気もあり、一年の身上（年給）は八百両を超えている。

幸四郎は、ちらりと團十郎に目を向けた。

「菊之丞……そうさなぁ。芸はまだ青いが、五代目瀬川菊之丞の名跡も背負ったことだし、そろそろ〈大看板〉を背負う時期か。元号も文政と新しくなったことだしよ。ま、中村座には下り役者の歌右衛門がいやがるからな。わかった。委細承知の介だ」

三代目中村歌右衛門は大坂で大評判の役者で、江戸でも人気がある。文化五年（一八〇八）の中村座の舞台では〈大当り〉を取り、「大坂に帰したくない」と町娘たちが挙って押し掛けた。当時、同時期に市村座でやっていた三代目坂東三津五郎や幸四郎らの芝居は客を取られて、早々に打ち切られたほどだ。以降、幸四郎はあの時の屈辱が忘れられないらしく、未だに中村歌右衛門を気にしている。

「ありがとうございやす。親っさんにそう言ってもらえれば」

誰も文句はねぇ。菊之丞も大喜びだ――と言おうとした時だった。

再び、遠くから半鐘の音が聞こえてきた。

「また火事かよ」と幸四郎が顔をしかめた。「『火事と喧嘩は江戸の花』たぁ誰が言いやがった。火事なんぞ、花のお江戸を散らす徒花でしかねぇや。まさかこっちには来ねぇだろうな。〈寄初〉の晩に小屋が焼けるなんざ、洒落にもならねぇぜ」

江戸は火に弱い。團十郎が十六歳の春、芝の車町から出た火が南風に煽られ、日本橋や京橋木挽町など五百三十余町を焼いた。死者は千人を超え森田座も焼け落ちた。しかも同年十一月、葺屋町の鬘師の家から出た火で、中村座と市村座までもが焼失している。

三年後の、文化六年（一八〇九）の正月にあった大火は忘れもしない。日本橋から出た火で、再び中村・市村両座が全焼。本所深川まで火の海となり、最初の妻おしなと実母おすみを失った。

「大丈夫でさ。鐘は北の方角だ。十月はまだ西風で、こっちには来ねぇでしょう」

「その西風に煽られて、大川（隅田川）を飛び越えなきゃいいが。本所や深川に火が移れば……」幸四郎は不吉を振り払うように頭を振った。「――おっと、いけねぇ。歳のせいか、すぐ悪いほうに頭がいっちまう。ところで座頭。深川といやぁ、おこうとおせんは元気かぃ。近頃、ちっとも顔を出さねぇ。まさか病気にでもなったんじゃねぇだろうな」

　團十郎の妻おこうは幸四郎の実の娘で、四年前、おせんを産んだ。

「相変わらず元気でさ」

「だったら、たまには孫の顔でも見せろと言っといてくんな。だらしのねぇ話だが、千穐楽が終わって〈寄初〉の時分になると、歳のせいか、どうも人恋しくっていけねぇ」

　その気持ちは役者なら誰しもある。役者にとり千穐楽から〈寄初〉は、年末大晦日と同じようなものだ。團十郎は渋い顔で口を継いだ。

「すいやせん。実は……五月にまた赤子が生まれやして」

「何……！　二人目が出来ただぁ？　そりゃぁ目出度ぇじゃねぇか。ん……五月？」

幸四郎は口まで持っていった一合升を下げ、指を折った。「五月も前だぜ。何で言わねぇんでぃ、水臭ぇ」

「それが……また女だったもんで」

おこうがおせんを産んだ時、幸四郎の落胆があまりに大きかったので、次女おみつが生まれたことは幸四郎に言わないでくれと、おこうから固く口止めされていた。

案の定、幸四郎は軽く息を吐くと、落胆を隠すように名前を訊ねた。

「おみつ……か。ま、女は後々婿養子って手もあらぁ。そうがっかりするなって。おこうはまだ若い。どんどん産める。座頭。おこうに、次は必ず八代目團十郎を産めと言っておいてくんな」

「……へぇ。必ず」と返した途端、外から半鐘の音がけたたましく聞こえてきた。

「おいおい、火がこっちに向かってねぇだろうな。来月は〈顔見世〉だぜ」と幸四郎の言葉を遮るように、瀬川菊之丞が舞台に続く花道を駆けてきた。

菊之丞は女形には不釣り合いなほど大柄な男だが、撫で肩と面長の顔に受け口の唇と女形にはうってつけな容姿だった。しかし、今は完全に男の形相になっている。

菊之丞は二人を前に、吐き出すように叫んだ。

「――座頭！　火が大川を越え、南本所を焼いて深川に向かってやす」

「――何、深川に！　じゃ、さっきの半鐘は……。だが、屋敷には弟子たちがいらぁ。心配はねぇ」

自分を落ち着かせるように返したものの、ふいにまぶたに、今朝、出掛けに見た、おみつを抱くおこうと、並んで立つ長女おせんの顔がぼんやりと浮かんだ。最初の妻おしなと実母おすみを大火で失っている。それだけに妙に胸騒ぎがする。

「――菊之丞！　一緒に来な」

團十郎は床を蹴って立つと、裏の楽屋口へと駈け出した。

二

團十郎は菊之丞を連れ、馴染みの船頭が操る猪牙舟に飛び乗り、深川に向かった。深川は玉川座のある葺屋町の東、大川を挟んだ向こうだ。

方々から半鐘が鳴り響く中、深川の前に横たわる幅百間（約百八十一メートル）もの大川は、あたかも赤い鱗の大蛇のように両岸の炎を川面に映し出していた。

上流に目を向ける。西岸の浜町や東岸の南本所はすでに火に包まれ、紅蓮の炎が夜空を焦がし、その中を火龍のような火柱が何本も荒れ狂ったように動いている。まさに地獄絵図そのものだ。

そんな周りの光景を目の当たりにしたからか、團十郎の自邸と玉川座の行き帰りで慣れているはずの船頭にもかかわらず、永代橋手前にある大川東岸の、佐賀町岸から入る油堀へと急かしても、大川の流れに弄ばれ、なかなか進めない。團十郎の屋敷は、大川から東の木場貯木場まで延びる油堀のほぼどん詰まりの、島田町にある。

團十郎は拳を固く握りしめ、船頭を一喝した。

「――落ち着いて漕げ！」

焦れる團十郎をよそに、舟はようやく油堀に入った。深川は水運で栄えた町だけに、掘割が縦横に走っている。川幅は、八間（約十四・五メートル）から十間（約十八メートル）ほど。

油堀は火の手から逃れてきた商人が乗る猪牙舟や屋根舟で左右いっぱいに溢れ、思うように進めない。舟には簞笥や行李などの家財道具が積まれ、今にも沈みそうだった。

途中、南岸にある永代寺や富岡八幡宮の前では、町火消たちが竜吐水や水鉄砲を何台も油堀縁に並べて川の水を吸い上げていた。掛け声を上げながら盛んに壁や屋根に放水し、飛んでくる火の粉が燃え移らないようにしている。片や対岸では、燃え盛る炎を前に屋敷や家を潰していた。その砂埃と煙が行く手を阻んでいく。

そんな火の粉まじりの煙や砂埃の中から、幾艘もの舟が這い出てきた。

舟に乗った何人かが團十郎に気づくと、島田町に行くことを止めた。

「――成田屋さん。ここから先は駄目だ。行っちゃぁならねぇ。木場は陸揚した木に火が移って、火の海だ」

「わかった。ありがとうよ。おめぇさんたちは先に行ってくれ」

團十郎はそう言葉を返すと、船頭を叱咤し、煙や火の粉が舞う油堀を突き進んだ。

町衆の言ったとおり、自邸に近づくにつれ、風に煽られた火の勢いはさらに増している。対岸の武家屋敷からは炎が上がり、奥に見える木場の貯木場はまさに火の海だった。島田町にも火が移っている。團十郎の隣家はすでに火に包まれ、黒煙に包まれていた。舟が油堀に架かる永居橋をくぐり、島田町の河岸に着くと、團十郎は自邸へと走った。

屋敷の前では、十九歳の若い市川茂々太郎（後の二代目市川九蔵）など弟子六、七人ほどが何かを待つように火柱が上がる屋敷に目を向けていた。だが――。

女房おこうと娘おせんの姿がない。生まれたばかりのおみつは、近年、女形として売り出してきた二十五歳の三代目市川門之助が負ぶっていた。

「何をぼぉーっと突っ立ってんだ。火を見てる間があったら、家財道具でも持ち出したら、どうなんでぃ」

「大丈夫でさ」と五十過ぎの大谷馬十だった。

悪玉を演じる〈実悪〉を得意としている。闇夜で炎に照らされた顔は鬼面のよう。

「着物や帯はすべて土蔵に運び入れやしたので、燃える心配も、火事場泥棒に盗まれる心配もありゃぁせん。鍵は、あっしが女将さんから預かってやす」

「で、そのおこうは、どこだ」

小柄な茂々太郎が怯えた顔で屋敷を指した。

茅葺屋根は燃え盛り、屋敷全体が火に包まれている。

「皆で、女将さんが出てくるのを待っているんですよ」

茂々太郎によれば、おこうは赤子のおみつを負ぶい、おせんとともに弟子と一旦は玄関まで出たものの、おせんが引き返してしまった。おせんが團十郎に買ってもらった珊瑚の簪を取りに戻ったと気づいたおこうは、おみつと蔵の鍵を預け、燃え盛る屋敷に入っていったという。

「――何！　おこうとおせんが、まだ中だと！」

團十郎は茂々太郎の羽織の襟を摑んで、突き飛ばした。その刹那、下の着物の〈鎌〇ぬ〉柄が目に入った。この模様は團十郎が六年前に《散書仇名かしく》の演目で使った〈判じ物〉で、「水も火も構わず、身を捨てて弱い者を助ける」という心意気を表している。気風のいい江戸っ子たちに好まれ、江戸で大流行りしたものだ。

「――馬鹿野郎！　それでも江戸っ子か！　何で女を火の中に飛び込ませる。おめぇの着ている〈鎌〇ぬ〉は伊達か」

地面に尻餅をついた茂々太郎が、悔しげに顔を歪ませた。

「勿論、あっしらが行くと言いやしたよ。だけど、女将さんが『あんたたちは市川家の大事な宝。その宝の役者が顔を火傷したら親方に顔向けができないよ』って、逆に叱られたんでさ」

――何……！　いや、さすが歌舞伎役者の娘だけある。が、向こう見ずにもほどがある。

その時、屋敷の後ろが傾き、大きな火柱を上げた。

「なら、俺が行く。おこうにもしものことがあれば、鼻高の親っさんに顔向けができねぇ。よく憶えておけ、役者には顔より、もっと大事なもんがあるってことを！」

團十郎が羽織を脱ぎ捨て、懐から出した紐で襷をかけた時だった。

「――座頭！　入っちゃ駄目だ」と、後ろから誰かが抱きついた。

体の大きな菊之丞だった。

「なっ、何しやがる、菊之丞。放せ！」

「――駄目だ！　座頭は成田屋の顔だ。火傷したら、もう二度と舞台に立てなくなるんですぜ」

「そんなこたぁ、どうでもいい！　俺は〈鎌○ぬ〉の團十郎でぃ。いや、成田山の不動明王だ。火なんぞ怖くて、火焔（かえん）の不動明王ができるかってんだ。顔を火傷したら、化け物役になって舞台に立ってやらぁ。顔なんぞ、化粧でどうにでもなるが、おこうとおせんはそうはいかねぇ」

「なら、あっしが。火傷しても、あっしの顔なら箔（はく）が付く」と、馬十が前に出るのと同時だった。

　屋敷の大屋根がメリメリと大きな音を立てて潰れ、炎が高々と上がった。

「――あっ！」と誰ともなく叫ぶ声に、門之助に負ぶわれたおみつが泣き出した。

　屋敷は完全に潰れて燃え上がり、入る隙（すき）もない。

「――お、おこうっ……！　おせんっ……！」

　團十郎は後ろから抱きつく菊之丞に羽交（はが）い絞（じ）めにされながらも、立ちはだかる炎に叫び続けた。

第二幕　辰巳芸者の助六

一

「いかさまなぁー。この五丁町に脛を踏ん込む野郎めら、俺が名を聞いておけ。まず第一に瘧が落ちる。まだいいことがある、大門をずっとくぐる時、俺が名を手の平へ三遍書えてなめろ。一生、女郎にふられるということがねぇ——」

どこからともなく、團十郎が先ほど舞台で演じた助六の台詞が名調子で耳に入ってきた。團十郎が体を横たえている座敷の欄間が格子とあって、襖越しでも隣の大広間の声がよく通る。

芝居の後、玉川座の二軒隣にある芝居茶屋〈和泉屋〉の二階の座敷で一気に酒を四合も飲んだからか、いつの間にか寝入ったらしい。三月も七日ともなると舞台の疲れと陽気のせいで、ついうとうとしてしまう。

ここ葺屋町は「日千両落ちる」と呼ばれる「芝居町」の一つだけに、夕暮れ時は賑わう。

おそらく隣の大広間では、どこかの團十郎の贔屓定連が集まり、誰かが團十郎の真似をしているのだろう。どの贔屓定連にも、得意げに團十郎を真似る男は必ず二、三人いる。

きょうの演目《助六由縁江戸桜》――通称《助六》は、曽我兄弟が艱難辛苦の末に父の仇を討つ〈曽我物〉だ。中でも、河東節と三味線の〈出端〉に送られ花道から出てくる主役の登場は、優美で軽やかな仕草の〈和事〉の中に、爽快で力強い〈荒事〉の動きと〈見得〉を見せる、《助六》の名場面だった。

舞台で居並ぶ着飾った花魁五人の前へ、團十郎演じる伊達男で主役の助六が、長さ八間（約十四・五メートル）の花道から、河東節にのって登場する。「紅裏」と呼ぶ真っ赤な裏地の黒塩瀬羽二重を着、赤い褌をなびかせ、頭に江戸紫の鉢巻、足には黄色の足袋に高下駄、手には紫の蛇の目傘。静かに流れる〈出端〉に合わせ、花道でたっぷりと時を掛け、蛇の目傘を使った芝居を披露するのが見せ所だ。出来はどうかといえば――、
正直、上上とは言い難い。まったく河東節にも、拍子木で板を打つ〈ツケ打ち〉にも足が合わなかった。しかも舞台中央で居並ぶ花魁を前に、蛇の目傘を高くかざして

〈見得〉を切った折、花魁たちの掛けた声に、わずかな間のズレが生じ、その後の長台詞でも軽妙さを欠いた。

理由は、花道に出た時、亡くなったおこうと娘おせんの面影が脳裏に浮かんだからだ。

頰に手を当てる。涙に濡れている。近頃、目が覚めると、いつもこうだ。

その時、また襖越しに女形声で「――ありゃ、團十郎。烏の鳴き声を聞かぬ日はあっても、團十郎の名を聞かぬ日はないわいなぁ」と聞こえ、「――よっ！　成田屋」と声が上がり、拍手が湧き起こった。

今の團十郎には嫌味でしかない。一層、忸怩たる思いがする。

拍手が鳴り止んで、まもなくだった。酔いにまどろむ團十郎の目を覚ますかのように、「ようよう、ちょいと、そこな小粋な姐さんよ」と荒々しく凄む男の声がした。

「さっきから何が気に入らねぇのか知らねぇが、こちとらが團十郎を褒めるたんびに『ふん』とケチ付けるように合の手を入れやがる。何か俺たちに文句でもあんのか」

「文句はござんせんが」と若い女の声。「兄さん。こう言っちゃぁなんだが、ちょっとばかり褒め過ぎだぁね。きょうの助六は本物たぁ言えないねぇ。ありゃ、團十郎じゃござんせんよ」

「何だとう」

「さっき誰かがおやりなすった、助六のほうが、よっぽどましさぁね。心の入ってない台詞なんざ、ガキの三味線と同じで耳障りなだけさね。心の入った台詞を立て板に水のように、名調子ですらすらと言えてこそ、團十郎ってもんだ。二度もつっかえるなんて、ざまぁないねぇ」

　女の指摘が心に突き刺さる。

　台詞に、役の心をのせろ――祖父の五代目團十郎から、よく言われた言葉だ。それがきょうは大事な台詞を二度もつっかえている。やはり芸を見る目に肥えた江戸っ子は誤魔化せない。

「聞いたふうな口を利くじゃねぇか、姐さんよ」と凄む男の声。「俺たち本所連の前で、本物の團十郎じゃねぇだとう。ここをどこだと思ってご託を並べてやがる。天下の團十郎が座頭を務める、玉川座のお膝元でぃ」

「あら、ご免なさいね。けど、本当のことさぁね。きょうの舞台は、揚巻役の大和屋の大太夫がいなすったから何とか様になったようなもの。さすが大太夫だ。『目千両』と呼ばれるだけのことはあるよ」

　大和屋の大太夫――とは、五代目岩井半四郎のことだ。女形の最高位を「大太夫」

と呼ぶ。

《助六》の演目に欠くことのできない愛人役の花魁揚巻は、花道に一歩出ただけで観客が息を呑む、色気ある半四郎の〈立女形〉の芸なくしてはあり得ない。四十四と團十郎より十五も年上ながら、未だに瑞々しい女の色香を放っている。しなやかな肢体もさることながら、一つひとつの仕草が艶っぽく、まなざしや指の細かな動きも絶妙で、本物の花魁でさえ舌を巻く。

「そこな兄さん。本所連か、縄暖簾かは知らないが、そんじょそこいらの半可通ならともかく、芸をちったぁ知ってる者なら、きょうの團十郎は本物じゃないと見抜くさね。腰に下げてる五十両もするとかいう、鯉の瀧登りの印籠が泣いてたよ。あれじゃ、猫に小判だ」

人気役者を指す〈立者〉や〈立女形〉が身に着ける衣装や小物の多くは贔屓定連などから贈られ、ほとんどが数十両以上する。中には金糸銀糸を使った、五百両を超える着物まである。ちなみに「半可通」とは、よく知らないのに通人ぶることで、見栄っ張りの江戸っ子に多い。

「——このアマ！　ぬかしやがったな。俺を半可通とコケにした上に、本所連を縄暖簾だとう」

「ああ言ったさ。あんなしょうもない舞台を見せてるから、目と鼻の先の堺町で、同じ《助六》を音羽屋に、してやられるんだ。どっちも見たけど、こう言っちゃなんだが、音羽屋の助六のほうがよっぽど本物らしいやね」

「音羽屋」の屋号を持つ三代目尾上菊五郎が、一町（約百九メートル）と離れていない隣町の堺町の中村座で、團十郎の《助六由縁江戸桜》にわざとぶつけるように《助六曲輪菊》をやっているのは知っている。

團十郎より七歳上だからと、きょうまで一応、一目を置いてきたが、代々市川團十郎家が培ってきた演目だけに、仁義を切らないやり方には、正直、腹が立っていた。

「それじゃ何かい、音羽屋の助六のほうが上だってぇのか」

「きょうの團十郎よりはマシさぁね。あれで千両役者たぁ呆れるよ。あれじゃ、緞帳役者だ」

「――緞帳役者だとう！　このアマ。ちょっとばかし器量がいいからと図に乗りやがって」

怒るのも無理はない。緞帳役者とは、櫓も引幕もない格下の芝居小屋に出る役者のことを指す。

「ふん。助六の台詞まで、きょうは嘘に聞こえるよ。何が『いいことがある』だ。変

なのに絡まれて。これじゃ、なけなしの二朱銀二枚（約二万円）、ドブに捨てたような
もんさね」
「もう勘弁ならねぇ。最屓の團十郎を悪しざまに言われて黙ってるなんざ、江戸っ子
の名折れだ。摘まみ出してくれる」という男の声とともに床を蹴る音がした時、「お
若いの、およしなせぇ」と聞き覚えのある野太い男の声が聞こえた。
「芝居見物の後に喧嘩なんざ、野暮だ。まして相手は若い娘さんじゃないか。江戸っ
子が、みっともねぇ真似をしなさんな」
声からして、おそらく吉原定連の桜川善好だろう。宴席の座興を盛り上げる一流の
幇間――太鼓持ちだけあって野暮を何より嫌う。
「姐さん」と、これまでの話に区切りをつけるように、煙草盆の灰吹の竹筒に煙管を
打ち付けるポンという音がした。「おめぇさん、相当の、見巧者な芝居通だね」
見巧者――とは、芝居に慣れ通じていて、見方が達者なことを指す。
「まぁね。自慢じゃないが、ガキの頃から見てるからね」
「そうかい。だが、役者も人の子だ。おめぇさんは知らないようだが、昨年十月にあった深川の大火で、七代目は奥さんと幼い娘さんを亡くしなすったんだ」
「そんなことたぁ、百も承知さ。こちとら深川の生まれでね」

「何だ。それじゃ、尚のこと、励ましてやるのが江戸っ子の心意気ってもんだろう。それをドブに捨てたなんて……ん？　おめぇさん、ひょっとして辰巳芸者かい」

　おそらく羽織姿なのだろう。色町深川は江戸城の辰巳（東南）の方角にあることから、浅草寺の北の新吉原を「北里」と呼ぶのに対して「辰巳」と呼び、深川の芸者衆を「辰巳芸者」と呼ぶ。冬でも足袋を履かず、男物の羽織を引っ掛け座敷に出、男のしゃべりで客をもてなす。気風がよく、情に厚く、芸は売っても色（体）は売らない――それが辰巳芸者の誇りだ。

「だったら、どうなのさ。辰巳芸者は歌舞妓なんざ、見るなってのかい」

「そうじゃねぇが、深川といやぁ、人情深い土地柄だ。七代目と同じ町に住んでいて、その悲しい胸のうちがわからねぇたぁ情けないだろ」

「ふん。人情、人情と言ってるから、歌舞妓役者は芸が駄目になる。永木の親方がいい見本だよ。おめぇさんたちのような贔屓筋の親玉から銭をたんまりともらっているから、女を押し付けられても文句も言えず骨抜きにされて、挙句の果てが、恋女房に三下り半だ」

　永木の親方――とは、團十郎より十六歳上の、〈大立者〉と呼ばれている三代目坂東三津五郎のことだ。深川の永木河岸に住んでいることから、そう呼ばれている。鼻高の松本幸四郎同様、歌舞妓界の重鎮で、七年前の文化九年(一八一二)から中村座の座頭を務めている。二年前、長年連れ添った糟糠の女房を追い出したのは、深川の妓楼〈五明楼〉を営む万五郎の娘、お伝が三津五郎の許に押し掛けたためだった。

お伝は、さる大名家の家老や御用町人、果ては八丁堀同心と、次々と誑し込んでは男を変える好色女で、三津五郎を瞬く間に虜にした。お伝の色仕掛けもさることながら、悲しいかな、贔屓定連なくしては舞台の真ん中には立てないのが歌舞妓役者だ。お伝の父親万五郎は三津五郎の贔屓定連で、芝居のたびに高価な衣装を贈り、芝居休みには〈五明楼〉に住まわせるほどだった。

そんなこともあって三津五郎は逆らうこともできず、渋々、二代目三津五郎の娘である女房お貞に暇を出したという噂は巷では有名だった。

「おめぇさんたちが言う人情で、長年続いている歌舞妓の芸が張れるかってんだ」

「何だって」と、温厚な桜川までもが気色ばんだ声を上げた。

「だって、そうじゃないか。両国辺りの緞帳役者やあたしのような名もない芸者ならともかくも、〈市川團十郎〉という名で舞台に上がってるんだ。『團十郎は江戸の花』と呼ばれ、成田山の出開帳で不動明王様まで演じた男が、女房だの娘だの亡くした話なんざ、舞台に持ち込んで欲しくないね。悲しみも何もかも胸の奥にしまい、役になりきれてこそ本物の役者ってもんだろ。違うかい。――いや、それこそが本物の〈市川團十郎〉だよ」

思いっきり頰を張られた気がした。

市川團十郎家は「成田屋」の屋号を持つだけに、下総国成田村にある成田山新勝寺とは縁深い。初代から続いており、江戸での出開帳の折には代々の團十郎が不動明王を演じてきた。これだけは歌舞伎界の重鎮といえども、成田屋市川宗家以外はできない。團十郎自身、これまで三度、演じている。が、それより――。

自分が〈市川團十郎〉であることを忘れていた。

十歳で七代目を襲名してから、ずっと「本物の〈市川團十郎〉になれ」と言われ続けてきた。九歳の時に養父六代目團十郎が二十二歳で病没し、十六歳の時に祖父白猿（五代目團十郎）が老衰で六十六歳で他界したため、代々伝わる成田屋のお家芸の奥義を習得できず、確かな手本もない中、自ら試行錯誤を重ねてきた。時には先代の團十郎を知る歌舞伎界の重鎮の親方衆に教えを乞い、常磐津節の師匠の許で声の出し方を学び、一歩でも〈市川團十郎〉に近づこうと稽古・精進に励んできたのはすべて、

――そう、
本物の〈市川團十郎〉になりたい――。その一心だった。

三十近くなっても、それは変わらない。芝居が終わり、芝居小屋から家路につく度に「きょうは本物の〈市川團十郎〉になれたか」と自問自答し続けてきた。それが……。

女房おこうと娘おせんを大火で失ってからは、まったくしていない。

自責の念に駆られる團十郎を尚も叱責（しっせき）するように、女の容赦のない尖（とが）った声が聞こえてくる。

「あんな女々しい艶（つや）もない團十郎なんざ見たくもないね。あたしが見たいのは、八丁堀の役人を怒鳴（どな）り返す、活（い）きのいい團十郎だよ」

五年前の、二十四の時だ。十月、葺屋町の市村座での舞台が終わり外に出たところ、出合いがしらに芸者連れの町方同心とぶつかった。ぶつかってきたのは同心なのだが、二人ということもあり、團十郎を見るなり同心は「——無礼者！」と声を荒らげた。人前で突然、怒鳴られた團十郎は、当時、舞台で着た〈鎌〇ぬ（かまわぬ）〉柄が巷で大流行（おおはや）りし、〈助六餅（すけろくもち）〉が売り出され増上慢になっていたこともあり、助六よろしく「——べらぼうめっ！」と逆に啖呵（たんか）を切り、履いていた下駄で同心二人の頭をこっぴどく叩（たた）いた。

本来なら侍に悪態をつけば、無礼討ちにされても文句は言えない。まして相手は町方同心だ。只では済むはずもない。ところが、幸いにも同心二人は非番で丸腰だった。同心は非番でも帯刀しなければならない規則がある。その弱みもあり、その折、仲裁に入った五代目松本幸四郎の、舞台で演じる〈実悪〉の鋭い目つきと高い鼻に同心二人は気圧されたらしく、表沙汰にはしなかった。ところが――。

噂は瞬く間に広がり「團十郎は江戸の花――」と男を上げ、増上慢に一層、拍車が掛かってしまう。

今にして思えば、昨年、大火で妻おこうと娘おせんを失ったのは、團十郎の思い上がりに天が罰を与えたのかとさえ思える。

「悪態つくのも、てぇげぇにしやがれってんだ」と若い男。「桜川の師匠に何て口を利きやがる」

「ふん。こちとら、あの大火で何もかも亡くしちまったんだ。それを一刻でも忘れたくて、胸の空くような啖呵を切る助六の芝居を見に来たってのに、下手な助六を見せられた挙句に、吉原の太鼓持ちから説教かい。團十郎に言っときな。助六に成りきれないなら、とっとと〈市川團十郎〉の看板を下ろして、隠居しなって」

何だとう！――。周りの男たちまでが、いきり立った声を上げた。

「――このアマ！　もう我慢ならねぇ」と先ほどの男の声。「おい、皆。このアマを簀巻きにして、大川にうっちゃろうじゃねぇか」の声の後、何人もが立ち上がる音がした。

「上等だね。こちとら喧嘩と木遣を聞かない日はない、深川生まれの深川育ち。やれるもんならやってみろぃ」女も伝法肌で負けてはいない。「大江戸八百八町に隠れもない女一匹。命が惜しくって、辰巳芸者がお座敷に上がって舞えるかってんだ、べらぼうめ！」

まるで《助六》の一幕、助六と別れなければ斬ると迫る髭の意休に、「斬らしゃんせ。たとえ殺されても、助六さんのことは思い切られぬ」と啖呵を切る「吉原一」と謳われた妓楼〈三浦屋〉の花魁揚巻そのもの。だが——。

今は感嘆している場合ではない。放っておけば奉行所沙汰になることは目に見えている。

團十郎は起き上がると、素早く頰の涙を袖で拭って襖を開けた。

二

大広間では、羽織を着た女が大勢の男たちに囲まれ、座っていた。女は職人風の男が襟首を摑み今にも押し倒そうとしているにもかかわらず、臆してもいない。

さすが男勝りで気風のいい、「お俠」と呼ばれる辰巳芸者だ。

髪型は布を巻かない、長めの潰し島田。〈抜き襟〉から覗く白く滑らかな細いうない、じが何とも色っぽい。着物は辰巳芸者が好んで着る紫の縮緬に、水色の半衿を覗かせている。若い娘の間で流行っている赤でないところが、粋を先取りする辰巳芸者らしい。上に羽織っている鳩羽鼠の羽織もなかなか渋い。辰巳芸者の粋は江戸の町娘にも人気があり、武家の御内儀まで真似るほどだ。

「――暫く！」

團十郎は演目《暫》の主役、鎌倉権五郎景政よろしく大声で叫ぶと、皆が驚きの目を向けた。

「皆の衆。若い娘を寄ってたかっていたぶるなんざ、成田屋贔屓のご連中のすることじゃねぇ」

「わかっちゃいるが、成田屋さん。このアマ、散々悪口を吐きやがって」

「本当のことさね」と女が遮った。「野暮な唐変木には、一生、わからないだろうけどさ」

女はぐるりと振り返った。

團十郎は思わず息を呑んだ。錦絵から抜け出たような品のある顔立ちだった。色白の、締まった瓜実顔に富士額。描いたような柳眉と、切れ長の涼しげな目は團十郎が好みとするところだ。細く高い鼻筋のすっとした鼻の下の、小さくふっくらとした口元がまたいい。潰し島田で大人っぽく見せてはいるが、前髪を短く括り左右に分けているところを見ると二十歳前だろう。薄化粧の下には未だ娘らしい初々しさが残っている。女には滅多に惚れないが、われ知らず心がざわついている。

女はそんな團十郎の心を見透かしたように、薄く笑った。

「さすが成田屋の旦那だ。いい男だねぇ。おっ母さんじゃないが、惚れ惚れするよ」

「……ありがとよ。姐さん。一つ訊ねるが、今しがた、音羽屋の助六が本物だと聞こえたが」

「成田屋の旦那、気に障ったら堪忍しておくんなさいよ。本物たぁ言っちゃいない。本物らしいと言ったんだ」

「本物らしいだとう……ってこたぁ、本物じゃねぇってことか。だがよ、姐さん。《助六》は、ここんとこ、俺と音羽屋以外は誰もやってねぇ。なのに、俺より音羽屋のほうが本物らしくて、俺も本物じゃねぇ。ってこたぁ、一体、本物は誰なんでぃ」

「――そうだ、そうだ！」と言下に本所連から声が上がった。「このアマ、いい加減なことをぬかしやがって」

　女は周りの声に臆しもせず、皮肉な笑みを口元に漂わしてから、キッと睨(にら)んだ。

「あたしの中の本物は、八年前の市村座の時の、助六さ。あれこそが本物でござんすよ」

　市村座は、この玉川座の目の前、同じ葺屋(ふきや)町にある。だが、四年前の文化十二年（一八一五）に破綻(はたん)して以降、櫓を下ろし、今は玉川座が市村座に代わり櫓を上げている。

「八年前の市村座……？」桜川が指を折っていく。「といやぁ、四代目、五代目、六代目團十郎の〈回忌追善(かいきついぜん)興行〉で七代目がおやりなすった、文化八年だ。何だ、この七代目の《助六》の初演じゃないか。だが、おめぇさん、八年前といやぁ、まだガキだろ。本当に見たのかい」

「ああ、おっ母さんに連れられてね。初めて見た歌舞伎が《助六》さぁね。まだガキだったけど、子供心に惚れ惚れしたもんさ」

　文化八年（一八一一）――おこうと所帯を持った年だ。

　再び燃え盛る深川の屋敷と、在りし日のおこうと娘おせんの顔が目に浮かび、危うく感傷に吸い込まれそうになるのをぐっと堪(こら)えた。その目が、女の刺すような目と合った。

「あん時、成田屋の旦那。口上で何て言ったか憶えているかい。『七代目團十郎。この大江戸に、見事に花を咲かせて三升の團十郎になりまする』って〈大見得〉切ったんだ」

——憶えている。

「それが今はどうだい。あんな腑抜けた、しょうもない助六を見せやがる。あれじゃ、あの世で四代目、五代目、六代目が泣いていなさるよ」

「……そうかもしれねぇ。今の俺は八年前の俺に負けている。芸が上がってねぇってことだ」

「成田屋さん」と桜川。「気にすることたぁねぇ」

「いや、違ぇねぇ。確かに姐さんの言うとおりだ。きょうの助六は、あの時に比べりゃぁ、月とスッポン。下の下だ。——よーし、わかった。明日は本物の花川戸助六を見せてやら。本物じゃねぇと喧嘩を売られて引き下がったんじゃ、それこそ、江戸っ子の名折れってもんでぃ」

團十郎は懐から財布を出し、小判と一分金一枚、〆て一両一分を女の前にポンと置いた。

女は座敷机の金を見て、目を尖らせた。

「何だよ、この銭は」

「一分は、姐さんがきょうドブに捨てた分だ。本物じゃねぇと言われちゃ、銭は受け取れねぇ。一両は明日の分だ。今度は平土間じゃなく二階の上桟敷で、とくとその目で本物の〈市川團十郎〉がやる助六を見てくんな」

「さすが七代目！　男だねぇ」と手代風の男。「一両一分なら、吉原の入山形に二ツ星の〈呼出し〉の揚げ代と同じでぃ。辰巳芸者が太夫と同等に見られたんだ。文句はねぇやな」

〈呼出し〉とは、新吉原の最上位の遊女を指す。

女は「ふん」と鼻を鳴らして、顔を背けた。

「左褄を取って肩で風切る辰巳芸者を、あんまし舐めるんじゃござんせんよ。こちとらだって芸に命を張ってるんだ。銭もらって、お上手をたれる太鼓持ちじゃあるまいし、そんなのは、まっぴらご免なすってだ」

左褄を取る——とは、「芸は売っても、色は売らない」辰巳芸者の誇りと粋を表す言葉だ。

「そりゃぁ、悪かった。勘弁してくんな。じゃ、姐さん。また足を運んでくれるのかい」

女はすっくと立つと、乱れた羽織の襟を直し、裾引き着物の左褄を取った。辰巳芸者は立ち姿を売りにしているだけあって見事。裾模様の折鶴までもが粋に見える。

「よござんすとも。本物の團十郎が演じる助六に会えるのなら、たとえ質屋に三味線・羽織を入れてでも足を運ぶ。それが江戸っ子の心意気ってもんでござんすよ」

「必ず見せてやらぁ。いや、姐さんのために、あの時と同じ、助六を演じてやる。それでも文句があるなら、生涯、《助六》の舞台はしねぇ」

「――なっ、成田屋さん！」と桜川が驚きの声を上げた。「何もそこまでしなくたって。この娘の目利きがすべて正しいわけでもあるまいし」

「いや、こんな若ぇ姐さんでさえ、俺の芝居に腹を立てたんだ。ほかにも顔をしかめて帰った客が大勢いるはずでさ。それじゃ、代々〈市川團十郎〉の名跡を背負ってきなすったご先祖に顔向けができねぇ。《助六》の舞台は、次の〈市川團十郎〉がやるまで待ってもらいやすよ。これが七代目團十郎の心意気――けじめってもんでさ」

「さすが七代目だねぇ、筋が通ってら。その気風の良さ、男のわしでも惚れ惚れするよ」

團十郎は女を見た。

「ところで姐さん。名は何だ」

女は辺りをまたキッと睨んだ。

「この葺屋町へ脛を踏ん込む野郎めら、あたしが名を聞いておけ」と助六の台詞をもじり、歌舞妓の節回しで言った。「深川七福神、冬木弁財天がお墨付き、〈木綿屋〉のおすみ。すみ奴といやぁ、ちったぁ知られてござんすよ」

——おすみ……！　お袋と同じ名だ。

「そうかい、おすみさんかい。いや、すみ奴、気に入った。それじゃ、明日、待ってるぜ」

「明日は来れないねぇ。こちとらも何だかんだと、のっぴきならない用がござんしてね。けど、また寄せてもらいますよ。天下の市川團十郎に頼まれて、袖にするのは野暮ってもんだ」

おすみは岩井半四郎もどきの流し目を團十郎に送ってきた。

半四郎には及ばないものの、何とも言えない色香がある。その間合いを邪魔するように「けっ。小娘が最後まで背負ってやがるぜ」と職人風の男が毒づくと、おすみの目が一瞬にして尖った。

「最後まで気を抜かず、もう一度、座敷に呼びたいという残り香だけを置いて行く。それが辰巳芸者の粋ってもんでござんすよ。憶えときな、そこな野暮天の兄さん方」

おすみは刺すような目で見回すと、勝ち誇ったように顎を突き上げ大広間を堂々と出ていった。

三

七日が経ち、八日が過ぎた。

十日を越えたが、辰巳芸者のおすみは玉川座に現われない。それだけに余計、團十郎は気になっていた。というのも、おすみに指摘されて以降、《助六》の舞台は連日〈大入り・札止め〉となったからだ。

もっとも、中村座で尾上菊五郎が演じている助六も、揚巻を演じる二代目岩井粂三郎の〈立女形〉の評判もあり、盛況ぶりを見せている。

客入りは五分と五分——。それを瓦版屋が面白く書き立てた。菊五郎がこれみよがしに《助六》を当てた訳は、六年前の文化十年（一八一三）に團十郎が初めて市村座の座頭を務めた折、前座頭の菊五郎が理不尽に降ろされた遺恨にあると二人の仲を煽ったのだ。

さらに、二人の諍いの火に油を注ぐかのように、美人絵で評判の浮世絵師歌川国貞（後の三代目歌川豊国）が《江戸花二人助六》と題し、大判錦絵を五枚綴りで売り出したものだから、葺屋町と堺町の通りや芝居茶屋では、しばしば二つの贔屓定連の間で喧嘩や小競り合いが起きている。

三月十七日、三立目が始まる前の、昼四ツ（午前十時頃）――。

吉原定連の桜川善好が楽屋に顔を見せた。瓦版を見せながら團十郎の巷の評判などを話した後、先日の芝居茶屋でのことが気になっていたらしく、辰巳芸者のことを訊ねてきた。

「俺も気になって、芝居の合間、舞台の袖から見ちゃぁいるが、見掛けねぇんでさ」

桜川が苦笑いした。

「『深川芸者の面の皮は八反掛けの綿入羽織の如く、情の薄きこと撰糸絹の単羽織の如し』だ。辰巳芸者だの、すみ奴だのと、ご大そうに啖呵を切っても、大勢の男に囲まれ、簀巻きにして、大川にうっちゃると言われれば、怖くて二度と顔は出せないんでやんしょ」

「あの男勝りでお俠の睨んだ時の目は、そんなに気の小せぇ女には見えなかったがなぁ」

脳裏にはっきりと、あの日の團十郎を睨むおすみの顔が浮かんだ。

「一目惚れ、時を選ばず。その顔は惚れなすったね」

不意を突かれ、つい動揺していた。というより――。

指摘されて初めて、そうかもしれないと思った。その証拠に顔が赤くなっていくのが自分でもわかる。幸い白粉で桜川に覚られてはいないので、内心、ほっとした。

「あ、あんな小娘に冗談じゃねぇ」とはぐらかしたつもりが、妙に声が上ずってしまった。それを桜川は図星と思ったらしく、かえって焦ったように言葉を継いだ。

「あ、こりゃ、飛んだ野暮を……ご免なせぇよ。四十も半ばを過ぎると、世の中が少しばかり見えてきたせいか、頭に浮かんだことをすぐに口にする。どうも野暮でいけないよ」

さらに、取って付けたように「だが、こう言っちゃなんだが、七代目の芝居はすみ奴に会った翌日から、めっきりよくなってる」と褒めた。

理由はわかっている。助六に成り切れている時だけは、妻おこうや娘おせんを失った悲しみを忘れることができたからだ。

「きっと、あの世で女将さんが、七代目のために寄こしたのかもしれないねぇ」

「え、おこうが……?」

「——おっと、いけない」頬を扇子で打った。「大事な舞台を前に、また野暮を言う。どうもこの口は軽くていけないねぇ。これだから吉原の花魁たちに嫌われる。今のはお忘れなすってくださいまし」

「大丈夫でさ」軽く笑みを返した。「役になりきれてこそ、本物の役者ってもんだ。そうじゃなきゃ、中村座で助六をやっている音羽屋にお株を奪われる。来年正月の評判記で向こうが上だったら、あの世のおこうに申し訳が立たねぇ。娘のおせんだって成仏できねぇ。必ず〈大極上上吉〉の芝居を江戸の町衆に見せてやる。今はそれが俺にできる、一番の供養と思ってんでさ」

毎年正月には『役者手柄噺』や『役者出情噺』など多くの役者評判記が刊行され、主役の〈立者〉から脇を飾る〈相中〉に至るまで多くの役者の番付がなされる。

初めの頃は五段階に分けられていたものの、近年、〈上上吉〉の上に〈大〉〈真〉〈極〉などが加わり、さらに上位を記すようになり、役者の誰もが最高位の〈大極上上吉〉や〈巻軸真上上吉〉を目指している。勿論、そう簡単に取れるものではなく、團十郎も未だ取ったことはない。

「それでこそ七代目だ。いやー、本当に元の七代目に戻って安心したよ。もう心配はない。瓦版の文句じゃないが、〈江戸っ子の鉢合わせして《助六》の、どちらもへこむ気づかいはなし〉だ」

と桜川がほっとして言うと、そこへ、弟子が出番を告げに来た。

「さてと」團十郎は自分に活を入れるように膝を叩いた。「きょうはおこうとおせんの月命日だ。また本物の助六を江戸の町衆に見せてやろうじゃねえか」

「――よっ！　待ってやした、成田屋七代目」

舞台が終わり、日本橋本石町から夕七ツ（午後四時頃）を報せる鐘が葺屋町に届く頃――。

玉川座の裏にある楽屋口の前は、舞台を終えた團十郎目当ての若い町娘で溢れる。上演している間はいつもだ。皮肉なもので、おこうとおせんを亡くして独り身になってからは、以前の倍近い。

團十郎は弟子たちに囲まれ、贔屓定連の待つ芝居茶屋〈和泉屋〉に向かった。周りには梅や桜、杜若、牡丹などを描いた華やかな着物に、煌びやかな髪飾りをした小粋な振袖姿の町娘たちの黄色い声が飛び交っている。

その中に一際、地味な着物を着た女がじっと團十郎を見つめているのに気づいた。團十郎好みの涼しげな切れ長の目に、おちょぼ口……。

――おすみだ。

ようやく会えたこともあり、自分でも不思議なくらい胸が高鳴っている。周りの町娘たちが放つ甘い香りに酔ったのか、思わずおすみの腕を掴み、弟子が囲む輪の中に引き入れていた。こんなことは今までしたこともない。それだけに自分ばかりか、弟子たちも驚いている。ただ、おすみの表情は以前と違い、暗い。その影を拭うように明るく声を掛けた。

「よう、すみ奴。やっと見に来てくれたのかい。待ってたぜ」

「……きょうは本物の團十郎の助六を見せてもらったよ。やっぱし……成田屋の旦那が一番だ」

「嬉しいことを言ってくれるじゃねぇか、すみ奴。ところで、どうしたんでぃ、その恰好はよ？　おめぇの歳にはまだ深川鼠は早ぇ。羽織も着てねぇが、お座敷は出ねぇのかい」

深川鼠（青みがかった灰色）は粋と俠気が売り物の辰巳芸者の間では流行りだが、十代の若い娘には早い。とはいえ、濃藍（濃い紺色）の帯で締めているところに深川の粋を覗かせている。

「きょうは……おっ母さんと姉ちゃんの月命日でね、お座敷には上がらないのさ」

「きょうが月命日……ん？　ひょっとして、おめんところも去年の大火で？」

おすみは力なく小さく頷いた。

「お蔭で、いい供養ができたよ。おっ母さんも姉ちゃんも、成田屋の旦那の助六が大好きでね。きょうは八年前に三人で一緒に見た、あの日を思い出させてもらったよ」

「それで、この前、怒ってたのか。そりゃ、悪かったな。すまねぇ。またおっ母さんや姉さんを思い出したくなったら、いつでも見に来てくんな。おめぇが来ると、俺も妙に……」

胸躍(おど)る——と続けようとする團十郎の視線を嫌うように、おすみは体を横に向けた。

「どうしたんでぃ。親姉妹(おやきょうだい)を亡くした、辛(つれ)ぇおめぇの気持ちはわからねぇでもねぇ。だが、嘆いていても始まらねぇ。前を向いて進むしかねぇんだぜ。それが亡くなった身内への供養ってもんだろ」

「そんなこた、わかってるよ」吐き捨てると、思い詰めたような目を向けた。「成田屋の旦那。今夜、あたしを五十両（約四百万円）で買ってくれないかぃ」

「——なっ、何を！」思わず見返した。「おめぇを……五十両で買えだと？」

「自慢にもならないが……未だ誰にも肌は許しちゃぁいない、生娘(きむすめ)さ。体は綺麗(きれい)だ」

「何を言い出すんでぃ。芸は売っても色は売らない。それが辰巳芸者の心意気だろう」

「女一人、この江戸で心意気だけじゃ、生きてはいけないのさ。だったら、五十両、貸しておくれよ。期限は今年の大晦日(おおみそか)だ」

おすみは髪に挿していた赤い珊瑚の玉簪を抜くと、差し出した。

――おせんに買った、玉簪と同じものだ……！

胸に痛みが走ろうとするのを蹴散らすように、おすみは玉簪を團十郎の手に握らせた。

「担保はこの簪と、この……あたしの体だ」

「気風のいい辰巳芸者が、一体、どうしちまったんでぃ、すみ奴。五十両ぐれぇなら」

担保なしで貸すぜ――と続けようとした時、二人を囲んでいる弟子たちの輪の中へ、町娘三人が飛び込んできた。共に歌舞伎で娘役を表す、前髪の後ろを中剃りにしたお七髷で、今流行りの文様の着物を鹿の子絞りのお七帯で締め、後ろに帯を長く垂らしていた。

「――團十郎さん！　人前で逢引きを見せびらかすってのは粋じゃないねぇ」と一人が啖呵を切るなり、何を思ったか、髪に挿している簪を差し出した。

花をいくつも彫り上げた細工の、べっ甲の花簪――二、三両はする高価なものだ。

「あたいのお父っつぁんは、小間物屋を営む小舟連の越前屋徳兵衛。あたいはその一人娘のお玉。あたいとも逢引きしておくんなさいましな、團十郎さん」と続ける口を遮るように、一緒にいた二人の娘がお玉を押しのけた。

「あたいは小田原連の酒問屋、伊勢屋吉蔵が娘お由。あたいのも受け取ってくださいまし」「あたいは日本橋は煉羊羹で有名な鈴木越後の娘、お峰。あたいのも——」

二人も同じように簪を差し出した。それを機に、周りにいた町娘たちは競うように團十郎を囲んでいた弟子たちやおすみを押しのけると、次々に簪を差し出しては名前を告げ、團十郎の広げた両手にのせていった。

唖然としながらもおすみを目で探した。が、團十郎に群がる町娘で見えない。

気がつけば、團十郎の両手には簪が何本ものせられていた。銀の短冊ビラビラ簪や、べっ甲や象牙、ギヤマンの薬玉簪、漆塗りの絵簪など、どれも高価とわかる簪ばかり。あまりの多さに笑うしかない。あたかも《助六》の花魁たちから受け取る煙管の場面と同じだ。吉原では、花魁が客に「吸いつけ煙草」を出す習わしがあり、煙管の数は花魁にモテることを意味する。もっとも——。

喜んでばかりはいられない。この場を、どう粋に切り抜けるか。それも花形役者の腕の見せ所だ。下手な収め方をすれば、團十郎贔屓の町娘をがっかりさせるばかりか、瓦版に酷評される。そうなれば、今、同じ《助六》をやっている尾上菊五郎に軍配が上がるのは明らかだ。

「こりゃ、美しい江戸のお嬢さん方で、簪の雨が降るようだぁ」と戯けて助六の台詞回しで言うと、周りで見ていた男たちから「――よっ、成田屋！」「日本一の色男！」と掛け声が飛んだ。

團十郎は一人ひとり目を合わせるように見回してから続けた。

「何と、この簪はお嬢さん方と同じく綺麗なものばかり。せっかくだ。明日の舞台で助六の相手揚巻に付けさせてもらいやしょう。これこそ、揚巻と恋仲の助六の、いや、お嬢さん方と團十郎の心を結ぶ恋の証（あかし）」と名調子で言うや、娘たちの黄色い歓声が沸き上がった。

「だが、手には簪がいっぺぇだ。一度に挿せるわけもねぇ。誰の簪が、いつ揚巻の髪に挿して恋が実るか。それを楽しみに、また明日から見に来ておくんなせぇ、お嬢さん方」

「――必ず行く！」「あたいのは花簪だからね」「あたいは金のビラ簪」――と、また娘たちの黄色い歓声が沸き起こる。

「ありがとうございやす。さて、お嬢さん方。もうすぐ日も暮れる。簪を頂いて綺麗なお嬢さん方をこのまま帰したとあっちゃ、この團十郎が笑われる。少々小腹（こばら）も空いておりやしょう。簪のお礼に、江戸で一番の美味（うま）い汁粉（しるこ）をご馳走（ちそう）いたしやすので、芝居茶屋〈和泉屋〉二階のお座敷へ。遠慮はいらねぇ。この團十郎の席は真ん中だ。近くがいいというお嬢さんはお急ぎを。さぁ」

團十郎の言葉に、町娘たちは一斉に〈和泉屋〉のほうに駆け出した。

後に残ったのは弟子たちだけで、おすみの姿も消えていた。

四

烏がそこかしこで鳴き出す、夕七ツ半（午後五時頃）近く――。

團十郎は芝居茶屋〈和泉屋〉に集まった町娘たちと汁粉を食べ、一刻ほど談笑して後を瀬川菊之丞に任せると、一人、深川に向かった。

向かった理由は他でもない。おすみだ。胸騒ぎと言うほどではないが、妙に気になっている。

深川へは半年ぶりだった。昨年、深川を呑み込んだ大火は、深川の東、砂村（現・江東区北砂周辺）まで焼き尽くした。團十郎の屋敷は全焼したため、建て直している。仕上がるのは五月過ぎとのことで、今は玉川座の近くの屋敷を借り、弟子たちと共に住んでいる。

團十郎は馴染みの船頭の猪牙舟に乗り、いつものように油堀から入った。

　船頭によると、東西を流れる油堀を境に南は、町火消たちが何台もの竜吐水で水を絶え間なく掛けて護ったため、永代寺も富岡八幡宮や三十三間堂も燃えず、無事とのことだ。幸い櫓下や仲町など「深川七場所」と呼ばれる色町は永代寺の西や南にあったので火を免れ、深川花街の火は消えずに済んだと笑った。その一方で、油堀から北の武家屋敷や油問屋の蔵などは焼け落ち灰になったと渋い顔だった。

　おすみが籍を置く置屋のある永代寺門前仲町へは、油堀から南へ枝分れし、猪口橋をくぐった川堀の終点まで行く。

　深川は低地なため高潮に弱く、川堀の終点の真ん前に高潮を見張る櫓が建っており、その辺りを「櫓下」と呼ぶ。飯屋や酒場も多く、毎月ある成田山深川不動尊の縁日の一日・十五日・二十八日には参道に出店や屋台が立ち並び、多くの人出で賑わう。しかし今は、昨年の大火で人影はまばらで閑散としていた。

　團十郎は櫓下河岸で舟を降りると、二階家の〈木綿屋〉に入った。

〈木綿屋〉の女将は、團十郎が一人でやってきたことに驚いた様子だった。

　女将は玄人の粋筋らしい松葉返しの髪型に、深川鼠色の着物だった。今流行りの黒衿に、藤紫の半衿を粋に覗かせている。歳は四十を越えてはいるが、品のある顔立ちは、かつて美人であったことを偲ばせる。

玄関先の居間に團十郎を招き入れると、四角い長火鉢の前に座った女将は信じられないという顔で目を瞬かせた。

「すみ奴にご用？　あの、成田屋さん。まさか色町のしきたりを知らないわけじゃないだろうね」

　色町深川で芸者と遊ぶには二通りある。

　一つは、色も売る娼妓を囲う妓楼に入る。深川では古石場や洲崎海岸沿いに、お上には無許可の私娼宿の高楼が軒を連ねている。坂東三津五郎の贔屓定連の楼主万五郎が営む〈五明楼〉や、〈大栄楼〉〈百歩楼〉が有名処だ。

　もう一つは、引手茶屋か料理茶屋に入り、「子供屋」という置屋から芸者を呼ぶ「呼出し」だ。こちらはお座敷芸だけで、色は売らない。

　引手茶屋や料理茶屋は仲町や櫓下、洲崎・土橋に多い。中でも有名な引手茶屋は〈澤瀉屋〉や〈花車屋〉。料理茶屋では、江戸でも評判の富岡八幡宮境内の〈伊勢屋〉と〈松本〉。どれも浅草山谷〈八百善〉同様、格式ある高級料亭だ。

「ガキの頃、散々、新吉原で芸を仕込まれてんだ。そんな初心じゃねぇよ」と苦笑して、おすみがきょう玉川座に来たことを話した。

「——え、あの子、芝居を見に行ってたのかぃ」女将は意外そうに言ってから、苦り切った顔で深く頷いた。「なるほどねぇ、最後に好きな成田屋さんの芝居を……。いえね、成田屋さんの前でなんだけど、三月三日の節句に贔屓の客に連れられ、中村座の音羽屋さんの芝居を見に行ったのさ。そん時、『あんなの、本物の助六じゃない』って途中で帰ってきたんですよ。贔屓の客は、せっかく取った桟敷席を袖にされてカンカンですよ」

「それで、七日に玉川座の、俺の芝居を見に来たってわけか」

「何だって。じゃ、二度も見に行ったのかい？」

團十郎はあの日の芝居茶屋で、おすみが團十郎の贔屓定連と揉めたことを話した。

「だけど、今のあの子に、芝居を見にいくお足の余裕はないはずだけどねぇ」

「どういうことでぃ」

「いえね、あの子には母親の残した借金があるんですよ」

女将の話では昨年の大火で、油堀と仙台堀の間にある冬木町の家が燃え、着物や三味線と共に、病に臥せっていた母親と四つ違いの姉を亡くしたという。それが、つい最近になって、おすみの母親に五十両の借金があったことがわかったとのことだ。

「去年の正月に、江戸煩い（脚気）を病んでたすみ奴の姉が別の病に掛かっちまって、母親のおりんさんまで病になってさ、何だか知らないが、南蛮渡来の高い薬を買ったらしいのさ。借金の五十両は、その薬代という話だよ。そこへ、あの火事だ」

——五十両は、母親が借りた薬代だったのか……。

「まさか〈座頭貸し〉じゃねえだろうな」

〈座頭貸し〉はお上公認の座頭が貸す金で、高利で期限も短く取り立てが厳しい。

「おりんさんだって、それほど馬鹿じゃないさ。〈座頭貸し〉なんぞで借りてたら、今頃、親子姉妹ともども女郎屋に売り飛ばされてるよ。ま、それでも似たようなところから借りてはいるんだけどね。旦那もご存じの〈百歩楼〉ですよ」

「——何、〈百歩楼〉だぁ！」

〈百歩楼〉は、洲崎の有名な妓楼の一つ。おそらく楼主は初めから屋敷ほか、娘二人を五十両の形にと踏んでいたに違いない。もっとも、相手が女となると当然かもしれない。

女将は顔をしかめ、町火消も深川に点在する寺を護ることばかりで、町衆の家は後回しだった、と不満げに言った。

「寺は燃えればお上から、たんまりと金が出るそうだけど、あたしら町衆はそうはいかない。ま、こっちは運よく、永代寺の御利益で助かったけどね。そういえば、成田屋さんの屋敷も燃えて、女将さんと娘さんを亡くしたって噂だけど……」

「……ああ。玉川座から駆けつけたんだが、火の回りが早くてよ……」

またおこうと娘おせんの面影が脳裏をかすめていく。危うく悲しみに呑み込まれそうになるのを、深い大息とともに振り払った。

「ところで、すみ奴に父親はいねぇのかい？」

「父親は呉服橋の大店、加賀屋のご隠居ですよ。といっても六年前、お亡くなりになったけどね」

母親のおりんもかつて深川では評判の売れっ子芸者で、加賀屋の隠居の妾だったという。

近年、ここ深川は妾を世話する口入屋が増えたこともあり、日本橋界隈の大店の商人や本所界隈の材木問屋など金満家の妾を囲う屋敷で溢れている。妾は屋敷に下働きの下男や下女が付けられ、毎月、給金をもらう。

羽振りがよかった加賀屋だが、倅の代になって商いが傾き潰れてしまった。幸い隠居が家族の誰にもおりんのことを話すことなく亡くなったので、屋敷はそっくりおりんのものとなった。

とはいえ、これまでの給金はない。おりんは姉娘を自分と同じ大店の妾にしようと考えたのだが、江戸煩いを患ってしまった。そこで代わりに妹娘をと考えたが、おすみは芸者になりたいと、おりんから手ほどきを受け、立派な辰巳芸者になったとのことだった。

「やっぱし蛙の子は蛙さね。すみ奴は筋がいいし、『深川小町』とまで呼ばれた器量良しだ。お座敷に上がって三年。まだ十七だけど、深川でも五本の指に入る売れっ子だよ」

「何でい、大人っぽく見えたが、まだ十七の小娘かい。で、すみ奴は親の借金五十両に、住む家もなく困っていたわけか」

女将は目の前で手を振った。

「とんでもない。うちの二階に住まわせてますよ。借金だって四十両（約三百二十万円）なら、工面すれば何とかなると言ったんだけど、あの子、あたしには迷惑掛けられないと断わったんだ。ま、ひと踊り舞えば二朱（約一万円）は取れる子だ。五十両なんて半年もあれば、わけなく稼げるんだが、大火の後、この深川も、とんと客足が減ってさ。来るのはしみったれた客ばかりさ」

さっき来る時に見たように、確かに深川は以前ほどの活気はなく寂れていた。

女将は不機嫌に煙管に煙草を詰めると、長火鉢の炭で火を点け、くゆらした。

「なるほどねぇ。それで最後に好きな芝居を……。あの子らしいやね」

のことだ。


「で、借金の期限は、いつだ」

「とっくに過ぎてますよ。期限は去年の暮れ」

おりんが娘と大火で死んだので、〈百歩楼〉の楼主は縁者もすべて亡くなったと思っていた。それが、おすみがおりんの娘だとわかり、先日、〈木綿屋〉を訪ねてきたという。女将はあまりの急なことに、後半年、延ばしてくれと頼んだが、断られたとのことだ。

「そこで利子の五両に色を付けて六両を払い、せめて春のお彼岸まで延ばしてって頼んだんだよ。そしたら、三月の月命日の暮れ六ツ（午後六時頃）まで延ばすってことになって、それまでに何とかしようとあの子も頑張ったんだけど、ここにきて、にっちもさっちもいかなくなったってわけさね」

「三月の月命日……ん！　何でぃ、きょうじゃねぇか」

──それできょう、頼みに来たってわけか。

「おっつけ、〈百歩楼〉の旦那が証文を持って来るだろうよ。悔しいねぇ、あんな踊りの上手い子が芸を捨て、色で生きていかなきゃならないなんてさ。成田屋さんの前でなんだけど、成田山のお不動様の御利益は出開帳の時しかないのかね。こんな時こそ助けてくれるのが、お不動様ってもんだろう。違うかい」

——やっぱし、不動明王のお告げだ。

團十郎は懐に入れてきた、小判五十両の包金(つつみきん)を確かめるように握った。

「で、すみ奴は今、どこでぃ」

「きょうは月命日で座敷には上がらないと言ってたんだけどさ、やっぱし辰巳芸者の未練かねぇ、最後の思い出にお座敷を務めてくるって、ご贔屓のお座敷に出掛けちまいましたよ」

その時、暮れ六ツを告げる富岡八幡宮境内の八幡鐘が聞こえた。と同時に、〈木綿屋〉の女中が〈百歩楼〉の主人が訪ねてきたことを伝えにやって来た。

「さすが抜け目ない〈百歩楼〉の旦那だ。きっちり刻限どおり。お華(はる)。奥の座敷に通しておいておくれ」女将は話を打ち切るように煙管を灰吹に打ち付けた。「で、すみ奴に何のご用で？」

團十郎は懐に入れていた、紫の袱紗(ふくさ)に包んだ包金を長火鉢の上に置いた。

「五十両だ。これを、その〈百歩楼〉の旦那に叩き返(けえ)して、ちゃらにしてやってくんな」

女将は目を丸くした。

「え……なっ、何で成田屋さんが、あの子の肩代わりを？」

「肩代わりじゃねぇ。これは成田山の不動明王様のお告げよ」

「はぁ……？」目を瞬かせた。「成田山の不動明王様のお告げ？」

「市川團十郎家は成田山新勝寺と代々深いご縁を結んでる。おめぇさん方には見当もつかねぇだろうが、不動明王様のお告げがたまに俺の耳に聞こえて来るのよ。すみ奴に言っておいてくんな、これからは前を向いて、芸に励みなってな。じゃぁな」

驚いている女将を尻目に、團十郎は勢いよく立ち上がった。

五

辻行燈に火が灯る櫓下河岸で、團十郎が舟に乗ろうと、石段を一段、下りた時だった。

「——成田屋の旦那！」と呼び止める声がして、團十郎は振り返った。

おすみだった。辰巳芸者らしい小袖は着ているものの派手さはなく、羽織も着ていない。顔を歪ませているからか、余計に萎んで見える。

「……きょうは、ありがとござんした。本当に助かったよ。でも、借りた金は必ず返すからね」

「いらねぇよ。訳は女将に話したとおりだ」

「聞いたよ。成田山の不動明王様のお告げか何だか知らないが、あんな大金は受け取れないよ。証文を書くから、もう一度、戻っておくれでないかい」

「野暮なことを言ってんじゃねぇよ、江戸っ子が。俺はおめぇの一言で、元の〈市川團十郎〉に戻れたんだ。そのお礼に、おめぇも元の辰巳芸者に戻せとの不動明王様のお告げだ」

「だからって、五十両ももらう筋合いはないよ」

「何だ、筋合いだとう？」さすがに十七の小娘に言われると、カチンとくる。

「だってそうだろう。旦那はあたしの贔屓でも色でもないんだ。まして親兄妹でも身内でもない。それを恵んでもらっちゃ、辰巳芸者の筋が通らないよ」

――やっぱしまだまだ跳ねっ返りの小娘だ。背伸びしてやがる。

團十郎は苦笑すると、わざと間を置いてから諭すように口を継いだ。

「すみ奴。おめぇの一言は、俺にとっちゃぁ五十両に値する。いや、それ以上よ。それに、おめぇの『おすみ』って名は死んだお袋と同じだ。お袋があの世から、おめぇの口を借りて『しっかりしろ、團十郎』と叱ってくれたような気がしてならねぇ。その上、きょうの昼、おめぇが俺の手にのせた珊瑚の簪は、去年の大火で亡くなった娘に買ってやったのと同じ物だ。偶然が二つも重なるなんて、不動明王様のお告げ以外にあり得ねぇ」

團十郎はそう解釈して、もやもやしたおすみへの胸の高鳴りを単なる勘違いだと納得した。今は女に現(うつつ)を抜かしている暇はない。玉川座の座頭としての務めの他に、おこうが切り盛りしてきた市川團十郎家のすべてを見なくてはならない。

「そうかぃ。洒落(しゃれ)のわかる粋な女かと思ったら、とんだ眼鏡(めがね)ちげぇだ」

「お袋さんと同じ名で、簪が娘さんと同じ。だからって、もらうわけにはいかないよ」

やはり勘違いだったかと大息を吐くと、懐に入れていた、おすみの簪を手に握らせた。

「これは返すぜ。野暮な女の簪なんぞ持ってやがると、こっちの芸まで野暮にならぁ」

おすみは顔を歪ませながら、潤(うる)んだ目を輝かせた。

「捨てないで持っててくれたのかい……ありがと。この簪はおっ母さんの形見なんだ」

娘から女になりつつある年頃とはいえ、やはり中身はまだまだ乳離れしない小娘だ。

「すみ奴。そんな大事(でぇじ)なものを、あっさり他人に渡すんじゃねぇよ」

「わかってるよ……だけど、お金が必要だったんだ」

「手に入ったじゃねぇか。あの世で亡くなったおっ母さんも姉さんも、ほっとしてるぜ。それを、もらう筋合いがねぇと天に唾(つば)するようなことを抜かしやがる。悪態つくのも、てぇげぇにしやがれ。少しは人の情けを素直に受け取ったら、どうだ。そんな度胸もねぇで、辰巳芸者でござんすだぁ。ふん、いっぱしの口を利(き)いてんじゃねぇ」

「そこまで言うんなら、五十両は頂くよ。その代わり、旦那の着ている羽織もくんないかぃ」

「この羽織を……？　何でおめぇに、羽織までやらなきゃならねぇんだよ」

「きょう芝居を見るために、羽織を質屋に売っちまったのさ。それに」

と、おすみは大人びた、したたかな笑みを口元に漂わせた。

明日になれば團十郎が肩代わりして、おすみを救ったことは深川中に知れ渡る。そこで、市川團十郎家の〈三升紋〉の入った羽織で座敷に上がれば評判になる、と説いた。

「なるほど。羽織がその証ってわけか。だがよ、おめぇが俺の色だと言われねぇか」

「それでいいのさ。天下の市川團十郎の色ともなれば、誰も手は出さないだろ」

「抜け目のねぇ女だぜ。そんなところだけは世慣れしやがって。だが、この羽織はやれねぇよ」

「何でさ」

「おめぇが俺の色だと噂が立ってみろ。新盆もまだなのに、世間様に顔向けができなくならぁ」

團十郎は舟に乗ろうと、再び河岸の石段に足を踏み入れた。下では顔見知りの船頭が白い提灯で、辺りを照らしてくれている。その時、後ろでおすみが「へぇ」と呆れたような声を上げた。

「成田屋の旦那も一応、世間体ってヤツを気にするんだ」

　大人を小馬鹿にしたような物言いに呆れ、小さく息を吐くと、振り返った。

「そうじゃねぇが、きまりが悪いだろ。俺やおめぇのように、身内を亡くした町衆は大勢いる。そんな時に他人の色恋沙汰の浮いた話なんざ、聞きたくもねぇだろよ」

「じゃ、五十両は借金だ。返済期限は、おっ母さんの一周忌の十月十七日。担保は……」

「いらねぇって言ってんだろ。それより、すみ奴。もっと自分を大事にしろぃ。器量がいいだの、筋がいいだのと言われて浮かれてると、それこそ、いつか本当に色を売る羽目にならぁ」

「おや、そんなにあたしのことが心配かい？」

　團十郎の胸のうちを見透かしたように色めき立っている。

「小娘が、あまりにきんぴらだからよ。いくら度胸があるからと、大勢の男相手に喧嘩を吹っ掛けるヤツがいるかよ。――おう。じゃ、こうしよう、すみ奴。俺には今、二つになる娘がいる。まだ乳飲み子だ。そこで五十両の代わりに、少しの間、面倒を見てやっちゃぁくれねぇか」

「娘さんの面倒を……あたしにかい？」

「名は、おみつだ。今、飯炊き婆さんに任せているんだが、葺屋町界隈にはお乳の出る女がいなくて往生してるのよ。見たところ、おめぇの乳は、まぁまぁでけぇ。お乳もたっぷり出そうだ。芸を見抜けるおめぇのお乳なら、おみつにもいいに決まってら。お乳飲ましてやっちゃぁくれねぇか」

「はぁ……あたしに〈もらい乳〉？」おすみは唖然として目を瞬かせ声を落とした。

「あのね。前にも言ったけど、自慢にもならないが、あたしは……未通女だよ」

「だから頼んでんだろが。おみつだって年増女の、くたびれた乳より、若くて穢れのねぇ娘のほうがいいに決まってら。お乳だって美味ぇだろうしよ。お座敷の合間、通いでお乳を飲ましてくれ。一日一分。四日で一両だから二百日で五十両。これなら、おめぇの顔も立つだろう。どうでぃ」

おすみは眉間に皺をよせ、石段を駆け降りてくるや、小声で囁いた。

お乳は女なら誰でも出るわけではなく、子供を産んだ直後の女しか出ない、と。

「――えっ……！　そ、そりゃぁ、本当かい？」

「やだよ。前の女将さんと子供までこさえておいて、そんなことも知らないのかい。亡くなった女将さんだって、子供を産む前はお乳が出なかっただろう」

「そういやぁ、出なかったかもしれねぇなぁ。俺は、お乳ってもんは女なら誰でも出ると決めてたからよ。あ、そうかい、おめぇはお乳は出ねぇのか。旨(うま)くいかねぇもんだな」

「何がさ?」

「だから、その、いや……何でもねぇ」

　團十郎がぞんざいに手を横に振ると、おすみがくすりと笑った。

「そんなに困っているんなら、あたしで良けりゃ、しばらく〈木綿屋〉で預かって面倒を見てやるよ。お乳の出る女は深川にはいっぱいいるからね。それに、せっかく元の團十郎に戻ったのに乳飲み子を抱えてちゃ、舞台にも身が入らないだろ。黙っちゃぁいたが、音羽屋の助六もなかなかだったよ、成田屋贔屓のあたしの腹が立つほどにね」

「そっちは心配(しんぺぇ)いらねぇ。本物の助六は俺しかできねぇからよ。それより面倒を見るって、おめぇだってお座敷があんだろうよ」

「そん時は女将さんに面倒を見てもらうよ。それにあたしが子持ちとなれば、町の男どもは手を出さないだろう。なんならいっそのこと、あたしの色にならないかぃ」

　すみ奴は顎を引き、前襟に指を添えると、熱っぽい切れ長の目を向けてきた。

　――けっ。男も知らない未通女が、一丁前(いっちょうまえ)に女を気取って背伸びしてやがる。

團十郎は苦笑しながら呆れ顔で言った。

「お互い身内の一周忌も済んじゃいねぇんだぜ。浮かれたことを言ってんじゃねぇよ」

「あっ、そうだった！」苦り切った顔で額を叩いた。「すぐに後釜を見つけられたんじゃ、成仏できないか。あの世の女将さん、堪忍だ。とにかく成田屋の旦那、おみっちゃんの面倒は見るよ」

「じゃ、明日、娘を連れてくら。これで五十両はちゃらだ。いいな」おすみは娘らしい素直な顔で小刻みに頷いた。「おっ、そうだ。その時、ついでに別の羽織を持ってきてやら」

「別のじゃなくていいよ、それで」

「〈三升紋〉は市川家の定紋で、男しか着れねぇしきたりよ。女は替紋の〈杏葉牡丹〉。おめぇの顔には牡丹のほうが似合ってるし、おめぇの好きな助六が着ている黒羽二重も〈杏葉牡丹〉だ。死んだお袋のがあるから、持ってきてやるよ」

〈杏葉牡丹〉は替紋としているが、その昔、二代目團十郎が近衛関白家から拝領したと伝わる市川宗家自慢の由緒ある紋でもある。

「そんな大事な羽織をもらっていいのかい？」

「羽織がなきゃ、辰巳芸者はしまらねぇだろ。お袋おすみの羽織を着るのは、おすみしかいねぇよ」と言った刹那、不思議なことに不動明王の尊顔が浮かんだ。「——あ、なるほどね。これも不動明王様のお告げ、いや、御利益か。て、こたぁ……」

——目の前のおすみとの巡り合わせは……。

「何が、不動明王様の御利益なんだよ」とおすみ。

「俺の娘とお袋の形見の羽織が、おめぇの操を守ってくれるってことがだよ」

「あたしの操を……。守って、どうしようってんだい？」

——けっ！　また野暮を訊きやがる。

あまりにすっとぼけたおすみの問いに、團十郎はつい舌打ちした。

「やい、すみ奴。お互い出会って、辛い思いが少しは消えたんじゃねぇのか、どうなんでぃ」

「……ああ、消えたよ。成田屋の旦那のお蔭でね。だったら、どうなのさ？」

辻提灯に照らされたおすみの顔に、赤みがさしたように見えた。

「——べらぼうめっ！　野暮と化け物は箱根の先だ。粋で売ってる辰巳芸者が野暮なことを訊くねい。三周忌が終わるまで、おめぇの操は俺のもんだ。それまでもう少し、女を磨いておけ、すみ奴」

おすみは何か言おうとしたが、恥ずかしそうに小声で「あいよ」と素直に呟いた。

六

うっとうしい梅雨が終わり、江戸の夏の暑さがまだ残る夕暮れ――。

四代目鶴屋南北の許に、五代目岩井半四郎が訪ねてきた。

南北の屋敷は、富岡八幡宮の南を東西に流れる大島川（現・大横川）を越えた、黒船稲荷神社の地内にある。昨年の大火で亀戸村（現・江東区亀戸）にあった屋敷が燃えて焼け出されたのを機に、女房と弟子たちを引き連れ、引っ越したのだった。

深川を選んだ理由は、岩井半四郎や市川團十郎など歌舞伎役者が大勢住んでいることもあるが、大火の際は永代寺や富岡八幡宮を町火消や氏子が総出で護るので、その南にある黒船稲荷神社は火事の心配がないからだ。加えて、深川で妓楼を営む倅の勧めもあってやって来た。色町ゆえに華やかで、三年に一度行われる〈深川水掛け祭〉もあり、女房や弟子たちも喜んでいる。

深川は江戸前の海が近く、時折、海風が吹く。六十も半ばともなると、江戸の夏の暑さは体に堪える。それだけに深川の涼しい海風は何よりだった。唯一の不便は、埋立地なので井戸がないこと。水は水屋によって水舟で、道三堀に架かる銭瓶橋の袂から運ばれてくる。神田上水の余り水なので水銀は安いが、亀戸村では湧き水だったので、やはり味は落ちる。

半四郎の用件は、今、巷を騒がせている、市川團十郎と尾上菊五郎の不仲だ。

その発端が、今年三月の中村座の〈弥生興行〉で、菊五郎が同じ助六を演じたことだとは聞いている。菊五郎がわざと同じ演目をぶつけた理由も南北は知っていた。

原因は團十郎だ。昨年、妻子を大火で亡くして以降、演技にまったく身が入っていない。

玉川座の十一月の〈顔見世興行〉での南北作《四天王産湯玉川》は、松本幸四郎や目の前にいる岩井半四郎ほか、瀬川菊之丞など看板役者が補っていたからこそ何とかなったものの、年が明けての〈初春興行〉はまったく覇気がない。

菊五郎は團十郎より七歳上とあって、弟分のように思っていたのだろう。〈初春興行〉が終わった直後、團十郎を心配した菊五郎は、中村座の座頭、三代目坂東三津五郎を前に「團十郎の目を覚ますには、俺が助六をやるしかない」と言っていたという。菊五郎の思惑どおり、團十郎の芝居は息を吹き返した。

ところが、思いもよらない事態となっていく。

容姿に恵まれた菊五郎の演じた助六があまりに好評だったため、贔屓定連同士のいがみ合いが喧嘩沙汰にまで発展。半四郎によれば、二人の周りで煽る連中もいて、次第に溝が深まり、楽屋では互いに役者たちを前に罵っているとのことだ。

半四郎は、南北の女房が用意した白玉入りの甘い冷や水の入った茶碗を膝元に置くと、軽く吐息を漏らした。

さすが「大太夫」と呼ばれる江戸一番の〈立女形〉だ。日頃の立ち居振る舞いばかりか、吐息すらも絵になる。頭に二つ折りにした手拭いをのせ、両端を髷の後ろで結ぶ〈吉原かぶり〉。着物は柳模様の入った白い単衣。その上に黒の紗の〈紗袷〉を重ね着しているからか、一つひとつの所作までもがより色っぽく映る。おちょぼ口から出る女言葉がまたいい。透き通った声は艶かしく、とても男とは思えない。狂歌師蜀山人（大田南畝）に「役者は杜若（半四郎の俳名）」と言わしめるだけのことはある。

「このまま仲違いして、團十郎は玉川座、菊五郎は中村座と分かれ口も利かず、いがみ合っていたんじゃ、若い役者ばかりか、江戸歌舞伎は真っ二つ。あたしも四十路を過ぎ、もうすぐ五十に手が届く。鼻高の高麗屋さん（五代目松本幸四郎）や永木の親方（三代目坂東三津五郎）とともに頑張っちゃぁいるが、次の江戸歌舞伎を背負っていくとなると、あの二人しかいやせん。そうでござんしょう、先生」

――確かに。

これまで南北がつくってきた芝居は、江戸歌舞妓を代表する花形役者、五十半ばの松本幸四郎や四十半ばの岩井半四郎と坂東三津五郎——いわゆる「三幅対」と称された三人で、名作と言われるまでになったことは否めない。

今、いがみ合っている團十郎は三十前。尾上菊五郎は三十半ば。二人とも今や南北の作品に欠かせないばかりか、次の江戸歌舞妓を担う役者になりつつある。

「で、この私に二人の間を取り持てと」

「あい」半四郎は切れ長の目を流した。「目千両」と言われるだけに、今にも引き込まれそうだ。

「そうは言っても、芝居達者な者同士。先生の前では上辺だけの仲直りでござんしょう。そこで、あの二人を同じ舞台に立たせ、両方のご贔屓連中の目の前で仲直りをさせたいんでござんすよ」

これまで二人を作品に登場させて、すでに十年以上になる。文化五年（一八〇八）の市村座での〈皐月興行〉で《彩入御伽艸》を皮切りに、今まで十作以上に二人を共演させてきた。

「……なるほど。それは名案かもしれない。だけど、乗ってくるかねぇ、奴さんたち」

「どちらも先生にはお世話になっておりやすし、先生のお書きになられた芝居を断れる者なんぞ、この江戸には一人もおりやせん」

江戸では、狂言作者の門人たちはそれぞれに育ってはいるが、周りを見渡せば、江戸歌舞妓を引っ張っているのは六十五歳の、南北だけとなっている。

「いずれ劣らぬ人気取り。先生の芝居で、二人の顔が立つようにして頂けませぬかぇ」

南北が得意とするのは〈綯い交ぜ〉や〈書替え〉だ。〈綯い交ぜ〉では一昨年、河原崎座でやった《桜姫東文章》だ。〈書替え〉では、文化元年(一八〇四)に発表した出世作《天竺徳兵衛韓噺》だろう。この芝居では舞台に畳十畳もの大蝦蟇を登場させ、役者に水中で〈早替り〉をさせるなどの大仕掛けで江戸町衆の度肝を抜いた。近頃は〈変化物〉の〈早替り〉や、派手な仕掛けが大流行りだが、奇をてらうことは本意ではない。芝居に出てくる人物の心情を、もっと自由に、より生々しく実感できる芝居を常に心掛けつくっている。勿論、そう簡単ではない。これまで引き継がれてきた役者各家の、お家芸を無視できないからだ。そこに狂言作者の難しさがある。

南北が顔をしかめて腕組みをすると、半四郎は一蹴するように軽やかな声で継いだ。

「あたしは《双蝶々曲輪日記》の〈書替え〉なんかが、あの二人に丁度いいんじゃないかと思うんでござんすがねぇ、先生」

座頭と同等の立場にある〈立女形〉は、演目を決めることもできる。

半四郎が言った《双蝶々曲輪日記（ふたつちょうちょうくるわにっき）》は主役の力士二人、濡髪（ぬれがみ）の長五郎と放駒（はなれごま）の長吉の名にそれぞれ「長」が付くことで「蝶（ちょう）」と転じ、主役が二人いることから《双蝶々――》と表題されたものだ。南北がまだ「勝俵蔵（かつひょうぞう）」と名乗っていた下積みの頃、〈世話物〉の巨匠と呼ばれ一世を風靡（ふうび）した、大坂生まれの並木五瓶（なみきごへい）から教えを受けていた折、本で読んだことがある。それだけに思い出深い。

見せ場は〈角力場（すもうば）〉の、義理を背負った力士同士の、意地を張り合う場面だ。

半四郎が期待しているのも、その場面だろう。険悪になっている今だからこそ、二人の台詞（せりふ）に江戸っ子たちは息を呑み、より耳を澄ませ注目するに違いない。その張り詰めた中で二人に、どんな台詞を言わせるか。それが狂言作者の腕の見せ所だ。

――これは案外、面白くなるかもしれない。

「……なるほど。うぬぼれ屋の菊五郎と、目立ちたがり屋の團十郎の意地の張り合いか。さすが大太夫だ。人情の機微（きび）を演じなさるだけあって、いい芝居を選びなさる」

南北がほくそ笑むと、半四郎は間よく膝元にある空になった茶碗を手に取り、《双（ふたつ）蝶々曲輪日記（ちょうちょうくるわにっき）》の台詞よろしく「物事が、この茶碗のように丸く行けばよし」と名調子で言った。

「わかったよ。いろいろと趣向を凝らしてみようじゃないか。で、二人は今、どうしてるんだい」

「團十郎は、成田山に奉納芝居に出向いております」

玉川座の〈土用休み〉を利用し、玉川座に籍を置く瀬川菊之丞など弟子の役者十五人と、床山や大道具など裏方も含めて四十人ほどを引き連れ、成田山新勝寺に行っているという。おそらく、亡くなった妻子の供養も兼ねてのことだろう。菊五郎のほうは中村座の舞台に立ち、相変わらず人気を博しているとのことだ。

「團十郎には確か、乳飲み子がいたはずだが」

「ええ、二つになる幼い娘が。どういう経緯かは存じませんが、深川櫓下〈木綿屋〉という置屋に預けているとか。ま、後々、婿養子をと思ってのことでござんしょう」

歌舞妓の世界では珍しいことではない。役者の子は男女の別なく、踊りや三味線、琴の他に、書やお茶、生け花などを早いうちから学ぶ。男児は子役の時から吉原に通わせ、踊りを習わせるのが慣習となっている。歌舞妓には欠かせない女形の立居振舞や話し方など、本物の花魁を間近で見ることで自然と身に付くからだ。躾という点においても、商家や農家以上に厳しい。

「そこにいる、すみ奴とかいう辰巳芸者と、いい仲らしいじゃないか」

ここ黒船稲荷神社は色町深川と大島川を一本隔てた所だけに、様々な噂を耳にする。

「先生、よくご存じで。娘を預けているうちに情が移ったんでござんしょう。芸者のほうも、〈五大力〉と書いた三味線を持ち歩いていると、もっぱらの噂でござんすよ」

〈五大力〉とは「五大力菩薩」の略で、かつて女が恋文の封じ目に書く文字として使われていた。それを並木五瓶が、女の操の誓いとして三味線の裏皮に書くという芝居《五大力恋緘》で〈大当り〉を取った。以降、深川洲崎の遊廓で流行ったこともあり、未だに辰巳芸者の間で使われている。

「ふうん……。恋の封じ込めの〈五大力〉を三味線にねぇ」思わず渋い顔になった。

「團十郎も蜀山人と同じく〈またも踏み込む恋のぬかるみ――〉ってヤツかね。倅の重兵衛や永木の親方のように、女難の深みに嵌まらなきゃいいが」

　南北の倅、重兵衛は幼い頃から役者を目差していた。子役から一時、三代目坂東彦三郎の門人となり、〈坂東鶴十郎〉という名で役者になったものの、三十五歳の時、突然、辞めてしまう。

　原因は、幼い頃からよく遊んでいた團十郎だった。

團十郎との役者の力の差を知り、自信を失ったらしい。辞めた後は女に走り、三十九となった今は深川で妓楼〈直江屋〉の亭主となり、「直江重兵衛」と名を変え、多くの女郎に囲まれ暮らしている。ただ、未だ芝居には未練があるらしく、たまに屋敷に顔を見せては南北が書いた台本などを眺めている。
片や、永木の親方こと三代目坂東三津五郎のことは、好色女お伝との聞くに堪えない痴話で、深川で知らない者はいない。三津五郎は腑抜けになっているとの噂まであるほどだ。

「遊び慣れてる團十郎のことだ。それほどの心配もないか。もっとも、歌舞伎役者にとっちゃぁ、女房は大事な要。女将なくして役者の家は立ち行かない。後添いをもらうなら、早いに越したことはないよ。で、團十郎が成田山から戻って来るのは、いつだね？」

「確か、七月初めとか。できれば、七月の〈夏興行〉には二人の仲のいいところを町衆に披露したいと思うんでございますよ。これ以上、長引かせると、お江戸八百八町がぎくしゃくして、また諍いが起きる。大事になれば、今度はお上が黙っちゃおかない。そうでございましょう、先生」

確かにあり得る。かつて團十郎が体に文字や刺青を描いて舞台に上がった折、町奉行所から〈彫物禁止の触れ〉が出たほどだ。騒ぎが大きくなれば、興行までもが差し止めされかねない。

「つまり、今月中に書き上げろってのかね。大太夫、この暑いさ中に無茶を言いなさるよ」

「大南北先生なら、お安い御用でござんしょう」

半四郎は得意の流し目をしてから、女形っぽく三つ指をついて頭を下げた。

「あたしもひと肌もふた肌も脱ぎますゆえ、江戸歌舞伎のためにも、お江戸八百八町のためにも、ここは一つ、先生のお力で何卒、宜しくお願い申し上げます」

――ひと肌もふた肌も脱ぐ……！

舞台で半四郎が「お帰りあそばしませ」というと、相手役は自分の女房より愛しくなったというが、わかるような気がする。

南北は半四郎の目に引き込まれ、つい半四郎の手を引き寄せていた。半四郎の手は南北の女房より白く柔らかく、しっとりとして女のようだった。

「あの……せ、先生」

焦ったような半四郎の声に、南北は慌てて手を引っ込め、頭を振った。

「あ……いや、すまない。暑さのせいで妙な幻覚を見たらしい。今年の夏は体に堪える。あ、心配しなさんなって。必ず二人を仲直りさせる芝居にしてみせるよ、大太夫」

半四郎は目を細めると、優しく包み込むような笑みを口元に漂わせた。

第三幕　團と菊

一

文政三年（一八二〇）七月十七日、夕刻――。

三代目尾上菊五郎は、中村座の三階の楽屋で鏡台に向かい白粉を落としながら、周りで衣装を片付けている弟子たちの、ひそひそとした噂話に耳を傾けていた。

話の内容は、ご多分にもれず、菊五郎と市川團十郎の不仲だった。

「よう。成田屋の大目玉が、うちの親方とは金輪際、舞台を踏まないと言ってるらしいぜ」

「上等じゃねぇか。そのほうが身のためだぜ。所詮、親方の敵じゃねぇ。噂じゃ、あの大目玉の玉川座が〈大入り・札止め〉になった陰には、辰巳芸者といい仲になったからしいじゃねぇかよ」

「おう、その辰巳芸者よ。歳は十八。これが腰高で小股の切れ上がった『深川小町』

と呼ばれた、めっぽういい女だっていう町衆の噂でよ……」

弟子たちの話は團十郎の悪口から、いつもどおり女の話題へと移っていく。

團十郎との仲違いは、菊五郎が《助六》をやったことが発端だった。とはいえ、こっちはただ、妻子を大火で亡くして沈んでいる團十郎に活を入れようとしただけで、何ら悪意はない。しかも、名門市川團十郎家に遠慮して外題を《助六曲輪菊》とわざわざ変え、気まで遣ってやっている。それを團十郎が怒るなど、筋違いも甚だしい。

ここまで不仲になった原因は別にある。

町衆が「菊五郎の助六のほうが、いいじゃねぇか」と言い出したのを、江戸中の瓦版屋が面白おかしく書き立て煽ったからだ。二人の諍いが一年以上も続いた原因の一つは、事ある毎に瓦版屋がネタにしているからもあった。よほど売れるのか、近頃の錦絵も、わざと團十郎と菊五郎を一対で載せている。

もっとも、「團十郎より上手い」と言われて当然だ。團十郎より七つも年上で、芸歴も長い。その上、自慢ではないが、自他ともに認める、
この美貌だ――。

面長の顔に切れ長の涼やかな目と通った鼻筋。右目尻のホクロが色男に艶を添えている。化粧一つで、美男にも美女にも変容する唇の形がまたいい。これだけは、大き

な目が取り柄の團十郎も勝てやしない。

「あれから一年か……。それにしても、どうして俺は、こんなにもいい男なんだろうねぇ」

菊五郎が鏡の中の顔に思わず呟くと、側にいた長男松助が濡れ手拭いを差し出した。

「親方が、そう思うのも無理はねぇ。だって、誰もが色男と言ってんだから」

歌舞伎の世界では、親子であっても「親方」と呼ぶ。

本来なら十六歳の松助は、座頭や主役などの〈立者〉が入る楽屋ではなく、三階隅にある中堅役者〈相中〉の部屋に入る。だが、菊五郎の長男であり、五年前に三代目松助を襲名させたこともあり、菊五郎の付き人をさせていた。

ちなみに〈相中〉の下の、〈下立役〉の「稲荷町」は一階の大部屋に入る。「稲荷町」と呼ぶ由縁は、一階の楽屋口に祀ってある芝居の守護神、稲荷大明神の神棚の前に大部屋があるからだ。

松助は一つ溜め息を吐いた。

「本当にいい男ですよ。どこか一つでも親方に似ていれば、あっしも女にモテるんですがねぇ」

松助は、どちらかといえば母親似だった。

目は鈴を張ったように丸く、鼻は団子っ鼻。しかも残念なことに、鼻の穴が大きく、おまけに上を向いている。愛嬌はあるが、花魁を演じても艶めかしさがなく、敵役になっても凄みがない。顔の持ち味を生かした嵌まり役があるとすれば、芝居小屋の表看板の三枚目との意味で名付けられた「三枚目」の脇役——道化方ぐらいだろうか。だが、まだ若い。あばたを持ち味に変えられる演技を身に付けてこそ、一流の歌舞妓役者といえる。

大坂歌舞妓を背負う、三代目中村歌右衛門がいい例だ。容姿には恵まれていないものの、それを遥かに超える多彩な芸で「兼ネル役者」と称され、「大坂歌舞妓の頂に立つ」といわれるほどの人気となっており、菊五郎でさえも一目置いている。

「それにしても團十郎は、馬鹿だよなぁ。舞台で俺に啖呵を切るなんざぁ、百年早いぜ」

丁度一年前、七月の玉川座の舞台に、鶴屋南北の達ての希望で《双蝶々曲輪日記》の〈書替え〉に團十郎と出た。南北の話では、五代目岩井半四郎が菊五郎と團十郎を仲直りさせるため、半四郎自ら南北に頼み込んできたという。にもかかわらず、舞台で激しく火花を散らしてしまう。

見せ場は〈角力場〉——大関濡髪の長五郎と、町の素人相撲で名を上げた力士放駒の長吉が啖呵を切る場面だ。

縁台を挟んで、大関濡髪の長五郎役の菊五郎と、町の素人力士放駒の長吉役の團十郎とが睨み合った。浄瑠璃の「〽互いに悪口、睨み合い、思わず持ったる茶碗と茶碗――」の唄に合わせ、菊五郎が台本どおり、「物事がこの茶碗のように丸く行けばよし、こうしてしまえば元の土くれ」と、手に持った茶碗を握り潰す。その後に團十郎が同じく茶碗を握り潰そうとする。だが、そこは大関との力の差を見せるため、團十郎演じる放駒の長吉は陰で刀の鍔で打ち砕くという筋立てだった。しかし――。

あろうことか、團十郎は菊模様の入った茶碗を高々とかざしてから、舞台の床に打ち付けて叩き割り、大声で啖呵を切って見せた。

「土くれになるは、ひと言の仁義もなく《助六》を盗んだ菊紋一座だ。だが、心配はいらねぇよ。成田屋のこの俺には、ありがてぇことに、代々、成田山不動明王様が付いていなさる。土くれになったこの茶碗、不動明王様の火焔で焼きを入れ、まぁるい茶碗に焼き上げてやら。さすれば、人の物を欲しがる盗人根性も消え失せ、まっとうな男になろうってもんよ。御代は、いくらだ？　ははは……。いらねぇ、いらねぇ。成田屋は、そんなケチ臭ぇ男じゃねぇやさ、なぁ、皆の衆」

その逸脱した演技に、團十郎の贔屓定連からは大きな歓声と拍手が沸き起こり、逆に菊五郎の贔屓定連からは罵声が飛んだ。

黙ったままでは面目が立たない。菊五郎も負けずに言い返した。

「土くれ、土くれと、そんなに欲しけりゃ、《助六》も付けて、くれてやら。いくら不動明王様の火焔でも、まぁるい茶碗を四角い升にしか焼けねぇ、成りたがり。二人を丸く収めようと、江戸市中を東西南北駆け回る、大先生の心根もわからねぇ野暮天野郎に、丸くなんざできるわけもねぇ。この洟垂れの、へなちょこめが、味噌汁で顔洗って出直して来やがれってんだ！」

今度は、菊五郎の贔屓定連から大歓声とともに拍手が沸き起こった。

舞台では菊五郎と團十郎の睨み合いが続き、桟敷席ではあちこちで殴り合いの喧嘩が始まった。観客席は騒然となり、せっかくの鶴屋南北の新作が台無しになり、舞台は打ち切りとなった——。

二

「あれじゃ、大南北先生がお怒りになるのも無理はねぇよ」菊五郎は吐き捨てた。

「先生に頼みに行った、大和屋（岩井半四郎）の大太夫の顔も丸潰れだぜ」

團十郎の愚かさは、あの舞台だけではない。今年五月の〈皐月(さつき)興行〉に河原崎座で「これこそが元祖」とばかりに、これ見よがしに《双蝶々曲輪日記(ふたつちょうちょうくるわにっき)》をやっている。

主役の一人、町の素人力士放駒(はなれごま)の長吉は同じく團十郎が演じ、もう一人の主役大関濡髪(ぬれがみ)の長五郎役には、弟子ながら團十郎より十四も年嵩(としかさ)で〈実悪〉〈老役(ふけやく)〉で定評のある市川鰕十郎(えびじゅうろう)を使い、市川門下で固めた芝居だった。にもかかわらず、江戸っ子も野暮な團十郎の思惑を知ってか、客の入りはさっぱりで、七日余りで上演は打ち切りとなっている。

「親方、あまり大声で言わないほうが。二階に浜村屋(はまむらや)（瀬川菊之丞）さんがいますから」

きょうの舞台には、團十郎の屋敷に住み込む、十九歳の五代目瀬川菊之丞が辰巳芸者役として出ており、女形(おんながた)だけが入る二階の楽屋にいる。

「心配はねぇよ。菊之丞は成田屋の勢いだけの〈荒事〉より、格式のある雅(みやび)な音羽屋の所作芸に惚(ほ)れてら。目を見りゃわかる。そのうち團十郎から離れていくだろうよ。そういやぁ、さっき弟子が話していたが、團十郎の野郎、辰巳芸者といい仲と言うじゃねぇか」

「確か……」と松助。「すみ奴(やっこ)とかいう芸者で『深川小町』と言われた、なかなかの美人という話でさ。三味線の裏に〈五大力(ごだいりき)〉と書いて座敷を渡り歩いていると、もっぱらの噂ですよ」

周りの弟子たちも小刻みに頷いている。

「女房や娘の三周忌も終わっていねぇってのに、女に現を抜かすたぁ罰当たりなことをしやがるぜ、まったく。ま、誰かが横恋慕して、きょうの演目のようにならなきゃいいがよ。歌舞伎役者に女難は付き物というが、中でも芸者との火遊びは命取りだ」

こたびの演目《忠孝染分纏》は、今年三月、実際に深川の辰巳芸者と下女が殺された事件を元にしていた。

「ですが、親方。成田屋さんは芸者にぞっこんらしいですよ。何でも芸者の借金五十両を肩代わりした上に、亡くなった女将さんの残した幼子を、その芸者に預けているくらいですからね」

菊五郎は白粉を拭いていた手を止めた。

「何、本気かい。ふうん。ま、あの野郎は綺麗所に、からきし弱ぇからな。だがよ、美人が皆、心根がいいたぁ限らねぇ。中には好色女で強欲なお伝のように、男を駄目にする鼻摘まみもいやがる。そこが團十郎の女を見る目がねぇところよ。おめぇたちも女には、せいぜい気を付けな。どこの誰とは言わねぇが、江戸には、骨抜きにされた、しょうもねぇ親方もいるからよ」

この中村座の座頭、三代目坂東三津五郎のことだ。好色女お伝と恋仲になったため、長年連れ添った女将のお貞は離縁されている。この痴話騒動は草双紙『多話戯雑呑』で広く知れ渡っており、江戸市中で知らない者はない。今も三津五郎が舞台に立つと、あてこすりのヤジが飛ぶ。

「ふうん、『深川小町』と呼ばれた美人ねぇ……。そんなに美人なら、ここはひとつ試しに口説いてみるか。この色男を袖にした女なんざ、今まで一人もいねぇからな」

「親方」松助は悲しげな目を向けた。「おっ母さんを悲しませるようなことは……」

松助の欠点の一つは、何でも真に受けるところだ。

「馬ー鹿。冗談に決まってるだろうが。きょうの舞台みてぇに、横恋慕して團十郎に刺されてみろぃ。誰かのように、江戸の笑い者になるどころか、それこそ大南北先生に芝居にされちまわぁ。第一、そんなんで有名になってみろ、三代目尾上菊五郎の名に傷がつくってもんだ」

「そうですよ、親方」ほっとしたように言う。

「それより、松助。きょうの舞台は何だ。間も悪けりゃ、拍子も悪い。脇役だからと気を抜くんじゃねぇ。舞台ってのは役者と囃子方、皆で命懸けでつくってくもんだ。おめぇが台詞を飛ばしたり、とちったりするたんびに囃子方が遅れて間が悪くなる。

しまいにゃ、この俺まで間が悪くなって、芝居の聞かせ処の〈クドキ〉まで調子が狂ってくる。俺の芝居まで潰す気か」

〈クドキ〉とは浄瑠璃との巧妙な掛け合いで、心情を切々と訴えていく台詞回しのことだ。

「す……すみません、親方。稽古はしているんですが、台詞がなかなか覚えられねぇし、舞台に立つと上がっちまって、口から台詞が出てこねぇんでさ」

「――馬鹿野郎！」菊五郎はつい手を上げていた。

「情けねぇことを言ってんじゃねぇ。台詞なんざ真剣に覚えようと思えば一日もありゃぁ十分だ。そこに役の心を入れて、立役から女形まで何役もこなしてこそ役者てぇもんだろ。それを舞台に立つと上がるだとう。やい、そんな馬鹿な役者が、一体、どこにいる。おめぇもやがては俺の跡を継いで、四代目尾上菊五郎を背負うんだろう。それとも何か。いっそのこと、お蝶に婿を取らせて、余所者にこの音羽屋を継がせようか。どうなんだ、ええっ！」

松助の下には四つ違いの妹、お蝶がいる。十二と娘ながら、菊五郎が女形に扮した時の顔に瓜二つで、すでに周りでは美人ともてはやされ、誰もが婿養子になりたがっている。

「そ、それは……嫌ですけど」

松助は青ざめた情けない顔で見上げていた。それが菊五郎を余計、苛立たせていく。

「自信がねぇなら人の倍、稽古しろ。よう、松助。この松を見ろぃ」

菊五郎は窓際の筆机の上の、松の盆栽を指差した。五年前、茅場町は薬師堂の縁日の盆栽市で買ったものだ。菊五郎の一番のお気に入りでもあり、舞台の前には必ず見てから出ていく。

「高が二尺（約六十センチメートル）足らずの松だが、幹の腰のくねりといい、左右に広げた枝ぶりといい、見事じゃねえか。松葉の広げぐあいなんざ、扇子をかざした藤娘のようだぜ。同じ松でも松助のおめぇより、よっぽど立派で堂々としてやがる。芝居ってのは、手本になる形を見つけることだ。わかったか」

「……へぇ」

どんどん萎縮している。菊五郎は苛々と怒りを溜め息とともに吐き出した。

「今のうちだぜ、人の芸を盗むのも。今、一緒にやっている尾張屋（三代目関三十郎）の旦那の芝居を見てみろ。さすが上方仕込みよ、芸が細けぇ。爪の先から足の先まで、ぴーんと心が通ってら。ああいうのが『仁がいい』役者って言うんだぜ」

〈仁〉とは、役者から滲み出てくる艶や色気をいう。「仁がいい」とは、役者の持ち味や芸風が役に嵌まることを指す。中でも優れたものを「当たり役」と呼ぶ。

「いっぱしに〈立女形〉をやってやがる、大和屋の大太夫の倅条三郎や菊之丞も、おめぇより少しばかり年嵩だが、もうすでに仁を匂わせてら。上方でも、若い役者がどんどん出てきて、しのぎを削ってる。追い越す気持ちでいねぇと、どんどん置いていかれるぜ」

「わ、わ、わかってますよ、そ、そんなこたぁ」

「返事まで、いちいち吃るんじゃねぇ。やい、松助」と菊五郎が説教を続けようとした時だった。それを遮るように、弟子の一人が焦った様子で駆け込んできた。

「――大変です、親方！　奉行所から〈芝居打ち切り〉の触れが出されやした！」

「――何……〈芝居打ち切り〉の触れだぁ？　一体、どういうことだ」

「さぁ？　あっしにはわかりやせんが。奉行所のお役人が楽屋口で、座元や座頭の永木の親方を前に、何か読み上げてます」

「何てこったい。《忠孝染分繮》が引っ掛かったか。成田屋を突き放そうと思ってた矢先に、〈夏興行〉二日目にしてケチが付きやがって」

　菊五郎は床を蹴って立ち上がると、楽屋口へと急いだ。

〽かんかんのう　きうれんす、きゅうはきゅうれんす、さんしょならえ　さぁいほう、にいかんさんいんぴいたい……。

三

文政四年（一八二一）二月末の、小鳥の囀(さえず)りが聞こえてくる長閑(のどか)な昼下がり——。

團十郎は深川島田町の新築の屋敷の自室の寝床(ねどこ)で、「九連環(きゅうれんかん)（チャイニーズリング）」と呼ばれる知恵の輪を外しながら、三月に予定している成田山新勝寺の出開帳のことを考えていた。

九連環は昨年から葺屋町界隈(かいわい)で「唐人(とうじん)踊り（かんかん踊り）」とともに流行(はや)り出したもので、巷では、今、口ずさんでいる歌の調子に合わせると旨(うま)く外れると言われている。だが、半刻(はんとき)（約一時間）ほどやってはいるが、まったく外れてはくれない。

團十郎は半年も前から、成田山新勝寺の出開帳に向け準備を進めていた。昨文政三年の〈夏興行〉で奉行所から芝居打ち切りとなった尾上菊五郎を、これで突き放そうという思惑もある。

成田山新勝寺は大乗り気だった。前回、文化十一年（一八一四）に行った出開帳で集まった浄財だけでは、大風（おおかぜ）（台風）で破損した仁王門と念仏堂を完全に修復できなかったからだ。加えて、深川永代寺八幡宮社への出開帳は、第一回の元禄（げんろく）十六年（一七〇三）から数えて七回目だけに〈七代目市川團十郎〉が迎えるには相応（ふさわ）しく、絶好の機会と喜んでいる。

そこで三月の出開帳では、弘法大師（こうぼうだいし）が造ったと謂（いわ）れのある本尊の不動明王一体の他に、制咤迦童子（せいたかどうじ）と矜羯羅（こんがら）童子の二体を合わせた、不動三尊を運ぶ予定だ。期間も三月十五日から六十日間と長く、これまで以上に大盛況になることは大よそ予想がつく。

大盛況になる理由は他にもある。

江戸は二月初めから「ダンボ風邪」と呼ばれる感冒（かんぼう）に悩まされ続けていた。この風邪に罹（かか）らない者はいないほどで、一旦（いったん）、罹るや嘔吐（おうと）や下痢（げり）で重篤（じゅうとく）になる。江戸市中では死人が相次ぎ、どんな薬もまったく効かない。

つい最近、あまりの酷（ひど）さにお上が乗り出し、侍・町人の身分の別なく、所帯持には幼子から大人まで一人に付き二百五十文（約五千円）を、独り者には三百文（約六千円）を与え救済に当たったほどだった。

——こういう時こそ、不動明王様の出番でぃ。

江戸庶民の間では、不動明王には病を治す力が備わっていると信じられており、弟子たちも「やはり不動明王と縁深い成田屋だから——」と御利益を信じて疑わない。

團十郎家は、團十郎ほか一座の連中もダンボ風邪に罹り、四、五日は寝込んだものの、幸い命に別状はなかった。

それゆえ、不動明王の御利益を求めて殺到するのは目に見えている。しかも、江戸三座は今、人にうつるダンボ風邪のせいで、お上の命ですべて櫓を下ろしており、許されたのは〈出開帳興行〉だけ。その上、松本幸四郎や坂東三津五郎、岩井半四郎、尾上菊五郎などの〈名題〉役者のほとんどが上方に出ており、三座のある芝居町は火が消えたようになっている。だからこそ、何としても〈出開帳興行〉を成功させ、寂れた江戸を芝居で華やかにしたい——。

それが團十郎の心意気だった。

團十郎は天井を見上げた。

「芝居は不動明王様でいくとして、江戸っ子の度肝を抜くような、こう何か、話題になるものが欲しいよなぁ」と呟いた時だった。

廊下を走る足音が近づいてきたかと思ったら、團十郎のいる部屋の前で止まった。障子戸がさっと開く。すみ奴ことおすみだった。

突っ立っているだけで部屋に入ろうともしない。怒っていることは、吊り上げた目でわかる。

きょうの装いは、春らしい若草色の地に裾に花車をあしらった江戸褄に、團十郎家の替紋〈杏葉牡丹〉の入った江戸紫の羽織。手には三味線と、撥などの小物を入れる巾着を持っている。

おすみは今、四歳のおみつの世話をしてくれている。だが、一緒には暮らしていない。團十郎の屋敷は一門や弟子など男所帯なので、深川の置屋〈木綿屋〉に住んでいた。おみつも團十郎たちがダンボ風邪で寝込んでいる間は〈木綿屋〉に預けており、おすみに会うのはほぼひと月ぶりだった。

やはり娘盛りだ。しばらく見ないうちに、一段と大人っぽくなり、女っぷりが増した感がある。

團十郎は笑顔で声を掛けた。

「おう、おすみ。久しく会わねぇうちに一段と綺麗になりやがって、嬉しい限りだぜ。こうして見ると、おめぇやおみつがダンボに罹らなかったのも、不動明王様が成田屋を護ってくれているお蔭だぜ。良かったよな」

おすみは無言のまま部屋に入り、障子戸をぴしゃりと閉めると、目の前に座った。

「――ちょっと、お前さん！」

「おいおい、俺たちゃまだ夫婦になっちゃぁいねぇよ」

おすみは團十郎が手に持っている九連環をひったくると、思いっきり布団に投げつけた。

「何しやがるんでぃ。解けば御利益がある九連環が、もう少しで解けるってのによ」

おすみは目を吊り上げると、〈見得〉を切るように片膝を立てた。

「解いて欲しいのは、こっちだよ。お互い身内の三周忌も終わった。〈顔見世〉も終わり、年明けの初春の舞台も済んで、二月の初午祭の三の午もとっくに過ぎている。いつまで縛ったあたしを放っておくつもりだい！」

「縛ったおめぇを放っておく？　いってぇ、何のことでぃ」

おすみは三味線を突き出して遮った。裏皮には貞操の証〈五大力〉と書かれている。

「すっとぼけんじゃないよ！　五十両を肩代わりしてくれた二年前、お前さん、何て言ったんだ。『三周忌が終わるまで、おめぇの操は俺のもんだ。それまでもう少し、女を磨いておけ』と言ったのは、どこのどいつだ。それで羽織と、おみっちゃんを預けたんじゃないのかい。ええっ！」

あまりの気迫に押されそうだった。

「あれから二年か……月日の経つのは早ぇもんだな。憶えてら。確かに言った、が」

「――何だい、じれったいね」と畳み込み、にじり寄ってくる。

「あん時は、そうでも言わねぇと、おめぇが色を売りそうだったからよ。お袋と同じ名の『深川小町』が色を売ってるなんざ、聞きたくもねぇからよ」

　おすみの顔が驚きに変わった。

「――何だって！　それじゃ、ただの弾みで言ったってのかい？」

「いや、そうじゃねぇが……」

「何てこったい。〽人が羨む道楽肌を―好いたあたしが身の因果―」と当世小唄で口ずさむや、三味線を投げ出し、ふて腐るように座り直した。

「本当に馬鹿だよ、あたしは。『團十郎の色』だの、『成田屋の女将』だのと持ち上げられて、いい気になって、ざまぁないよ。おみっちゃんのいいおっ母さんになろうと、この二年の間、必死に頑張ってきたってのにさ。情けないったら、ありゃしないよ」

　本当に口惜しいのか、おすみの目にうっすらと涙が滲んだ。その一途さが堪らない。

「それには心底、感謝してるぜ。おみつも、おめぇを本当の母親だと思ってるみたいだしよ」

「ふん。感謝してるってか……。『深川小町』と呼ばれたあたしが、とんだ百夜通いの〈通小町〉ならぬ、四位の少将だ」

〈通小町〉は、小野小町を題材にした能の七つの謡曲〈七小町〉の曲目の一つ。四位の少将が小野小町の許へ百夜通いをした伝説で、少将は死後も恋の執念から小町の成仏をさまたげるという話だ。さすがに芝居通だけあって、よく知っている。

おすみはがっかりしたように三味線と一緒に持ってきた巾着を引き寄せると、中から紫の袱紗に包まれた物を前に置き、広げて見せた。二十五両の包金が二つ——。

「借りた五十両だ。さぁ、これが最後だ。金を取るか、あたしを取るか、はっきりしとくれ」

「五十両。んん……？」

四

「——あ、そうか！　これだ、おすみ」團十郎は躊躇なく、包金二つを手に取った。

「やっと解けたぜ。やっぱし金だ」

その刹那、おすみの手が團十郎の顔めがけ飛んできた。

「——痛っ！　なっ、何しやがる」

「それは、こっちの台詞だよ！　あたしはもう明日から深川じゃ流せないよ、恥ずかしくって」

「何ででぃ」

「――なっ、何でだぁ？」大きく見開いた目が一段と鋭くなった。「あんた、馬鹿かい。きょうまで『團十郎の色』と言われたあたしが、女房になれないんだ。こっ恥ずかしくって深川の町を歩けるかぃ。もう吉原に行くしかないよ」

「ちょ、ちょっと待ってくんな。俺は今すぐにも、おめぇをこの手に抱きてぇのは山々だ」

おすみはきっと睨んだ。

「そりゃぁ、色としてかぃ。それとも」

「勿論、女房としてだ」言下に遮った。「決まっててんだろうが」

「じゃ、何で金を取ったんだい！　このすっとこどっこい」

おすみはまた立て膝をついて踏み込んできた。

「そんなに怒るなって。情けねぇ話だが、女房二人に先立たれると、次もじゃねぇかと尻込みしてしまう。おめぇは確か今、十九。女の厄年だ。二度あることぁ三度あるって言うだろうが。あんな思いは二度でたくさんだ。今度、先に逝かれちまうと、こっちの心が持たねぇよ」

「だからすぐには女房にできないってのかい。ふん。来年は後厄だ。このままじゃ、どんどん年増になっていく。しまいにゃ、〈卒塔婆小町〉だよ」

〈卒塔婆小町〉も能〈七小町〉の曲目の一つ。みすぼらしい姿でさ迷う老女が、四位の少将の怨霊に取り憑かれた小野小町のなれの果てだったという話だ。

團十郎は思わずおすみの老婆の姿を思い浮かべ、身震いした。

「〈卒塔婆小町〉なんて縁起でもねぇ。病み上がりに、背筋の寒くなるような話はよしてくれ」

「だったら、ちゃんと落とし前を付けておくれ。このままじゃ、蛇の生殺しだ。夫婦にならないんだったら、團十郎家の末代まで祟ってやる」

怒った顔が何とも瑞々しい。つい抱きしめたくなる。

「さすが俺の惚れたおすみだぜ。執念深くっていいやな」團十郎がにこやかに言うと、おすみはきっと睨んだ。「あ、いや、そこでだ。病を越えた江戸の町衆の願いと、おめぇの命を護ってくれるよう、どう、不動明王様にお願いしたらいいか、考えていたところよ」

「ふん。またお得意の不動明王様かい。何も知らない小娘だと思って、嘘を言うんじゃないよ」

「嘘じゃねぇ。おめぇにはすまねぇが、正直なところ、心の隅にはまだおこうが残っていやがる」

「何をいけしゃあしゃあと、いけ好かないね。そんなの、あたしが忘れさせてやるよ」

「そのおめぇを護りてぇと言ってんだ。おこうも執念深さでは引けを取らねぇ。そこでこの三月、成田山新勝寺の出開帳の折、心に残っているおこうへの思いをお焚き上げしてもらい、おめぇと末永く、そして、八代目を授かるようにと祈願しようと思ってる」

「――八代目……！」見開いた目が鋭さを増した。「それ、本気で言ってるのかい」

「俺も三十一の男だぜ。こんなこと、伊達や酔狂で言えるかよ。芝居で不動明王様を奉るのはいいとして、何かが足りねぇような気がしてよ、この九連環を外しながら思案していたところに、おめぇが金を出したってわけだ。それで、とーんと解けたってわけよ」

「何がさ。いい加減なことを言ったら、今度こそ承知しないからね」

「望むところだ。やい、おすみ。よーく聞け。俺は今度の出開帳に、一千両を奉納して祈願する」

「はぁ……？」驚きの目になった。しばらくして訊き返した。「一千両っ……？」

「おう、一千両よ。でなきゃ、江戸の町衆だけじゃなく、可愛いおめぇや成田屋市川宗家は護れねぇ。それが成田屋市川宗家を背負う、七代目〈市川團十郎〉の俺の務めと気づいたのよ」

初代團十郎は跡継ぎを望み、新勝寺で願を掛けた。そのために酒と女を断ち精進を重ねた末に、男子を授かった。その後、不動明王を演じるようになり、「江戸の護り神」とまで呼ばれるようになったと祖父の五代目から聞いている。

七度目の出開帳を七代目團十郎が迎え、不動明王を演じるからこそ、初代團十郎以上の願掛けをしようと考えていたのだった。

團十郎は見上げた。

天井は金泥の格天井。鴨居の上には左右に伸びた松の枝ぶりを彫り上げた、透かし彫りの欄間。吊り束の下の長押には、見事な細工の菊と五三桐の紋が施された赤銅魚子の釘隠しが輝いている。明かり取りの窓は、不動明王の火焔を思わせる朱塗りの花頭窓。團十郎が出る歌舞伎の舞台のように、贅の限りを尽くした部屋だった。

「この部屋を見ろぃ。その昔、百姓から伸し上がって天下を取った太閤様のように、いくらこんな立派な屋敷に住んでも、家そのものが無くなったら終いよ」

「ちょっと待っとくれよ。だけど、お前さん、五十両じゃなく一千両だよ、一千両」

「念を押すねぃ。男に二言はねぇ」團十郎は布団を剝(は)いで、右足を一歩踏み出した。

「病に苦しめられた江戸の町へ、童子二人を引き連れて来なさる成田屋護り本尊の不動明王様の出開帳。江戸の隅から隅までずずぃーと清めて頂く御礼に、お上もできねぇ、奉納一千両。あ、千両役者のこの俺が、江戸の町衆の御為(おんため)、成田屋市川宗家とおすみの御為に、どーんと受け合おうじゃねぇか、おすみ」

　おすみの険のある顔が、優しい表情に変わった。

「……大きな男だねぇ、お前さんって男は」

「あたぼうよ。こちとら江戸っ子の総本山(そうほんざん)でぃ。正真正銘(しょうしんしょうめい)の〈大見得〉と、江戸っ子の心意気がどんなもんか、江戸の町衆に見せてやらぁ」

「惚れ直したねぇ……」と目を潤(うる)ませるや、おすみは團十郎の胸元に飛び込んできた。

「おい、待て、おすみ。病み上がりだぞ。それに、出開帳が終わるまでお互い綺麗な体でいねぇと、不動明王様と童子二人に大目玉だ」

「野暮なことをお言いじゃないよ、千両役者が。口吸いぐらい、いいじゃないか」

　おすみはそう言うと、團十郎を押し倒し、唇を重ねてきた。

　それは思っていた以上の、甘味のある、若々しく柔らかな唇だった。

江戸町衆の家内安全を願う一千両奉納——。

永代寺境内でふた月にわたり行われた〈出開帳興行〉は、團十郎の目論見どおり、江戸中の話題をさらった。それに加え、昨年から流行り出した唐人装束で行う「かんかん踊り」や「蛇踊り」などの見世物も出たこともあり、異常なほどの盛況ぶりを見せた。前振りの、三月五日から團十郎が不動明王を演じた中村座での〈出開帳興行〉も好評だった。

やはりダンボ風邪のせいだろう。病を治す不動明王の力にすがろうとする人々で、連日、〈大入り・札止め〉となった。しかも狂歌の三大家といわれる一人、蜀山人に「天下いち川の関」とまで言わしめ、團十郎はこれまで以上の人気を博した。

ただ、おすみとの婚儀は、未だにやってはいない。

三月の〈出開帳興行〉の後、五月の〈皐月興行〉、七月の〈夏興行〉と続き、贔屓定連の挨拶回りや舞台稽古で忙しく、さらに八月に入り、長らく座頭を務めてきた玉川座が櫓を下ろし、廃座になるという事態になったからだ。

それでも、着々と婚儀の準備は進んでいる。おすみは一旦、芝居茶屋〈和泉屋〉の亭主福地善兵衛の養女となり、團十郎家に入った。おすみに親兄弟がいなかったからだが、長く受け継がれてきた名跡〈市川團十郎〉の女房ともなると、それなりの格式となる世間体が必要だった。

今、おすみは一門の中で一番年嵩の五十過ぎの大谷馬十(ばじゅう)から、歌舞妓界のしきたりなどを教わり、團十郎やおみつほか弟子たちの面倒をみるだけでなく、團十郎の贔屓定連の集まりにも顔を出しており、周りでは誰もがおすみを女房として認めている。十九と若いながらも、團十郎家の女将としての貫禄(かんろく)が備わりつつあった。

とはいえ、七代もの名跡を継いできた市川團十郎家。家のけじめもあれば、正式の場で発表しなければならない梨園(りえん)のしきたりもある。そんな折に廻って来たのが、文化十二年（一八一五）から長らく休座していた市村座の再興だった。團十郎は座頭となり、十一月の〈顔見世興行〉で口上を述べることとなった。

十一月三日〈顔見世興行〉初日――。

團十郎は裃姿(かみしもすがた)で市村座の舞台に上り、座元で十二代目となる市村羽左衛門(うざえもん)と並んで、復興の喜びを述べた。

思いは一入(ひとしお)だった。三年前の大火の苦しみ悲しみから、ようやく抜け出せた心持ちだった。だからだろう。久しぶりに胸の高鳴りを覚えた。

團十郎はその場を借り、深々と頭を下げ、さらに口上を続けた。

「こたびは、この晴れがましき日に私事で何とも畏れ多いことに存じまするが、三年前の大火より長らく男寡でおりましたところ、おすみなる女子と縁を持ち、わが成田屋市川宗家の護り本尊である成田山不動明王様からのお許しを得、七代目團十郎が女房に目出度く迎え入れる運びと相成りましたこと、ここにお伝え言上申し上げ－奉りまする。

亡き母もおすみ、こたび女房もおすみ。お亡くなりになられましたる御連中様のあの世から、ここにお集まりの御連中様のこの世まで、相も変わらぬ御贔屓を、あ、すいみからすみまでずずずいーと、御願い申し上げー奉りまする」

直後、万雷の拍手が沸き起こり、「――よっ！　成田屋」「早く八代目を頼むぜ」と数多の掛け声や祝いの言葉とともに舞台めがけ、祝儀らしく紅白の紙に包んだ御ひねりが飛んだ。

観客席の贔屓定連の中には、かつて芝居茶屋〈和泉屋〉の二階の大広間で、おすみと揉めた本所連の連中の姿もあった。その折、仲裁に入った吉原定連の桜川善好もわざわざ楽屋にまで訪ねてくれ、舞台の後の市村座の出口で、羽織姿のおすみが帰っていく客たちに丁寧な言葉を掛け、頭を下げた姿がよかったと褒めてくれた。

後日の瓦版も團十郎の口上とともに、二人を祝福する文言で溢れていた。

五

婚儀から二年が経った、文政六年（一八二三）十月五日——。

江戸に木枯らしが吹き始める頃、おすみは第一子を産んだ。

團十郎家にとり、待望の男子だった。その報せに、〈菊月興行〉の舞台中だった團十郎は気もそぞろで、長い筋立てを急遽、短い芝居にして終わらせ、急いで深川の屋敷へと向かった。

屋敷に戻ると、弟子たちを束ねる、強面で知られる大谷馬十がすでに祝い酒に呑まれ、ろれつが回らないほど酔っていた。その周りで他の弟子たちも、顔を真っ赤に染めている。

「親方！　おめでとうございやす——」と集まってくる弟子たちを振り切り、廊下を走り、産屋の襖を開けた。

布団に寝ているおすみの側に、赤いねんねこに包まれた赤子の姿があった。

嬉し涙で目の前がぼけていく。

「――おすみ、よくやった！ よく産んでくれたぜ……」

團十郎は袖で涙を拭うと、赤子を抱き上げた。刹那、赤子特有の何とも言えない、いい匂いがしてくる。――堪らねぇ。

まだ生まれたばかりだが、やや切れ長の目と鼻の形が團十郎にそっくりだ。

「……待ってたぜ。俺がおめぇの親父の、七代目團十郎だ。おめぇがこの世に出てくるのを、どんなに心待ちにしていたことか、八代目、いや……まずは二代目だ」

「二代目……？」とおすみ。産後間もないものの、まだ若いからか、肌は瑞々しい。

「ああ。この子は二代目市川新之助よ。生まれながらの歌舞伎役者の出世魚だ。よう、おすみ。俺の思ったとおりになってるじゃねぇか。これも皆、不動明王様に一千両を奉納した御利益だぜ。おすみの厄落としをしてもらった上に、跡継ぎまで授かるたぁよ。これで團十郎家は、新之助の〈新〉みてぇに新しく、升、升、升と栄えていかぁ」

一昨年、團十郎が深川の出開帳で奉納した一千両は、成田山新勝寺境内の絵馬を掛ける額堂の建立に使われ、昨年暮れに棟上げした。

「じゃ、旦那様」と枕辺にいた乳母のお清。「この坊は、生まれながらの千両役者だ」

「いや、二代目は俺の血に、おすみの器量と踊り、それに芸の目利きの血も入ってやがるから、二千両役者よ。この器量だぜ。うん。きっと俺を超える〈大立者〉になるにちげぇねぇや。これで市川團十郎家は万々歳。そうだろう、おすみ」

「もう親馬鹿かい、お前さん。あまり欲を掻いて高望みすると、子は育たないって言うよ」

子を産んだせいか、娘らしさは消えたものの、大人の女の色香が増し、何とも艶めかしい。

「そら、人様の台詞よ。この市川團十郎家は先祖代々、成田山新勝寺の不動明王様に護られてら。――そうだ。これを機に庭にお堂を建てて、不動明王様の像を安置しよう。うん。それがいい」

「お堂を建て、不動明王様の像だぁ？　お前さん、ここを新勝寺の別院にするつもりかい」

「うちに跡取りが出来たんだぜ。お不動様だって子が欲しいだろ。おう、この際だ。新之助誕生のお礼に、新勝寺へ朱塗りの大盃を奉納しようじゃねぇか。一番上が……」抱いている新之助に目を落とす。「新之助がゆったりと入る、幅一尺半（約四十五センチメートル）の盃だ」

「一番上が一尺半の盃……？」

お清は両手を一尺半ほどに広げ、驚きの顔で見上げた。

「おうよ。三段重ねの大盃よ。一升二升三升と、升、升、升と團十郎家が永久に続くようにな」

「だけど、旦那様。一番上が一尺半もあったら、三段重ねの一番下は倍の三尺（約九十センチメートル）を超える大盃になっちまいますよ」

「てやんでぃ。それぐれぇ、でけぇ盃でねぇと、新勝寺の須弥壇の上に置いた時にみすぼらしくっていけねぇや。役者ってのはよ、壇上で目立ってこそだ。お清、すぐに頼んでくんな」

へぇ。お清は團十郎が抱く新之助を覗き、顔をほころばせて部屋を出ていった。

「さてと、次は新之助の初舞台だ。舞台に上げて、何をやるかだなぁ」

おすみは驚きの顔を向けた。

「初舞台……？　ちょっと、お前さん。この子は生まれたばかりで、まだ目も開いてないんだよ」

「さっき言ったぜ、新之助は生まれながらの歌舞伎役者と。来月の〈顔見世興行〉でお披露目だ」

「そんな無茶な。生まれてひと月で舞台に上がるなんて、よしとくれよ」

「やい、おすみ。よーく憶えておけ。市川團十郎家は並の歌舞伎役者の名跡じゃねぇ。どの家よりも前に出て、先頭を突き進んでいかなけりゃならねぇ大名跡だ。跡取りだけは音羽屋の兄ぃに先を越されていたからよ、ここらで團十郎家の名を上げておかねぇとしめしが付かねぇ」

尾上菊五郎にはすでに三代目尾上松助を継いだ十九になる長男がおり、長女もいる。

「やっぱし、思ったとおりだ」おすみは俄(にわ)かに眉(まゆ)をひそめた。「あんな子供騙(だま)しの芝居を見せて」

「何をっ。子供騙しの芝居……たぁ、一体、何のことでぃ」

團十郎が寝ているおすみを睨むと、おすみは撥(は)ね返すようなまなざしを向けた。

「あたしの目を誤魔化せるとでも思ったのかい」

おすみはゆっくりと起き上がり身繕(みづくろ)いすると、昨年十一月の市村座の〈顔見世興行〉から今年三月の〈弥生(やよい)興行〉まで、三本続けて菊五郎と共演した時のことを話し出した。

昨年十一月の〈顔見世興行〉の演目《御贔屓寄 友達(ごひいききつわもののまじわり)》は、團十郎と菊五郎を仲直りさせるために、再び鶴屋南北が書き下ろした芝居だった。これも大太夫の岩井半四郎が頼んだことは人伝(ひとづて)に聞いている。菊五郎も知っていたようで、お互いあうんの呼吸で、舞台の上では和解したような演技を見せていた。

今年の〈初春興行〉や〈弥生興行〉でも、それは同じ。ことに〈弥生興行〉での演目《浮世柄比翼稲妻》では、岩井半四郎が大詰めの〈吉原夜桜の場〉の舞台で二人を仲直りさせたいと台詞にまで盛り込み、そのために上手にもう一本、仮の花道が用意されたほどだった。鼻高の松本幸四郎が還暦になった祝いに当たり役の幡随院長兵衛を團十郎に譲ってまで、菊五郎との共演を望んだ芝居でもある。それだけによく憶えている。

團十郎と菊五郎は左右二本の花道でそれぞれに六方を踏み、交互に交わす〈渡り台詞〉を言いながら舞台へと進んだ。團十郎演じる強面の不破伴左衛門と、菊五郎演じる優男の名古屋山三が舞台の中央で出会い、〈鞘当〉から侍の意地を賭け、ついには斬り合いとなる。その間に割って入った留女幡随院長兵衛の女房お近役の、岩井半四郎が提灯で抑えるという、名場面での一幕だった。

二人の間に立つお近役の半四郎を、團十郎と菊五郎が「退いた、退いた」と退けようとする。

半四郎は凜として、二人が合わせた刀に提灯を置く。

「いいえ、退かれぬ。真剣づくのこの出会い、あたしも常の女子なら、おお怖などと色めかし、見て見ぬ振りが女の情。それがならぬが花のお江戸の江戸っ子にござんす。とは申せ、あたしも剣を止めるは命懸け。さて、男伊達の成田屋さん、今お一人は色男の音羽屋さん。去年の〈顔見世興行〉で仲直りして間もないに、いつまで続くこの諍い。きょうを境に祝い（岩井）の水で、どうか、さっぱりと流してくだしゃんせ」

「岩井の水」の掛詞に、團十郎も菊五郎も苦笑しながら刀を納め、その場は半四郎の顔を立てて演じきり、拍手喝采を浴びた舞台だった。

その後も、六月に森田座で南北作《法懸松成田利剣》を、七月と九月にも市村座の舞台で共演し、役の上では仲のいいところを見せている。

勿論、上辺でしかない。それをおすみに見抜かれていようとは思いもしない。

六

「女にはわからねぇだろうが、男には男の意地ってもんがあらぁ。なぁ、新之助」

團十郎が胸に抱いた新之助に語り掛けると、布団の上でおすみは呆れたように吐息を漏らした。

「芝居で何人もの人の業を演じてるってのに、お前さんたちは自分の業が見えないのかい」

「自分の業だとう？」

「そうじゃないか。こんなにも周りに心配を掛けているんだ。立派な業さ。森田座での芝居じゃないが、お前さんの夢に成田山の不動明王様がお出になって、お前さんの喉に利剣を突き刺して、しょうもない男の意地とやらを退治してもらいたいもんだよ、まったく。傍から見れば、似た者同士さ。キッキ、キャンキャンと喧嘩する猿と犬だから、手打ちもできないんだ」

「それを言うなら、龍と虎だろ」

「龍と虎……？　おや、嫌っていても一応は音羽屋さんを認めてるってことかい」

「〈荒事〉が成田屋のお家芸なら、〈和事〉は音羽屋だ。勿論、俺が天に昇る龍で、向こうが竹林の中で自分が一番と騒いでいる虎よ」

「何言ってんだか」おすみが噴出した。「どっちにしても、犬猿の仲に変わりはないじゃないか。大和屋の大太夫も、二人の仲を心配していなすったよ」

「何、大太夫が……？」

「お目出度いねぇ。あんな上辺だけを繕った芝居で、あの大太夫を騙せたと思ってたのかい。その分じゃ、去年、河原崎座の舞台で、何で鼻高の親方が助六を演じたかもわかっちゃいないね」

　昨年三月の〈弥生興行〉で、松本幸四郎が《助六櫻二重帯》と銘打ち、助六を演じている。

「それぐれぇわかってら。助六なんざ、誰にでもできる。それとも、助六は市川團十郎家だけのものじゃねぇと言いたかったのよ。鼻高の親っさんらしいやな。違うか」

「違うね。あの時、助六の相手役の吉原の花魁、揚巻を演じたのは音羽屋さんだ」

「おいおい。おめぇ、見に行ってたのかい」

　おすみは自分の着物の襟を片手で掴むと、役者が〈決め〉をするように背筋を伸ばした。

「あたしゃ、團十郎の女房だよ。いくら鼻高の親方が、お前さんの死んだ前の女房の親父さんだからと、何の断りもなしに《助六》をやられたんだ。黙っていられるかい」

　幸四郎とは、おこうが死んだとはいえ、未だに義父という関係は続いている。なので、幸四郎が《助六》をやることには目を瞑っていた。

「さすが筋を通す、おすみだ。で、どうだったんでぃ?」

「さすが鼻高の親方だ。芝居は丁寧だし、そつがない。けど、あれは助六じゃない。それを音羽屋さんの目の前で見せるためにやったんだ」

「どういうことでぃ、おすみ。俺にはまったくの、ちんぷんかんぷんだぜ」

「仁（にん）を見せるためだよ」

「仁だとう……？」

役者は役を自分のものにしようと切磋琢磨（せっさたくま）する。が、長年培（つちか）ってきたからといって、なかなかものにならないのが仁だ。芝居に厳しい定連たちは「仁が合う」「仁がない」と言って役者を評する。

おすみ曰（いわ）く、幸四郎も菊五郎もいずれ劣らぬ二枚目で芝居も旨いが、弱きを助け、強きを挫（くじ）く助六の役ではない。鋭い目つきと高い鼻が特徴の幸四郎は、悪人中の悪人を演じる〈実悪（じつあく）〉の演技が色濃く出てしまい、助六までもが悪人に見えてしまう。片や、以前、助六を演じた菊五郎は、あまりにいい男すぎて悪人に立ち向かうにも、今ひとつ迫力がなく、花魁の紐（ひも）か、美人局（つつもたせ）にしか見えなかったという。

「いくら鼻高の親方でも、助六の仁じゃないってことさね」

「……なるほど。それは言えてる。さすが目利きの鋭い、おすみだ。恐れ入ったぜ」

「だから鼻高の親方は《助六》をやったお詫（わ）びに、当たり役の幡随院長兵衛をお前さんに譲ったのさ。お前さんと音羽屋さんは、こんなにも周り中に気を遣わせているんだ。外ばかりじゃない。内弟子の門之助さんや馬十さんだって心配しているよ。いつまでうじうじと尾を引くつもりだい。江戸っ子の総本山だろ。いい加減に手打ちをしたら、どうなのさ、男らしく」

團十郎は胸に抱いていた新之助を、睨んでいるおすみに返した。

「そうさなぁ。跡継ぎも生まれたことだし、鼻高の親っさんに永木の親方、大和屋の大太夫(おおたゆう)の次に江戸歌舞妓を背負うとなると、俺と音羽屋の菊五郎兄ぃしかいねぇ。じゃ、年下の俺のほうから折れてやるか。菊五郎兄ぃにも面子(めんつ)があるだろうからよ」

おすみがほっとしたように息を吐いた。

「さすがお前さんだ。あたしが見込んだだけあって大きい男だよ」

「ま、そろそろ菊之丞も返してもらいてぇしよ」

「そういえば、あたしが家に入ってから寄り付かなくなったね。嫌われてるのかねえ?」

菊之丞と團十郎の生い立ちは似ている。どちらも実父との縁は薄い。

團十郎は母が五代目市川團十郎の次女だったことで、生まれてすぐ母の実の弟六代目の養子となった。だが、祖父五代目と叔父六代目が相次ぎ早世。十歳で七代目を襲名した。

片や菊之丞も幼い頃に養子に出され瀬川家に入るや、三代目瀬川菊之丞と養父の四代目が次々と亡くなり、十四歳で五代目を襲名する。それだけに実の弟のようで、團十郎の屋敷に弟子たちとともに一緒に住まわせていた。しかし――。

おすみが屋敷に出入りするようになった二年前の文政四年（一八二一）、菊之丞は屋敷から姿を消した。今は舞台も、松本幸四郎や菊五郎と共に中村座に立つことが多く、團十郎を暗に避けている。おそらくおすみへの焼き餅だろう。二十二と若い菊之丞だから無理もない。女を知らない、若女形ではよくあることだった。

「ま、こっちには伸び盛りの門之助もいるから、女形にこと欠かねぇんだが、門之助も少しは休ませてやらねぇとよ」

〈立女形〉でも、「大太夫」と呼ばれる五代目岩井半四郎の背中を追う若手の格付けは、立役同様、熾烈を極めている。昨文政五年、その岩井半四郎が長男二代目岩井粂三郎と次男初代岩井紫若の親子三人で、江戸三座の舞台を独占したことで兄弟は有名になった。以降、同じく〈立女形〉を目指している三代目市川門之助は焦りを感じているらしく、休みも取らずに舞台に立ち続けている。

門之助の名前を出した途端、おすみは眉間に皺を寄せた。

「その門之助さんだけどさ、部屋で着替えてる時や、髪や体を洗っている時に覗き見るのは止しとくれって言っといておくれでないか。こないだなんか、お清さんに体を拭いてもらい、部屋から出たら廊下にいたんだよ。いつもどこかで見られているようで、恥ずかしいったらないよ」

真の女形の色気や艶を会得するには、女の恥じらいを知ることに尽きる。芝居熱心な門之助は、若いおすみの普段の仕草を見ることで芸に磨きを掛けようとしているに違いない。

「そう言うなって。あいつは日本一の〈立女形〉――大太夫を目指してるんだ。きっと、女の色気をおめぇから学んでいるんだろうよ。近頃、めっきり芝居が艶っぽくなったのも、おすみのお蔭だろうぜ」

九月の市村座の南北作《造物梅の由兵衛》での、芸者長吉役の門之助の艶めかしさは、目の肥えた贔屓定連も唸らせた。

「あの菊之丞なんざ、主役の女房役をもらったにもかかわらず、足許にも及ばねぇ。ま、門之助のほうが八つも上だから、差があって当たりめぇだが、あれじゃ、〈瀬川菊之丞〉の名が泣くぜ」

「あら、八つ違い。何だぃ、お前さんと音羽屋さんと似てるじゃないか。面白いね」

「だが、音羽屋の菊五郎兄ぃたぁ、芝居は五分と五分。負けちゃいねぇよ」

「しつこいね。まだ言ってるよ」おすみは呆れ顔で言った。「じゃ、門之助さんへのひがみで、菊之丞さんはうちに寄り付かないのかねぇ」

「……ま、そんなところだ」まさか、おすみのせいとも言えない。「だが、門之助のためにも、菊之丞はうちにいたほうが張り合いが出ていい。菊之丞にとって今が一番大事（でぇじ）な時だ。今のうちに仕込んでやりてぇのよ。あのまま菊五郎兄ぃの所にいたんじゃ、立役と女形、どっち付かず。あいつが目指しているのも日本一の大太夫だ。菊五郎兄ぃは、そこがわかってねぇ。ま、てめぇにしか興味がねぇから仕方ねぇがな。さてと」團十郎は立った。「とにかく、まずは新之助の〈顔見世興行〉よ」

「本当にやるのかい？」

「あたぼうよ。これから大南北先生の所に行って、新之助が出る芝居を考えてもらわ。おすみ、来月の〈顔見世興行〉までにお乳をたっぷり飲ませて、せいぜい大きくしてくんな、頼んだぜ」

おすみは呆れ顔で息を吐いた。

「生まれてひと月で舞台に立つなんて聞いたこともない」

「心配するねぇい。七つまでは神の子。新之助は不動明王様の子でぃ。大丈夫に決まってら」

「またお得意のお不動様だ。だけど大南北先生、〈顔見世興行〉までひと月もないってのに書いてくださるかねぇ」

「心配はいらねぇよ。九月にあった市村座の舞台じゃ、音羽屋の兄ぃが主役で、この俺が脇(わき)で出ろと言われて四の五の言わずに出ているんだ。少しぐれぇの無理は聞いてくださるだろうよ」

部屋を出て障子を閉めると、ほっと息を吐いた。

すっかり日も暮れ、深川の空が赤く染まっている。

――菊五郎兄ぃと手打ちをするのも、すべては團十郎家のため、新之助のためだ。

團十郎はそう自分を納得させると、静かに歩き出した。


十一月の市村座の〈顔見世興行〉は鶴屋南北の台本が遅れたため、尾上菊五郎の中村座より、十日遅れで始まった。遅れた理由は他でもない、團十郎が、生まれたばかりの二代目新之助を急遽、舞台に出してくれと頼んだことによる。新之助の初舞台となった〈顔見世興行〉の南北の新作では、團十郎が新之助を胸に抱き、五代目岩井半四郎や三代目坂東三津五郎と共に出た。

新之助が生後ひと月で初舞台を踏んだことで、年が明けた翌文政七年（一八二四）の正月刊行の役者評判記『役者神事競』では〈大上上吉〉にやや及ばない〈白大上上吉〉と位付けされた。

菊五郎にはそれが面白くなかったらしく、團十郎自ら菊五郎の屋敷を訪ねても居留守を使い、会おうともしない。おすみには手打ちをするとは言ったものの、結局のところ、菊五郎とは仲違いのままだ。というわけで今年は〈初春興行〉に始まり、〈弥生興行〉〈皐月興行〉が終わっても共演はなく、弟分の瀬川菊之丞を取り戻すことはできずじまいだった。

そんなもたつく團十郎に、不幸が次々と襲う。

七

八月十六日――。
朝方、蜩がカナカナカナ……と物悲しく鳴く中、成田山の旅巡業から江戸に戻った團十郎は、縁側に立ち、先日の新勝寺での舞台を思い出しながら、泥水の退いた庭をぼんやりと眺めていた。

二日前、江戸を襲った大風は大雨を降らし、大川を氾濫させ、本所深川一帯を水浸しにした。近所の話では、大川に架かる永代橋も一部流されたとのことだ。

團十郎の新築の屋敷も水に浸かった。幸い屋敷は高波や洪水を考え高床式にしてあったため、畳や家財道具は濡れずに済んだ。衣装などを収めた土蔵も、四尺（約一・二メートル）の石積みの上に建てられていたので無事だったが、煮炊きする窯は完全に水に浸かり使いものにならない。

庭も酷い。上流から流れてきた桶や下駄、戸板の破片などが散乱し、池や植木も泥に埋まった。枝ぶりの良かった松は倒れ、その松の枝が黒塀を壊し、見る影もない。浸水の深さを示すように、自慢の七尺（約二・一メートル）の御影石の灯籠の中ほどには、泥の筋がくっきりと残っている。その周りで弟子たちが忙しなく散乱したごみなどを拾い、庭を片付けていた。

庭からの汚泥の臭いが鼻を突き、空しい心をさらに萎ませていく。

――泣きっ面に蜂かよ……。

今年の旅巡業ほど辛かったことはない。

〈立女形〉として頭角を現してきた市川門之助が、巡業先の甲州亀屋座から帰った直後の、七月二十七日に亡くなった。享年三十一――。さらに、一門の面倒をみていた強面の二代目大谷馬十までもが、その二日後、成田山新勝寺境内の芝居興行中に卒中で倒れ、そのまま帰らぬ人となる。享年五十七――。

相次ぐ不幸に、一座に不安と動揺が広がった。だが、旅巡業を取りやめにすることはできない。

とりわけ成田山は、文化六年（一八〇九）より十五年も崩壊したままになっている新勝寺の仁王門修復のための復興巡業でもあり、團十郎一座としては、是が非でも舞台に立たなければならなかった。

そんな失意の中、一座に漂う重苦しい空気から救ったのは、《助六》の舞台で門之助の代わりを務めた二十一の若い岩井紫若（五代目岩井半四郎の次男）と、二歳の倅新之助だった。

團十郎扮する花川戸助六を相手に、助六の愛人で吉原の遊廓〈三浦屋〉の花魁揚巻役の、紫若の台本にはない咄嗟の台詞が観客を和ませた。

紫若は、助六役の團十郎から渡された赤子の新之助を胸に抱き、驚いて見せた。

「おや、どなた様が子連れで〈三浦屋〉にお目見えになったかと思いんしたら、かようにも小さき豆助六がもう一人、ありんしたか」

その台詞に場内が俄かに沸く。紫若は十分に観客の反応を楽しんでから、さらに続けた。

「いえいえ、これは主様(ぬし)の二代目でありんすな。坊の目も鼻も主様にそっくり。しばらく成田山に顔を見せぬは、これでありんしたか。産んだは『深川小町』と評判の、おすみさん。とぼけなんし、主様。噂(うわさ)は成田山まで聞こえておざりいす。きっと二十年先には、この豆助六の手に花魁たちの煙管(きせる)が、雨のように降るのでありんしょう」

紫若が目を細め、新之助に顔を向けると、偶然にも無邪気な声で笑い出した。すると——。

紫若はそれに合わせるように、仰(の)け反(ぞ)って見せた。

「はぁ……十年後でありんすか。助六を演じる役者は数多(あまた)あれど、この豆助六は、何とも末恐ろしき二代目であらしゃいますわいなぁ」

紫若の機転の利いた見事な揚巻役に、笑いと拍手が沸き起こり、〈大当たり〉となった——。

團十郎は体に残った悲しみを追い出すように息を吐くと、手にした門之助と大谷馬十の〈死絵(しにえ)〉三枚に目を落とした。

〈死絵〉とは、人気の高い歌舞伎役者が亡くなった際、その死を悼んで出される追悼の錦絵で、役者の生前の姿に、没年月日や戒名、墓所、生前の業績、辞世、追善の歌句などが記されている。

三枚の〈死絵〉は、大風の前、版元が持ってきたものだった。

〈色染ぬ　楓も散るや　秋の風――〉

〈死絵〉に記してある、門之助の辞世の句だ。赤く染まらないうちに命を散らした門之助の心情がよく出ている。芝居熱心な門之助の無念さを思うと、察するに余りある。

〈この枝と　思ふは枯る　紅葉哉――〉

門之助の辞世の句に寄せて詠んだ、團十郎の返句だ。この枝をと思い、大事に育てていたのに紅葉はすでに枯れていたと、團十郎の弟子に対する無念さを詠んだものだ。

尾上菊五郎も返句を寄せている。

〈山々の　中に遠山　もみち（紅葉）なれ――〉

菊五郎が、どんな思いで詠んだかはわからない。おそらくあの世の山で、赤く染まった目立つ紅葉になれと言いたいに違いない。

その時、隣に人の気配がした。

八

團十郎が横を見ると、門之助の父、市川男女蔵（初代）が立っていた。

門之助に先立たれ、一層、老け込んだように見える。顔は亡くなった女形の門之助とはまったく違う男顔で、体軀もでかい。歳は團十郎より十歳上の四十四。團十郎の祖父五代目に弟子入りしてより、團十郎家の門人のままだ。團十郎が九歳の時、六代目養父が亡くなった折、北町奉行所から「市川惣代」を申し渡されたほどの人物でもある。当たり役は〈四ツ竹節〉に唄われた力士役で有名な〈白藤源太〉――。

男女蔵は團十郎が持つ〈死絵〉に目を落として庭に目を向けると、深く息を吐いた。

「これを逆縁って言うんだろうねぇ。子に先立たれる父親の役は何度もやったが、こんなにも辛ぇとは思いもしねぇ。大火で女将さんと娘さんをお亡くしなすった親方の、あん時の気持ちがようやくわかりやしたよ……」

未だに思い出すと、胸が痛む。あの時は両腕をもがれたようで、生きる気力すらなかった。

男女蔵は洟を啜った。

「一昨日の大水で何もかも流れたかと思ったが、未だに腹の底に涙水が残ってやがる。前厄、本厄、後厄と無事にすり抜けたと思ったのに、ざまぁねぇや」顔を歪ませ、顔を手で覆った。「親に、こんなに辛ぇ思いをさせやがって……紀伊国屋の四代目を真似て早く逝くこたぁねぇだろうに……あの馬鹿が」

紀伊国屋の四代目とは、四代目沢村宗十郎のことだ。宗十郎は二十代の頃、同い年の尾上菊五郎と、七つ下の團十郎の三人で「江戸若手三幅対」と呼ばれたことがある。しかし、宗十郎は二十九の若さで逝ってしまった。

門之助も近年、二代目岩井条三郎や瀬川菊之丞と並び、「江戸若手三幅対」の一人と呼ばれ、〈門之助洗粉〉という洗顔料まで出るほどの人気だった。それだけに余計、口惜しく、門之助を失った男女蔵の辛さは痛いほどわかる。

團十郎は頭を下げた。

「すまねぇ、男女蔵さん。門之助を甲州に連れてったばっかりに、こんなことになっちまって」

「……あいつの運でさ」男女蔵は涙ながらに苦笑した。「甲斐から戻って、貝の毒に当たって死ぬなんざ洒落にもならねぇ。……あまりに情けない死に方で涙が出らぁ。どうせ当たるんなら、てめぇの芝居で〈大当り〉しろってんだ」

門之助の死因は貝毒に当たったとの、町医者の診立てだった。

門之助の貝好きは身内の間では有名で、三月三日の節句の行事の潮干狩には、潮干狩の名所の深川洲崎に未明から出掛けていくほどだった。山深い甲州から戻ってきたからだろう。新鮮な貝が食べたいと、何人もの魚屋の棒手振りを呼び寄せていた。その貝に当たったらしい。

「男女蔵さん……」

團十郎は、男女蔵の震える背中を労わるように優しく摩った。

「……親方。あいつの望みは日本一の〈立女形〉になることだった。最後に、甲斐の舞台で《助六》の揚巻を演じられて、さぞかし本望だったと思いやすよ」

歌舞伎役者にとり、一番大事なのが役柄だ。有名な演目の芝居では、主役となる〈立者〉や相手役の傾城・花魁などの華やかで艶のある〈立女形〉、〈実悪〉や〈親敵〉などの敵役は、團十郎をはじめ、松本幸四郎や坂東三津五郎、岩井半四郎、尾上菊五郎といった〈名題〉役者が演じるのが、江戸では不文律となっている。

例えば《助六》の舞台を江戸でやる場合は、團十郎が助六を演じ、愛人役の花魁揚巻には大概、大太夫の岩井半四郎と決まっている。それゆえ、甲州や成田山などの旅巡業では、普段、大役をもらえない二番手の名跡を名乗る役者たちの売り出しの場となっていた。

　男女蔵は鼻を啜ると、絞り出すように口を継いだ。

「江戸では中村座が最後でさ。次男の語りで門之助の舞台を見られたのが、せめてもの慰めだ」

　その舞台を一番喜んだのは、始終、屋敷の中で門之助に追い回されていた、おすみだった。夏の夕暮れ、門之助が浴衣姿で喜び勇んで團十郎の部屋に入ってきたのを、昨日のことのように憶えている。

「――親方！　ついに女の色気の極意をものにしやした。ちょっと見ておくんなせぇ」

　そう言って中腰になって背を向け、ゆっくりと振り向いた。流し目は今にも吸い込まれそうで、やや口を開け、声を出さずに微かに動かし、軽く小指を下唇に触れて見せる。いつ見たのか知らないが、おすみが團十郎を閨に誘う時に見せる仕草だった。隣で見ていたおすみも驚いていた。

　それ以上にぞくっとする色香を舞台で見せたのが、《道行辻花染》で心太売り役の関三十郎を誘う、夜鷹役だ。芝居を終え、楽屋に戻ってきた関三十郎が、「思わず門之助を、本物の女と見間違えるところでしたよ」と絶賛した。

「……門之助なら、きっと日本一の〈立女形〉になったにちげぇねぇ。今も心に残っているのは河原崎座でやった《芦屋道満大内鑑》の、葛の葉狐でさ」

《芦屋道満大内鑑》は、陰陽師安倍晴明の父が信太の森の白狐と契り、晴明が誕生したという伝説を元にした歌舞妓だった。

門之助は葛の葉姫と、それに化けた葛の葉狐の二役を演じた。

見せ場は、狐と暴かれた葛の葉狐が家を去る際、泣く子をあやしながら四枚の障子に和歌を大きく書く場面だ。おこうと娘の三回忌だった文政三年の〈菊月興行〉だけによく憶えている。

〈恋しくばたずねきてみよ　いずみなる　信太の森の　うらみ葛の葉――〉

舞台の上で門之助は、赤子を抱きながら筆を持ち、右手で〈恋〉と書いてから〈しくば〉を下から逆に書き、泣き出す赤子をあやしていく。

すがりつく赤子に筆を左手に持ち変え、〈信太の森の〉を裏文字で書き、右の手で〈うらみ〉と筆を走らせたところで再び赤子が泣き出し、今度は筆を口でくわえ〈葛の葉〉と書いてみせる。不可解な筆使いは人ではなく、狐であることを表わしている。

門之助の達筆な書と、悲しげな心情を背中だけで演じた艶めかしい芝居に場内は息を呑み、演じた後、割れんばかりの喝采に包まれた——。

「さては一首の歌を残し、親子の別れを悲しみて……会いに来よとの三十一文字」

男女蔵も思い出したのだろう。震える声で、葛の葉狐の後を追う夫の台詞を口にした。

「男女蔵さん。慰めにもならねぇが、門之助の思いを弟の小文字太夫に継がせては？」

「それは、どうかねぇ」男女蔵は渋い顔を見せた。「あいつは今、浄瑠璃に夢中だ。四代目常磐津文字太夫を目指してるのに、ここで四代目市川門之助を襲名させると、二足の草鞋でどっち付かずだ。弟たぁいえ、あいつにも目指している道はある。それに門之助が大事にしてきた名跡だ。それを継ぐには相当な覚悟がねぇと、亡くなった門之助が浮かばれねぇ」

有名な名跡を継ぐことが、どれほど大変なことか、團十郎自身、身をもって知っている。

舞台に立てば、先代たちと比較される。劣った芝居をすれば、先代を知る贔屓定連に容赦なく「名跡の面汚し——」と叩かれる。華やかに見える歌舞伎界だが、そこには目には見えない怖さと落とし穴が潜む。それゆえ、名跡を継いだ誰もがその重責を担(にな)い、命懸けで舞台に立っていた。

「男女蔵さんの言うとおりだ。とんだ野暮を言っちまって、すまねぇ。これからは心の中にいる門之助と親子水入らず、じっくり話してくだせぇ」

「心の中にいる……？」男女蔵は、はたと何かに気づいたように深く頷(うなず)いた。「そうでさ。門之助は俺の心の中で今も生き続けている。いや、二代目新之助さんの中にも生きている。そうでやんしょう」

團十郎の初名「新之助」は、四代目團十郎の門下だった二代目市川門之助の「之助」と、門之助の俳名「新車(しんしゃ)」の「新」を合わせたものだ。寛政六年（一七九四）八月、桐座(きりざ)で團十郎が四歳で初舞台を踏んだ折に、二代目市川門之助が病床の中で命名し、その二ヵ月後に亡くなったと聞かされている。

「勿論でさ。新之助は門之助の願いも、男女蔵さんの思いも叶(かな)える役者にならなきゃ」

男女蔵は團十郎の言葉を避けるように背を向けた。

やはり早世した門之助を思うと、これから先のある新之助の話は辛すぎる。

「今は早や、何思うことなかりけり。弥陀(みだ)の御国(みくに)へ行く身なりせば、ああ、十六年はひと昔……三十一年は……ふた昔。ああ、夢だー、夢だ……」

涙まじりで男女蔵が言ったのは、《一谷嫩軍記(いちのたにふたばぐんき)》で、関三十郎が演じた熊谷直実(くまがいなおざね)の台詞だった。この舞台が最後となった門之助は、熊谷の妻相模と菊の前姫など四役を見事に演じた。おそらく男女蔵が「三十一年はふた昔」と付け加えたのは門之助のことだろう。

團十郎は、去ってゆく男女蔵の背中に一礼した。

九

午後——。尾上菊五郎と鶴屋南北の倅の直江重兵衛が、團十郎の許を訪ねてきた。仏間の隣の座敷で、二人揃って黒紋付袴姿で並んで座っていた。八月半ばとはいえ、一昨日の大水の湿気もあり、二人は盛んに扇子で煽いでいる。二人の前にはそれぞれ、おすみが運んできた、茶托にのった茶碗が置いてあった。

團十郎が一礼して前に座ると、各々が神妙な面持ちで悔みの言葉を述べた。

菊五郎はいつもと変わらないが、久しぶりに会う重兵衛は顔がふっくらして、役者だった頃の面影はまったくない。目を細め脂ぎった顔は、遊女を食い物にする狡猾な遊廓の亭主そのもの。だからか、四十一歳の菊五郎より三つ上にもかかわらず、親子ほどに老けて見える。

重兵衛が無作法にも笑みを浮かべて部屋を見回し、親しげに続けた。

「『團十郎御殿』と聞いちゃぁいたが、さすが成田屋さんのお屋敷だ。大川の大水にあってもびくともしねぇ。うちなんざ、一階が全部、水に浸かって商売あがったりよ。ま、女たちにはいい骨休めになっちゃぁいるがね。それにしても金泥の格天井といい、透かし彫りの欄間といい、五三桐の赤銅魚子の釘隠しといい、見事だねぇ。朱塗りの花頭窓が、また洒落てら。ねぇ、音羽屋さん」

場をわきまえない重兵衛の言動に、菊五郎は苦り切った顔ながらも軽く頷いた。

「重兵衛兄ぃ。『成田屋さん』なんて、水臭い言い方はよしておくんなせぇ。昔みてぇに『團十郎』と。それより、こんな大変な折にわざわざ来て頂いて、ありがとうござんす」

重兵衛は大仰に手を振った。

「そんな気遣いは無用だ。團十郎一座の看板役者が二人も立て続けに逝っちまったんだ。うちの親父も心配してら。本当なら親父も線香を上げに来たかったんだが、情けねぇ話、この大水に驚いて、ぎっくり腰よ。で、きょうは親父の名代も兼ねてやって来たわけよ」

隣の仏間に目を向けた。仏壇には白木の位牌が二柱。その前にある黒塗りの供物台の上の線香立てに立てられた線香からは微かに煙が上がり、各々の名が入った香典袋が三つ並んでいた。

「大南北先生がぎっくり腰ですかい。そりゃぁ、大変だ」

「齢七十だからよ。親父も今度ばかしは駄目だと思ったらしく、團十郎と音羽屋さんの間を取り持てと、こんな俺まで頼りにしやがる。それできょう、二人で来たってわけだ」

やはり南北も、團十郎と菊五郎の仲直りを上辺だけと見抜いていたらしい。

重兵衛は苦笑いしながらも、二人の顔を交互に見くらべていた。

「といわれても、お互い大名跡を背負う身。面子もあれば、意地もあらぁな。俺みたいな中途半端な役者崩れが間にいたんじゃぁ、折れることもできねぇだろうから、俺はこれで帰る。後は宜しくやってくれ。親父には、二人の間のしこりは一昨日の大水のように綺麗さっぱり流れたと言っとく。親父の遺言と思って、親父の顔を潰さねぇよう今度こそ頼んだぜ」

重兵衛は念を押して二人の肩に手を置くと、太鼓持ちに似た軽い足取りで部屋を出ていった。

蟬時雨の中、向かい合う二人の間に、長い沈黙が流れた。

諍いが五年以上も続いていることもあり、團十郎は和解の糸口を見つけられないでいた。これまでお互い舞台の上では散々悪態をつきながらも、一応、上辺だけは仲の良いところを見せてきただけに、どう詫びの言葉を述べても嘘に思えてならない。おそらく菊五郎も同じなのだろう。眉間に皺を寄せて目を瞑り、口を真一文字に閉じている顔には苦渋の色が見て取れる。

夕日が畳に二人の長い影を落とした頃――。

菊五郎は渋い顔のまま、深い大息を吐いた。團十郎の視線を嫌うかのように、懐から手ぬぐいを取り出して首に滲んだ汗を拭き取ると、固く閉じていた口を潤すように茶碗に残った冷めた茶を呷ってから居住まいを正した。

「舞台じゃあるめぇし、〈だんまり〉で腹の探り合いをしていても埒が明かねぇ」

〈だんまり〉とは字の如く無言で暗闇の中を手探りで宝を探り、奪い争う立ち回りをいう。

「大南北先生の遺言と言われりゃ、お互い背けねぇ。そうだろう、成田屋さん、いや、昔みてぇに『團十郎』と呼ばせてもらうぜ。忌中に押し掛けてなんだが……」

菊五郎は羽織をさっと脱ぐと、南北からの伝言を話した。

南北は、どうせなら十一月の〈顔見世興行〉で仲のいいところを見せて〈初春〉〈弥生〉〈皐月〉と一気に〈曽我物〉で行き、〈夏興行〉で、あっと驚くような出し物をと考えているという。

「十一月まで、まだふた月半もある。その頃には江戸の町も今よりはましになってるだろうよ。そん時に町衆を励ましてやりてぇ。それには俺とおめぇが仲良く舞台に立つのが一番と、大南北先生はおっしゃる。よう、團十郎。大水じゃねぇが、お互い今までのこたぁ水に流そうじゃねぇか」

菊五郎はいきなり頭を下げた。

「この通りだ」

「——菊五郎兄ぃ！　面を上げておくんなせぇ。頭を下げるのは、こっちだ。こっちこそ舞台の上で菊五郎兄ぃに悪態をついて、すまねぇと思ってる」

團十郎も頭を下げてから、仲違いの発端となった五年前の、文政二年三月の菊五郎の《助六》のことを話した。中村座の座頭坂東三津五郎から聞いた、文政元年の大火で妻子を失った團十郎を元気づけるためだったという話だ。

「後から永木の親方から聞かされたんでさ。あん時は確かに女房と娘を失い、しょげてやした。そこに菊五郎兄ぃの《助六》だ。こんな時にと思った矢先、あまりに菊五郎兄ぃの評判が良く、周りが何だかんだと煽るもんだから、つい頭に血が上っちまって……」

菊五郎は照れたように渋い顔をつくると、自分の頭を掻いた。

「慣れねぇこたぁ、しちゃぁいけねぇな。おめぇに活を入れるどころか、江戸中を巻き込む騒ぎを起こしちまって洒落にもならねぇ。安心しな。もう《助六》は生涯しねぇよ。町衆が何を言おうが、評判記や瓦版屋が何を書こうが《助六》は團十郎、おめえのもんだ。ま、あれで初めておめぇの、というより、團十郎家が代々つくってきなすった江戸歌舞伎の重みを思い知ったぜ」

「ありがとうございやす。そう言ってもらって。だが、今は菊五郎兄ぃに《助六》をやってもらって、こっちは御の字でさ。あれが元で新しい女房と巡り合え、立ち直れたんで」

「何でぃ、何でぃ、のろけかよ。その恋女房だが『深川小町』と噂違わぬ別嬪で驚いたぜ。あれなら辛ぇのも悲しいのも何もかも吹っ飛ばしてくれら。しかも八代目まで産んでくれて何よりじゃねぇか。二代目新之助を見せてもらったが、二歳でもう目鼻がはっきりした舞台映えのする、いい顔してやがる」

菊五郎の言葉にほっとした。本心から役者二人に死なれた團十郎を励まそうとしてくれている。

「菊五郎兄ぃの松助のように、立派に育てばいいんだが。もう二十歳でやんしょ」

菊五郎は苦り切った顔を横に振った。

「あいつは駄目だ。役者らしくはなっちゃぁいるが、台詞は板に付いていねぇし、芸が薄くて話にならねぇ。それに何と言っても、華がねぇ」

役者の世界でよく耳にする。「華がない」とは、観客を引きつける魅力がないということだ。これだけは生まれ持っての「天賦の才」とでも言おうか。芝居の上手い下手ではなく、また、顔の良し悪しでもない。

「ですが、菊五郎兄ぃ。あっしは松助の気負いのねぇ芝居が好きだ。あれこそ天賦ですぜ」

「ありゃぁ気負いがねぇんじゃなく、覇気がねぇだけよ。未だに舞台に立つと、あがってやがる。ま、そこそこの役者にはなれるだろうが、四代目菊五郎を継ぐ器じゃねぇ。だが、ありがとよ、あいつを褒めてくれて。俺もおすみさんのような綺麗所でも妾にして、跡継ぎを産ませるか。そうすりゃ、おめぇの八代目と同じ舞台を踏める」

おそらく菊五郎は松助に見切りをつけたのだろう。

「二枚目の菊五郎兄ぃなら、綺麗所は引く手数多だ。立役・女形の両方をこなす菊五郎兄ぃみてぇな子ができるに違ぇねぇ。だが、こう言っちゃあなんだが、松助を見捨てるには早すぎまさ。中山の富三郎なんざ、鼻高の親っさんに見切られたが、うちの弟子になってからは三十二になった今でも伸びてやす。成雀屋の中村鶴蔵も、まだ十六と若いが芝居は丁寧だし、どんどん上手くなってやすよ」

「ほう」菊五郎の顔が驚きに変わった。「おめぇが弟子ばかりか、他の一門の役者に目を向けていたたぁ驚きだぜ。久しく会わねぇうちに、大人になったじゃねぇか」

「あっしも、もう三十四でさ」苦笑した。「江戸歌舞伎を担ぐ一人としちゃ周りも見ていかねぇと。ガキの頃、五代目によく言われたんでさ。舞台は一人でつくってんじゃねぇ。脇が駄目なら、いくら〈立者〉や〈立女形〉が光っても舞台は下だって」

祖父五代目は、團十郎が九歳の時に他界した養父六代目の代わりに、舞台の何たるかを細々と教えてくれた。そして、最後に必ず言う言葉が、「本物の〈市川團十郎〉になれ――」だった。

「門之助と馬十の二人に死なれて、その言葉の重みが身に沁みてやす。菊五郎兄ぃ。松助はまだ二十歳と若ぇ。もう少し長い目で見てやっては……」

菊五郎は厳しい顔で、手を上げて制した。

「あいつに役者としての才がねぇのは、父親の俺が一番よくわかってる。才もねぇのに、四代目菊五郎を継がせようと期待を懸けるのは酷ってもんだ。妹のお蝶に養子でも取らせて、四代目菊五郎の名跡を継がせるよ。ま、もっとも、それに適った奴がいればいいがな」

　菊五郎が松助に名跡を継がせないと決めたのは、親としての深い情なのだろう。しかし「名を継ぐと化ける」という言葉がある。襲名すれば周りの目が変わり、役者として大きく成長することも多々ある。ただ……。

せっかく和解しようとしているのに、弟子の指導の仕方の違いで再び諍いを起こしたくはない。

「芝居と違い、この世の中、てめぇが思うようには旨く運ばないもんですねぇ、菊五郎兄ぃ」

　菊五郎は渋い顔で小刻みに頷いた。

「まったくよ。江戸歌舞伎を大江戸歌舞伎にしようとすると、俺とおめぇみたいにぶつかって諍いが起きる。町衆の気を引こうと新しい芝居をやると、お上から法度の触れだ。その上、頼みの弟子が早死にしたり、場違いなことをしでかす弟子が舞台の足を引っ張ったりでよ。そのうち、歌舞伎が町衆から見向きもされなくなるんじゃねぇかと、内心、はらはらしてるぜ」

　いくらうぬぼれ屋の菊五郎でも、世の中の空気を感ぜずにはいられないのだろう。江戸歌舞妓の将来を憂う、菊五郎の心の一端を垣間見た思いだった。もっとも、團十郎も似たような危うさは感じている。それだけに門之助と馬十の死は痛い。

「とはいえ、兄ぃの、中村座の夏の演目《音菊高麗恋》はなかなかの評判じゃねえですかぃ。馴染みの瓦版屋がこれ見よがしに持ってきた錦絵に、〈五役大当り　尾上菊五郎〉とありやしたし、粂三郎の錦絵は、客の目を引こうと何とも大胆なことをしやがると、正直、驚いていたところでさ。さすが〈立女形〉の大和屋の大太夫の倅だ」

　馬十と門之助の〈死絵〉とともに、《音菊高麗恋》に出てくる天竺徳兵衛役の菊五郎や、もろこし姫役の瀬川菊之丞ほか、二代目岩井粂三郎の錦絵が売り出された。中でも粂三郎の肌脱ぎした女形の後ろ姿は目を引く。〈役者絵〉というより、情欲を掻き立てる〈あぶな絵〉に近い。

「ありゃ、外道の芝居だ」菊五郎は不機嫌に吐き捨てた。「役者が〈見得〉を切って肌脱ぎするならともかくも、〈立女形〉が色を売るような真似を舞台でするなんざ下の下だ。女形は陰間じゃねぇ。あんな真似をしやがるから、また奉行所に目を付けられるんでぃ」

菊五郎によると、文政三年に実際に江戸であった殺人を元にした演目が上演中止となって以降、奉行所お抱えの目明しがしょっちゅう芝居を監視し出したという。

そんな折に条三郎が女形姿で舞台で肌脱ぎをしたものだから、座頭を務める坂東三津五郎は怒って、即座に条三郎を降板させ旅に出し、代わりに瀬川菊之丞を立てたとのことだった。

「幸い今のご老中様は袖の下がお好きなようで、三十両で手打ちとなったから後腐れはねぇと思うが、お上がいつ何時、心変わりするかわからねぇ。万一を考えて旅に出したのよ。あんなことでケチが付いて、この大江戸歌舞妓が目の敵にされて潰されちゃ、敵わねぇからよ」

老中首座に就いた水野忠成という男は、公然と賄賂を求めてくると、もっぱらの噂だった。そのため、奉行所の町方ばかりでなく、目明しや手下の下っ引に至るまで袖の下を求めてくる。

「それで代役に菊之丞……そうですかい。そりゃ、飛んだ物入りで。ま、菊之丞なら安心だ」

「それが、そうでもねぇんだ。あれも飛んだ眼鏡違ぇよ」

菊之丞は三年前、團十郎の屋敷を出てから菊五郎の屋敷に一旦は厄介になり、坂東三津五郎と共演してからというもの、舞踊が著しく上達した。それが縁で、今は菊五郎の屋敷を出、三津五郎の別宅、深川の妓楼〈五明楼〉に入ったという。

ところが、町娘にきゃーきゃーと追い掛けられ、〈五明楼〉で女を覚え男としての自信も付いたのか、三津五郎の威光を笠に、楽屋では横柄だとのことだった。

「ずうたいも五尺四寸（約百六十四センチメートル）とでけぇが、態度もでかくなりやがってよ。今のままじゃ、いずれのっぴきならねぇ落とし穴に嵌まるぜ。上の三幅対が甘やかすから、女形の楽屋は示しもつかねぇらしいやな」

菊五郎の言った「上の三幅対」とは、五代目松本幸四郎と三代目坂東三津五郎、五代目岩井半四郎の三人だ。それにしても、そんなにも菊之丞が酷くなっているとは思いもしない。

菊五郎は溜め息を吐いた。

「男も女も色を覚えりゃぁ、変わっちまう。そんな下のこたぁ、今はどうでもいい。それより、江戸歌舞伎だ。それには、おめぇと俺が揃って立たねぇと立ちいかねぇ。『遠からんものは音羽屋に聞け、近くば寄って目にも三升の團十郎』よ。もう仲違いしている場合じゃねぇ。今のうちに、この江戸歌舞伎を二人で仕切れるよう、道筋をつけておこうじゃねぇか」

おそらく二度も奉行所から目を付けられ、江戸歌舞妓に危うさを感じているに違いない。團十郎と諍いを起こしていた五年ほどの間、菊五郎もかなり苦労させられたらしい。

「兄ぃの思い、わかりやした。これからの江戸歌舞妓はあっしら二人、團十郎と菊五郎が仕切る、團と菊——團菊(だんぎく)の時代でさ」

菊五郎はがっちりと團十郎の肩を摑(つか)んだ。

「團菊？　それを言うなら、菊團……いや、そんな小せぇこたぁ、今はどうでもいい」

「とにかく、宜しく頼まぁ、兄弟」

へぇ。團十郎は満面の笑みで返した。

團十郎と菊五郎が手を結んだことで、芝居町のぎくしゃくした空気は瞬(また)く間に一掃された。

文政七年十一月の〈顔見世興行〉を皮切りに、翌文政八年(一八二五)正月の中村座の〈初春興行〉は〈團十郎と菊五郎の和解興行〉と銘打たれた南北の新作〈曽我物〉で、連日、大勢の観客が詰めかけ〈大入り・札止め〉となった。

勢いは止まらず、四月の〈弥生興行〉まで続く好調ぶりだった。舞台に團十郎と菊五郎の二人が立つや、「――よっ！　ご両人！」と両方の贔屓定連から声が掛かる。二人に加え、鼻高の松本幸四郎や、江戸に戻った岩井粂三郎など五人の「紋尽五人男」と題された、歌川国貞の大判錦絵が出回ったことも花を添えている。

そんな中、團十郎家では三月、おすみが次男を産んだ。

第四幕　表の《忠臣蔵》、裏の《四谷怪談》

一

円座の真ん中、畳の上に、鶴屋南北が分厚い台本を置いた。

表紙には〈仮名手本忠臣蔵　東海道四谷怪談〉とある。

六月半ばの、暑さが堪える夏真っ盛りの午後――。

團十郎は、深川黒船稲荷神社地内にある、鶴屋南北の屋敷に呼び出された。

簾戸を回した十二畳の座敷には、南北とその倅重兵衛、尾上菊五郎ほか、珍しく裏方大道具方の棟梁長谷川勘兵衛と鬘師の友九郎が座っていた。それぞれ涼しげな浴衣姿だが、さすが菊五郎。浴衣は白と紺の〈菊五郎格子〉の〈判じ物〉と、平素でも粋を忘れない。もっとも、團十郎も〈三升格子〉柄の浴衣だ。簾戸越しに入る庭からの風は生温く、深川は蚊が多いこともあり、各々、忙しなく団扇を煽っている。

南北もやおら団扇を手に取った。

「今朝、書き上げたばかりの〈夏興行〉にやる新作だ。《忠臣蔵》とはまったく別物だが、《忠臣蔵》の芝居の合い間に入れてやろうという趣向だ。一応、二日で完結するように組んである」

《仮名手本忠臣蔵》――通称《忠臣蔵》は、かつてあった吉良家に討入りし、主君の仇討を果たした赤穂浪士の「赤穂事件」を元にしている。

ただ、時代も人物も別ものに置き換えてある。理由は、少なからず将軍家が関わっており、そのまま演ずることはお上批判と取られかねないからだ。そのため、赤穂藩が塩で有名なことから赤穂浪士は「塩冶浪士」に、敵役の高家の吉良上野介は『太平記』に出てくる「高師直」に、赤穂藩国家老大石内蔵助は「大星由良助」と、それぞれ名を変えている。お上への、ささやかな皮肉を込めた抵抗だった。

ちなみに「仮名手本」とは、赤穂四十七士を「いろは四十七文字」になぞらえている。

「二つの演目を二日続きでやるたぁ、面白ぇ」と菊五郎が言うと、南北は自慢げに後を継いだ。

「初日は《忠臣蔵》の大序から六段目まで。その後に《東海道四谷怪談》の序幕から三幕までをやる。二日目は再び《東海道四谷怪談》の三幕から始めて《忠臣蔵》の七段目、九段目、十段目をやって、《東海道四谷怪談》の四幕目と最後を入れ、〆が

《忠臣蔵》十一段目の〈討入り〉という段取りだ」

「さすが大南北先生だ。《忠臣蔵》の途中に別の芝居を挟むたぁ、面白ぇ趣向じゃねえですかい」

「面白いのはそこだけじゃないよ。音羽屋さんの〈変化〉が光る芝居でもある。初めに言っとくが、この芝居は命懸けでやってもらわないと、大怪我じゃすまない代物だ。目には見えない怨念の話だからね。ことに音羽屋さんは今年が大厄だ。くれぐれも気をつけとくれよ」

〈大厄〉とは男が四十二の歳だ。菊五郎は気にも留めていない様子で苦笑いを返した。

「大丈夫でさ。ちゃんとお祓いは済ましてありやすので」

「そうかい。じゃ、まずは、ざっと芝居の筋を話すから聞いとくれ」

南北がつくった物語は、忠義のために討入りを果たした《忠臣蔵》の忠臣たちの華々しい活躍ではなく、まったく正反対の、改易に遭い、貧困の中で喘ぐ藩士たちの真実の姿だという。その中の、不忠者で身勝手な男が怨霊によって殺される姿を描く怪談話で、本筋は元塩冶藩士と妻、妻の妹夫婦の話が中心で、全五幕からなるとのことだった。

南北は台本をめくり、順を追って朗々と話の筋を語り始めた——。

序幕――。

元塩冶藩士四谷左門には、お岩とお袖の美人姉妹がいる。姉のお岩は民谷伊右衛門と、妹お袖は佐藤与茂七とそれぞれ夫婦。お袖の夫与茂七は商人に化け、主君の敵の高家を探り、討ち入りの機会を狙っている。片や、お岩の夫伊右衛門は仇討などという気はさらさらなく働きもしない。そのため義父左門に、懐妊したお岩と離縁させられる。

ある日、伊右衛門は浅草寺境内で高家を探る義父左門と出会い、お岩との復縁を願い出る。左門は伊右衛門が昔、主家の塩冶家の御用金を横領したことを暴露。娘お岩との復縁をきっぱりと断る。伊右衛門は復縁より横領の発覚を懼れ、左門の後をつけ殺してしまう。

一方、妹お袖は、昼は楊枝店で働き、夜は按摩の宅悦が営む女郎屋〈地獄宿〉で密かに体を売っている。お袖は美人なだけに女郎屋で働いていることが評判となり、看板娘となる。

そこへ、かねてからお袖に恋慕する薬売りの直助が〈地獄宿〉に来る。直助は元塩冶藩士奥田家に仕えていた下男だった。直助はお袖に求婚するが、夫がいる身と断わられてしまう。
〈地獄宿〉に美人がいるとの評判を聞きつけ、夫与茂七までもがやって来る。娼婦のお袖と、夫の与茂七とが鉢合わせ。言い合いの痴話喧嘩となるが、結局は仲直りする。それを物陰から見ていた直助。邪魔な与茂七を殺そうと画策する。

直助が仕えていた元塩冶藩士の奥田庄三郎も、高家の動向を探っている。だが、素性が高家に知られ、お袖の夫与茂七と着物を取り換え、高家の目から逃れようとする。

ある晩、暗闇で待ち伏せていた直助。与茂七と着物を取り換えた元主人奥田とも知らず殺害してしまう。しかも、顔の皮を剝いでいく。

お岩は父左門を殺され、お袖は夫を殺されたと思い込み、共に涙に暮れている。

そこへやってきた伊右衛門と直助。敵を討ってやると、悲しみに暮れる姉妹に誓う。

身重のお岩は伊右衛門と復縁し、お袖は仇討が成就すれば直助と夫婦になると約束する。

「――と、まぁ、ここまでが序幕だ。次の二幕は〈四谷町、伊右衛門浪宅の場〉だ」

と、南北は額の汗を手拭いで拭い、続けた。

第二幕――。

お岩は民谷家に戻ったものの、産後の肥立ちが悪く病気がち。伊右衛門は次第にお岩を厭うようになり、傘張りにも嫌気がさす。そんな折、伊右衛門に思わぬ縁談が舞い込む。隣に住む高家の家臣伊藤喜兵衛の孫娘お梅が伊右衛門に恋心を抱き、喜兵衛も伊右衛門を婿に望んでいる。高家への仕官を条件に承諾する伊右衛門。按摩の宅悦にお岩を強姦させ、不義密通を口実に離縁しようと企む。

一方、伊藤喜兵衛も孫娘に邪魔なお岩を亡き者にしようと、「血の道」の薬と偽り、乳母に毒薬を届けさせる。この毒薬は美しい顔を醜くさせるというものだった――。

「なるほど。そこそこ客の気を引く話じゃねぇですかぃ」と菊五郎。「で、俺が綺麗所のお岩役を、團十郎が色男で薄情者の民谷伊右衛門役ですかぃ」

「さすが察しがいい。下男の直助役には鼻高の親方を。もう一人の綺麗所、お岩の妹お袖役には粂三郎をと思っている」

「ふうん。大太夫の小倅と、俺を競わせようというわけか。面白ぇ、受けて立とうじゃねぇか」

やや戯けながらも不満げな口ぶりだった。無理もない。粂三郎こと二代目岩井粂三郎は「大太夫」と呼ばれた五代目岩井半四郎の長男で歳は二十半ば。菊五郎の〈立女形〉には遠く及ばないが、同じく二十半ばの五代目瀬川菊之丞と「若手の双璧」と言われ、今や若女形を二分するほどの人気を集めている。特に贔屓筋に若い娘が多い。それが菊五郎にとっては面白くないらしい。

「だが先生、このぐれぇの筋立てなら、いつもとあんまし変わり映えしねぇ気がしやすが」

「焦っちゃいけないよ、音羽屋さん。ここからが、この芝居の真骨頂だ。音羽屋さんにはお岩に、お袖の夫与茂七。それと、後に出てくる中間の小平の三役をやってもらう。ことに与茂七役は《忠臣蔵》と、この《東海道四谷怪談》を結ぶ大事な役回りだ。お前さんの〈早替り〉に、棟梁の大道具方の匠の技、それと鬘の友九郎さんの腕の見せ所と言ってもいい」

　容姿に優れ、初代尾上松助の〈ケレン〉を継承した菊五郎の芸は、團十郎も認めている。《玉藻前御園公服》で演じた金毛九尾の狐はまさにはまり役で、当時の評判記も〈水中早替り〉や〈宙乗り〉（宙吊り）を大絶賛した。それに比べ、こたびの團十郎の役処はさして面白味はない。

　團十郎は顔にまとわりつく蚊を団扇で追い払うと、やや苛立ちまぎれに言った。

「じゃ、俺は何をするんでさ。これじゃ、いつもと同じような、飾りの相手役だ」

「成田屋さんも慌てなさんなって。お前さんの伊右衛門役は初めから敵役で演じては困る。純真にお岩を思う二枚目が己の欲に蝕まれ、心変わりしていく悪党――〈色悪〉とでも言おうか」

「色悪……？」

「人の心が徐々に醜くなっていく様を、どう上手く観客に見せられるかが腕の見せ所だ。この役は、お前さんにしかできない。最後まで話を聞いて、どう演ずればいいか、考えておくれ」

南北は勿体つけるように、茶を美味そうにひと口啜ってから先を続けた。

二

按摩の宅悦が家に入ると、毒薬を飲んだお岩が苦しんでいる。

実は目が見える宅悦。容貌が崩れたお岩を見て脅え、手籠めにすることも忘れ伊右衛門の陰謀を吐露する。お岩は怒りと苦痛の中、恨みを言いに伊藤家に行く支度をするが、櫛ですくと髪が抜け落ちる。毒薬で目が腫れ上がった顔を鏡で見た、お岩。あまりの変わりように絶叫し、化け物の姿となって息絶える。

伊右衛門が家に帰ると、同じ浪人仲間の秋山長兵衛が待っている。民谷家の家宝の妙薬を盗もうとした中間小平を捕まえたという。小平は病で苦しむ元塩冶藩士の主人のために盗もうとしたと白状、許しを請う。しかし、伊右衛門は小平をお岩の間男に仕立てて斬り、お岩と小平の死骸を戸板の裏と表に釘で打ち付け、川に投げ捨ててしまう。

すべて思いのままに運んだ伊右衛門。が、婚礼の晩、新妻のお梅が化け物のお岩に、お梅の祖父喜兵衛の顔が死んだ小平に見えてしまう。錯乱する伊右衛門。二人を斬り捨て逃げていく。

「――なるほど。こいつぁ、確かに難しい。二枚目の〈色悪〉か……」と團十郎が呟くと、対面にいた鬘師の友九郎がいつも鼻にのせているべっ甲の眼鏡を持ち上げ、にやりとした。

「櫛ですくと髪が抜け落ち、毒薬で目が腫れ上がった顔、ですかい、先生」

「そうだ。ここがこの芝居の最初の見せ場だよ。面体崩れる秘宝の薬――毒を飲んだお岩の顔は、一度見たら忘れられないほどの、ぞっとする女の怨念の顔だ。それを太鼓のドンドンドンと、笛のピーと揺れるドロドロに合わせ、暗闇にぱっと明かりで浮かび上がらせるという趣向だよ」

〈ドロドロ〉とは大太鼓を長ばちで小刻みに打つもので、幽霊や妖怪が出る際に鳴らす。〈大ドロ〉と言ったり、弱く低い音で鳴らすものを〈薄ドロ〉と呼んだりする。

「ちょっとこれを見てくれないか。重兵衛が描いた、お岩の顔なんだが」

南北は手文庫の中から、紙を出して広げた。

大判錦絵ほどの紙には、乱れ髪の中に目が腫れ物で押し潰された、醜く恐ろしい顔が描かれていた。あまりの不気味さに友九郎と菊五郎ばかりか、棟梁の勘兵衛までもが仰け反っている。

その時、間よく縁側に吊るしてあった風鈴が風に鳴った。

チリリンッ――。

「――驚かすねいっ！」菊五郎が体を波打たせた。「それにしても俺が、こんな化け物に……」

「どうだい、面白いだろ」南北はにやりとした。「綺麗所の音羽屋さんの顔が恐ろしい化け物に変わる。〈変化物〉流行りの今だ。これぐらい極端にしないと江戸っ子は驚かないよ」

鬘師の友九郎は震える指で眼鏡を抑えながらも、驚きの目でお岩の絵を睨んだ。

「こっ、これを闇の中で浮かび上がらせれば、お客が肝を冷やすのは間違いねぇや」

「それが狙いだよ。婚礼の晩、伊右衛門が花嫁のお梅に顔を向けると、化け物姿のお岩に入れ替わる。思わず伊右衛門は刀で斬る。眠っている祖父の喜兵衛に目を向けると、今度は喜兵衛が憐れな小平に変わっている。伊右衛門はまた刀を振りかざす」

「――なるほど」と棟梁の勘兵衛。「この〈早替り〉の工夫を、あっしが考えるわけですかい」

「それだけじゃない。棟梁の腕がいるのは、これからだ。じゃ、続きを行くよ」

南北は四人に手応えを感じたらしく、台本をめくると、興味を引くようにわざと声を落とした。

第三幕〈砂村隠亡堀の場〉――。

砂村隠亡堀の土手の上には、父と娘を殺された伊藤家の内儀お弓が、仇の民谷伊右衛門を探している。そこへ小平の父親がくる。戸板に打ちつけられた男女の死骸が流れてこなかったかと問う。小平の父親が去り、入れ違いに主殺しの直助が土手の下に現れる。川で鰻を取っていると、堀の中から髪の毛が絡んだお岩の櫛を拾う。

片や土手の上では、蛇山の庵に隠れ住む民谷伊右衛門と母親お熊が、伊右衛門が死んだと見せかけ卒塔婆を立てている。お熊は高家に仕官できるお墨付きを倅伊右衛門に渡す。話を土手の下で聞いていた直助。土手に上り、自分も引き立てろと脅す。渋々承諾する伊右衛門。そこへやって来たお弓。伊右衛門の卒塔婆を見て、仇が死んだと嘆く。そのお弓を伊右衛門は、後ろから堀へ蹴り落としてしまう。

　直助が去り、入れ違いに浪人仲間の秋山長兵衛が現れる。伊藤喜兵衛と孫娘殺しを知る秋山は、役人に訴えると金を無心。伊右衛門は高家への仕官のお墨付きを渡し、金ができるまで待てと頼み秋山を帰す。ほっとして釣りをする伊右衛門。土手の下の川に筵の掛かった戸板が流れてくる。竿で戸板を引き寄せ筵をめくると、化け物顔のお岩が。驚いて引っくり返すと、裏からは中間小平の死体が現れる。

「――と、まぁ、一日目の舞台はここまでだ」

「はは－ん」棟梁の勘兵衛が手を打った。「戸板で思い出したが、こりゃ昔、山の手に住む旗本が、間男の中間と密通した妾を戸板に釘付けにして神田川に流した、あれですかい？」

「そうだ。それを使わせてもらったんだよ。ついでに言うと――」

《東海道四谷怪談》の名題や役名は、寛文の頃にあった、四谷左門町の同心田宮家の娘お岩が夫への嫉妬に狂い死に末代まで祟ったという話から取り、他にも、主殺しで処刑された直助権兵衛の話や、妻と密通した男に殺された役者小平次の話など、巷談と実話を取り混ぜたという。

「なるほど。四谷左門町で《四谷怪談》ですかい」

「この釣りの場面も一つの見せ場だ。音羽屋さん演じる、お岩と小平の〈早替り〉も大変だがね、戸板に二人を張り付けて舞台で回すのは至難の業だよ。そこを楽に〈早替り〉して戸板を回せる、巧い仕掛けを考えて欲しいんだ」

勘兵衛は渋く笑みを浮かべ、顎を撫でている。

「先生はいつも難しいことを言いなさるぜ、まったく」

「《天竺徳兵衛》で〈屋体崩し〉を編み出した棟梁だ。わけないだろう。話を進めるよ」南北は皆の顔を見回した。「次は二日目《四谷怪談》第三幕、《忠臣蔵》七段目、九段目、十段目の後の、第四幕だ。これは油堀に架かる富岡橋近くの、三角屋敷の前で思い付いたんで〈深川三角屋敷の場〉としたんだ」

第四幕――。

お岩の妹お袖は、夫の仇討を誓った直助と暮らしているが、夫の喪が明けてからと上辺だけの夫婦でいる。姉お岩が殺されたと知ったお袖は、その仇討もしてくれと直助に懇願し、代わりに肌を許してしまう。

そこへ、死んだはずのお袖の夫与茂七が現れる。二人の亭主を持つ身となったお袖は、与茂七を殺してくれと直助に頼み、与茂七には直助を討てと頼む。

ある晩、二人を同じ場所に手引きしたお袖は、暗闇の中、与茂七と直助に、合図として教えた行燈の灯を消す。と同時に二人は各々、刀と包丁で屏風を突き刺す。だが、暗闇で二人が刺したのはお袖。虫の息のお袖は、与茂七には他の男と契ったことを謝り、直助には父と姉の仇討ちと、幼い頃に別れた兄を探して欲しいと頼み死んでゆく。

渡された臍の緒の書付には、実の父親の名――。直助はお袖が実の妹だったことを知り、与茂七と思って殺した男は直助のかつての主人と初めて気づく。畜生道に墜ち、不忠者に成り下がった直助。己の罪の深さから、お袖を刺した包丁で自害してしまう。

「三角屋敷で、三つ巴の色恋沙汰か……なかなか洒落てるねぇ」感激したように勘兵衛。「じゃ、舞台は深川の三角屋敷を真似てこさえればいいんですね、先生」

「ああ。さっきの〈隠亡堀の場〉は深川の横十間堀だ。三角屋敷に近いからって、間違っても油堀にはしないでおくれ。あすこは臭いドブ川だからね」

「筋としては面白ぇ。が」團十郎が口を挟んだ。「一つわからねぇ。先生。お袖が自分を騙した直助を、元の旦那の与茂七に殺してくれと頼むのはわかる。だが、何で生きていた元の旦那まで殺そうと思うのか。ま、女が自分で仕掛けた罠に嵌まり二人に殺されるってぇのは、芝居としては面白ぇが、どうも合点がいかねぇ」

南北はしたり顔で頷いた。

「成田屋さん、お袖の心情こそが女の本音さ。《忠臣蔵》は主君の仇を討ったお侍の鑑だ。仇討のためには商人に化け、身をやつしてでも本懐を遂げる大義がある。だが、女たちは、どうだい。夫を忠義者にするために身売りしてまで金をつくる。それこそが《忠臣蔵》の女房の手本と言いたげにね。だが、そりゃ、お侍がつくったものだ。この世の建て前だよ」

「この世の……建て前？」

「そう、建て前だ。赤穂の女たちは、そんな訳もわからないものに縛られてうんざりしてたんだ。お袖は騙した直助は憎いが、これまで家に縛り付けていた夫与茂七もいらない。真面目な顔をしていても、女郎屋に女を買いにくる男だ。お袖はそんな夫のために昼は楊枝店で働き、夜は客を取らなければならない。まさに生き地獄だ。お袖は、そんな柵から解き放たれたかったのさ」

「……なるほどねぇ。さすが先生だ。人情の機微の深いところを突いていなさる」

南北はあたかも間合いを取るように茶碗を取ると、満足げに啜った。

「成田屋さん。この芝居に出てくるのは、《忠臣蔵》とは真逆の、男と女のどろどろした醜さだ。人の本性と言ってもいい。これこそが《忠臣蔵》の真実だよ。それがよーくわかるのが、最後の大詰の第五幕〈夢の場〉だ」勘兵衛に顔を向けた。「棟梁。この場面は、なるだけ話の筋がそのまま伝わるような仕掛けにしておくれ。この場面こそ、棟梁の技が必要なんだ」

棟梁の勘兵衛が神妙な顔で頷くと、南北はまた台本に目を落とした。

三

第五幕――。
場面は民谷伊右衛門が見ている夢の中。七夕の夜に殿様姿の伊右衛門は、美しい女と逢引きをしている。女が焦らすように百人一首で謎掛けをする。あまりに意味深長な和歌に女を見ると、それは出会った頃の美しいお岩。ところが、お岩は突然、「恨めしや、伊右衛門殿」と口にする。刹那、月に雲が掛かり辺りは真っ暗。お岩が化け物姿となっていく――。

伊右衛門が目を覚ますと、場面は一転。元の荒れた薄暗い蛇山の庵となる。辺りからは念仏を唱えるお経が聞こえ、あちこちに人魂が飛んでいる。そこに化け物姿のお岩の幽霊が現れる。

お岩の幽霊に逃げ惑う伊右衛門。お岩は盆提灯や壁など、様々な場所から姿を現す。しかも、再び伊右衛門に金をせびりにやって来た秋山を手拭いで首吊りにして天井に引き入れて殺害し、一緒に住む母お熊の首に噛みついて殺していく。

錯乱する伊右衛門――。外に逃げると景色は一変、雪景色。お岩は消え、捕り方がやって来る。伊右衛門が捕り方をすべて斬り捨てると、お袖の夫与茂七が現れる。

半狂乱の伊右衛門は、長い格闘の末、与茂七に斬られ絶命する。

「この場面は大変だ」と菊五郎。「綺麗なお岩と幽霊のお岩の〈早替り〉か。いろんな場所から出てくるのは、代役を立てればできなくもねぇが、お岩の幽霊が盆提灯から出たり、天井から出て人を引き込んだりと、ちょっと無理じゃねぇですかぃ」

「それこそ、棟梁の出番だ。〈ケレン〉で旨くできないかね」

〈ケレン〉とは、大道具や小道具の仕掛けで、観客の意表をつく演出のことをいう。

「〈ケレン〉でねぇ……」勘兵衛は渋い顔ながら、すでに何か思いついたらしく、煙管(きせる)をくゆらしてからポンと煙草盆(たばこぼん)の灰吹に打ち付けた。「ま、いろいろと考えてみまさ。それより頭を悩ますのは、七夕の夜から薄暗い庵。それが外に出れば、冬景色でさ。こっちの〈早替り〉も大変だ」

「そこでぃ、先生」團十郎は言下に膝(ひざ)を手で打った。「何で夏から、急に冬になるんですかぃ」

「その問いを解く鍵(かぎ)が、《忠臣蔵》だよ。《忠臣蔵》で冬の場面といえば」

南北は「答えろ」とばかりに指差した。

「……討入り？」

「そう。この後は《忠臣蔵》十一段目の〈討入りの段〉へと続く。与茂七はお袖を失って初めて女房の苦労を知り、それに報いるために主君の仇を討つ真の侍——忠義の心に戻っていく」

「——あ、なるほど」と團十郎は手を打ったものの、首を傾(かし)げた。「ん？　だけど、ちっとばかりおかしくねぇですかぃ。確かに伊右衛門はお岩の父親と中間の小平を殺し、隣に住む高家家臣の祖父とその孫娘を手に掛けた極悪人。死罪になって当然だ。

しかし、お岩に毒をもったわけでもなく、手に掛けたわけでもねぇ。ましてお袖を殺してもいねぇ。なのに、何で最後にお岩に祟られ、義理の弟の与茂七に斬られなきゃならねぇんです。俺には、少し筋が違うように思えるんですがねぇ」

南北は深く頷いた。

「だが、お岩を邪魔者と思っていたし、伊右衛門はお岩の父親を殺している。お袖の父親でもあるんだから、与茂七には義父の仇であることに違いはない。これぞ、因果応報だよ」

團十郎は南北の説明に納得できなかった。何か取って付けた屁理屈（へりくつ）のようで、各々の役の心とは開きがあるように思えてならない。どんな役柄にしろ、役の心がわからなければ役になりきることも、観客に役の心情を伝えることも難しい。

「だけど、先生。最後に与茂七に討ち取られる伊右衛門は、納得できないと思うんでさ。俺には、伊右衛門が不憫（ふびん）でならねぇ。忠臣を貫（つらぬ）けば仕官はできねぇ。お岩には苦労ばかり掛けて貧乏で嫌になる。主君の仇討なんか無縁な生き方をしたい伊右衛門が、隣に住む高家家臣の娘に惚（ほ）れられたことで急に出世の道が見え、生きるために悪党になっていく」

「――そこだ」南北は芝居の〈決め〉のように、ぴんと人差し指を立てた。

「成田屋さん。お侍の誰もが艱難辛苦を乗り越え、仇討を果たした赤穂四十七士のような立派な侍ばかりじゃない。中には貧乏ゆえに心がすさみ、悪事に手を染めるお侍だっている。この芝居はね、この世の表と裏を、ことの善し悪し、人の生き死に、忠義と不忠、美と醜、薬と毒、夏と冬といった具合に、すべてあべこべなもので見せていく。その中で、納得いかない理不尽なことに巻き込まれる。それが、私らの生きている今、この世だよ」

「納得いかねぇ、理不尽なことに巻き込まれる……？」

「理不尽とは、成田屋さん流に言えば、合点がいかない、間尺に合わないことだ」

「じゃ、その合点がいかねぇ、世の中の理不尽てぇのに巻き込まれたのが、民谷伊右衛門」

「伊右衛門だけじゃない。この芝居に出てくる誰もがそうだ。お岩しかり、お袖や小平、お弓お梅親子しかりだ。何の罪もないのに殺されていく。まさに理不尽で、合点がいかない。最後に与茂七が出てきて伊右衛門を討ち取るのだって、成田屋さんが思うように、お客も合点がいかないかもしれない。だが、それでいいんだ。世の中は、すべてが理不尽だからね。成田屋さんや音羽屋さんはまだ若いから見えないだろうが、七十一年も生きてくると、若い時分には見えなかった世の中の理不尽や不条理が、よーく見えてくるもんだよ」

　南北はお岩の絵を裏返しにした。

「世の中は、丁度、この一枚の紙のようなものだ。主君の仇討をする《忠臣蔵》は、誰もが合点のいく、美しい世の中の表舞台だ。目に見える話だよ」紙を裏返す。「《東海道四谷怪談》は、その裏にある目には見えないこの世の、醜く情け容赦のない裏舞台だ。それを腹に入れて、この表と裏二つの芝居の役柄をそれぞれ演じて欲しいんだ」

「合点しやした」と菊五郎。

　團十郎も無言で頷くと、南北はほっとしたように言葉を継いだ。

「人の世なんて、そんなに美しいもんじゃない。人はすぐ目先の欲に囚われてしまうから、油堀のようにどんどん汚れていく。己の欲で人を嵌めたり、蹴落としたり。困ったもんだよ、まったく。いくら歳を重ねても同じだ。きっと心が欲のために濁り、常にころころと変わるからだろうねぇ……ん？　──あ、そうか！」

　南北は文箱を引き寄せて筆を取り、懐紙を取り出すと、「心」という字を書いた。

「──これだ！　人を操っている正体は。人の姿形が表なら、裏は心だ」

「心が裏？」

「『心悲しい』と言う時は、心を『うら』と読む。成田屋さんのお蔭で第五幕目の

〈夢の場〉の垂れ幕が決まった。ありがとよ。少し手直しして、二、三日中には台本を届けるから、よーく読み込んで、どう演じられるか、どう舞台をこさえるか、それぞれの役の心になって考えとくれ」

へぇ――。四人は頭を下げた。

四

七月に入ると團十郎は、堺町の中村座に来るよう、鶴屋南北から呼び出しを受けた。ようやく大道具方の長谷川勘兵衛がカラクリをつくったので、見て欲しいという。

これまで南北から渡された台本は、半月のうちに三度、書き換えられた。台詞は多少書き加えられたが、筋としては変わりない。大きく変わった点は、お岩の復讐を助太刀する鼠が出てくる。お岩の干支が鼠とのことで、無惨に死んでいったお岩の怨念が大きな鼠に姿を変え復讐するという設定だった。

夕方、中村座の楽屋口から團十郎が入ろうとすると、裏方の一人が正面木戸口から入るようにとの南北からの指示を伝え、案内してくれた。

木戸口から入ると、明かりもない薄暗い土間席の中ほどで待っていたのは、南北と倅重兵衛、眼鏡を掛けた鬘師の友九郎の三人だけ。重兵衛がいつものように團十郎が来たことを南北に伝えると、南北は笑顔で迎えた。

「わざわざ足を運ばせてすまないね。きょうは、お岩の顔や諸々の仕掛けを確認してもらいたいんだ。いきなり舞台稽古で見ると腰を抜かす。私のように、ぎっくり腰にでもなったら大変だからね。ではまず、お岩の幽霊姿。次が三幕目の〈隠亡堀の場〉の戸板だ」

「ああ、伊右衛門がお岩と小平を打ち付けた、戸板ですかぃ」

「そうだ。じゃ皆、始めてくれ」

暗闇の中、太鼓のドロドロとともにピーと揺れる笛の音に合わせ、〈青テル〉と呼ばれる青い火薬を燃やした火で、舞台寄りの花道を照らし出した。

〈スッポン〉と呼ばれる小さい切穴から、ゆっくりとせり上がってくる。

黒髪が現れた。が、顔は長い髪で覆われて見えない。下は白装束姿。両手を互い違いにして、柳のようにだらりと下げている。「一念、通さでおくべきか」との菊五郎の悲しげな震えた女形声……。刹那、顔を上げる。

――うっ！　團十郎は思わず体を波打たせ、後ずさりした。

〈青テル〉の光に浮かび上がったのは、重兵衛が描いたお岩の絵以上の、今まで見たともない、不気味で恐ろしい顔だった。大きな腫れ物で右目が潰された顔は、ぞっとするほど生々しい。

隣にいた南北はその反応に満足したらしく、拍手した。

「上々上々。音羽屋さん、今の台詞の言いようで決まりだ」と舞台に叫ぶや、側にいる鬘師の友九郎に声を掛けた。「友九郎さん。お岩の腫れ物、本物のように生々しくて、いいじゃないか」

「先生にそう言って頂くと、苦労した甲斐があったってもんだ。音羽屋さんと、いろいろと試行錯誤した末にできたんでね。腫れ物の上に膠を塗って艶を出したのが功を奏したみたいでさ。それにしても、こうして暗がりで音羽屋さんのお岩姿を見ると、こんなにもおっとろしいたぁ思いもしやせんで、正直、てめぇでも驚いてやすよ」

「どうだい、成田屋さんは」

南北の自慢げな顔はよく見えないが、言葉尻からかなりの自信があることは確かだ。

「お岩の怨念がよく表れてら。これなら一度見ただけで夢にまで出てきそうだ」

「それでいいんだよ。じゃ、次は三幕目の〈隠亡堀の場〉だ。重兵衛、やっておくれ」

「待ってやした。團十郎、俺がおめぇの代役をするから、よーく見ておいてくんな」

重兵衛はそう言って、お茶屋のお茶子が渡る、土間桝席の仕切り木を伝って舞台に上がると、さらに堀の土手の石垣を描いた書割の台に上った。やはり未だに舞台に未練があるのだろう。舞台に上がった重兵衛の顔は生き生きとしていた。

しぃーんと鎮まった薄暗い中――。時の鐘が舞台裏から響いてくる。民谷伊右衛門役の重兵衛の立った土手の下が〈面明り〉で少し明るくなり、筵を被せた戸板が浮かび上がっていく。釣り糸を垂れる重兵衛がそれに気づき、「ん？　こ、これは見覚えのある戸板」と手繰り寄せ、手を伸ばして筵を剝ぐ。すると、先ほど目にした恐ろしい顔のお岩の白装束姿が出現。

「――おっ……お岩！　成仏しろ」と重兵衛が叫ぶや、お岩役の菊五郎が「この身の恨み、民谷の血筋の根葉までも枯らしてくれる」と恨めしそうに震えた女形声で台詞を吐いた。驚いた重兵衛が筵を被せて「南無阿弥陀仏」と念仏を呟き、戸板を裏に返す。すると――。

川藻に覆われた死体が打ち付けてある。恐る恐る川藻を剝ぐ重兵衛。今度は小平役の菊五郎が現れ、カッと目を開いて「主は病。薬をくだされや」と懇願してくる。一瞬にして、菊五郎がお岩役から小平役に変わっている。どうやったのかすらわからない。あまりの〈早替り〉に驚いている團十郎を置き去りにして、舞台は尚も続いていく。

伊右衛門役の重兵衛が「またも出たか、死霊め」と叫び刀を抜き、小平役の菊五郎に斬りつけ川藻を掛けると、川藻がずり落ち、小平の骸骨の顔が現れた。慄く重兵衛。さらに川藻が滑り落ち、暗闇に浮かんだ白骨化した小平が川の中へと落ちていった。

驚いたことに、小平役の菊五郎の体はどこにもない。――まるで手妻だ。

驚いている團十郎をよそに、南北が拍手した。

「上々上々。思った以上の出来だ」南北は團十郎に顔を向けた。「どうだね、〈戸板返し〉は？」

「戸板返し……なるほど。このカラクリは先生お得意の、キリシタンの妖術より凄ぇや。これなら江戸っ子たちも腰を抜かしやすぜ」

文化元年（一八〇四）に南北の出世作となった《天竺徳兵衛韓噺》では、初代尾上松助がやった〈水中早替り〉は「キリシタンの妖術」との憶測で話題となり、二ヵ月以上にも及ぶ上演となった。

「キリシタンの妖術とは懐かしい。この舞台も《天竺徳兵衛》を超える〈大当り〉になればいいが」

「なりやすとも、お岩のあの恐ろしい顔に、こんな凄ぇカラクリだ」

「成田屋さん、驚くのはまだ早い。腰を抜かすのはこれからだ。次は第五幕。伊右衛門が〈夢の場〉から目が覚めた〈蛇山庵室の場〉だ。盆提灯をよーく見ていておくれ。面白いことが起きるからね」南北は手を二度叩いた。「じゃ、次をやっとくれ」

舞台に目をやった。

舞台は一変。〈隠亡堀の場〉の堀の風景から〈蛇山庵室の場〉の庵に変わった。

間口六間半（約十二メートル）ある舞台の上手右側から、舞台の三分の二までが寂れた土壁の屋敷で、残り三分の一の下手が墓や柳など外の夕暮れの景色となっている。

相変わらず、舞台は薄暗い。屋敷と外との境にある玄関先に下がっている白い盆提灯に明かりが灯っていることもあり、やけに目立つ。弱い太鼓の〈薄ドロ〉が響く中、提灯の中ほどが、突然、燃え出した。

火事になる！――と思った刹那だった。火の付いた提灯の中から、突然、白装束の化け物のお岩の姿が飛び出してきた。

「――おーっ！」團十郎は思わず声を上げ、尻餅をついた。

〈戸板返し〉といい、お岩の出方といい、今まで見たこともない仕掛けに驚きを越え、嫉妬めいた気持ちさえ湧く。これなら大評判になることは間違いない。

南北もそう確信したらしく、拍手しながらも「上々上々。大上々」と満足げだった。

「先生、今のは、どうなってるんですかぃ」

「凄いだろう。言っておくが、この〈提灯抜け〉もキリシタンの妖術なんかじゃないよ」

「提灯抜け……？」

「そうだ。棟梁と音羽屋さん、それに倅の重兵衛とで考え抜いた新しい技でね。何度も失敗して、ようやく辿り着いたカラクリだ」

南北は舞台に顔を向けた。舞台の上では、菊五郎が白装束のお岩の格好のままで立っていた。火の中をくぐったにもかかわらず、白装束はどこも燃えた様子はない。

「音羽屋さん。本番の舞台も、今の要領でやっとくれ。くれぐれも火事にならないよう、十分、気をつけておくれよ」

「大丈夫でさ。舞台には、水の入った玄蕃桶も用意してありやす。断じて火事にはしやせんよ」

「嬉しい言葉だが、その姿で言われると、ぞっとする。火の用心は勿論だが、音羽屋さんの顔もくれぐれも気をつけとくれ。二枚目の顔を火傷させた狂言作者なんて、洒落にもならないからね」

「そっちも大丈夫でさ。顔は腫れ物で覆ってやすし、鬘にはたっぷりと水を湿らせてありやすからね」

「さすが音羽屋さんだ。抜かりはないね」

「先生。あっしは、もう少しでけぇ提灯がいいと思うんでやすが。舞台映えがして」

「それは駄目だ」と言下に、舞台の裏手から大道具方の長谷川勘兵衛の強い声が飛んだ。「小せえ提灯から出てくるから客は驚く。それがでかけりゃ、幕が上がった時から何か仕掛けがあると見る。出てきたところで、あれなら誰でもできると思う。人間業じゃねぇから幽霊なんだよ」

「棟梁の言うとおりだ」と南北。「〈ケレン〉の技を見せつけようじゃないか、音羽屋さん」

菊五郎は小刻みに頷いた。「わかりやした」

「じゃ、次は天井からの吊り上げだ。重兵衛、今度は秋山長兵衛役だ。やっとくれ」

舞台の正面中央につくられた庵に入ってくる、秋山役の重兵衛。

壁が上下に開き、突然、幽霊のお岩が現れた。目の錯覚だと言いたげな重兵衛。目を擦っている間に、壁にお岩が吸い込まれていく。これは水車を模した〈忍び車〉だ。

慄(おのの)く重兵衛が舞台の右手に逃げるも、壁が横に回転し、またも幽霊のお岩が現れる。が、すぐに壁の中へ消えた。これは心棒を軸に田楽豆腐(でんがくどうふ)を裏返す〈田楽返し〉の技だ。また目の錯覚だと言いたげに重兵衛が目を擦り中央に戻ってくると、格子天井から逆さ吊りのお岩が降りてくる。お岩が素早く重兵衛が襟にかけていた手拭いを重兵衛の首に巻き付けると、そのまま天井に引き込んでいく。苦しむ演技を見せる重兵衛。舞台は再び闇となった。

「どうだい、成田屋さん。最後の〈首吊り天井〉は」と南北は自慢げだった。「台本には〈欄間(らんま)の内へ引き込む〉と書いておいたんだが、天井のほうが面白いだろう」

台本には、その後〈天井より血汐(ちしお)、ダラダラと落ちる〉とある。

悪くはない。が、先ほどの二つの仕掛けに比べれば、さほどの驚きはない。おそらく、上から逆さ吊りになったお岩が出てきた時点で、殺される秋山が、どうなるか、先が読めてしまうからだ。

團十郎がそれを正直に言うと、南北の顔が曇った。

「先が読めてしまう……か」

「それと、怨念だけで人を呪(のろ)い殺してしまうお岩が、手拭いで殺すってのが、何とも妙というか」

「なるほど……成田屋さんの言うとおりかもしれないね。お岩の武器は怨念だ。それが手拭いで人を殺すなんざ、確かにおかしい」

「ついでにもう一つ言わせてもらうと、〈戸板返し〉や〈提灯抜け〉に比べて速さがねぇんでさ。第一、秋山は伊右衛門の仲間で、お岩はさして恨みはねぇ。そんなのに手間暇を掛けるより、あっさり消して、伊右衛門殺しに時を使ったほうが、執念深さが伝わると思うんでやすがねぇ」

「執念深さか……。いや、成田屋さんの言うとおりだ。私としたことがカラクリばかりに気を取られ、芝居を二の次にしていた。ここは今一度、考え直してみる。ありがとよ、成田屋さん」

「何の、礼には及びませんぜ。とにかく、最後まで怨念漂う、ぎょっとするような芝居にしようじゃありませんか」

五

二十日ほど経った〈夏興行〉が始まる二日前の、七月二十四日の暑い昼――。

團十郎は菊五郎や松本幸四郎とともに、舞台稽古に励んでいた。

團十郎は《忠臣蔵》の桃井若狭之助など五役と《東海道四谷怪談》の民谷伊右衛門を、菊五郎は《忠臣蔵》の大星由良助など三役と《東海道四谷怪談》のお岩・中間小平・与茂七の三役をやる。鼻高の松本幸四郎は《忠臣蔵》の高師直など四役に《東海道四谷怪談》の直助を。若い岩井粂三郎は《忠臣蔵》のお軽など三役と《東海道四谷怪談》のお袖を演じている。

本番さながら、昨日きょうと通し稽古でやっている。客席には南北と倅の重兵衛だけだった。

午前の第三幕〈砂村隠亡堀の場〉が終わり、昼食が用意された支度部屋に入った。

支度部屋には團十郎ほか、幸四郎と菊五郎、粂三郎の看板役者だけで、部屋の隅に茶を運ぶ弟子が数人いるだけ。四人は衣装を脱いだ浴衣姿で、用意された折詰弁当の前にそれぞれ座った。

六十二歳と年嵩の幸四郎が弟子の持ってきた茶を啜ると、自慢の高い鼻を擦った。

「世の中の表と裏たぁ、大南北先生は面白ぇことを考えなさる。しかも《忠臣蔵》に、新作の《東海道四谷怪談》を当て込むなんてよ。ことの善悪、人の生き死に、侍の忠と不忠、女の美と醜、病を治す薬と命を縮める毒、暑い夏と寒い冬か。〈戸板返し〉

の仕掛けも面白ぇや……」何かに気づいたように膝を打った。「――お、そうか。二つの芝居も西と東ってことか」

対面に座っていた團十郎は、折詰弁当のかまぼこに付けた箸を止めた。

「二つの芝居も西と東？　どういう意味でさ、親っさん」

幸四郎は得意げな顔になった。

「《忠臣蔵》は、元はといえば赤穂――上方だ。《東海道四谷怪談》の四谷は江戸。西と東だ。それを繋いでいるのが東海道ってことよ」

「あ、なるほどね」と、團十郎の横に胡坐をかいた菊五郎が弁当を手に取った。「さすが鼻高の親っさんだ。つまり、今度の舞台は上方歌舞伎と江戸歌舞伎の張り合いでもあるのか」

「そうじゃねぇ。大南北先生のお考えは、もっと奥深ぇところにある。歌舞伎は、世の中を映す鏡だ。お上の綺麗事で誤魔化す表を、裏側から暴いてやろうとしていなさるのよ」

「裏側から暴く？」と、二十七と一番若い粂三郎が女形らしく目を流すと、首を色っぽく傾げた。それを見た幸四郎は苦笑すると、弁当片手に割り箸を歯でくわえ粋に割った。

「一つに見える世の中を、こうして二つにして見せたってこった。大南北先生は《忠臣蔵》を侍の手本だと思っていたんだが、それはお上が仕向けたものとお気づきなすったのよ。昨今、巷は禄を失った浪人で溢れてる。仕官したくてもできず、かといって働く気もねぇ。まさに民谷伊右衛門だ。だがよ、お上だって何だかんだと勿体つけちゃいるが、百姓・商人衆から搾り取って威張ってるだけだ。やることといやぁ、町衆を苦しめる法度を出すだけで、てめぇらはその上で鎮座し楽してやがる。それがこの世の、目に見えない裏側よ」

菊五郎は弁当の卵焼きを口に入れた。

「大南北先生も世の中の表と裏と似たようなことをおっしゃってたが、じゃ、本音はお上への」

「それ以上、口にしちゃならねぇ」幸四郎は手で制した。「こっちの手が後ろに回る。おそらく大南北先生は口にできないこの世の裏側を芝居に盛り込んだのよ。つまり、その両方を演じる俺たち歌舞伎役者が、町衆に、この世の建前の表と汚い本音の裏を繋いで見せられるってこった」

「なるほどねぇ。今度の舞台は奥が深ぇや。これで〈独参湯〉の《忠臣蔵》と合わせて〈大当り〉間違いなしだ」

〈独参湯〉は朝鮮人参を用いた万病に効く起死回生の気つけ薬のことで、《仮名手本忠臣蔵》は初演以降、常に〈大当り〉を取ることから、歌舞妓界の〈独参湯〉と称した。「大南北先生のその心意気を、俺たち役者が背負い、演じなきゃならねぇってことだ。わかったな」

「だからこそ――」幸四郎は活を入れるように、自慢の鋭い目つきで見廻した。

へぇ――。團十郎は菊五郎と粂三郎と視線を合わせ、三人で頷いた。

昼食を済ませた午後、《忠臣蔵》の七段目、九段目、十段目をやり、途中に入る《東海道四谷怪談》の四幕目まで滞りなく進んだ。

幸四郎が支度部屋で気合を入れた表れだろう。菊五郎のお岩役は、午前中以上に化粧がのっており、体全体から気迫が感じ取れた。華やかな衣装に包まれた姿態は、うなじまで白く美しい。さすが〈和事〉に長けた菊五郎だけに一つひとつの所作が艶っぽく、思わず見惚れてしまうほどの女形になっている。それだけに幽霊姿になったお岩が、より怖ろしく見えた。

團十郎も負けてはいない。大きな目の上の目ばりをいつもよりやや長めにし、涼しげな切れ長の目で女心を迷わせる〈色悪〉となり、民谷伊右衛門の微妙な心の変化を荒々しいながらも小気味よい〈荒事〉を交え演じて見せた。

舞台は最後の五幕目の始まりに南北がこだわった〈心〉と大きく書かれた幕が上がり、第五幕〈夢の場〉へと入った。


團十郎が演じる民谷伊右衛門の夢の中で、殿様になった伊右衛門と、菊五郎演じる娘との甘い七夕の夜。空には月が浮かんでいる――。

伊右衛門役の團十郎が「天の川、浅瀬白浪、更くる夜を――」と上句の和歌を詠み、娘役の菊五郎が「恨みて渡る、鵲の橋――」と返歌で答える。『古今和歌集』を愛する、南北らしい嗜みある始まりだった。南北によれば「鵲の橋」とは、七夕の夜に彦星と織姫が出会う時、鵲が翼を並べて天の川に渡すという空想の橋で、男女の契りの橋渡しの譬えに用いるという。

「恨みて渡る――」の返歌に伊右衛門が美しい娘の顔を見て、お岩に似ていると気づく。娘が「似し面影は冴え渡る、あの月影の映るが如く、月は一ツ、影は二ツ、三ツ汐の、岩にせかるる、あの世の苦患を――」と詠み、振り向いた刹那、場面は一変――。

闇となる。盆提灯だけがぼんやりと辺りを照らす〈蛇山庵室の場〉。舞台の後ろからは太鼓のドロドロとともに、ピーと笛の揺らぐ音が響いていく。

一瞬の静寂。盆提灯が燃え出した刹那、幽霊姿のお岩が炎の中から飛び出してくる。菊五郎の〈提灯抜け〉も無事に済み、それに慄く秋山長兵衛が、伊右衛門役の團十郎のいる庵に入ってくる。

團十郎の背後には、〈南無阿弥陀仏〉と書かれた掛け軸の下がった仏壇――。

「おお、秋山殿。丁度良い。こなたに渡した高家のお墨付き、戻してもらえぬか」

伊右衛門役の團十郎が言うと、秋山が懐から書状を取り出して見せる。

「銭の代りのお墨付き。持って帰ったその夜から、どこから出でるや数多の大鼠。爪まで嚙られ、難儀続き。返しに戻ってきたまでよ」

「こなたまで大鼠に。これもお岩の祟りか」

「お岩の祟り……？」と訝しげに書状を渡した秋山は、壁から〈忍び車〉で出た幽霊お岩に驚き、屋敷の奥へ。そこにまた〈田楽返し〉で幽霊お岩が出て、逃げ惑って舞台中央に戻ってくる。

中央では伊右衛門が書状を嬉しそうに眺めている。その背後で、仏壇を背にした秋山が何かを言おうとした途端、仏壇からお岩が現れ、一瞬のうちに秋山を引き込んだ。〈仏壇返し〉と名付けられた、南北と棟梁の勘兵衛が編み出した新たな技だ。

秋山が殺されたとの意味で「チンチン」とおりんの音が仏壇から聞こえてくる。

客席からは拍手とともに、「上々上々。大上々！」との南北の弾んだ声が飛んだ――。

七月二十六日より中村座で行われた、《忠臣蔵》と《東海道四谷怪談》を組み合わせた舞台は、團十郎と菊五郎の口上から始まったこともあり、四十八日もの長期興行となった。お岩役の菊五郎が途中退座しなければ、二ヵ月以上は続いたかもしれない。それほど大好評で、連日、多くの町衆が押し掛け、土間席が溢れるほどだった。

菊五郎が途中退座したのは病になったわけではなく、團十郎と再び諍いになったわけでもない。菊五郎は幼い養子の尾上鐘助の行く末を案じ、太宰府天満宮へ祈願詣に旅立ったからだ。これはあらかじめ菊五郎が舞台初日に鐘助とともに口上し、中村座や共演者ほか贔屓定連からも許しを得ていたことで、菊五郎のわがままではなかった。

やはり四十二の大厄ということもあるのだろう。実の倅の三代目尾上松助に役者として物足りなさを感じている上に、團十郎が新たに次男を授かったこともあり、名跡を継ぐ者としての不安もあったに違いない。

中村座ではその後、《東海道四谷怪談》の続編とばかりに南北の新作《盟三五大切》を上演。芝居の世界は《忠臣蔵》をそのままに、《五大力恋緘》に幽霊話を加えた〈書替え〉だった。役者は、菊五郎以外はほぼ同じ。ただ――。

内容があまりに無慈悲で凄惨な殺しの場面が多く暗い芝居だったからか、華やかさと粋を好む江戸っ子には受けはよくなかった。

南北は侍の家格の差の不条理と、本懐のためには手段を選ばない侍の生き方を皮肉って伝えたかったらしいが、客入りは悪く、十九日目で打ち切りとなった。

江戸っ子は、貧しい暮らしの中でも清く生き、志を捨てず忠義のために死んでいった四十七士こそが真の赤穂浪士の姿と信じている。たとえ作り話でも、主人公がそれとは真逆の、金を騙し取られ、そのために情け容赦のない殺人鬼となり、最後には、己を省みることもなく平然と四十七士に加わって討入り、忠臣の一人になったことが許せなかったようだ。

そんなこともあって、冷たい北風が江戸の町に吹き始めた十月には《東海道四谷怪談》の評判も、幽霊のようにすーっと消えていった。

六

二年が経った、七月六日の夕方――。

つくつく法師が物悲しく鳴く中、團十郎はぼんやりと自邸の縁側から庭を眺めていた。

庭の真ん中には、弟子が富岡八幡宮の裏から取ってきた笹の枝が立っており、所々に吊り下げた赤・青・黄など五色の短冊が、笹の葉とともに涼しさを誘うように優しく風に揺れている。

今年（閏文政十年・一八二七）は〈初春興行〉から続いて、三月の〈弥生興行〉と五月の〈皐月興行〉も好調で、團十郎がようやくのんびりできたのは七月に入ってからだ。

庭では夏らしい露芝柄の浴衣を着た十歳のおみつと、芥子坊主頭の五歳の長男海老蔵が、明日の七夕に向け、笹の枝に願い事を書いた短冊を付けている。

おみつは願い事がいっぱいあるのか、短冊を枝に付けてはまた新たに書いていた。

女の子は成長が早い。おすみの仕込みで読み書きだけでなく三味線も上達した。近頃は少しおませになり、口に紅まで差すようになり弟子たちを驚かせている。

その側で、一昨年、新之助から改名した六代目市川海老蔵が、時折、夕空を眺めては筆を走らせていた。紺の浴衣の背守り模様〈白兎〉と相まって、後ろ姿が何とも可愛らしい。海老蔵は襲名披露をして以降、一段と歌舞妓に興味を持つようになり、普段の生活でも所々で歌舞妓の所作を取り入れるようになった。頼もしいとさえ思う。

團十郎は赤く染まった夕焼け空を仰ぎ、七夕にちなんだ芝居の台詞を詠みあげた。

「天の川、浅瀬白浪、更くる夜を――」

すると、庭から「恨みて渡る、鵲の橋。似し面影は冴え渡る、あの月影の映るが如く、月は一ツ、影は二ツ、三ツ汐の、岩にせかるる、あの世の苦患を――」と女形のような声が後に続いた。

庭に目を移すと、同じように空を見上げていた海老蔵が團十郎を見て顔をほころばせた。

正直、驚いた。というより――、
鳥肌が立つほどの衝撃だった。これは二年前にやった《東海道四谷怪談》の第五幕〈夢の場〉の中で、伊右衛門役の團十郎と娘役の菊五郎の台詞だ。それをわずか五歳の海老蔵が、いとも簡単に諳んじてみせる。團十郎は目頭が熱くなった。

「――海老蔵……！　おめぇはきっと俺を超える〈大立者〉になる。短冊に、何て書いたんだ」

海老蔵は屈託のない笑みを浮かべると、笹に駆け寄り、付けたばかりの短冊をかざして見せた。

〈きくごろう〉と歪な文字が並んでいる。――何っ……。

「――馬鹿野郎っ！」つい怒鳴っていた。「何を書いてやがる。おめぇは〈八代目團十郎〉になるんだ。二度とそんな文字を書いたら承知しねぇぞ。わかったか！」

あまりの團十郎の剣幕に怖かったのか、みるみる海老蔵は顔を歪めて泣き出し、おみつの胸に飛び込んでいった。おみつは海老蔵をなだめながらも、團十郎を睨みつけた。

「――お父う！　海老蔵が何も悪いことをしていないのに何で怒鳴るの。そんなんだから、海老蔵まで癇癪持ちになるんだよ。やめておくれよ」

「これが怒らずにいられるか！　この馬鹿は短冊に〈きくごろう〉と書きやがったんだぞ」

おみつは口を尖らせた。

「だけど海老蔵は、音羽屋さんみたいな〈早替り〉の役者にもなりたいんだ」

「――だ、黙れ！　おみつ。おめぇは、どこの娘だ。うちは不動明王様に護られている成田屋だ。罰当たりなことを言ってやがると、おめぇも承知しねぇぞ」

そこへ、おすみが血相を変えてやって来た。

紺と白の縦縞の涼しげな絽の着物を、茜色の兵児帯で縦結びで粋に締めてはいるものの、突き出た下っ腹を庇うようにしごき帯を締めていて、全然、粋には見えない。

「何だい、子供相手に大声を出して、みっともないねぇ。どうしたってんだい、お前さん」

「――こらっ！　おすみ。おめぇはいってぇ、娘と坊主に何を教えてんだ」

「ちょっと、よしとくれ。大声は体に障るじゃないか」團十郎の顔を両手で除けた。

「何をって、踊りに三味線、お琴にお唄、お習字と、ひととおりのこたぁ、全部教ぇてるけど」

「じゃ、海老蔵が短冊に書いた字は、いってぇ何だ」

「そんなこたぁ、知らないよ。こっちは御贔屓筋への挨拶回りに、弟子の面倒と何やかやで大忙しだ。子供にかまけている暇なんぞありゃしないよ。で、江戸を背負って歩いてる千両役者が、何を書いたと騒いでいるんだぃ」

團十郎は庭に降りると、海老蔵が笹に付けた短冊をむしり取って見せた。

「きくごろう……。おや、崩し文字もなかなかじゃないか。旨くなったね、海老蔵」

おすみが褒めると、海老蔵はおみつの腕の中で満足げに頷いた。

「――ばっ、馬鹿か、おめぇは！　七夕の短冊ってのは、願い事を書くもんだ。それを何で〈きくごろう〉なんて書くんでぃ。成田屋の倅が、おかしいだろう」

「いちいち大声を出さないでおくれな。体に障るだろ。何だ、音羽屋さんの名前を書いたって怒ってるのかい。千両役者ともあろうものが、小さい男だねぇ」

「――なっ、何を！」

おすみは團十郎を無視しておみつに目を向けた。

「おみつ。この唐変木（とうへんぼく）のお父うに、笹飾りの一番上に付けた短冊を見せておやり」

おみつは笹の枝を手繰（たぐ）り寄せて笹竹を倒し、一番上の赤い短冊を摑（つか）んで見せた。

そこには〈八大め　だん十ろう〉と太く大きく書いてある。

「な……何でぇ、ちゃんと書いてるじゃねぇか、海老蔵」

そう言った途端、笹の枝を放したおみつが目を吊り上げた。

「だから、あたいが『音羽屋さんみたいな〈早替り〉の役者にも、』って言ったんだ。海老蔵はね、お父うのような〈荒事〉も、音羽屋さんのような〈早替り〉もできる役者になりたいんだよ」

「娘に説教されてりゃ、世話ないね」とおすみ。

「だ、だが、海老蔵。八代目の代という字は、その字じゃねぇぞ」

「馬鹿だね、お前さんは」おすみが言下に遮った。「そんなこたぁ百も承知で書いてるんだよ。あの『大』って文字は〈大立者〉の『大』。お前さんを超える『大』なんだよ。だから、音羽屋さんだけじゃなく、鼻高の親方や永木の親方、大和屋の大太夫の名前も短冊に書いているんだよ。おみつ、海老蔵が書いた短冊を全部見せておやり」

おみつは何本もの笹の枝を手繰り寄せては青や白、紫の短冊を摑んで見せた。それぞれに平仮名で〈こうしろう〉〈みつごろう〉〈はんしろう〉とある。

「海老蔵が言うには、お前さんを入れて、江戸歌舞妓の五人を〈兼ネル〉役者になりたいそうだ」

一人で何役も演じることを〈兼ネル〉と言うが、大坂から来た三代目中村歌右衛門が立役から立女形、敵役など何役も兼ねるようになって以降、江戸でも〈兼ネル〉が盛んになり〈変化物〉が大流行りしている。

今では〈兼ネル〉役者は位が高い。團十郎も二十代の頃、《倣三升四季俳優》で十二役を、南北作《慙紅葉汗顔見勢》——通称「伊達の十役」で立役から女形までを演じ、好評を博している。

「ほう。江戸歌舞妓大看板の五人を〈兼ネル〉たぁ、てぇした望みじゃねぇか。そうかい。そりゃぁ、お父うが悪かった。すまねぇ、海老蔵。この短冊は元の所に付けておく」

團十郎は〈きくごろう〉と書いた短冊を一番下の枝に括り付けた。

「ところでお前さん」とおすみ。「その音羽屋さんとまた喧嘩したらしいじゃないか」

河原崎座での千穐楽を迎えた日の夕方、芝居茶屋で酒に呑まれた菊五郎がつい調子に乗り、「これからの江戸歌舞妓は團菊の時代よ。もう枯れ三幅対なんざ、お引き取りだ。俺の〈早替り〉に比べたら、〈七変化〉なんざ屁でもねぇ」と暴言を吐いたのが原因だった。

南北の新作で菊五郎は様々な役を演じて、まさに〈兼ネル〉で〈大当り〉となった。それが菊五郎を増上慢にさせてしまったらしい。

かつて〈七変化〉を得意とした三津五郎は〈兼ネル〉役者を自負していただけに、菊五郎への怒りは収まらなかった。團十郎が二人の間に割って入ったものの、三津五郎は「もう二度と菊五郎とは舞台を踏まねぇ」と言った後、團十郎にどちらに付くか、水を向けられた。その場の流れで團十郎は三津五郎に付き、結局のところ、菊五郎とは袂を分かつ羽目となった。

團十郎は気にも留めない顔で目を細めた。

「なーに、大丈夫でぃ。菊五郎兄ぃの心はわかってら。心配はいらねぇよ。そのうち腹の虫も収まるだろうよ。それより腹と言やぁ、おすみ。おめぇ、いくつになる」

「何だい、藪から棒に。いくつって、今年が亥年だから年女だよ。お前さんもひと回り上の亥、年男だ。十二を引けばわかるじゃないか」

團十郎はおすみの、帯の下から前に突き出ている下っ腹を睨んだ。

「けっ。二十歳半ばは中年増(ちゅうどしま)の入口たぁいえ、《暫(しばらく)》の腹だしの〈赤っ面(つら)〉じゃあるめぇに、腹を突き出して歩くなんざ、みっともねぇにも程があらぁ。忙しいと言ってる割には楽(らく)してんじゃねぇのかい」

《暫》に出る〈赤っ面〉は実悪に従う端敵(はがたき)で、出っ腹を強調するように腹に赤く太い隈取(くまどり)をする。

「――はぁ？」目を尖らせた。「腹だしの〈赤っ面〉だぁ？　何だって、このおたんこなす！」

「何を。天下の團十郎を捕まえて、おたんこなすたぁ何でぇ」

おすみは軽く溜息を吐いた。

「お前さんには本当に呆(あき)れるよ。その頭には芝居以外、ないのかい。やい、このおたんこなす！　こんなお腹(なか)にしたのは一体、どこのどいつだ！　お前さんじゃないか」

おすみの怒った赤ら顔は〈赤っ面〉そのもの。あまりの剣幕に気圧(けお)されそうだった。

「そんなにまくしたてるほどのこたぁねぇだろう。俺がいってぇ何をしたってんでぇ」

「お前さんて人は、まったく……」おすみはがっかりしたように眉(まゆ)を顰(ひそ)めると、庭に顔を向けた。「おみつ、海老蔵。ご贔屓さんから大きな西瓜(すいか)をもらったから、お清さんに切っておもらい。明日の七夕は素麺だから、食べ過ぎるんじゃないよ」

　二人は顔をほころばせ頷くと、手をつなぎ、お勝手に走っていった。

七

「どうしたんでぃ、子供を追っ払いやがって」

　團十郎が声を潜めると、おすみはあらたまった表情で口を継いだ。

「お前さん、本当に憶えていないのかい、今年の正月三日の朝のことを」

「正月三日といいやぁ……〈巻触れ〉の最後の日じゃねぇか。それが、どうしたってんでぃ」

〈巻触れ〉とは、正月元旦からの三が日、座頭が「寿　初春口上」と題した〈仕初め〉の中の、〈初春興行〉の名題や配役を書いた巻物を読みあげる儀式で、年中行事の一つでもある。

　市川宗家では巻物を読み上げた後、「一つ睨んでご覧に入れまする」と裃を肩脱ぎし、左手に巻物をのせた三方を掲げ、右手で衿を握ってキッと睨んで〈見得〉を切る。

これは成田屋だけのもので代々続いており、巷ではこの〈睨み〉で一年間、無病息災で過ごせると信じられていた。

「ほんと頭に来るね。あの日の朝、御贔屓筋の挨拶回りに出ようと、せっかく綺麗に化粧したあたしを、無理やり褥に引き込んだのは、どこのどいつだ」

「ああ、それなら憶えてら。黒紋付の、おめぇのほっそりとした襟足があまりにも艶っぽかったもんだから、ついムラっとしてよ……ん！　じゃ、あん時のがお腹に」

おすみはほんのり顔を赤く染めながらも、小刻みに頷いた。

「なるほど。確かに子供の前で話せるこっちゃねぇ。それで下っ腹をしごき帯でか」

「だから、大声は体に障るからよしとくれと言ったんだ。生まれるのは九月末だよ」

「そうかい。そら、目出てぇや。おすみ、体を大事にしな」

「お目出たいのは、お前さんだよ。そんなことじゃぁ、菊之丞さんのことも知らないね」おすみは袖の中から一冊の薄い本を出した。表紙には『櫓下の面付』とある。

「何でぃ、この本は？」

おすみによると、芝居小屋が櫓を上げていることから、その下で起きている歌舞伎役者の色恋沙汰や間男、若衆道など事細かに書かれている絵草子で、番付表までのっているという。先ほど、贔屓定連からもらったとのことだった。

「これと菊之丞と、いってぇ、どんな関わりがあるってんだ」

「番付表を見てごらんよ」
数頁めくると、〈間男番付〉のところに大きく〈大関　瀬川菊之丞――〉とあった。相手は、これも驚きの、坂東三津五郎の妻〈お伝〉とある。さらに頁をめくると、〈顔見世番付〉を模した似顔絵まで描かれており、お伝と密通した男が三津五郎の弟子たちほか、数多の名がずらりと並び、〈お伝が行状、筆紙に述べ難し――〉とまで書かれていた。

今やお伝の名を江戸で知らない者はない。「塩梅よしのお伝」「かわらけお伝」「腎張りお伝」と呼ばれるほどの好色女で、さる大名家の家老や南町奉行所同心ばかりか、大店の旦那衆や歌舞妓役者など次々と男を手玉に取り、四十過ぎの大年増になった今でも浮いた話は後を絶たない。

お伝の旦那の三津五郎の別宅に菊之丞が入ったのは、四年前――。

その頃から菊之丞は徐々に芝居が上達した。しかしその一方で、同じ屋根の下に住むお伝とも道ならぬ関係になったと『櫓下の面付』は記している。

かつて「いずれのっぴきならねぇ落とし穴に嵌まるぜ」と菊五郎が菊之丞のことを言っていたが、二代目岩井粂三郎と「若手の双璧」と若女形を二分するほどの人気を集めているさ中、よりによって、こんな下らない落とし穴に嵌まるとは思いもしない。

團十郎は思わず本を握りしめていた。

「……あの馬鹿、いくつだ」

「あたしより一つ上だから、二十六だよ」

「二十六にもなって、色ボケした大年増に溺れるなんざ、菊之丞の大馬鹿野郎が。永木の親っさんに世話になっておきながら、恩を仇で返すたぁ呆れた野郎だぜ。――あ、それで……」

菊五郎が悪態をついた、あの晩、三津五郎の怒りが収まらなかったのは、おそらくこれもあったに違いない。若い菊之丞に妻を寝取られたことが、菊五郎の「もう枯れ三幅対なんざ、お引き取りだ」という言葉で、余計、怒りに火が点いたのだろう。

思わず舌打ちした。ようやく團十郎と菊五郎との諍いも収まり、江戸歌舞妓がいよいよ大きく進展しようとした矢先に冷や水を頭から浴びせられたような気分だった。

「これだから歌舞妓役者は、いつまでたっても下に見られるんでぃ、馬鹿野郎が」

「放っておくのかい、お前さん。《四谷怪談》じゃないけど、不義密通はご法度だよ」

不義密通は、死罪になる重罪だ。

「下手に間に入れば、こっちが大火傷をすら。好色女の醜い三つ巴のどろどろした色話なんざ、まっぴらご免なすってだ。それより心配は、これからでぃ」

「聞いてるよ。市村座でも中村座でも、同じ《忠臣蔵》をやるそうじゃないか」と溜め息交じりにおすみが言った。「嫌だねぇ。今度は市村座と中村座との喧嘩かい。江戸歌舞伎が二つに割れて、妙な流れにならなきゃいいけどさ」

同じ演目を同時期にやるのは珍しいことではない。が――。

なぜか、今度だけは胸騒ぎがしてならない。市村座には團十郎や三津五郎が籍を置き、中村座には菊五郎や松本幸四郎、瀬川菊之丞が入っている。三津五郎と菊五郎の諍いに加え、お伝を取り合う三津五郎と菊之丞の色恋沙汰も漂ってくるとなると、否が応でも不吉な予感がしてくる。

團十郎は徐々に胸に溜まってゆく不安を吐き出すように、大きく息を吐いた。

「じたばたしたって始まらねぇよ。所詮、世の中はなるようにしかならねぇ。とにかく、おすみ。市川團十郎家のためにも、江戸歌舞伎のためにも、丈夫な赤ん坊を産め。今はそれが一番でぃ」

團十郎は夕焼け空を眺めながら、心配するおすみの腰に手を回したものの、辺りに《四谷怪談》のお岩のような、死に誘う亡霊が潜んでいるような気がして胸騒ぎを覚えた。

半月後、團十郎の胸騒ぎを、さらに煽（あお）るかのように大坂から訃報（ふほう）が届いた。

大坂の舞台に出ていた、十四も年嵩ながら門弟となってくれた市川鰕十郎（えびじゅうろう）が暑気（しょき）当たりで倒れ、帰らぬ人となった。享年（きょうねん）五十一――。

鰕十郎は、先輩役者の中村歌右衛門の紹介で團十郎の門人となった男だった。

門弟になって十二年――。上方・江戸両方で人気があり、台詞回（せりふまわ）しが上手（うま）く、立ち回りや〈早替り〉などの〈ケレン〉に長け、〈実悪〉や〈老役（ふけやく）〉が得意で、大谷馬十の死後、舞台には欠くことのできない存在だった。主に大坂を拠点にしていたので團十郎が共演したのは数えるほどだが、江戸の舞台ではあまりの憎々しい演技に、幼い海老蔵ばかりか、おみつまで怖がったほどだ。鰕十郎がよく「子供に嫌われるのは役者冥利（みょうり）だす」と笑っていたことを思い出す。

大坂に精通していただけに、今後、上方の舞台にも足を延ばそうと考えていた團十郎が最も頼りにしていた男でもあった。

第五幕　味よしお伝

一

〈塩梅よしお伝といふは、名高き義太夫節の名人にて、名を「竹本お伝」といふなり。今や三代目坂東三津五郎が妻たり。そもそも淫婦にして密か男多かる中、五代目瀬川菊之丞と密通して、そのこと隠れなく、世の中の噺草となりぬ――〉

閏文政十三年（一八三〇）八月末の、弱い秋風が吹き始めた、穏やかな午後――。

河原崎座の〈夏興行〉を二十日余りと早めに切り上げた團十郎は、自邸の縁側で、読み終えた瓦版を丸めて庭に投げ捨てると、ごろんと仰向けになった。

團十郎は昨文政十二年の四月より、上方に出ていた。

江戸を出た理由は、昨年三月に江戸の三分の一を灰にした大火があったからだ。神田佐久間町から出た火は、日本橋や京橋を焼いて芝まで燃やし、三千人近くの死者を出した。

江戸三座も悉く火に呑み込まれている。大火で何十万戸の家が一瞬にして焦土と化したため、材木の値だけでなく、大工の手間賃までが一気に跳ね上がり、いつ三座が再建されるか、見通しすら立たなかった。

幸い團十郎の屋敷がある深川は無事だったが、團十郎は過去に二度の大火で母親と前妻二人ほか長女を亡くしていることもあり、苦い思いで毎日を過ごしていた。そんな折、「三座が建つ間、上方の舞台に一度は顔を出しておいたほうがいい」と、鼻高の松本幸四郎が声を掛けてくれ、共にそれぞれの弟子を引き連れ上方に上ったのだった。

初めての上方は、團十郎の芝居が通用するのか、不安でもあった。

京・大坂の上方歌舞伎は、江戸とは少し異なる。江戸歌舞伎では「江戸三座」を大芝居と呼び、舞台を張れるのは看板役者の〈立者〉や〈立女形〉ほか、中堅役者の〈相中〉だけ。

だが、上方歌舞伎の役者は筋目や名跡ではなく、あくまで人気・実力本位――。

大坂にも中ノ芝居や角ノ芝居という大芝居はあるものの、その下に「中芝居」と「子供芝居」があり、芝居小屋自体が三段階に分けられている。筋目の倅であっても子供芝居から始まり、中芝居へと進んで修業を積む。人気や実力が出てきて初めて大芝居の舞台に上ることができる。

役者の人気・実力を決定するのが、「手打連中」という贔屓定連だ。

大坂には、笹瀬連・大手連・藤石連・花王連の四連中がある。大芝居へ進んでも、これら手打連中の評価が下がれば、中芝居へ逆戻りすることになる。それほど、大坂の舞台は厳しい。

その大坂で、團十郎は「市川白猿」の名前で五月の中ノ芝居の舞台に上がり、いきなり〈大当り〉を出した。

「なんや、あの荒々しい男前の役者は」「うち、白猿はんに惚れてまう」「あないな男はんに睨まれたら、身も心も溶けてまうわ」――など、聞こえてくるのはすべて、團十郎を賛美する声だった。

そんな評判が浪花の町に溢れ出すと、團十郎の人気は八月、九月と月を追う毎に上がり、年が明けてからも、その勢いは止まらない。伊勢古市や越中富山からも声が掛かり、すべての旅巡業を終え江戸へ戻ったのは八月初めだった。

一年四ヵ月ぶりとあって、深川の自邸では留守を預かる妻おすみほか、大勢の弟子たちが團十郎の帰りを喜んだ。子供四人も大きくなっていた。

十三歳のおみつはすっかり娘になり、八歳の長男海老蔵や二つ下の次男三代目新之助も目鼻立ちがはっきりしてきた。三年前に生まれた三女ますは、おすみの影に隠れながらも「ととたま」と言葉を話すまでになっている。

江戸に戻って嬉しかったのは、焼け野原の江戸の町がすっかり元に戻っていたことだ。江戸三座も以前のように瓦の大屋根を広げ櫓を上げている。あれほど菊五郎を怒っていた坂東三津五郎が、同じ市村座に出ていたことにも驚かされた。

悲しい報せもある。

昨年十一月末に、狂言作者の鶴屋南北が亡くなっていた。享年七十五——。

中村座の〈顔見世興行〉での南北最後の演目は、お伝との淫らな噂が立つ瀬川菊之丞を救うために書いた新作だったという。それほど今の江戸歌舞妓の将来に憂いを感じていたらしい。巷に漂う恥晒しな噂を耳にすると、南北の心配もわからないではない。しかも、死ぬ二日前まで、上方に出ていた團十郎や菊五郎が戻ってきた時の新作も書いていたと、南北の跡を継ぎ〈二代目勝俵蔵〉と改名した倅の直江重兵衛がわざわざおすみに伝えに来ていた。

訃報は他にもある。

河原崎座の座元、五代目河原崎権之助が今年三月に没していた。おすみによれば、河原崎座と六代目河原崎権之助を團十郎に託していったという。六代目は養子で未だ十七歳と若いので、行く末を案じるのも無理はない。

他にも、市川宗家と縁のある成田山新勝寺の住職、照胤上人が前年七月に亡くなっていた。團十郎が寄進した額堂上棟式で「これで、多くの民の願いを聞いてもらえる場所ができた」と、満面の笑みを浮かべ喜んでいた顔が忘れられない。

一年四ヵ月ぶりに江戸に戻ったにもかかわらず、まったく変っていないこともある。淫乱女お伝をめぐる歌舞伎役者二人の醜聞だ。未だに瓦版などの刷り物が江戸市中に溢れており、内容は以前にも増して酷くなっている。

團十郎は深い息を吐いて起き上がった。

縁側横の座敷ではおすみが、團十郎が京都から土産に持ち帰った西陣織の帯や京友禅の反物、帯留め、簪などを畳の上に広げ、あれこれと品定めをしているところだった。

「ねぇ、お前さん」とおすみが声を掛けた。「さすが雅な京の都だねぇ。西陣織の帯も京友禅も仕事が丁寧と言うか、お上御用達とあって物が違うよ。だけど、こんな上等な御召を、あたしみたいな女が着てもいいのかねぇ」

手に持っている反物は、濃い紫の地に御所車や藤の花を手描きした京友禅だった。よほど気に入っているらしく、手が空くと、出してきては嬉しそうに眺めている。

「何を言いやがる。おめぇは、七代目市川團十郎の女房だぜ。おめぇが着れば、その京友禅も帯も大喜びってもんよ。まぁ、上方での舞台が旨(うま)くいったのも、娘や倅が無事だったのも皆、留守をしっかり預かる、おめぇのお蔭(かげ)。そのおすみには上方の一級品がよく似合うぜ」

おすみは嬉しそうに目を細めた。

「そう言ってもらうと、疲れが嘘(うそ)のように消えてくよ。京土産もいいけど、お前さん。東西を股(また)に掛ける〈大立者〉七代目市川團十郎の上方での土産話を聞かせておくれな。江戸に戻ってすぐに舞台だったから、ろくに話も聞けなかったからね。大坂での《助六》の評判は、どうだったんだい。こっちから送った助六の衣装は何とか、間に合ったそうだけど」

團十郎が大坂で出ていた道頓堀川の川縁には、大芝居を含む歌舞伎六座、浄瑠璃(じょうるり)五座、カラクリ一座の計十二座が軒を連ね、周りには多くの芝居茶屋が建っており、江戸以上の賑(にぎ)わいを見せていた。中でも回り舞台を初めて取り入れた、角ノ芝居は有名だった。

今年三月、その角ノ芝居で團十郎が演じた《助六由縁江戸桜(すけろくゆかりのえどざくら)》は、人生、四度目——。大坂に向かう一年前の文政十一年三月に、四代目・五代目團十郎の〈追善興行〉として三度目をやっており、自信をもって演じた舞台だけに浪速っ子にも大いに受けた。

「まさに煙管の雨が降るようだったぜ」

「だろうともさ。何しろ河東節のご連中まで大坂に行き、江戸紫の鉢巻を千本も配ったんだ」

　昨年五月、大坂の中ノ芝居で《夏祭浪花鑑》に出てすぐ、江戸にいるおすみに、助六の衣装一式と江戸紫の鉢巻千本を送るよう文を出した。舞台が終わる最後に、〈立者〉や〈立女形〉が観客に撒く名入れの〈撒き手拭い〉の代わりとして使いたかったからだ。江戸では誰もが知る團十郎でも、大坂ではまったく馴染みがない。まして
や、初舞台の上に「市川白猿」の名で出ている。

　江戸では、團十郎が地方の舞台に立つことは、團十郎の贔屓定連ですらあまり知らない。誰もが「團十郎は江戸の役者」と思っているためだ。だから成田山や甲州などの旅巡業では「市川團十郎」の名は出さず、「市川白猿」や「成田屋七左衛門」、「市川ゑび蔵」などの名を使い分けていた。

　團十郎の舞台を、少しでも浪速っ子や手打連中の心に留めたい――。

　そこで思い立ったのが、かつて八代将軍徳川吉宗から奨励された由緒ある、助六が舞台で使う江戸紫の鉢巻だった。

演目の《助六》は上方でも浄瑠璃などで知られ、昔から馴染みはある。とはいえ、芝居は江戸とはまるで違う。上方の助六の印象は、柔らかく流れるようでおごそか。性格も優しすぎて頼りなく、優柔不断にさえ見えてしまう。そのため動きも緩やかで化粧は隈取はなく、衣装にも派手さはない。

それに比べ、團十郎が演じる江戸の助六は一本気な性格で、動きは直線的で荒々しく、〈見得〉をふんだんに取り入れた〈荒事〉で、衣装も華美で派手だった。〈立女形〉も違う。大坂の揚巻は花魁ではなく町の遊女という設定だからか、地味な着物に草履履きで華やかさがまったくない。性格も助六と同じく、優しくて気弱な印象を受ける。

片や、江戸の揚巻は、花魁姿で全身を高価な打掛や何本もの簪などで着飾っており、華やか。男女の別なく、魅了してしまう美しさがある。性格は、助六と別れなければ斬ると横恋慕する髭の意休に対し、毅然として「斬らしゃんせ。たとえ殺されても助六さんのことは思い切られぬ」と啖呵を切って見せる伝法肌だ。

團十郎は自ら演じる一本気で粋な助六と、惚れた男に一途な揚巻の女の意気地を見せたかった。おすみが河東節の家元十寸見河東一門に頼んでくれたお蔭で、助六が花道から登場する時には欠かせない〈出端唄〉を流し、ほぼ完璧な《助六》の舞台を浪速っ子に見せることができた。

浪速っ子や手打連中にも、團十郎の派手な〈荒事〉と、観客に撒いた江戸紫の鉢巻で江戸の粋な気風が気に入ったらしく、大坂を発つ時、見送りに来てくれた團十郎贔屓の浪速っ子たちは皆、助六髷を結い、江戸紫の鉢巻を頭に巻いていた。

娘や若い女房衆も負けていない。團十郎家の替紋の一つ〈蝙蝠紋〉にちなんで、《蝙蝠》という小唄までつくるほどの人気ぶりだった。

二

「そんなにも受けたのかい、お前さんの《助六》が」

おすみが嬉しそうに團十郎に訊ねてきた。

「中村歌右衛門さんの一門が加勢してくれたこともあって〈大当り〉よ。歌右衛門さんの弟子の、中村松江さんの揚巻が見事でよ、鼻高の親っさんの髭の意休の渋さが花を添えてくれたぜ」

「鼻高の親方、もうすぐ七十に手が届くってのに、大坂の舞台にお立ちになるたぁ驚きだ」

「親っさんはまだまだ元気よ。大坂歌舞妓の勢いに負けまいと頑張りなすったんだろうよ」

「そんなにも大坂歌舞妓は凄いのかい」

　正直なところ、大坂歌舞妓の役者の層の厚みと質の高さ、芸幅の広さには驚かされた。やはり人気と実力を本位とするだけのことはある。三代目中村松江は團十郎より五歳年嵩にもかかわらず文句一つ言わず、團十郎の教えたとおりの、江戸風の花魁揚巻をわずか一日で所作のすべてをほぼ完璧に習得した。

　側で見ていた松本幸四郎も、内心、驚いたに違いない。だからこそ、今まで以上の凄味のある髭の意休を演じられたのだろう。

　それより驚かされたのは、松江の師匠の、三代目中村歌右衛門の凄さだ。

　さすが「大坂歌舞妓界の頂点に立つ役者」と言われた歌右衛門だった。《助六》が連日、満席になったのも、歌右衛門によるところが大きい。《助六》と同じ日に、歌右衛門が一人で七種の舞踊を連続して舞う《七変化所作事》も観客を大いに沸かせていた。今の江戸歌舞妓の現実を目の当たりにすると、歌右衛門が支える大坂歌舞妓界に嫉妬を超え、焦りすら覚える。

　おすみが大坂土産の鼈甲の簪を手に取ると、座敷の違い棚の隅に置いてある、五合升ほどの〈芝翫香〉と書いた桐の箱に目を向けた。箱には鬢付け油の壺が入っている。

「それにしても、お前さんが他の役者の名入りの土産を買ってくるとは珍しいじゃないか。しかも、鼻高の親方や永木の親方が毛嫌いする、加賀屋の歌右衛門さんだ」

〈芝翫香〉とは、一時、歌右衛門が〈中村芝翫〉と改名した時の名を付けたものだ。歌右衛門は商才にも長け、心斎橋に舞台で使う簪や櫛、煙管などの小物屋を出しており、繁盛していた。

「そら、歌右衛門さんからの頂きもんだ。親っさんたちは、別に毛嫌いしているわけじゃねぇ。歌右衛門さんが江戸で舞台を張ると、客を取られるから面白くねぇだけよ。おめぇは知らないだろうが、歌右衛門さんとうちとは、初代の歌右衛門さんと俺の曾爺さんの四代目からの縁だ」

「あら、そうなのかい。舞台じゃ何度か歌右衛門さんを見たけど、実際、どんなお人なんだい」

「昔と変わっちゃいねぇよ。相変わらず小柄だが、あの人の芝居と違わず、器もでけぇお人だ」

團十郎は角ノ芝居の楽屋でのことを思い出しながら話した。

《助六》の舞台が終わった後、突然、歌右衛門が團十郎の楽屋に現れた。どういうつもりかはわからないが、わざわざ助六の格好で、頭には紫の鉢巻まで巻いていた。

「似合うてますやろか」開口一番に言った言葉が、それだった。

歌右衛門は團十郎の前にどっかりと腰を下ろすと、親しみの笑みを浮かべた。

「久しぶりだすな。ちょくちょく江戸には寄せてもろうてますのやけど、同じ芝居小屋にいてもお互いゆっくりと会われしまへんな」

「こっちこそ大坂に出てきて、ご挨拶に出向かなければと思っていたんでやすが、つい芝居ばかりに頭がいって」

歌右衛門は目の前で手を振った。

「役者は、それでえんだす。それよか、やっぱりほんまもんの《助六》は違う。悪を懲らしめて胸は空くし、芝居を見てるだけで自分も助六のように強うなった気分になりますわ。うちの親父の初代歌右衛門が生前、『江戸の〈荒事〉を見とかな、あかんで』と言うてましたが、ほんまや。こたびは、ええ所作を見してもらいましたわ。ちゆたかて、あれは一朝一夕にでけるもんやない。そこで教えてもらいとうて、厚かましくも楽屋まで押し掛けてきたっちゅわけだす。あ、ははは……」

團十郎は、からかわれていると思った。同門でお互い若い時なら、弟弟子が兄弟子に所作の技を乞うことはよくある。だが、大坂で一二を争う有名な役者が五十を超えてから、大坂に出てきたばかりの、しかも門外の十三歳も年下の役者に稽古を付けてもらうことはまずない。

だが、からかいではなかった。

歌右衛門は楽屋の隅にあった紫の蛇の目傘を手に取ると、團十郎が舞台でやった助六の〈見得〉を目の前でやって見せ、これでいいかと訊ねてきた。團十郎が目や首の動き、手の使い方、傘を手にした折の踏み込む足の運びや開き具合、角度などを教えると、それを細々と紙に書きとめ、何度も念入りに体で確認していた。しかも――。

半刻（約一時間）ほど稽古した後、自分なりに納得すると、深々と頭を下げた。

「やはり成田屋さんの〈荒事〉は一朝一夕の芸やない。〈止め〉と〈睨み〉の他に、〈決め〉が六度。ここが思うてたのと違うてましたわ。これが成田屋さんの〈荒事〉――江戸の〈粋〉ちゅうもんだすな。ほんに、ええもんを教えてもろて。いつか《助六》やのうて、別の演目で、今、教えてもろた〈止め〉〈睨み〉〈決め〉を使うてみます。ほんま、おおきに」

そう礼を言って、さりげなく〈芝翫香〉の箱を置き、帰っていった。

そんな歌右衛門に、心底、驚かされた。というより、歌右衛門の、芝居に対するひたむきな拘りと体得しようとする執念を垣間見たようで、その器の大きさに感動すらあった。

「へぇー、そんなにも芝居に熱心とはね。やはり名が出てくる役者ってのは、陰で人並み以上のご苦労をなすっているんだねぇ。海老蔵にもやがて、この話を聞かせてやらないとね。そうそう、加賀屋の歌右衛門さんといえば、二代目の鰕十郎さんまで逝っちまうなんてね」

昨年十一月二十四日に、團十郎が大坂で一緒に舞台に上がっていた門弟の二代目市川鰕十郎が亡くなっていた。團十郎は大坂の舞台が終わった後、京都や伊勢、越中を巡業していたこともあり知る由もない。三年前、歌右衛門の紹介で團十郎の門人となった父親の初代市川鰕十郎が亡くなり、一昨年、二代目を襲名したばかりだった。父親に似て〈実悪〉を得意とし、上方では人気が出だした矢先でもある。それだけに、市川門之助と同じく残念でならない。

おすみは遥か遠い昔を偲ぶような目を庭に向けた。

「二十四は早いよ。若くして亡くなった門之助さんより七つも若いんだもの。それに比べたら、大南北先生は七十五の大往生だ。人の寿命はわからないもんだねぇ」

「そうだな。あの大南北先生が逝ったことで、時代が大きく変わるのかもしれねぇな」

というより、中村歌右衛門を筆頭に、大坂歌舞伎の役者の層の厚さを目の当たりにしただけに、櫛の歯が抜け落ちるが如く江戸歌舞伎が衰退していくようでならない。

「お前さん。時代が移れば歌舞伎も変わる。こんなこと言っちゃぁ叱られるが、江戸三幅対も、もうお歳だ。これからの江戸歌舞伎は、お前さんたちの時代だよ。元気出しておくれな」

やはりおすみだ。以心伝心。團十郎のわずかな心の不安ですら感じ取り、励ましてくれている。

「任せておけ。三座も新しく建った。心機一転、頑張らねぇと、江戸歌舞伎はどんどん上方歌舞伎に置いていかれる。おう。元気といやぁ、米蔵も元気だったぜ」おすみは忘れたようで訝しげな顔だった。「憶えてねぇか。ま、九年も前のことだからな。あの頃は、おめぇもうちに来たばかりで弟子の名を憶えるどころじゃなかったし、米蔵はまだ十歳のガキだったからな」

「十歳……ああ、思い出した。あたしが三味線を教えると言ったら、三味線なんて女のするものだと言って、しょっちゅう米蔵に隠れて困らせた子だね」

何か気に入らないことがあると、名前の如く、すぐに米蔵に隠れる弟子だった。負けん気が強く、何かにつけ兄弟子たちと揉め事を起こすので、伊勢松坂の知り合いの芝居小屋に預けていた。

「今は十九だ。去年の秋、ひょっこり角ノ芝居の楽屋に来やがった。やっぱし他人の飯は食わせるもんだ。相当、苦労したらしく、いい面構えになったぜ。それで〈市川米十郎〉と改名させて、伊勢や京を一緒に回ったのよ。あいつにもやがて江戸歌舞伎を背負ってもらわねぇとよ」

「ふうん。あの米蔵がねぇ。そうだ。弟子といえば、海老蔵を褒めてやっとくれ。二月の成田山の仁王門の棟上げ式で、八つながら立派にお前さんの名代を務めたんだ」

仁王門の棟上げ式――。すっかり忘れていた。三月には十五日間、入仏供養が行われたという。

「そうかい、わずか八つの海老蔵が俺の名代を。これも、おめぇのお蔭だな。だがよ、おすみ。あいつを一人前の役者にしたかったら、褒めちゃならねぇ」

「何でさ。子供は褒めて育てるもんじゃないか」

「それは余所様の話よ。歌舞伎役者は褒めれば褒めるほど伸びねぇものよ。覚えておきな、歌舞伎役者を駄目にしたかったら、毎日、耳元で三度褒めてやる。そうすりゃ、どんどん下手になる」

「ふうん。怖いもんだね、褒めるって」

「ま、評判記は別だが、芝居仲間と身内の誉め言葉は毒と思えと、先代がよく言ってた。さてと、おすみ。ずいぶんご無沙汰したな。江戸歌舞伎のためにも、もう一人、こさえておこうぜ」

團十郎が口吸いをしようとするや、おすみが片手で團十郎の口を押えた。

「馬鹿をお言い。お前さんや音羽屋さんが留守の間、江戸は大変なことになってるってのに」

おすみの話は、菊之丞と三津五郎の妻お伝との密通――櫓下の痴話事だった。

菊之丞とお伝は一度は別れたものの、今は抜き差しならないところまで来ており、江戸っ子たちの間では歌舞伎より、その噂で持ち切りという。そのため、三津五郎は市村座に、菊之丞は中村座や河原崎座に分かれて出ているとのことだった。

「けっ。またその話かよ。さっき瓦版を読んで、うんざりしてたところだ。間男の菊之丞も菊之丞なら、永木の親っさんも親っさんだ。てめぇの嬶ぁのケリもつけられねえで、何やってんだ。江戸歌舞伎の行く末を思うと情けなくならぁ。で、大和屋の大太夫は、どうしていなさる」

「大太夫も、下手に踏み込んで火の粉が降りかかるのを恐れてか、だんまりを決め込んでるよ。やっぱしここは一つ、お前さんが矢面に立つしかないんじゃないのかい」

「まぁな。確かにいくら仲立ちの上手い大太夫でも、色事の野暮な話は似合わねぇ。それにしても永木の親っさんだ。お伝を色遊びができねぇよう、蔵にでも押し込めておけねぇのかよ」

「永木の親方は、確か五十半ばの大太夫より、歳は上だ。どっちも、もうすぐ還暦だからねぇ。噂じゃ永木の親方は、二年ほど前から二人のことで心労が祟り、心の臓で床に伏せってるって話だよ」

七年前、中村座の座頭を辞めたのも、お伝にのめり込んだからだろう。今は市村座の座頭を務めてはいるが、それも形ばかりだ。江戸で三代目中村歌右衛門と芸を競い合い、変化舞踊では坂東流を極め、当代の名優たちを圧倒し、文政四年の評判記で〈極上上吉〉となった〈大立者〉であっても色に転ぶと、舞台には立てなくなるということだろう。ますます江戸歌舞伎が萎んでいくようでならない。

「何てこった。江戸に帰ってみれば野暮ばかり。しょうがねぇ。近いうち菊之丞に会うか」

「お前さん。お伝さんにはくれぐれも気をつけておくれ。四十半ばという話だが、見た目は三十ほどにしか見えないそうだよ。噂じゃ、目を見ただけで引き込まれるって話だ。引き込まれたら最後、蛇のような割れた長く赤い舌で骨抜きにされるそうだよ」

——蛇のような割れた長く赤い舌で……。つい頭に浮かび生唾を飲んだ。

「そりゃ凄ぇや」

「お前さん。あたしは心配して言ってんだよ」

「安心しな、おすみ。お伝に会うつもりはねぇ。第一、俺の目に女は、おめぇしか入らねぇよ」

團十郎は、おすみの太鼓結びの下にある、肉付きのいい尻を優しく撫でた。

「——あん！　もう、お前さんたらぁ……。そんじゃぁ、夕飯は精が付く蝮の蒲焼きにしようかねぇ」

おすみは熱いまなざしを向けてから、やや口を開け軽く小指を下唇に触れて見せた。久しぶりに見る、團十郎を閨に誘う時に見せる仕草だ。團十郎は笑みを返した。

「脂の乗った蝮を頼んだぜ、おすみ」

三

翌日の夕方、團十郎は中村座に瀬川菊之丞が出ている舞台の千穐楽を、途中で見るのをやめた。

　菊之丞の芝居は、とても見られたものではない。團十郎の屋敷にいた時より、数段、下手になっている。台詞回しはもとより〈決め〉や〈止め〉がなく、所作にまったく減り張りがない。両国辺りの芝居小屋にいる緞帳役者より酷い。そんな芝居を公然と見せていることに腹が立った。

　團十郎は中村座を出ると、葺屋町横の堀江町入濠（東堀留川）にある多葉粉河岸から猪牙舟に乗り、菊之丞がお伝と住んでいるという、木挽町七丁目にある船宿〈扇屋〉に向かった。

　お伝に会うつもりはねぇ——とおすみには言ったものの、菊之丞が入れ上げているというお伝が、どんな女か、一度、確かめておきたかった。それ以上に、つい最近まで二代目岩井粂三郎と「若手の双璧」と若女形を二分するほどの人気を集めていた男を、あそこまで堕落させたお伝を、どうしても許せなかったからもある。

　舟は、十間（約十八メートル）ほどの濠を南へと下った。途中の日本橋川を横切り、楓川に入り、続く三十間堀川を通ってゆく。空には夕日に照らされた赤くたなびく鱗雲を背景に、数十羽の鴨が綺麗なくの字を描いて飛んでいく。が、それを愛でる心の余裕は今の團十郎にはない。あれほど腑抜けな芝居を見せられた後だけに、江戸歌舞妓までもがお伝という好色女に蝕まれていくようでならなかった。

團十郎は木挽町五丁目の、木挽橋の河岸で舟を降りた。すぐ目の前に河原崎座があり、その周りには芝居茶屋などが建ち並び、中村座のある堺町や市村座のある葺屋町同様、賑わっている。三十間堀川を挟んだ西に銀座町があるからか、通りには手代や丁稚を引き連れた羽振りのいい商人が多い。

團十郎は人目を避けるようにうつむき、扇子で顔を隠して歩いた。お蔭で少し頭を冷やすことができ、いつもの自分を取り戻せていた。

七丁目の船宿〈扇屋〉に入ったが、あいにくお伝は留守だった。女中の話では、いつも近くの馴染みの料理屋〈善膳〉の一階の大広間で酒を飲んでいるとのことだ。

〈善膳〉は六丁目にあった。

店に入ると、小上がりの奥に六十畳ほどの大広間があった。大広間は格子の衝立でいくつかに区切られており、まだ宵には早いからか客はいない。ただ、一番奥でそれらしき女が若い男たち七、八人を周りにはべらせ、酒を飲んでいた。

團十郎は衝立を隔てた隣の席に着き、酒を頼んだ。

衝立の間から覗き見た。お伝らしき女は、顔は面長で鼻筋の通った富士額。口には真っ赤な紅を差し、髷は蝶の羽のように結いあげた、大きく派手な横兵庫。髪飾りは鼈甲二枚櫛に、簪は前挿しと後挿しが二対ずつと、笄を蟹の足のように何本も刺している。

肢体にも自信があるらしい。男を誘うように着物の襟を肩の辺りまで開き、細く長いうなじから背中まで見えるように〈抜き襟〉にして柔肌を大きく露出させている。その肌の白さを際立たせるように、真っ赤な無地の半衿を胸元に覗かせていた。

反面、着物の柄は、着こなしとは真逆。御所車や牡丹、菊を組み合わせた総模様ながら黒地とあって品がある。帯は前結びにした、大きな俎板帯。金の亀甲つなぎ地に浮かぶ鳳凰が輝いており、お伝自身を光らせている。

数多の男と浮名を流し、男たちの掻く汗をたっぷりと体に吸い込んだからだろう。すらりとした肢体には脂がのり、黒髪や肌の色艶も、とても四十半ばには見えない。おすみが言うとおり、見た目は三十路ほど。

脇息にもたれ、銀の長煙管を吸う様は吉原の花魁以上に美しく優雅。体全体から醸し出される印象が高慢に見えるからか、かえって美貌が鼻につく。赤い口がくゆらす煙と一緒に女の色香までもが吐き出され、大広間を満たしていくかのようだった。

酒を運んできた若い女中に訊ねると、やはりお伝だった。周りの男たちは菊之丞の弟子という。

　幸い女中は歌舞伎を見たことはないらしく、團十郎の顔や着ている羽織の〈三升（みます）紋（もん）〉を見ても歌舞伎役者とは気づかなかった。もっとも、料理屋で働く女中の給金は、一年働いてもせいぜい一両二分（約十二万円）。芝居は一番安い切落（きりおとし）席でも、百三十二文（約二千六百四十円）はする。口減らしで家を出された娘が、高額な歌舞伎など見に行けるはずもない。

　團十郎が手酌で注いだ盃（さかずき）を口に近づけた時、弟子らしい男が広間に入ってきて、お伝に一枚の紙を差し出した。お伝はちらっと眺めてから隣の男に渡した。

　男が「さすが歌川の国貞だ。師匠と歌右衛門との桜の場面を旨く描いてら」と言うと、別の弟子が感心したように後を継いだ。

「近頃の師匠は、めっきり女っぽくなって。〈無類（むるい）〉と評された上方の加賀屋さんと同じ舞台を踏むようになると、大和屋の大太夫を追い越すのも、もうすぐじゃねぇんですか、女将（おかみ）さん」

　加賀屋こと三代目中村歌右衛門は、三年前の評判記の番付けで、居並ぶ者がいないとの意で〈無類〉の位を受けている。さすが大坂歌舞伎を背負って立つだけのことはある。

「ふん」と、お伝は煙草盆（たばこぼん）の灰吹（はいふき）の竹筒に長煙管を打ち付けた。「当たり前じゃないか。誰が仕込んでると思ってるんだい。このあたしだよ。菊之丞がそこいらの役者と違って当たり前だ。大和屋の大太夫は五十半ば。寿命もそろそろ尽きるころさ。その後(あと)、江戸で次に『大太夫』と呼ばれるのは、大太夫の倅の条三郎でも、下の弟の紫若(しじゃく)でもない。五代目瀬川菊之丞だよ」

声も若いが、さすが元竹本流の女義太夫(おんなぎだゆう)だっただけによく通る。

――ふん。そりゃ素人(しろうと)の欲目って奴(やつ)よ。俺から見りゃ、〈稲荷町(いなり)〉だ！

團十郎はお伝を睨みながら、胸のうちで吐き捨てた。

そのお伝の差し出す盃にすかさず酒を注いだのは、いつも菊之丞を送り迎えしていた「送りの権八(ごんぱち)」と呼ばれる下男だった。かつて團十郎の屋敷に菊之丞と一緒に住んでいた頃は気のいい男だったが、しばらく会わないうちに色にまみれたのか、目がギラつき貧相な顔になっている。

「ですが女将さん。今は江戸に音羽屋さんがいねぇからいいが、大坂から戻ってくれば、またあの《東海道四谷怪談》のお岩で〈大当り〉だ。師匠と競ってる〈立女形〉の条三郎も出やすぜ」

「抜かりはないよ。ちゃんと手は打ってある。《東海道四谷怪談》を書いたのは誰か知ってるだろう。その跡を継いだ倅を知ってるかい？」

「確か、置屋〈直江屋〉の亭主だった二代目勝俵蔵さん……それじゃぁ」

権八が驚きの顔を向けると、お伝は意味ありげに上唇に舌を這わせて見せた。

「所詮、女郎屋の亭主さ。遊び慣れているとはいえ、あたしの色には勝てないよ」

——何、重兵衛兄ぃとも……！

團十郎の驚きをよそに、お伝は自慢げに続けた。

「音羽屋が江戸に戻るのは来年の六月頃って話だ。《四谷怪談》の芝居ができるよう台本も仕掛けも頂いた。後は音羽屋が戻ってくるまでに菊之丞が稽古をして、こっちも《東海道四谷怪談》を立ち上げるってわけさ」

——何だって！《東海道四谷怪談》を……。

「ですが、三座の座頭が承知しねぇんじゃ」

「馬鹿だね。座頭に話を持っていく馬鹿がどこにいるんだい。相手は河原崎座の座元だよ」

——何、権之助まで！

「あの……女将さん」と権八も驚いている。「座元は確か、未だ十七、八の小僧では？」

「だから何だってのさ。十七、八の小僧だろうが、五十過ぎの爺だろうが、あたしが狙った男で落ちなかった男はいない。覚えておおき。あたしはね、菊之丞を大太夫にするためなら何だってする」

お伝は自慢げに一気に盃を呷った。

「ところで女将さん。そろそろ永木の親方の許に戻ったほうがいいんじゃねぇですかい。心の臓を患って具合が悪いようで、ちょくちょく前の女将さんが世話をしに顔を出してるって噂でさ」

「ふん。お貞かい。あの女も諦めが悪いね。うちの亭主が惚れてるのは、このあたしだよ。看病にかこつけて縒りを戻そうって腹かい。まぁ、うちのも、大和屋の大太夫と同じ五十半ばだ。男としての役目も終わってるから、欲しけりゃ、くれてやってもいいが、手切れ金の五百両や千両ぐらい持ってくるのが筋ってもんだろ。違うかい、権八」

「手切れ金が五百両、千両ですかぃ」

「何を驚いてんのさ。あの女の父親は、去年、亡くなった元二代目三津五郎だよ。しこたま持ってるさ。うちのは、あたしのこの体を十年以上も弄んだんだ。安いもんさね。一年五十両だと思えば、五百両や千両ぐらい、吉原の花魁より安いやね」

「なるほどね、そういう算盤勘定か。でやすが、その間に女将さんは何人もの男と」

　お伝は持っていた盃を権八目掛け、投げつけた。

「――お黙り！　お前が、このあたしに四の五の物を言える立場かい。それより、そろそろ舞台が終わる刻限だ。早く中村座に菊之丞を迎えにお行き！」

　権八は投げつけられた盃を拾うと、渋い顔で言った。

「きょうは千穐楽でさ。芝居の後はご贔屓筋との寄合い。料理や酒が出れば、早くは帰れねぇ」

「だから言ってんだよ。ご贔屓の旦那(だんな)衆は若い娘も連れてくる。それを心配してんのさ。近寄らせるんじゃないよ。寄合いが終わったら、まっつぐ〈扇屋〉に連れてくるんだ。わかったら、とっととお行き、権八」

「へぇ」権八は渋い顔のまま腰を上げ、広間を出ていった。その時、團十郎はお伝と目が合った。

　お伝は一瞬、「おや」という驚きの目をするや、周りにはべる弟子たちに尖(とが)った目を向けた。

「お前たちも行くんだよ。さぁ、もたもたしてないで、さっさとお行きったら」

「ですが、師匠の言いつけで、女将さんの側にいるようにと」

「きょうは千穐楽だよ。女にはいろいろと迎える仕度ってもんがあるんだよ。菊之丞に言っときな、今夜はたっぷり芝居の疲れを癒してやるからと」

弟子たちがぞろぞろと広間を出ていくと、お伝は笑みを浮かべ、柳腰をくねらせ立ち上がった。その折、裾引き着物から覗く白いふくらはぎが目に飛び込み、團十郎は思わず生唾を呑んだ。

四

團十郎が暑いという素振りで羽織を脱いだ時、背後からお伝の声がした。

「ちょいと、そこな兄さん。この辺りじゃ見掛けない顔だけど、お目当ては、あたしだね」

團十郎は無視するように手酌で酒を注ぎ、呷った。

「さっきから、ちらちら見てたじゃないか。何なら、一緒に飲もうじゃないか。お邪魔するよ」

お伝は無遠慮に格子の衝立を退け、團十郎の目の前に座った。どんな香油を体に塗っているのかは知らないが、噎せるような濃厚な女の香りがする。

間近で見ると、なるほどと思う。富士額に、すっと鼻筋が通った瓜実顔。虚ろな切れ長の目。尖った顎の上には、男なら思わず口吸いをしたくなるような、ふっくらとした赤い唇がある。町の男たちが間男になりたがるのも無理はない。胸元の白い肌は今にも吸い付きそうだ。

お伝は科をつくるように相好を崩した。

「おや、女心にとーんとくる、いい男だねぇ。ん……？　お前さん、歌舞伎役者の市川團十郎に似てるけど、まさか本物じゃないだろうね」

「まさか」團十郎は苦笑いした。「ま、この界隈を歩くと、よく似てると言われるよ。俺の名は七左衛門。深川で芸者衆を相手に、簪や櫛、根付などを売り歩いている小間物屋だ。きょうは、『塩梅よし』と評判の高いお伝さんが、どんな物を身に付けているか、盗み見にやってきたというわけよ。さすがお伝さんだ、黒鼈甲にヒスイの簪に、帯飾りの珊瑚の根付たぁ、そこいらの芸者衆とは格が違うねぇ」

お伝は薄く笑い、銚子とともに熱い視線を向けてくる。

「これも何かの縁だ。お前さんのところの品を見せておくれな。金に糸目はつけないよ」

目を見ただけで引き込まれる——とおすみは言ったが、虚ろに妖しく光るまなざしに今にも吸い込まれそうで、「目千両」と呼ばれた岩井半四郎に勝るとも劣らない。

團十郎はお伝の淫欲に誘うような視線から何とか逃れると、注がれた酒を呷り、返杯とばかりに銚子を取った。

「いやいや、どんな高価な簪や櫛でも、色っぺぇお伝さんが付ければ霞んでしまわ。お伝さんは、本当に噂に違わぬ、小間物屋泣かせだぜ」

「嬉しいことを言ってくれるじゃないか。今夜は先約があって都合がつかないが、よかったら明日にでも不忍の池の蓮でも見に行かないかい。小料理屋でしっぽり汐待ちしようじゃないか」

上野不忍池辺りには男女が睦む出合茶屋が多い。「不忍池の蓮を見に行かないか」とは、男が女を誘う常套句だ。

お伝は意味ありげに柔らかそうな舌を上唇にゆっくり這わせると、大きく開いた胸元を見せつけるように前のめりになった。白い肌がきめ細かいのは見た目でもわかる。さらに右手を、胡坐をかいている團十郎の膝の上に滑らしてくる。

「ねぇ、七さん」と馴れ馴れしく、男の欲望に止めを刺すような甘い声。「どうだい?」

「そ、そいつぁありがてぇが、さっきお弟子さんとも話していなすったようだが、お伝さんには確か今、五代目菊之丞という色がござんしょう」

「狂句（川柳）じゃないが、知らぬは亭主ばかりなりさ。菊之丞は若いし、優しくしてくれるのは嬉しいんだが、所詮、女形さね。たまには團十郎の〈荒事〉のように激しく肌を合わせたい時もあるのさ。どうだい、本当に『塩梅よし』かどうか、お前さんの体で試してみないかい」

――こいつぁ、本物の男食いの好色女だ。

「さすが間男数番付で、東の大関になるお伝さんだ。見さかいがねぇや」

「大店の旦那衆なら誰でもやってることじゃないか。女のあたしがやるから、やりこめられるのさ。女がやって何が悪いんだい」

「なるほど、そりゃぁ道理だ。お伝さん、ちょっくら、舌を出して見せちゃぁくれねぇか」

お伝は冷ややかな目つきで苦笑いした。

「あたしの舌が蛇のように割れているって噂、本気にしているのかい。舌は割れちゃぁいないが、下のほうは熟してぱっくりと割れてるよ。試してみるかい？　お前さんの山伏で」

うっとりするような熱いまなざしを向け、着物の裾を少し押し上げ白いふくらはぎを覗かせてから、唇をゆっくりと舐めた。

團十郎は自分の視線を散らすように、顔を横に振った。

「……やめときまさ。不義密通は天下のご法度。七両二分（約六十万円）が惜しいわけじゃねぇが、おめぇさんの亭主が住む同じ深川で噂にでもなったら寝覚めが悪い。それに聞いた話じゃ、おめぇさんと肌を合わせると抜けられなくなるって噂だ。四十路男が色に溺れて『櫓下の面付』なんざに名前でものせられた日にゃ、町も歩けなくなってしまわぁ」

七両二分は、巷で言われている、間男が密通した女の夫に支払う示談金の相場だ。

お伝はがっかりした顔で大きく息を吐いた。

「近頃の男はどいつもこいつも口先ばかりで、意気地がないねぇ。こんなにもいい女が誘っても、乗ってもきやしない」

その時、暮れ六ツ（午後六時頃）を打つ、日本橋本石町の鐘が聞こえてきた。

「もうこんな刻限かい。七左衛門さんとやら、気が変わったら、船宿〈扇屋〉に訪ねておくれな。簪や櫛の十本や二十本、まとめて言い値で買ってやるよ。訪ねてくる時は、菊之丞が舞台でいない時にしておくれ。待ってるよ」

お伝は艶めかしく目を團十郎に流すと、すっくと立って広間を出ていった。

五

九月に入った、二日の夕暮れ――。

團十郎は、堺町の中村座の側の、芝居茶屋〈松屋〉の奥の座敷で、瀬川菊之丞と会っていた。今年は閏年(うるうどし)で三月が二度あったからか、九月初めとはいえ、すっかり秋らしくなっている。

閉じられた障子窓に夕日が差し込んでいるので部屋は明るく、下を向いた菊之丞の顔を浮かび上がらせている。菊之丞は手ぬぐいを頭にのせた〈吉原かぶり〉。卍崩(まんじくず)しの藍鼠色(あいねずいろ)の小紋に、女形らしい桔梗(ききょう)の羽織姿だった。何で呼び出されたか、わかっているようで酒も進まず、口も重い。

團十郎は銚子を向けた。

「おめぇと、こうして酒を飲むのは何年ぶりだ？　去年の〈己丑(きちゅう)の大火〉で何もかも燃えちまったが、こうして家が建ち、江戸の町が新しくなると、時代の流れも変わるようでいいもんだな。そろそろ江戸歌舞伎も俺たちの時代だぜ、菊之丞」

この〈松屋〉も去年の大火で中村座とともに燃えた。新築とあって杉や檜(ひのき)のいい香りがする。

「江戸の町も新しくなったってのに、巷じゃ、未だに野暮な噂が燻（くすぶ）り続けてやがる」

菊之丞は自分のことだと覚ったらしく、目を泳がせた。

「体もずいぶんとでかくなったじゃねぇか。いくつになった？　菊之丞」

「……二十九でさ」

「そうか、もう二十九か。憶えているか、十二年前の文政元年の火事を。あん時、俺は二十八だ。おこうや娘のおせんを助けようと、後先も考えねぇで、燃え盛る家の中に飛び込もうとしてよ。だから、おめぇの、まっつぐな気持ちはよーくわかるぜ」

菊之丞はちらりと鋭いまなざしを向けるや、すぐに目を伏せた。

團十郎は銚子を向けた。

「今、俺があるのは、あん時、おめぇが必死に止めてくれたお蔭だ。止めてくれなかったら、今はねぇ。たとえ生きていたとしても、顔は大火傷（おおやけど）で舞台には立ってなかっただろうよ。その恩返しをしたくて、きょう、呼び出したってわけだ」

菊之丞は眉間（みけん）に皺（しわ）を寄せ、下唇を噛（か）みしめた。

「菊之丞。四の五の野暮を言うつもりはねぇ。おめぇのためにも、江戸歌舞伎のためにも、あのお伝とは別れろ。このままじゃ、江戸歌舞伎が潰（つぶ）れていく。あれは根っからの、好色な男食いだ」と言うや、「――座頭！」と叫んだ菊之丞の声が重なった。

「――違うんだ！　そんなんじゃねぇんだ、お伝さんとの仲は……」

「何が違うってんだ。あの女は、これまでどれだけの男と浮名を流してきたと思ってやがる。『多話戯雑帋（たわけぞうし）』に、間男五十人とまで書かれた好色女だぜ。見た目は若いかもしれねぇが、四十半ばの大年増（おおどしま）、いや、〈悪婆（あくば）〉だ。〈立女形（たておやま）〉で『若手の双璧』とまで呼ばれたおめぇが、そんな女に、うつつを抜かしてんじゃねぇよ」

〈悪婆〉とは〈生世話物（きぜわもの）〉に出てくる、悪事を働く女役のことだ。

「巷（ちまた）で言われているほど悪い女じゃねぇんだ、お伝さんは……」

菊之丞が静かに語り出した。

初めは確かに男と女の間柄だったが、十六もお伝が年上とあって次第に母親と倅（せがれ）の関係に近くなった。幼い頃に母親から離され、瀬川家に養子に出された菊之丞は初めて母親の情に触れたようで、今や離れられないと苦しい胸の内を涙ながらに話した。

気持ちはわからないでもない。團十郎も菊之丞と同じく、幼い頃に養子に出され、母親と会うことを固く禁じられた。すべて〈市川團十郎〉という大名跡を継ぐためだった。團十郎自身、母親の情は芝居の上ではわかっているつもりだが、実際の情は知らない。

「あんな女を……。だが、菊之丞。世間はそうは見ねぇ。わかってもくれねぇ。お伝て女は所詮、女義太だ。おめぇも名跡を背負う役者なら、世間に妙な噂を立てられねぇようにしな」

女義太――とは春を売る女義太夫のことで、風紀を乱すとの理由から法度になっている。

「わかってくれなくてもいいんだ。俺も、お伝さんも、今のままが仕合わせなんだ」

「おめぇたち二人はよくても、世間が許さねぇって言ってんだ。あの女は永木の親っさんの女房だ。密通はご法度。捕まれば死罪だぜ。第一、〈瀬川菊之丞〉の名跡は、どうするんでぃ。五代目まで受け継いできたってのに、おめぇの代で潰していいのかよ」

「それは……。瀬川菊之丞は代々養子でさ。あっしも同じように養子を取りますよ」

「養子を取るだぁ？　簡単に言ってくれるじゃねぇか。〈瀬川菊之丞〉の名跡に泥を塗るような真似をして、誰が養子に来る。三代目のように〈仙女香〉ができるほどなら別だがな」

三代目瀬川菊之丞は、團十郎が未だ幼い頃、四代目岩井半四郎と「女形の双璧」と称された役者で、人気・実力とも江戸歌舞伎を担っており、〈立女形〉では珍しく座頭まで務めた。当時、その人気と名声にあやかろうと、三代目菊之丞の俳名「仙女」にちなんだ〈美艶(びえん)仙女香〉という名の白粉(おしろい)まで販売されたほどだ。式亭三馬(しきていさんば)の滑稽本(こっけいぼん)『浮世床』や狂句集『誹風柳多留(はいふうやなぎだる)』、錦絵(にしきえ)などにも〈仙女香〉の名が取り上げられ大流行(おおはや)りし、今では誰もが白粉を〈仙女香〉と呼んでいる。

「だいたい、おめぇのところの弟子も、お伝の周りにはべりついていて、何が養子を取るだ」

菊之丞は「何で知っているんだ」というような目を向けてきた。

「この間、おめぇが中村座の千穐楽に出ていた舞台の途中で抜けて、木挽町の〈善膳〉に行ったのよ。それより、おめぇの千穐楽の《関の扉(せきのと)》、ありゃ何だ。見られたもんじゃねぇ。せっかくの〈ぶっ返り〉も、所作事がなっちゃぁいねぇから光らねぇ。あんなんで弟子たちを仕込んでいけると、本気で思ってんのかぃ」

〈ぶっ返り〉とは、留めている糸を引き抜いて上の衣裳(いしょう)を腰から下に垂らし、衣裳を変えていく〈早替り〉の一つ。《関の扉》では、一面真っ白な銀世界の中に満開となった桜の下、遊女墨染(すみぞめ)が舞いながら〈ぶっ返り〉をして本性を現わすのが一つの見せ場となっている。

「八月初めに暑気(しょき)当たりしたんで、その疲れでさ。それまでは、ちゃんとやってまさ。

今じゃ、座頭のところにいる上方者の沢村源之助にも、亡くなった門之助さんにも負けやしやせんよ」

沢村源之助は大坂の浜ノ芝居で座頭を務めた男で、二十七と若いが〈立女形〉としての素質があり、一門に引き入れた。今では市川門之助のいなくなった席をしっかりと務めている。

團十郎は呆れ顔で、おすみと初めて出会った〈和泉屋〉の二階でのことを思い出して言った。

「きょう初めて芝居を見に来た客もいるんだぜ。その客に、昨日まではちゃんとしていましたって言うのかい、おめぇは。そんなおめぇが、亡くなった門之助より上だあ？　大きく出たじゃねぇか。丁度いい。今、九月にやる《芦屋道満大内鑑》の配役で、葛の葉狐を誰にやらせようかと、思案してたところよ」

「葛の葉狐を……！　ぜひ、俺にやらせてくだせぇ、座頭」

《芦屋道満大内鑑》は、陰陽師安倍晴明の出生の秘話ともいわれ、江戸では人気が高く、つい同情したくなるような憐れみに溢れている。物語は――。

許婚を失った晴明の父保名が、傷心の中、葛の葉姫と出会い、将来を誓い合う。ある日、保名は悪人に殺されそうになった狐を救うが、怪我を負う。狐は助けられた恩に報いようと葛の葉姫に化け、保名を懸命に介抱。やがて二人は夫婦となり、六年が経ち子供にも恵まれる。そこに、将来を誓い合った本物の葛の葉姫が現れる。葛の葉姫に化けた狐は可愛いわが子を残し、一首の和歌を四枚の障子戸に書いて去っていく。だが、諦めきれない保名は葛の葉狐を追う――という筋だ。

この芝居は葛の葉狐役が要で、〈立女形〉の見せ場も多い。かつて門之助の当たり役でもあり、《助六》の花魁揚巻役同様、上を目指す〈立女形〉なら誰もがやりたがる。

「じゃ、試してやろうじゃねぇか」

意外だったらしく、菊之丞は目を瞬かせた。

「えっ……試す？」

「ああ。うちの八つになる海老蔵を安倍の童子役で出そうと考えてる。だからこそ、あまりふやけた舞台にはしたくねぇ。葛の葉狐の役は、芝居の目玉だからな」

團十郎は手を二度叩いて女中を呼ぶと、筆と硯一式、それと三味線を持ってくるよう頼んだ。

「座頭。ちょっと待っておくんなせぇ。今、ここで、ですかい」

「何でぃ、前にも一度、葛の葉狐はやってんだろ。いちいち稽古しねぇと、できねぇってのか。それじゃ、〈中通り〉や〈稲荷町〉だぜ。自慢にもならねぇが、俺がやった役は体が覚えてらぁ。それが名跡を継いだ役者の証ってもんだろ。それとも、よすかい」

「い、いえ、ぜひとも」

菊之丞は挑むように鋭い目を向けた。

六

團十郎は三味線を構えた。白い襖の前には、筆と硯一式が置かれている。

「筆と硯で、もう察しはついているだろうが、〈子別れの段〉――葛の葉狐が障子戸に一首を書き残し、わが子を置いて屋敷を立ち去ろうとする場面だ。和歌は憶えているかい」

恋しくばたずねきてみよ　いずみなる　信太の森の　うらみ葛の葉――。

菊之丞はすぐに諳んじた。

「中身までは腐っちゃぁいねぇようだな。あいにく障子は窓の小せぇのしかねぇし、舞台と違い障子の桟で書けねぇ。だから襖に書け。赤子は座布団を抱えて代わりにしろ」

「座頭。この襖に書いてもいいんですかぃ」

「襖の三枚や四枚、二両も置いて行けば文句はねぇだろう。じゃ、いくぜ」

團十郎は、子との別れを悲しむ葛の葉狐の心情を表わすように、三味線を奏でた。それに合わせ、菊之丞は着物の袖を口にくわえ、赤子代わりの座布団を胸に筆を取った。

この芝居の難しさは一発勝負というところにある。

まず右手で筆を持ち、和歌の出だしの文字〈恋〉と書いてから〈しくば〉を逆から書いていく。そして〈たずねきてみよ　いずみなる〉と一気に筆を走らせてから、筆を左手に持ち変え〈信太の森の〉と裏文字で書かなければならない。奇妙な筆遣いは狐である証を見せるためだ。

次に、また右手で〈うらみ〉と書いたところで、抱いていた赤子が泣き出す。赤子をあやすと両手がふさがってしまうので、今度は筆を口でくわえ〈葛の葉〉と書いていく。

役者は三味線に合わせ、ただ書けばいいというものではない。書き上げた文字は書家が書いたような味わい深さが求められる。そこが、この役どころの難しさであり、見せ場でもある。

菊之丞の女らしい仕草と、襖に書いた文字は秀逸だった。さすが十年以上も女形をやっているだけのことはある。だが、残念なことにお伝仕込みの色気が立ち過ぎて、母親ではなく、女になっている。

團十郎は三味線のバチをぞんざいに畳に置いた。

「――駄目だ。まるっきし、なっちゃぁいねぇ」

菊之丞は自信があったらしく、脅えた顔を向けた。

「……ど、どこが駄目なんです」

「字はいい。演技も女だ。だが、肝心の葛の葉狐の心になっちゃいねぇ」

「葛の葉狐の心……？」虚を衝かれたような目を向けている。

「素人は誤魔化せても俺の目は騙せねぇ。おめぇは字を上手く書くことと、女と狐の仕草ばかりに気がいって、肝心の、葛の葉狐の子を思う母の親心――わが子と別れる悲しみ、辛さが背中にまったく出ていねぇんだよ」

演技の優劣・上手い下手は背中に出る。特に動きの激しい立役に比べ、仕草の小さい女形は舞台で巧みに背中を使い、台詞以上に喜怒哀楽を表し、観客の目を魅了しなければならない。

菊之丞は指摘され初めて気づいたらしく、「しまった」という顔になっていた。

「亡くなった門之助は、わが子と別れる母親の悲しみを十分に背中で見せていたぜ。夕べ、同じように源之助にもやらせてみたが、字はおめぇほど旨かねぇが、葛の葉狐の母心はしっかり出ていた。芝居は上辺じゃねぇ。役の心になりきれるかだ。どんなに顔が良くても、役の心——心の芸ができなきゃ、役者は下だ。心の芸ができてくりゃ、体も自ずと動き、台詞も重みを増す。それが役を演じ切るってことよ。それができねぇのは、心に妙な物が棲みついて濁っているからだ」

菊之丞はその場で平伏し、絞り出すように口を継いだ。

「座頭……。もう一度、お願いしやす。もう一度」

「——舞台は一度っきりの、真剣勝負だ！　役者はその舞台に命を賭けているんだぜ。歌舞伎は人々の心を浄化するためにある——。新勝寺の住職、照胤上人のお言葉だ。その歌舞伎を演じる役者の心が穢れていて、どうする」

團十郎は立ち、襖を開けた。

「菊之丞。十一月の〈顔見世興行〉は河原崎座に出ろ。演目は、大南北先生の跡を継いだ、二代目勝俵蔵こと重兵衛兄ぃの新作だ。それまでに心の中を洗い流し、清めておきな。約束したぜ。それから、《四谷怪談》のお岩役は菊五郎兄ぃのもんだ。菊五郎兄ぃが江戸を留守にしているからと、勝手に人の物を演じるこたぁ、この七代目團十郎が許さねぇ。わかったな」

菊之丞はがっくりと肩を落とし、下を向いていた。

九月、河原崎座の演目《芦屋道満大内鑑》は、沢村源之助が葛の葉狐の子別れを見事なまでに切なく演じて場内の涙を誘った。さらに八歳の海老蔵の童子役の、あどけない演技で観客の心を鷲摑みにしてしまい、舞台は連日〈大入り・札止め〉となった。

そのことが、菊之丞にはかなりいい刺激になったらしい。

十一月の河原崎座の〈顔見世興行〉の勝俵蔵の新作《一陽来復渋谷兵》で菊之丞は、武者に横恋慕されたために自らの命を投げ出して夫を護る美しき袈裟御前と、それとは正反対の、あまりに嫉妬深いために鬼女となった宇治の雷姫という難しい二役を務め、心のこもったきめ細かい演技で観客を魅了した。しかも、共演した沢村源之助には一切、女形役を渡さなかった。

その気迫ある演技は、瓦版屋ばかりか、歌川国貞の心をも摑んだようで、菊之丞の演技を認める瓦版や大判錦絵が何枚も出回った。評判が評判を呼び、舞台には多くのおひねりが飛び交い、芝居は連日、大勢の観客で埋め尽くされ、拍手喝采を浴びた。

團十郎の目にも、菊之丞がすべてにケリをつけたように思えた。

効用はそれだけではない。台本を書いた勝俵蔵(かつひょうぞう)も狂言作者として自信を付けている。観客たちは口にこそ出さないものの、勝俵蔵の新作で江戸歌舞伎に新時代到来を予感したに違いない。まさに演目の「一陽来復」。悪いことが続いた江戸の冬が終わり、陽が戻る春の訪れを予感させる舞台となった。

あたかもそれを象徴するように〈顔見世興行〉舞納(まいおさめ)の終わった十二月十日、年号が「天保」となる。ところが――。

團十郎の期待に水を差すかの如く、七日後、勝俵蔵が突然、五十年の生涯を閉じた。それも何と、お伝との房事(ぼうじ)のさ中に卒中で亡くなったとの、もっぱらの噂だった。

妙な噂で、またもや江戸市中は穢れた空気に包まれたものの、年が明けた天保二年（一八三一）正月の〈初春興行〉は何事もなく無事に終わり、坂東三津五郎の妻お伝と瀬川菊之丞との俗悪な噂も聞かなくなった。

二月――。初午祭(はつうままつり)も終え、ほっとして迎える三月の〈弥生(やよい)興行〉のはずだった。

「お前さん。今年は前厄の四十一だよ。くれぐれも気をつけておくれな」と今年初めに言ったおすみの予言が的中したわけではないが、冬籠(ふゆご)もりしていた虫が目覚めたように、再びお伝と菊之丞の俗悪な噂が江戸の町に流れ出す。しかもそれは、團十郎の出ていた河原崎座の〈弥生興行〉の舞台で思わぬ形となって現れた。

騒ぎが起きたのは、女の仇討(あだうち)を題材にした演目《牡丹蝶初筺(ぼたんにちょうはつがふみばこ)》の舞台だった。

話の筋は、鎌倉将軍家の奥勤めをする岩藤局(いわふじのつぼね)と中老の尾上(おのえ)との確執が主で、言い掛かりで死に追い込まれた尾上の仇の岩藤局を、尾上に仕える下女お初が討つという、女三人の物語だ。

配役は憎まれ役の岩藤局を團十郎が演じ、《芦屋道満大内鑑》で葛の葉狐で評判となり、今や菊之丞と張り合っている沢村源之助が耐え忍び自害する尾上役を、この芝居の主役ともいえる、仇討をするお初役を菊之丞が務めた。舞台初日、沢村源之助と菊之丞は、甲乙つけがたいほどの気迫のこもった女形の演技を見せていた。

問題が起きたのは最後の〈仕返しの場〉だ。

本来なら團十郎が演じる憎まれ役の岩藤局が、菊之丞演じるお初にとどめを刺され、最高潮に達する場面のはずだった。それが、蛇の目傘を持つ岩藤局役の團十郎と、刀を持つお初役の菊之丞の立ち回りが始まるや、観客が総立ちとなる。

「──何が仇討だ。仇討されるのはおめぇのほうだ！」「そうだ、そうだ！　恥知らずの間男なんざ、ぶっ殺せ！」「親方の恩を仇で返すような人無(ひとでなし)の役者なんざ、構わねぇ、殺(や)っちまえ！」などと、話の筋とは真逆の罵詈雑言(ばりぞうごん)が方々から飛び交い、おひねりではなく、菊之丞目掛け、石が投げられた。

舞台は続けられず途中で幕引きとなってしまう。

にもかかわらず、皮肉にも、それがかえって話題を呼び〈大入り〉となり、舞台は座元の希望で続けられ、菊之丞は連日、晒し者となった。

さすがに観客からの容赦のない投石で菊之丞の額に血が滲んだ時には、團十郎は黙ってはいられなかった。芝居の途中に舞台で平伏し、口上をもってやめてくれるよう頼んだ。以降、芝居を大事にする團十郎の思いが伝わったのか、三月の河原崎座での五十日もの長きに渡る〈弥生興行〉は、何とか無事に終えることができた。

その後、菊之丞は五月の〈皐月興行〉の舞台には出たものの、さして騒ぎもなく、お伝との下世話な噂もようやく消え失せた。しかし――。

安堵したのも束の間。六月末、今度は尾上菊五郎が團十郎の屋敷に怒鳴り込んでくる。

七

昼過ぎ、團十郎はおすみとともに菊五郎を座敷で迎えた。

菊五郎は、大坂で夏に流行っていた、やや青みがかった薄い鼠色の湊鼠の亀甲模様の小紋に、同色の羽織姿だった。会うのは四年ぶり。文政十年六月の、河原崎座の舞台以来となる。

菊五郎によれば、七月の河原崎座〈夏興行〉で《東海道四谷怪談》が予定されているという。台本がすでに菊之丞の許に渡っているだけでなく、芝居には欠かせない〈戸板返し〉や〈提灯抜け〉などの仕掛けを大道具方の棟梁長谷川勘兵衛から訊き出そうとしたり、鬘師の友九郎にお岩の鬘や腫れ物を作ってくれと頼みに行ったりしているとのことだ。それが怒鳴り込んできた理由だった。まさかと思う反面、お伝の気性を考えると、やはりと納得させられる。

菊五郎は尖った目を向けた。

「お岩は俺の当たり役だ。俺が生きている間、この世にお岩は二人といらねぇ。俺が上方から帰ってないことをいいことに、――あ、それで團十郎、一足早く上方から戻ったというわけか。まさか、昔、俺が《助六》をやったことを未だに根にもってんじゃねぇだろうな。どうなんでぃ」

菊五郎は座っている自分の膝を叩き、まくしたてた。

「飛んだ勘違ぇだ、菊五郎兄ぃ。こっちだって寝耳に水。驚いてんでさ」

「すっとぼけんじゃねぇ。河原崎座の座頭はおめぇだ。知らねぇはずがねぇだろう」

今まで見たこともないほどの剣幕と、舞台の上でも見せたことのない形相だった。

「ちょっと、待っておくんなせぇ」

團十郎は側にいたおすみに七月にやることになっている台本を持ってこさせ、目の前に置いた。

台本の表紙には、〈河原崎座　夏興行　《一谷嫩軍記》――〉と書いてある。

「あっしは熊谷役で、菊之丞は女房相模役。《四谷怪談》の台本なんぞ、見てもいねぇ」

「じゃ訊くが、俺が棟梁の勘兵衛や友九郎から聞いた話は、でたらめだってのか」

「いや、そうじゃねぇが、思い当たる節があるんでさ」

團十郎は、昨年、木挽町の料理屋〈善膳〉で盗み見したお伝の話をした。その折、お伝が鶴屋南北の倅二代目勝俵蔵を色仕掛けで落とし、《四谷怪談》の台本を受け取るだけでなく、〈早替り〉の仕掛けなどを訊き出した、と自慢していたことなどだ。

「何……あの重兵衛までもが、あのお伝と」

「噂じゃ、重兵衛兄ぃが亡くなったのは、お伝と睦んでいた最中だったらしいんでさ」

「何という大馬鹿野郎だ。大南北先生の思いも知らねぇで、また女にうつつを抜かしやがって」

ふいに、故南北が《四谷怪談》の初演の際に言った言葉が脳裏に蘇ってくる。

人はすぐ目先の欲に囚われてしまうから、油堀のようにどんどん汚れていく。己の欲で人を嵌めたり、蹴落としたり。困ったもんだよ、まったく――。

「しかも相手が、永木の親っさんのお伝たぁ」菊五郎は舌打ちした。「骨の髄はおろか、命までしゃぶられて本当に情けねぇ野郎だぜ、重兵衛は。永木の親っさんがお伝の首根っこをしっかりと摑まえておかねぇから、江戸歌舞妓に次々と恥晒しなことが起きやがる。とっとと隠居しやがれってんだ」

「永木の親っさんは病という噂ですよ」と、横からおすみが口を挟んだ。「原因はお伝さんのようだけど。ご贔屓さんから聞いた話では、心労で心の臓がかなり弱っているみたいですよ」

菊五郎は大きく舌打ちをすると、畳を拳で叩いた。

「まったく毒を撒き散らす〈悪婆〉め。にしても、おめぇに承諾もなしに演目を変えるたぁな」

「おそらく――」と團十郎は頭に浮かんだ憶測を話した。

お伝が住んでいる船宿〈扇屋〉は木挽町七丁目にあり、五丁目の河原崎座とは近い。座元の跡を継いだ、六代目河原崎権之助はまだ十八と若い。お伝の色香に惑わされ、團十郎に内緒で演目を勝手に変えたに違いない、と。

「――あの馬鹿が！」菊五郎は吐き捨てた。「歌舞妓役者に女難は付き物というが、十八でお伝から色を仕込まれたら盛りの付いた猿と同じだぜ。お伝の言いなりか……糞っ！」

「だからって、このまま放っておくわけにはいかねぇ。座頭の俺に何の相談もなく演目を決めたとあっちゃぁ、成田屋市川宗家の面目が立たねぇ」

「じゃ、どうするんでぃ、團十郎」

「しっかりと落とし前を付けさせまさ、座元の権之助に。勿論、菊之丞にも」

ここで食い止めなければ、江戸歌舞妓は好色女のお伝に乗っ取られてしまう。脳裏に、濡れた真っ赤な唇で淫靡な笑みで誘う、お伝の妖しげな姿がぼんやりと浮かんだ。

翌早朝、團十郎は河原崎座に乗り込み、三階の座頭の楽屋に、瀬川菊之丞と六代目河原崎権之助を呼び付けた。

まずやって来たのは権之助だった。一人前に黒紋付の羽織袴姿だが、十八と若いからか、剃り上げた月代の青さに未だ少年の面影が見える。何で呼び出されたか、わかっているようで神妙な顔でおずおずと入って来ると、目の前に座った。

團十郎は灰吹の竹筒に煙管を打ち付け、じろりと睨み「――六代目！」と一喝すると、権之助はビクッと体を波打たせた。

「七月の演目のことだが」

「そ、そのことで、座頭に……ご、ご相談があったんでさ」と震えた声を重ねた。

「相談だと？ 何でぃ」

「あ、あの……演目を《一谷嫩軍記（いちのたにふたばぐんき）》ではなく、別のもので行こうかと。いえね、座頭もご存じのとおり、この河原崎座は赤字続き。一昨年の火事で焼け、これまでの借金の上に、また建て直しで借金が嵩（かさ）んでしまって……」

一昨年文政十二年三月の「己丑（きちゅう）の大火」で江戸三座は焼失した。だから、團十郎や松本幸四郎、尾上菊五郎といった花形役者は上方に上ったのだった。

権之助は團十郎たちが上方に行っている間の苦労を、早口ながら切々と語った。

文政十二年暮れに三座は建て直されたものの、河原崎座は〈こけら落とし〉では役者が揃（そろ）わず、後に建て直した市村座に押されっぱなしだった。そんな中で、河原崎座の舞台に懸命に立ってくれたのが、瀬川菊之丞だった。それでも客足は伸びずじまい。

その後、暮れに起きた日本橋の火事で中村座と市村座が再び焼失し、今年の三月、菊之丞への罵声が皮肉にも好評を呼び〈大入り〉となり、借金もかなり返済できた。

ところがここにきて、今一つ、入りが伸びないという。

「六代目。江戸は三座があって初めて江戸歌舞妓だ。菊五郎兄ぃも上方から戻り、役者も揃った。これで正々堂々、三座は互角の勝負ができるってもんだ。そうだろ」

團十郎が顔をほころばせて言うと、権之助は恨めしそうに見上げた。

「中村座はもう建て直しの借金を返したそうです。市村座はまだですが、音羽屋さんが来月から舞台に上がる……。演目は、あの〈大当り〉した《東海道四谷怪談》だそうでさ。しかも中村座では、あの歌右衛門さんが大坂からやってきて、演目は《葛の葉狐》の予定でさ。そうなったら、またこっちは入りが悪くなる」

「俺の前で言ってくれるぜ。で、演目を変えようってのか。おめぇは座元になって日が浅いからわからねぇだろうが、芝居興行は水ものだ。鉄砲と同じで、当たるが不思議、当たらぬが常よ。同じ演目でも、常に当たるたぁ限らねぇ。当たったの当たらねぇのと、いちいち気に掛けてたら身が持たねぇ」團十郎は畳み込むように語気を強めた。「で、何をやる気だ」

権之助は目線を下に落とすと、わなわなと震え出した。

「そ、その……《東海道四谷怪談》でさ」

「――それはならねぇ」言下に一喝した。「ありゃぁ、菊五郎兄ぃのもんだ」

権之助はさらに震え出した。それを振り切るように面を上げた。顔は脂汗(あぶらあせ)でびっしより濡れていた。

「だ、だけど、その音羽屋さんも、昔、座頭の《助六》をやったじゃねぇですか」

「だから言ってんでぃ。あの後、俺と菊五郎兄ぃとの喧嘩が江戸中に広がった。あんなこたぁ、江戸歌舞妓のために二度とさせちゃならねぇと、菊五郎兄ぃと誓ったのよ」

「――お願いだ！」権之助は平伏した。「座頭。この河原崎座で《東海道四谷怪談》をやらせておくんなせぇ。でないと、座頭ほか、うちの役者や裏方への給金が払えねえんでさ」

役者や裏方の給金の支払いは年六回。十月十七日の〈寄初〉で、江戸三座の、どの芝居小屋に籍を置くか決まった時点で三分の一が前金として支払われ、残りは〈顔見世興行〉を除く、〈初春興行〉から〈菊月興行〉までの五舞台で分割して支払われる。とはいえ不入りなどで赤字の折は、給金が滞ったり減らされたりする。また、火事で芝居小屋が焼失すれば、一切、支払われない。

「だから、人の演目を盗んでやろうってのかい」

「盗むなんて、人聞きが悪い。こ、これは大南北先生の跡をお継ぎになった二代目勝俵蔵先生から、生前にお許しを得ているんでさ。そのために、五十両も前払いしている。勿論、民谷伊右衛門役は座頭に」

「お岩は菊之丞で行こうって腹か」

「え? ええ……」

「ふん。借金で大変だってのに、五十両まで支払って権利を買うたぁ、呆れるぜ。ん……? ちょっと待てよ。おかしなことを言うじゃねぇか。それじゃ何かい、去年から俺に何の相談もなく、裏で企てていたってことかい」

「そ、それは……」痛いところを突かれ、戸惑っている。

「――やいっ!」團十郎は〈見得(みえ)〉を切るように右足を一歩、力を込め踏み出した。「座頭の俺をさしおいて、ずいぶん舐めた真似をしてくれるじゃねぇか。――権之助! 七代目市川團十郎の顔に泥を塗る気か。なんなら、この團十郎が座頭を降りてもいいんだぜ。いや、今後一切、誰も河原崎座の舞台には立たせねぇ。それともおめぇが座元を降りるか。返答次第によっちゃぁ、ただじゃおかねぇぞ。どうなんでぃ、ええっ!」

團十郎のあまりの権幕に権之助の顔は蒼白(そうはく)になり、体全体で震えている。涙ばかりか、座っている袴からも水が溢れ出していた。

「こ、これは……俺が考えたことじゃないんです」

「じゃ、誰の差し金でぃ。菊之丞か」

権之助は震える顔を横に小刻みに振った。

「お、お、お……お伝さんです」

――やっぱし。

権之助によると、昨年三月に亡くなった座元の五代目河原崎権之助の四十九日法要の夜、突然、お伝がやって来た。しかも、窮状を知ってか、十両もの香典を持ってきたという。

その後も、團十郎のいない権之助の心細さを気遣い、よく顔を出し、相談にも乗ってくれた。面倒見のいい母親のような存在と思っていたが、酒を酌み交わした晩、気がついたら閨に引き込まれ、情を交わしていたという。

以降、お伝の肌が忘れられず離れられなくなり、今年の〈夏興行〉の企てに加わったと吐露した。ただ、大道具方の棟梁長谷川勘兵衛や鬘師の友九郎へも誘いを掛けたが、「音羽屋さんには義理がある」と協力を突っ撥ねられたとのことだった。

お伝があの時、「あたしはね、菊之丞を大太夫にするためなら何だってする」と言っていたが、その覚悟のほどを思い知った。このまま放っておけば、中村座や市村座もどうなるか。いや、江戸歌舞伎そのものが危うくなる。

「――悪婆め！　臍の下と金を使えば、世の中、何でも思いのままになると思ってやがる。もう勘弁ならねぇ」團十郎は床を蹴って立った。「俺は河原崎座を先代の座元から託されてるんだ。潰したくなかったら、俺の言うとおりにしろぃ。それとも、今ここで座元を降りるか、権之助」

その時、廊下を走って遠ざかる足音が聞こえた。おそらく楽屋の入口で菊之丞が盗み聞きしていたに違いない。微(かす)かにお伝の体から漂っていた香油の匂(にお)いがする。

團十郎は権之助に七月の演目は《一谷嫩軍記(いちのたにふたばぐんき)》で行くと厳しく念を押すと、楽屋を後にした。

八

昼前に團十郎は、木挽町七丁目にある船宿〈扇屋〉に乗り込んだ。

あまりに突然だったからか、船宿の客ばかりか、それをもてなす女中たちも驚いている。

河原崎座から逃げ出した菊之丞はまだ戻ってはおらず、玄関先に出てきたのは、お伝だった。相変わらず周りに菊之丞の弟子たちを従わせ、以前と同じように、着飾った着物の胸元を大きく開き、これ見よがしに白い肌を覗(のぞ)かせている。

　お伝は團十郎を見るや、にやりとして色めき立った。

「あ、お前さんは確か、小間物屋の七左衛門さん。やっぱり会いに来てくれたんだ、嬉(うれ)しいねぇ」

　團十郎は、甘く誘うお伝の視線を跳ね返すように睨みつけた。

「きょうは、そんな浮いた話じゃねぇ。小間物屋の七左衛門じゃなく、歌舞妓役者の七代目市川團十郎として、おめぇさんと話を付けに来た」

　意気込む團十郎を、お伝は軽く受け流すように笑みを浮かべた。

「やっぱり本物だったのかい。そうだと思ったよ。きょうはまた藪(やぶ)から棒に、話を付けに来たなんて穏やかじゃないねぇ。あたしが一体、何をしたってのさ。言っとくけど、永木の親方の話なら、まっぴらご免なすってだ」

「そんな下らねぇ話じゃねぇ。菊之丞と河原崎座の座元権之助の話だ。おめぇさんは七月の演目を《東海道四谷怪談》にして、菊之丞にお岩役をやらせようと考えているようだが、それはできねぇ。ありゃぁ、音羽屋の菊五郎兄ぃのもんだ」

「おや、妙なことを聞くね。いつから《東海道四谷怪談》は、音羽屋と決まったんだい？」

「お岩役は菊五郎兄ぃの当たり役だ。それを演じたきゃぁ、菊五郎兄ぃの承諾を得な。

それが梨園の筋ってもんだ。もっとも、今の菊之丞にはできやしねぇがな」

「それはやってみなきゃ、わからないじゃないか。あの子だって、五代目瀬川菊之丞として名を張っている。〈立女形〉では『若手の双璧』と一目置かれてるんだ」

「おめぇさんたち素人の目にはそう映っても、俺の目から見ればまだまだだよ」

「だったら、手を取り、足を取って教えてやっとくれよ」

「馬鹿言え。名跡を継いだ三十路の男が、己で芸を磨けないで、どうする」

お伝は口元に笑みを漂わせながらも、納得したように頷いた。

「なるほど。座頭のお前さんに黙って、話を進めたのが気に入らないんだね。その話なら、とっくり差しで話そうじゃないか。お前さんに損はさせないよ。ここじゃ、ろくに話もできやしない。奥へ上がっておくれな。一本付けるからさ」

お伝は誘うように目を流すと、さらりと背を向け〈抜き襟〉から覗く白いうなじを見せつけた。お得意の、色仕掛けで落とそうという腹らしい。

「待ちねぇ。女なら女房で間に合ってら。俺は金や色に転ぶ男じゃねぇ。見くびるねぃ」

お伝は舞うように柳腰と膝をしなやかに曲げ、くるりと振り返った。

「さすが千両役者の成田屋さんだ。金は要らない。女は女房一筋の、一穴亭主かい。ふん。食えない男だねぇ。で、話はそれだけかい。それとも、まだあたしに何か用かい」

「おめぇさんと菊之丞が、どうなろうが知ったこっちゃねぇが、今後一切、江戸三座に手出しはするな。おめぇさんのような女に櫓下をうろうろされちゃ、江戸歌舞妓が迷惑する。それから、河原崎座の七月の演目は、予定どおり《一谷嫩軍記》で行く。話はそれだけだ」

團十郎が踵を返すと、後ろからお伝の声が飛んだ。

「ちょっとお待ちよ。確かさっき《四谷怪談》のお岩役は音羽屋さんの当たり役。承諾を得るのが梨園の筋とか言ったねぇ」

「ああ、言ったぜ。それが、どうしたってんでぃ」

「なら《一谷嫩軍記》の熊谷直実役は、うちの、永木の親方の当たり役だ。承諾は得たのかい」

——痛いところを突いてきやがる。

「まだでぃ。永木の親っさんは患っていなさるんでな。きょう明日にでも見舞いがてら、許しをもらおうと思っていたところよ」

「それには及ばないよ」お伝の目が意地悪く光った。「うちの人は病だ。その時は女房のあたしの承諾がいる。他所の家じゃ知らないが、それが女房の役目と、三代目坂東三津五郎の大和屋では決まっているんだ。承諾なら、あたしに頼むんだね」

「抜かしやがったな。――やい、お伝！　てめぇって女は、どの面さげて永木の親っさんの女房だと言ってんだ。親っさんが病になったのも、菊之丞のことで心労が祟ったせいじゃねぇか」

お伝は涼しげな顔で笑みを浮かべた。

「あたしゃ、〈三下り半〉をもらった覚えもなきゃ、〈返り一札〉を返した覚えもない。今も、れっきとした坂東三津五郎の女房だ。そうだろう、皆」

周りにいる菊之丞の弟子たちは團十郎とは目を合わさず下を向いたまま、渋い顔で遠慮がちに頷いている。ちなみに〈返り一札〉とは、離縁状の〈三下り半〉を夫から渡された妻が承諾したという返事で、それがなければ離縁は成立しない。

「――てやんでぃ、べらぼうめ！　その女房が江戸中で間男三昧してやがる。永木の親っさんの女房というなら、それこそ不義密通。死罪だ」

「成田屋さん」お伝は薄く笑った。「大勢のお客さんたちが見ている店先で、根も葉もない話はよしとくれ。あたしがいつ、誰と不義密通したってんだ」

「何を今さら言ってやがる。菊之丞だけじゃねぇ。『櫓下の面付』にゃぁ、おめぇと睦んだ間男の名がずらりとのってら」

「おととい来やがれってんだ。春本を本気にするたぁ、お目出度いねぇ。そんなのは皆、金儲け目当ての作り話さ。中身があまりに酷いんで、お上が差し止めしたっていうじゃないか。第一、あたしが不義密通したのなら、お奉行所が放っちゃおかないよ。あたしには八丁堀の旦那の知り合いだっているんだ。妙な言い掛かりで後ろに手が回るのは、お前さんのほうだ。團十郎がお縄になるなんて、歌舞伎より面白いよ。あ、ははは……」

お伝が一時、南町奉行所同心の女だったことは巷では有名だった。それもあって、お伝の周りには十手持ちの目明しすら寄り付かない。

お伝は笑いを収めると、勝ち誇ったように上り框までやって来た。

「成田屋さん。あたしを甘く見過ぎたようだね。よーく覚えておきな。勝ち目のない喧嘩は売っちゃぁいけない。頭に血が上って喧嘩を売るなんざ、喧嘩を知らない馬鹿のやることさ。少しは熱くなったお頭をお冷やしよ」ふうっと息を吹き掛けてきた。

「で、どう落とし前つける気だい。まさかこのままで済むと思っちゃぁいないよね」

「な、何だとう……」

「何だい、その目は。〈大見得〉切るなら、舞台でおやり！」團十郎は思わず手を握り締めていた。「おや。今度はあたしを殴ろうってのかい。か弱い女を殴るようじゃ〈鎌〇ぬ〉が泣くよ。江戸っ子の憧れの《助六》にだって傷が付く。さぁ、どうするよ、成田屋さん」

團十郎は睨むだけで何も言い返せない。歌舞伎役者に女難は付き物だが、まったくおすみの言うとおり、今年は前厄だ。

お伝はますます調子づき、底意地の悪い笑みを浮かべた。

「今度は〈だんまり〉かい。じゃ、まずは土下座でもしてもらおうかね、成田屋さん。ええっ！」

ここでお伝に土下座をしてしまったら、瓦版屋が放っておかない。江戸中の噂になれば、舞台どころではない。代々続いてきた市川團十郎家にも泥を塗ることになる。だからといって逃げ出しても、結果は同じだ。となれば——。

土下座以上の大事にするしか道はない……。

その時、菊五郎が演じた化け物のお岩の恐ろしい顔が、笑うお伝の顔と重なった。

——それだ！　毒には毒だ。

團十郎は睨むお伝の視線を遮るように、お伝の着物の襟を左手で摑んで引き寄せた。

「——なっ、何をするんだい！」

「《一谷嫩軍記》ができねぇとなりゃ、《四谷怪談》をやるしかねぇ。そうだろう、お伝さんよ。やるからには、菊五郎兄ぃに負けちゃならねぇ。勝ち目のねぇ喧嘩は売っちゃぁいけないんだよな。だが、鬘師の友九郎はお岩の腫れ物のつくり方は断じて教えねぇときやがる。それじゃ、菊之丞がお岩を演じる前から菊五郎兄ぃに負ける。そこでだ。おめぇさんの綺麗なこの顔を殴って、化け物のお岩の顔の見本をつくろうじゃねぇか。どうよ」

團十郎は右手で拳をつくった。お伝は思いも寄らなかったことらしく蒼ざめている。

「そ、そんなことをしたら、お奉行所が黙っちゃおかないよ！」

團十郎がにやりと笑って見せた。

「おめぇさんがさっき俺に言ったじゃねぇか。菊之丞の手を取り、足を取って教えてやってくれと。お奉行所にしょっぴかれたら、お奉行様にはそう訴えるまでだ。俺だって、こんなこたぁしたかねぇ。だが、頼まれて放っちゃおけねぇのが俺の性分でよ。辛抱しな。これもおめぇさんの、菊之丞を大太夫にするためだ。じゃ、いくぜ。覚悟しな」

團十郎が拳を振り上げた刹那、「――やめてくれ！」と男の声がしたかと思ったら、後ろから拳を押さえる手が絡みついた。

天保二年七月、河原崎座での〈夏興行〉の演目《一谷嫩軍記》は、熊谷直実の妻相模と菊の前の二役を菊之丞が気合を入れて演じたこともあって客入りも良く、以前のような野次もなく、無事に終えることができた。客入りが良かったのは、詳しくは知らないが、お伝の力によるところが大きかったらしい。

八月には尾上菊五郎が市村座で、今やお家芸のように演じている《東海道四谷怪談》の上演もあって、菊之丞とお伝をめぐる櫓下の妙な噂も幽霊のように消え失せた。が――。

その直後、幽霊を呼び覚ます騒ぎが起きてしまう。菊之丞は盆休みを利用して行う旅巡業に、弟子とともにお伝まで連れ、行方をくらましてしまった。江戸市中の瓦版屋は挙って〈駆落ち〉と書き立てた。そのため菊之丞とお伝の俗悪な噂は息を吹き返し、再び江戸中に広がっていった。

そんな巷の噂も下火になった九月末、お伝が下男の権八とひょっこり江戸に戻ってきたかと思えば、十月には菊之丞も帰ってきた。

十月十七日の、一年間、どの芝居小屋に籍を置くかを決める〈寄初〉の日――。

團十郎は河原崎座の座頭を降りた。河原崎座の座元の権之助が、團十郎には内緒でお伝と演目を画策していたことに灸をすえるためだが、それだけではない。

市村座の座頭を受けることになったからだ。菊五郎と坂東三津五郎の達ての願いだった。菊五郎は團十郎が河原崎座で《東海道四谷怪談》を取りやめたことへの感謝の気持ちからららしい。が、実のところは座頭の三津五郎が菊之丞とお伝の雲隠れが元で気鬱になり、まったく舞台に立てなくなったからだった。

当の菊之丞は、團十郎が出た河原崎座に籍を置き、何事もなかったように十一月の〈顔見世興行〉の舞台に立っている。〈顔見世興行〉が終わっても、團十郎には一言の挨拶もなかった。

九

十二月中旬の、一際、寒い曇り空の午後――。

團十郎は、坂東三津五郎の病状が悪化したとのことで自邸に呼び出された。三津五郎は病になって以降、住まいを深川から、新和泉町（現・日本橋人形町）の自邸に移している。

三津五郎は、薄暗い奥座敷で病床に臥せっていた。その側には、共に江戸歌舞妓を支えてきた「三幅対」と呼ばれた、鼻高の松本幸四郎と大太夫岩井半四郎の羽織姿があった。

三津五郎は十月に会った時よりもやつれ、ひと回り小さくなっていた。かつて「花実兼備」と謳われた三津五郎だったが、その面影は今はない。顔色は青白く、こめかみや目が窪み、頬骨が浮き立ち、まるで歌舞伎の小道具で使う髑髏のよう。首も痩せ細り、喉仏が浮き出ており、紺の寝間着から覗く胸も肋骨が浮き立っている。

お茶を出してくれた前妻お貞は、やはり遠慮があるのか、地味な着物を身にまとい、部屋の隅で控えめに座っていた。四十半ば過ぎて、心労もあったのだろう。鬢に白いものが覗く。

三津五郎はお貞に座を外すように言うと、視線を枕元に座る三人に移した。

「すまねぇな……」力のない、枯れた声だった。「暮れの、忙しい時分に呼び出して」

「何を水臭ぇ」と一番年嵩の松本幸四郎が言った。「要らぬ気遣いだぜ。久しぶりに、おめぇと酒を酌み交わしたいと思ってたところよ。な、大太夫。團十郎」

「そうでござんすとも」〈吉原かぶり〉に品よく手拭いを頭にのせ、黒羽織を着た岩井半四郎が後を引き取った。「きょうのような寒い日は皆で熱燗を酌み交わし、これからの江戸歌舞伎を語ろうじゃないか、ねぇ、成田屋さん」

「そうでさ。年号も変わった。江戸歌舞伎の天を保つと書いて〈天保〉ですぜ」

「さすが口達者な團十郎だ。旨ぇことをいいやがる……」三津五郎は苦笑いした。

「だが、俺はもういけねぇ。きょうは俺の、この世の〈一世一代御名残口上〉に、皆に来てもらったんだ」

〈一世一代御名残口上〉とは、歌舞伎役者が引退する時に舞台でする口上だが、三津五郎はこの世との別れの意味で使っているらしい。

「何を言ってるんですかぃ。気弱になっちゃぁいけやせんぜ。高麗屋の親っさんなんか、もうすぐ七十に手が届こうってのに元気だ。永木の親っさんは還暦までまだ三年もあるんですぜ。元気出して、還暦祝いの赤舞台を踏もうじゃねぇですか」

「還暦祝いの赤舞台か……。最後にもう一度、舞台に立って、死に花を咲かせてみたかったぜ」

「何をおっしゃっているんですよ」と半四郎。「永木の親方はいくつも舞台に立派な花を咲かせているじゃござんせんか。ねぇ、成田屋さん」

「大太夫の言うとおりでさ。やっぱし〈変化物〉は大和屋の親っさんが本物だ」

変化舞踊では、松本幸四郎や岩井半四郎、團十郎ほか、あの菊五郎ですら及ばなかった。

「そうだよ。永木に勝てる役者はいねぇよ」と鼻高の幸四郎が合の手を入れた。「そういやぁ、〈一世一代〉と言えば、大坂角ノ芝居での〈御名残興行〉。あん時も四人並んで口上を述べたよな、大太夫。憶（おぼ）えているかい」

「憶えてますとも」半四郎が言下に言ったものの、小首を傾（かし）げている。「だけど、あん時は確か成田屋さんじゃなく、永木の親方の倅（せがれ）の蓑助（みのすけ）さんですよ。文政四年の夏でござんしたからねぇ」

「大太夫の言うとおりでさ。俺は江戸にいやしたから、大坂には行っておりやせん」

「そうだったか。俺も歳（とし）だなぁ」と幸四郎が言うと、半四郎が指を折って数えてから感慨深げに宙に視線をさ迷わせた。

「あれから十年……。本当に夢幻（まぼろし）のよう。月日の経（た）つのは早いものでござんすね」

その時、三津五郎の押し殺した、啜（すす）り泣く声が聞こえた。くぼんだ目に涙が溢（あふ）れている。

「……馬鹿だぜ、俺って男はよ。あんな女に関わらなきゃ、いや、お伝という女に出会わなきゃ、もう少しまっとうな生き方をしていたかもしれねぇ。……なのに、病で床に就いても、未だにあの女の肌に未練がある。〈三下り半〉を書けば、お貞を正式に側に呼べるってのに、あの菊之丞には渡したくねぇ男の意地が、それをさせねぇ。情けねぇが、それが……俺の最後の意地でぃ」

「……親っさん」

未だに三津五郎の心を掴んで離さない、お伝の色情の恐ろしさを思い知った。

「心残りは、養子にした蓑助よ。あいつに四代目坂東三津五郎を渡す、襲名披露を……いや、継ぐ技量があると思うかい、高麗屋さん」

「それを訊くなら、座頭の團十郎だ。どうなんでぃ」

「蓑助は大丈夫でさ。立派に永木の親っさんの名跡を継いで行けますとも」

「……本当か、團十郎」

「俺の目に狂いはねぇ。近頃、人気が出てきた成駒屋の、二代目中村芝翫にも引けを取らねぇ」

三津五郎はよほど嬉しかったのだろう。嗚咽して声にならない。窪んだ目に涙が溜まっていく。

鼻高の幸四郎があたかも勢いを付けるように自分の膝を叩いた。

「俺たちの後の江戸歌舞妓を担う、團十郎のお墨付きだ。間違えねぇ。来年の〈初春〉の舞台で、〈襲名披露口上〉をしようじゃないか。俺たち年寄衆三人と、團十郎に菊五郎が裃姿で蓑助を真ん中にして、團十郎お得意の口上だ。東西東西、隅から隅までずずいーと、四代目坂東三津五郎の名を知らしめてやろうじゃねぇかい。な、大太夫。團十郎」

三津五郎の窪んだ目に溜まった涙が溢れた。側にいた半四郎がすかさず膝を進め、その涙を手拭いで拭ってやると、感極まったのか、涙しながらも三津五郎を見つめ頷いた。幸四郎も三津五郎の気持ちがわかったのだろう。口を真一文字に閉じ、涙に濡れた顔を小刻みに揺らしている。

感慨に浸る四人に水を差すように、襖の裏からお貞の声がした。菊之丞が見舞いに来たという。

「是非にも、詫びを入れたいとおっしゃってますが、如何いたしましょう、親方」

「い、今さら……何を詫びるってんだ、あの恩知らずめが。こ、この俺が危ないと聞いて、様子を見にきやがったな。こんな気分のいい日に、あいつの顔なんざ見たくもねぇ。——とっとと、うせやがれっ！　お貞、し、塩を撒いておけ！　もう穢れは……たくさんだ」

三津五郎の怒りに震えた声だった。幸四郎も半四郎も同情するように頷いている。ただ、菊之丞が相当な覚悟でやってきたと思うと、放ってはおけなかった。

團十郎は一礼して三津五郎の枕辺を後にした。

玄関先でお貞から三津五郎の返事を聞く瀬川菊之丞は、酷く疲れた様子だった。團十郎が出てきたのに気づくと、軽く会釈して踵を返し、逃げるように玄関を出ていった。

團十郎はお貞に一礼し、後を追った。

外に出ると、町はすっかり夜の帳が降り、通りには辻行燈に明かりが灯っていた。人通りは、年の瀬で多い。その中を黒羽織を羽織った大柄の菊之丞が肩を落とし歩いていく。一人できたらしく、下男の権八や弟子の姿はない。團十郎は後ろから菊之丞の羽織の袖を引いた。

わずかに驚いたものの、團十郎とわかると軽く会釈した。顔がやけに青白い。

「菊之丞。ちょっと付き合え。こんな寒い夜は山くじらで一杯やるに限る。おめぇも知ってんだろ、両国の〈もゝんじ屋〉だ。和泉橋から舟で神田川を下れば、すぐだ」

〈山くじら〉とは猪の肉のことだ。四つ足を食べることが禁忌であった江戸っ子の知恵だった。寒い冬は鍋にして食し、酒を飲むのが通とされている。

両国橋の袂、向こう両国の東広小路にある〈もゝんじ屋〉に入り、座敷を取った。熱燗の銚子を運んできた女中が、長火鉢の中の割下が入った鉄鍋に、赤い猪の肉や野菜などを手際よく入れ、食べ頃を教えて下がっていった。

心労でなのか、長火鉢を挟み、行燈に照らされた菊之丞の顔は血色が悪い。七月に河原崎座の舞台を共にした時よりも痩せて見える。

「さあ、食え。女形が頰を削ったままじゃ、舞台は張れねぇぞ。ま、まずは一献」

團十郎が銚子を向けた。菊之丞は受けたものの盃(さかずき)を口には運ばず、膝に下ろした。

「気持ちはわかる。あの女のせいで、しなくてもいい苦労を背負わされたんだ。何も喉を通らねぇよな。すまねぇ。野暮を言っちまって。それより、おめぇにはまた借りをつくっちまったな」

菊之丞には何のことか、わからなかったらしく、訝(いぶか)しげなまなざしを向けた。

「六月末、〈扇屋〉に乗り込んだ時だ。俺がお伝を殴ろうとした時、大火の時と同じように、俺を止めたじゃねぇか。理由はどうあれ、女を殴るなんざ、男じゃねぇ。あん時、お伝を殴っていたら、俺はもう團十郎として舞台には立てなかっただろうよ」

もっとも、あのことが余計に菊之丞とお伝の心を一つにさせてしまったと言ってもいい。それだけに、あの時の情景が未だに忘れられない。

「――やめてくれ！」團十郎の上げた拳を後ろから抱き付いて止めたのは菊之丞だった。「座頭、堪忍(かんにん)してやっておくんなせぇ。このお伝は俺の、大事な大事な女なんだ。傷つけないでおくんなせぇ」

團十郎は拳を下ろし、振り返った。大柄の菊之丞が頭を下げ、泣いていた。

「……菊之丞。そこまで、この女に」

「俺はお伝がいれば何もいらねぇ。七月の演目は《一谷嫩軍記》でお願いしやす」

「おめぇが良くても、お伝が許さねぇよ。そうだろう」

振り向くと、上り框で泣き崩れるお伝の姿があった。

「何て子だ……こんな大年増に本気で惚れるなんて。本当に馬鹿だよ、菊之丞は」

菊之丞は涙を流したままお伝のところまで行くと、愛おしむように抱き起こした。

「馬鹿でいい。俺はあんたが側にいてくれれば、それでいいんだ。《四谷怪談》なんかやらなくても、必ず……必ず日本一の大太夫になってみせる。約束するよ、お伝」

お伝は嗚咽しながら、菊之丞の胸に顔を埋めていた。

團十郎は手酌で盃を呷った。

「永木の親っさんは、もう長くはねぇ。持って、今年いっぱいだろうよ。……おめぇには耳が痛いだろうが、恩知らずと罵っていなすった。それに、お伝のことも未だ女房と思っていなさる」

菊之丞は何も答えず、膝の上の盃を見つめている。

部屋には、ぐつぐつと煮える鍋の音だけが響いていた。

「で、これからどうする——と言っても、河原崎座で頑張るしか、おめぇには道はねぇ。お伝と一緒にいたい気持ちはわかるが、一緒にいる間は風当たりが強くなるのは覚悟しな。それだけは俺が助けたくとも、どうにもならねぇ。自分で乗り越えるしかねぇんだ」

——うっ……。菊之丞の体が小刻みに震え出し、大粒の涙がぼたぼたと膝に落ちた。

「お伝がいれば何もいらねぇ。必ず日本一の大太夫になってみせると、俺とお伝の前で啖呵切ったんだ。今さら、めそめそ泣くんじゃねぇ。おめぇは五代目瀬川菊之丞だろうが」銚子を向けた。「さ、飲め。飲んで、今までのこたぁ忘れろ。山くじらを食べて精を付けねぇと、年は越せねぇぞ。そんな青白い顔で、初春の舞台が踏めるか」

菊之丞は両手で持った盃を一気に呷った。

その刹那、咳き込んだかと思ったら、押さえた手の指の間から真っ赤な鮮血が流れ出た。

「——ど、どうしたってんでぃ！　体の具合でも悪いのか、菊……！」

菊之丞は懐から手拭いを出して拭き取ると、頭を下げた。

「座頭。永木の親っさんには……あの世でお詫びいたしやす」

「何だとう……？　そりゃ、どういう意味だ」

「あ、いいえ、意味なんぞ、ありゃぁせん。永木の親っさんには本当にありがとうございやした。すいやせんと謝っていたとお伝えくだせぇ。座頭にも、本当にお世話になりやした。ご恩も返せず……いえ、俺は、これで」

菊之丞は涙を畳に落としながらも立つと、踵を返した。

「——待て、菊之丞！」との團十郎の言葉を振り切るように一礼して、部屋を出ていった。

十

三代目坂東三津五郎が亡くなったのは、年も押し迫った十二月二十七日だった。

葬儀は芝増上寺で執り行われることとなったが、増上寺は将軍家との縁が深いため、年末年始はその御用で忙しく、松の内の正月七日が過ぎた九日に決まった。

葬儀の段取りなど、梨園の親方衆や贔屓定連との寄合いから帰ってきた正月七日の夕方——。

團十郎の許に、また新たな訃報が飛び込んでくる。

五代目瀬川菊之丞が亡くなった――。

それを報せに来たのは、菊之丞の下男権八だった。

團十郎はすぐさま、新乗物町の菊之丞の屋敷に向かった。道すがら舟の上で話してくれた権八によれば、菊之丞は昨年の夏頃から肺の病で苦しみ、喀血を何度も繰り返していたという。ところが、菊之丞は巷に流れる風評を懼れ、医者に診てもらうこともできず、病を押して舞台に立ち続けていたとのことで、それを天が与えた罰と権八に冗談交じりで漏らしていたとのことだ。

その時になって初めて、菊之丞が両国の〈もゝんじ屋〉を去る際、「永木の親っさんには……あの世でお詫びいたしやす」と思い詰めた様子で言った意味がわかった。

菊之丞の屋敷に入ると、奥座敷に案内された。

布団に横たえられた菊之丞の亡骸には、顔隠しの白い布を被せ、瀬川家の定紋〈丸に結綿〉の入った黒紋付が掛けられている。

側には、お伝の姿があった。目は虚ろで、頬は涙に濡れていた。未だ現実として受け入れられないのか、菊之丞の手を胸に抱き何か呟いている。

「こんなにも男の悋気（嫉妬）が強いとは……。あの三津五郎が、あたしの大事な菊之丞を道連れにしたんだ。何て爺だ、まったく。菊之丞の日本一の大太夫になる願いまで奪って……」

團十郎はお伝の視線の中に入るように、反対側の枕辺に座った。

「……お伝さん。故人の悪口はよくねぇ。おめぇさんの旦那だったお人だぜ。永木の親っさんだって、おめぇさんに惚れていなすったんだ」

お伝は険のある目を押し付けてきた。

「あの爺が亡くなったのは友引だ。菊之丞を引き込んだのさ……」

お伝は何か思いついたように、菊之丞の顔に掛かっている白い布を取ると、突然、胸をはだけ、白くふっくらとした乳房を出したかと思うと、菊之丞の口に押し付けた。

「菊之丞……お前の大好きな乳だ。いつものようにお吸い。あたしはね、お前と睦んでいる時が一番仕合わせなんだ。何を寝たふりしてるんだい。さ、お吸い、吸うんだよ……吸っておくれな。あんな爺の永木の親方の後を追っちゃ駄目だ。死ぬにはまだ早い。戻るんだ。そう、お前は日本一の大太夫になるんだろ。一緒に……成し遂げようって言ったじゃないか、菊之丞」

不幸な巡り合わせとはいえ、あまりにも憐れで見るに忍びない。

團十郎は横たわった菊之丞に合掌すると、静かに座敷を後にした。

背後からは、すべてを失ったお伝の狂気に満ちた慟哭が聞こえていた。

後日、江戸市中には百五十を超える、三代目坂東三津五郎と五代目瀬川菊之丞の二人の〈死絵〉が出回った。お伝を巡る名跡役者二人が相次いで亡くなったことで、瓦版屋はあからさまに男二人の色恋沙汰を取り上げ、「味よしお伝」との房事の取り合いを〈歌舞伎役者の憐れな顛末〉と題して面白おかしく書いている。

おすみはそんな〈死絵〉や瓦版を畳に並べ、「人生、帳尻が合うんだね」としみじみと呟いた。

第六幕　十八番と女難（じょなん）

一

天保三年（一八三二）三月、市村座の〈弥生興行（やよい）〉初日――。

團十郎は裃袴（かみしもはかま）姿で舞台中央に座し白扇を置き、隣には同じく裃袴姿の十歳の海老蔵（えびぞう）を座らせた。

東西（とざい）、東西（とーざい）――。

「高うはござりまするが、不弁舌（ふべんぜつ）なる口上をもって申し上げ奉り（たてまつ）まする。まずは大江戸御町中様（おんまちじゅうさま）、ますますご機嫌麗（うるわ）しく、恐悦至極に存じ上げ奉りまする。さて、こたびは御贔屓方（ごひいき）様のお勧めにより、ここに控えし倅（せがれ）、六代目市川海老蔵が八代目市川團十郎を襲名。並びに、私こと七代目市川團十郎が五代目市川海老蔵に改名との運びと相成りましてござりまする。代々受け継がれる両名跡を揃（そろ）いて引き継ぎ候は、何とも畏れ多いことと存じまするが、御贔屓方様よりの達てのお勧めにお任せし、憚り多くも襲名・改名披露を致しました次第にござりまする。

升、升、升と三度重ね、咲かせて三升の成田屋一門――。五代目市川海老蔵、並びに、八代目市川團十郎。親子、手に手を取って懸命に精進し、江戸の舞台を相務め上げー奉りまする。

又候、お手元にお配りした摺物は〈歌舞妓狂言組十八番〉にござりまする。

通り名で申し上げまするると、《助六》《暫》《勧進帳》《景清》《矢の根》《外郎売》《不動》《嫐》《関羽》《七つ面》《象引》《蛇柳》《鳴神》《押戻》《鎌髭》《毛抜》《不破》《解脱》。

これすべて成田屋相伝の〈荒事〉当たり十八の演目にござりますれば、今後一切、市川宗家の許しなく、他家が演ずること能わずと定めたものにござりまする。

大江戸八百八町、何卒、いずれ様方もご了承のほど、並びに、相変わらぬ御贔屓のほど、あ、隅から隅までずずいーと、御願い上げー奉りまする」

〈襲名披露口上〉の後、團十郎こと五代目海老蔵は八代目團十郎と、五度目となる《助六由縁江戸桜》を親子で演じた。興行の日数は普段の一・五倍の、四十五日――。

親子同時の襲名、並びに演目が《助六》とあって、蔵前定連は八十余人が揃いの黒紋付の羽織で東西の桟敷席を買い占め、吉原や深川定連は三日続きで押し掛けた。他の贔屓定連や新吉原や深川の遊郭などからは、引幕五張や酒樽、箱提灯、手提げ提灯五百張など多くの品が届けられた。連日〈大入り・札止め〉の、大盛況となった。

同じ三月、中村座では、故三代目坂東三津五郎の養子、坂東蓑助が四代目坂東三津五郎襲名披露を行った。こちらも四代目三津五郎への期待からか、連日、多くの町衆や贔屓定連が押し掛け、江戸歌舞妓は名跡二家の襲名披露で久々に華やかさを見せた。

〈弥生興行〉も無事に終わった、四月末の昼過ぎ――。

團十郎を改めた海老蔵が、久しぶりに屋敷の自室でのんびり庭を眺めていると、おすみがやって来て、近頃、巷で売られ評判になっているという〈当世五人男〉の大判錦絵五枚綴りを畳の上に並べた。今の江戸歌舞妓を代表する五人だ。海老蔵や三代目尾上菊五郎ほか、沢村訥升、二代目中村芝翫に、先日、襲名したばかりの四代目坂東三津五郎も錦絵となっている。

丸髷を結い、黒襟の草色の細かな松皮菱模様の袷を紫と黒の昼夜帯で締めた姿は、すっかり成田屋市川一門を束ねる女将だった。そのおすみが、しみじみと錦絵を眺めて言った。

「時代はどんどん移り変わる。この五人が、これからの大江戸歌舞伎を背負っていくんだねぇ。いずれは八代目團十郎も、こうなるのかねぇ」

「当たり前じゃねぇか。俺とおめぇの間にできた、成田屋の八代目だぜ。俺を超える、すげぇ〈大立者〉になるのは間違ぇねぇ。そのために〈歌舞伎狂言組十八番〉を定めたんじゃねぇか」

「あら、そうだったの。でも、どうしてさ」

「去年、《東海道四谷怪談》で揉めただろう。そうならないためよ。海老蔵を八代目團十郎にしたのも、俺が五代目海老蔵に改名したのも、すべては成田屋市川宗家を護るためでぃ。勿論、それだけじゃねぇ。永木の親っさんと菊之丞の、お伝を巡る醜聞を江戸の街から叩き出すためよ」

二人が相次いで亡くなったことで噂が噂を呼び、さらに厄介なことに背鰭尾鰭が付き、そこかしこから湧き出てくる。二月を過ぎても一向に下火になる気配すらなかった。このまま放っておけば、上方にまで飛び火しないとも限らない。そこで海老蔵は江戸市中の目を他に向けさせ、これ以上、醜聞が広がらないよう、襲名・改名披露と〈歌舞伎狂言組十八番〉を定めたのだった。

おすみは納得できたらしく、深く頷いた。

「なるほどねぇ。わずか十歳で八代目團十郎を襲名するなんて少し早いと思ったけど、そんな深い考えがあったとは、さすが江戸歌舞妓を背負うお前さんだ」

そんな海老蔵の思惑とは裏腹に、江戸での評判は冷めたものだった。

巷では〈こちゃえ節〉を替え歌にし、「〽お江戸で名高き團十郎、改めて海老蔵になります親の株、こちゃ、下手でも上手でも構やせぬ――」と、有名な〈市川團十郎〉の名跡を継いだ者なら、芝居が下手でも構わないと皮肉っている。

「おすみ。十歳で襲名なんざ早くもねぇ。俺が七代目を襲名したのも十の時よ。代々の名跡を継ぐのは早いに越したこたぁねぇ。俺もこれから先、何があるかわからねぇからな」

名跡を倅に譲った理由は、お伝との一件もある。昨年、河原崎座で勝手に《東海道四谷怪談》をやろうとした件で、怒りに任せて船宿〈扇屋〉に乗り込んだ折、危うく代々続いてきた〈市川團十郎〉の名跡を振り上げた拳で一瞬にしてふいにしてしまうところだった。

「縁起でもないことをお言いじゃないよ、お前さん。でもさぁ、どうしてお前さんが、また元の五代目〈海老蔵〉に戻ったんだい？」

「戻ったんじゃねぇ。仮名の〈ゑび〉から、漢字の〈海老〉へと箔が付いたのよ」

「箔……ふうん。じゃ、漢字の〈海老〉から〈團十郎〉になった八代目には、もっと箔を付けて大きくなってもらわないとね。ところで、〈歌舞伎狂言組十八番〉の中には、お前さんがやったこともない演目もあるけど、少し欲張りすぎじゃないのかい？」

「おいおいやっていくさ。そのためにはまず、代々團十郎がやってきた台本を整理して、きちんと桐の箱に入れておくのよ。それが俺の役目だ」

「桐の箱に……。それにしても音羽屋さんから、よくもまぁ、文句一つ出なかったもんだね」

「菊五郎兄ぃの得意はたおやかな所作の〈和事〉だ。俺が選んだのは皆、派手な動きの〈荒事〉でぃ。文句なんざ出るはずもねぇ。今、兄ぃは《四谷怪談》しか頭にねぇから、他は目に入らねぇ。だからこそ、その間に〈歌舞伎狂言組十八番〉を定めておいたのよ」

「だったら切のいいところで二十にすればよかったじゃないか。何で十八なんだい」

「代々町衆に特に受けのいいのが、この十八の演目よ。十八は有り難い数なんだぜ。昔、成田山新勝寺に一千両を寄進したことがあったろ。あの折、照胤上人様から教えてもらったのよ」

新勝寺第八世貫首照胤上人曰く、「今、ここに在る」ことを十八の感覚で捉えることができるという。目や耳、鼻、舌などの六つの感覚を「六根」、それで捉えた色や音、香、味などの身の回りにある物を「六境」と呼ぶ。そして六根で六境を捉えた時、各々生じる心の六つの認識を「六識」と言い、六根・六境・六識の三つを合わせて「十八界」と仏教では呼ぶ。

その十八界を意識できた時、初めて如何に「今、ここに在る」ことの難しさ――「在り難し」を知る。同時に「吾、在り難し」という己の存在に気づかされ、「今、ここに在るのは、何と在り難いことか」と感謝の念が自然に生まれるという。それが「ありがとう」の語源で、「悟る」ことだと照胤上人は説いた。

「歌舞妓役者も同じよ。舞台に立つことの難しさを〈歌舞妓狂言組十八番〉を通して知り、舞台に立たせてもらうことに感謝できる己になる。その感謝の心で役を演じてみせるのが代々受け継がれている、この成田屋市川團十郎家の役目だ。わかったか、おすみ」

「『吾、在り難し』で『ありがとう』か……なるほどねぇ、それで十八番」

おすみは居住まいを正すと、拝むように天に向かい手を合わせた。

「じゃ、お前さん。これからは〈市川團十郎〉の大名跡と〈歌舞伎狂言組十八番〉を護るのが、女将である、あたしのお役目ってことだね」

「おうよ。大黒柱があっても、それを支える女将がしっかりしねぇと、家は瞬く間に傾かぁ」

素直に聞くおすみがあまりに可愛くて、海老蔵は思わずおすみの手を取り、引き寄せた。

「ど、どうしたんだい、お前さん。何だか目が、いやらしくなってるけど」

「――静かに！」海老蔵は神妙な顔で一喝すると、一旦、目を瞑ってから、不動真言を唱えた。

ノウマクサンマンダ　バーサラダ　センダマカロシャダ　ソワタヤウンタラタ　カンマン――。

「本当に、どうしたんだい。何か悪い憑き物でも取り憑いたのかい」

海老蔵はゆっくりと目を開けた。

「今、おすみが手を合わせて拝んだお蔭で、不動明王様のお告げが下りてきた」

「――本当かい！　で、何ておっしゃっているんだい？」

「新しく名を海老蔵と改めた。この際、もう一人、子を儲けよと……」

團十郎はおすみを畳に寝かせ上に乗ると、左脇の身八つ口から手を滑り込ませ乳房を摑んだ。

「――あぁ……よ、よしとくれよ、お前さん。あたしはもう三十路だよ。お城の大奥じゃ〈お褥下がり〉とか言って、殿様に求められても、遠慮するのが女のたしなみだそうだよ」

「遠慮は無用との、お不動様のお告げじゃ。三十なら成田屋の升、升、升と三度重ねて三重だ。新しく子を儲けるには丁度いい歳との仰せよ」ふいに顔を上げた。「はい……？　あ、不動明王様。へぇ。今、ここで種付けをすれば、市川家の立派な三男を授かる。わかりました。では早速」

「お、お前さん」おすみは目を瞬かせた。「いったい誰と話してんだい。気は確かかい？」

「おめぇと出会った時にも言ったはずだぜ。俺は時々、不動明王様からお声を掛けられるって」

「お前さんの話はいつも、どこまでが本当で、どこからが冗談なのかわからないよ」

「俺の冗談なんざ、上段を飾る〈名題看板〉ぐれぇよ。そいじゃぁ、遠慮なく頂きやす」

「頂きやすって、ちょっと、お、お前さんったら……」

尚（なお）も何か言おうとするおすみの口を團十郎は自分の口でふさぐと、足で部屋の障子戸を閉めた。

翌天保四年（一八三三）一月、おすみは海老蔵の気まぐれな冗談を真に受けたように子を宿し、三男を産んだ。そのお蔭か、海老蔵の後厄は無事に過ぎ、成田屋市川宗家も何事もなかった。

ほっとしたのも束（つか）の間（ま）。その翌天保五年（一八三四）二月七日、江戸は再び大火に包まれた。

出火元は、五年前と同じく、神田佐久間町――。千二百余町を焼き尽くし、死者は四千人以上。佐久間町より南の、堺町にある中村座や葺屋（ふきや）町にある市村座も大火に呑（の）まれ全焼した。残ったのは再興した森田座のみ。しかし、あまりに多くの家屋を失い、多数の死者を出した江戸では悠長に芝居見物どころではなかった。

そこで海老蔵はすぐ様、八代目團十郎を襲名した十二歳の倅を成田山新勝寺に旅巡業の段取りを組み、自らは二月末、二代目中村芝翫（しかん）や六代目岩井半四郎の弟岩井紫若（しじゃく）ほか、上方から戻ったばかりの弟子、三十五歳の茂々太郎（ももたろう）こと市川九蔵（くぞう）らとともに大坂に向かった。

二

「ねぇ、お前さん」と猫撫で声で囁く、おすみ――。

仰向けになっている海老蔵の顔を柔らかな手で撫でていく。

「どうしたんでぃ？〈お褥下がり〉と言ってたおめぇが誘うなんざ、近頃、珍しいじゃねぇか。やっぱし俺が側にいねぇと寂しいか。それとも、またもう一人、ガキをこさえようってのかぃ」

おすみは笑みを浮かべながらも顔に手を這わせ、優しいまなざしで見つめている。

「おすみの、そのいじらしさが堪らねぇ。顔ばかりいじってねぇで。ほら」と、いつものようにおすみの尻に手を回すや、「――きゃーっ！」という女の叫び声で海老蔵は目が覚め飛び起きた。

部屋の隅には、両手で襟元を摑み、仔猫のように体を丸め縮こませている若い娘がいた。小刻みに体を震わせながらも、こちらをじっと見ている。

ここは大坂島之内御前町にある、旅籠〈植木屋〉の離れだった。初めて大坂に来た時から常宿にしている。大坂に着いた日は旅籠の二階だったが、旅籠屋の主人久兵衛が海老蔵が江戸で有名な歌舞伎役者とわかるや、母屋から廊下で繋がる離れに移してくれたのだった。

海老蔵は三月から角ノ芝居に出ていた。

五月の舞台では、浪速っ子たちの心を摑もうと、《夏祭浪花鑑》で活きのいい一寸徳兵衛役を、得意の〈荒事〉で大暴れして見せた。それが昨日でようやく終わり、久しぶりにのんびりと昼寝を楽しんでいたところに、突然、見知らぬ娘が悲鳴を上げて睨んでいるのだから頭は混乱する。

娘は一目で高価なものとわかる、上が緋色で裾を淡い黄色でぼかした曙染で、裾に御簾に花を散らした京友禅の振袖だった。金の亀甲つなぎ地に、三つ蝶散しの文様の錦帯を〈変わり矢の字〉結びにし、萌葱色の縮緬に麻の葉の鹿の子絞りの帯あげを締めている。

こちらに向けている顔から察すると、歳の頃は二十歳前だろうか。富士額の丸顔に鈴を張ったような大きな目。鼻はさほど高くない。割しのぶの髷には、鼈甲の花櫛とびらびら簪――。

この宿の飯盛り女でないことは一目瞭然だった。

「だ、誰でぃ、おめぇさんは？　どうして、ここにいやがる」

「う、うちは……まだ未通女どす。そないなこと、いきなりしはったら……」

娘は舌足らずの声で、脅えた表情で答えた。

「そんなことは訊いちゃぁいねぇよ。おめぇさんは一体、どこの誰だ。何で俺の部屋にいやがる」

「う、うちは……〈梅村屋〉の、お為どす。憶えてはりまへんか」

「〈梅村屋〉のお為……」と言われても、寝起きで咄嗟のこともあり、思い出せない。

その時、母屋と離れを結ぶ廊下に足音が響いたかと思うと、部屋の障子戸が開いた。

「――どないしはったんだす!」宿屋の主人、植木屋久兵衛だった。よほど焦って来たらしく、わずかに残る白髪の間の月代に汗が滲んでいる。「――あ、いとはん!」

娘は久兵衛に走り寄って、しがみついた。

「成田屋はん、いきなり、お……おいど(尻)を触りはったんどす」

「――なっ、何だすって! いきなりそないなことされたら、そら怖いだすわ。こないに震えて。もう大丈夫やで」久兵衛の目が尖った。「――成田屋はん! 昼日中から何てことするんだす」

「ちょ、ちょっと待ってくんな。俺は昼寝をしてただけだ。そしたら、この娘が上に乗ってきて」

久兵衛は確かめるように娘を見た。娘は激しく首を振り、久兵衛の耳元で何か囁いた。

「成田屋はん。嘘はあきまへんで。いとはんは手を引っ張られた、言うてます。第一、このいとはんが、男はんの上に乗るやなんて、そないな下品な真似、しまっかいな」

「本当でぃ。嘘吐きは、その娘だ。『おいど』か『おいと』かは知らねぇが、名前まで『お爲』と嘘を吐きやがった」

「何を言うてますの。いとはんの名前は、お爲はんだすがな」

「お爲……。じゃ、その『おいと』ってのは何なんでぃ」

「おいと……？　ああ。『いとはん』とお呼びするんは、お爲はんが三人姉妹の長女だからだす。その下の次女が『中いとはん』で、三女が『こいはん』言いますのや」

「あ、そうなのかぃ。どうりで船場じゃ『いと』や『こい』って名前の娘が多いわけだ」

海老蔵は納得して、煙草盆を引き寄せた。

「ちょっと成田屋はん。何、一人で合点してまんのや。いとはんにしたこと、謝っておくれやす」

「謝る……？　あ、悪かったよ。丁度、女房の夢を見ていてよ、寝ぼけちまったってわけでぇ。すまなかった、お爲さん。このとおりだ」と頭を下げた、が……。「ん？　ちょっと待ってくんな。ここは俺の部屋だろ。飯盛り女でもない若い娘が何で俺の部屋にいるんでぃ、久兵衛さんよ」

「そういえば、紹介はまだどしたな。このお爲はんは、うっとこの遠い親戚筋で、京は北ノ芝居の近くの芝居茶屋〈梅村屋〉の娘はんだす」

「京……？　——ああ、確か五年前、北ノ芝居に出た時に厄介になった。じゃ、その娘さん？」

お爲は突然、正座し、三つ指をついた。

「はい。白猿はんが今、大坂難波に来てはると聞いて、一昨日、京から出てきたんどす」

「こんな物騒な時に、一人でかい？」

昨年、全国で大雨と大風の被害を受け、各地で米が不作で米不足となり、一揆や打ち壊しが相次いだ。大坂でも先日、米問屋十二軒が打ち壊しに遭ったばかりで、町は食い詰め浪人や逃散した百姓で溢れている。

「店の者が舟で送ってくれはりましたんで、危ないことはおへんどした」お爲はこぼれんばかりの笑みを浮かべた。「とにかく、白猿はんに会いとうて会いとうて」

「わざわざ京から会いに来てくれたとは嬉しい限りだが、俺に何か格別の用でもあるのかい？」

お爲は顔を赤らめ下を向いた。意味がわからず久兵衛を見ると、大きく息を吐いた。

「粋（いき）な成田屋はんが、若い娘に野暮なことを訊きまんな。いとはんは成田屋はんのことを」

「――やめておくれやす！　久兵衛はん」

お為は凄（すご）い剣幕で遮った。

「そうかて、ちゃんと言わな、わかりまへんで。お世話かて、でけしまへんやろ」

「せやけど……」

「すべて、この久兵衛に任せておくんなはれ」海老蔵に目を向けた。「成田屋はん。いとはんは、あんたはんの身の回りのお世話をしとうて、京からわざわざお越しになりはったんだす」

「身の回りの世話……？　それなら心配いらねぇよ。九蔵たち弟子が皆、やってくれるからよ」

久兵衛は露骨に顔をしかめた。

「そういうことやおまへんがな。お弟子さんにはでけへん、お世話だすがな」

「弟子にはできねぇ世話って……？」

お為の顔がますます赤くなり耳まで染まっている。いくら勘の悪い海老蔵でも、それはわかる。

「ちょっと待ってくんな。お為さん、気持ちは嬉しいが、そいつぁいけねぇ。俺は女房持ちだ」

「――成田屋はん」と言下に久兵衛が遮った。「お為はんは京の北ノ芝居の楽屋で、成田屋はんにお茶を出して以来、五年もあんさんのことを思い続けてはったんだっせ」

微かに憶えている。舞台から下がって楽屋に入ると、すぐにお茶を持ってきてくれた幼い娘がいた。確か十二、三の娘だったと思う。正直、あまりに子供だったからか、顔すら記憶にない。

江戸でも、町娘が歌舞伎役者にのぼせてしまうことは多々ある。それを一々真に受けていては歌舞伎役者はやってられない。

海老蔵は溜め息交じりに笑った。

「馬鹿言っちゃいけねぇよ、久兵衛さんまで。だいたいお為さんのお父っつぁんが許さねぇよ」

「それが、お許しにならはったんだす」

久兵衛によると、お為は次々と来る縁談を悉く断り、なかなか嫁に行かない。このままでは下の妹二人も嫁に行けないので、お為を海老蔵に嫁がせ思いを遂げさせてくれと持参金を付けて頼んできた。しかも、実家ではすでに海老蔵に嫁いだことになっているという。とはいえ、海老蔵の気持ちもある。そこで、海老蔵の身の回りの世話から始めてはどうかと、考えてのことだった。

「それで今夜から、お弟子さんたちには旅籠の二階に移ってもろたんだす」

――つまり、妾にしろと言っている。

「何でぃ、そういうことかぃ。いやいやいや……宿場の飯盛り女や色町の玄人衆ならいざ知らず、堅気のお嬢さんが囲い者の真似なんざ、しちゃぁいけねぇよ。俺は御歳四十四の爺だぜ。お爲さんは見たところ、まだ二十歳前だ。一時の気の迷いで、間違った道を進んじゃぁいけねぇよ」

「一時の気の迷いやおへん」お爲は膝を進めた。「未だ十七どすが、子も産める一人前の女どす」

――十七！　娘のおみつと同い年じゃねぇか。

海老蔵の驚きを余所に、久兵衛が語気を強めた。

「何を迷うことがおます。いとはんは清水の舞台から飛び降りる覚悟で、大坂へ来はったんだす。その心意気を受け取る度胸もおへんとは情けない。何を難しく考えておますのや。成田屋はんは江戸では五代目市川海老蔵だす。けど、ここ難波では市川白猿だすやろ」

「それが、どうしたってんでぃ」

「成田屋はんはこれからも上方の舞台に出はるんだっしゃろ。市川海老蔵は江戸の嫁はんのもの。大坂難波の市川白猿は独り者。そんなら大坂に嫁はんがいても、宜しいやおまへんか」

——あ、なるほどねぇ……いやいやいや、何を納得してやがる。女房と睦むのは別だが、妾を囲って色にうつつを抜かすと芸が落ちるだけでなく、品を損なうとまで言われる。

「それは違うぜ。俺には恋女房の、おすみってのがいる。ガキだって倅が三人に娘が二人。もう十分だ。お爲さん。おめぇさんの気持ちは嬉しいが、若い身空で自分を粗末にしちゃいけねぇよ。どうしても歌舞伎役者の嫁になりてぇのなら、俺がおめぇさんに見合う男を探してやら。なーに、江戸には独りもんの役者がどっさりいるからよ、きっと気に入るのもいるぜ」

「そんなんと違います。うちはただ成田屋はんが好きなんとは違うんどす。うちは、うちは……」

お爲の必死な様子に久兵衛は何か感じたらしく、深く頷いた。

「成田屋はん。いとはんの思いの丈、存分に聞いたっておくれやす。それでもあかんのやったら、しょうがおへん。わてが京の梅村屋はんまで、いとはんを送ってきますさかい。――ただし、そん時は覚悟しなはれや。梅村屋はんの後ろには笹木連が、うちの後ろかて大手連がおまっさかいな」

いずれも上方歌舞妓を支える手打連中だ。笹木連は京都。大手連は大坂でも力のある手打連中の一つだ。江戸の贔屓定連同様、手打連中の支えなくして上方の舞台に立つことはできない。

久兵衛は念を押すように睨むと、お爲の肩を優しく叩いて部屋を出ていった。

部屋に夕日が射し込む頃になって、お爲はぽつりぽつりと語り始めた。

初めて海老蔵と出会った五年前の、文政十二年十一月――。

北ノ芝居の楽屋でお茶を出したその夜、お爲は不思議な夢を見た。不動明王が現れ、「白い猿を捕まえよ」とのお告げがあったという。初めはただの夢と気にも留めなかったが、翌年、年号が「天保」となった十二月の晩に再び不動明王が夢枕に立たれ、「白い猿と夫婦となれ。白い猿との間に生まれし男子が家の元となる」とお告げがあった。その折、何処の不動明王か訊ねたところ、「智積院」と答えられたという。

智積院は、京都東山にある真言宗智山派のお寺で、成田山新勝寺の総本山でもある。

お爲はあまりのことに「何ゆえ、人やのうて、白いお猿さんの嫁にならねばあきまへんのか」と涙ながらに訊ねると、「白い猿は猿に非ず。東一の傾奇者なり」と答えたとのことだった。

「……智積院の不動明王様が、白い猿は猿に非ず。東一の傾奇者……かい？」

「そうどす。白いお猿で東一の傾奇者と言うたら、市川白猿――成田屋はんしか、いてしまへん。これはうちの運どす。どうか、白猿はんのお側に置いておくれやす」

お爲の話の真偽はともかく、今は妾にするのは憚られる。おすみと一緒になって以降、きょうまで何事もなくやってこられたのはすべて、おすみのお蔭だ。江戸から遠い上方の地とはいえ、おすみを裏切り、自ら災いの種を持ち込むことだけはしたくない。

だからと娘の戯言と、あっさり断れるものでもない。

お爲が京の芝居茶屋〈梅村屋〉の娘で、間を取り持っているのは、この旅籠〈植木屋〉の主人久兵衛だ。いずれも京・大坂の手打連中が後ろに付いている。今後、上方でも舞台に立つとなれば、お爲を安易に拒めるものではない。断われば〈梅村屋〉〈植木屋〉両主人の顔を潰すことになり、上方への足掛かりも失いかねない。

改めてお爲を見る。美人ではないが、愛嬌はある。おすみが庭に咲き誇る芍薬なら、お為は道端に咲く可愛い野菊といったところだ。おすみより十五も若いだけに肌艶(はだつや)はいいが、まったく好みではない。歌舞伎役者に女難は付き物だが、妾を押し付けられるのもその一つということか。

ともあれ、京女の言葉を真に受けると、後で痛い目を見ることだけは確かだ。

――こういう時は、焦っちゃぁならねぇ。娘心は春の天気と同じで変わり易(やす)い。

「……お為さん。この白猿の妾になるのは少し待ってくんな。俺にも何かと仕度(したく)ってもんがある。それに明後日(あさって)からまた旅巡業だ。備中(びっちゅう)岡山、安芸(あき)宮島(みやじま)、下関。それから、博多、長崎と、大坂に戻ってくるのは早くて来年の正月、いや、二月を過ぎるかもしれねぇ。それまで待てるかい」

「――はい！」お為は目を輝かせた。

その時、不思議にも、江戸中を騒がせた色情女のお伝にも似た臭(にお)いが微かに鼻孔をかすめ、言いようのない不吉な予感に背筋が寒くなるのを感じた。

――まさか、この俺が、永木の親っさんや菊之丞の二の舞に……。

海老蔵は脳裏に浮かぶ二人の姿を振り払うように頭を振った。

三

中秋の名月の、八月十五日の晩――。

旗本鳥居耀蔵は、江戸城の北西、外濠の牛込御門を出てすぐの急な坂を上ったところにある、牛込神楽坂の高級料亭〈中富〉の離れの座敷にいた。この辺りは武家屋敷がほとんどだが、「江戸三毘沙門」の一つ善国寺毘沙門堂の周りには、水茶屋や小料理屋が軒を連ね、岡場所や芸者を置く置屋などもでき、小さいながらも色街を形成しつつある。

〈中富〉は金座御金改役御用町人の武蔵屋、後藤三右衛門の馴染みの店だった。

座敷に面した庭の池には満月が浮かび、縁側には月見団子が三方に三角に積み上げられ、薄の穂が数本入った竹筒が飾られている。

耀蔵は料理がのった御膳に盃を置くと、後藤三右衛門から渡された、帯封の小判が入った菓子箱に目を落とした。二十五両の小判の束が四五、二十束で、〆て五百両――。

「あるところにはあるのう。今宵の月もよいが、山吹色の菓子箱の輝きは何にも勝る。歌舞伎ではないが、まさに絶景かなじゃ」

耀蔵は二千五百石の旗本だった。俗に「旗本八万騎」とはいうが、実際には五千人ほどで、その九割以上が耀蔵と同じく三千石以下だ。旗本は石高が低い割には、江戸城の警備や将軍の護衛の軍役など、それに関わる負担が多く、ほとんどが常に困窮した状態だった。それゆえ勘定奉行や町奉行など、少しでも上の役職に就いて手当を得ることが家を存続させる手段となる。

「わしは別に銭が好きなわけではないが、こういう小判の輝きを見ると、あの歌舞妓役者が忌々しくなるわ、武蔵屋」

後藤は決していい男ではない。機を見ることに抜け目のない鋭い目。生まれて三十九年、銭の臭いを嗅ぎ分けてきた大きな鼻。横に広がる口と分厚い唇には、御用町人らしい図太さが漂う。黒紋付の下の、絹の光沢ある焦茶の上田縞に、さりげなく御金改役としての品を覗かせている。

後藤は苦笑いして、銚子を向けた。

「歌舞妓役者如きに忌々しいなどと、何ゆえにござりまする」

「あ奴らは下々の分際で侍の真似をし、舞台の上で妙な化粧で竹光を振り回し、一千両もの金を得ておる。こっちは城内を駈けずり回っても高々三百五十両余り。何か粗相があれば切腹ぞ。それに比べ、あ奴らは娘に追い駆けられて、抱きたい女は選り取り見取り。奉行所沙汰になっても、袖の下で握り潰す。世の中とは、何とも不条理よ。先日、見せしめに獄門にした鼠小僧次郎吉のようにすればいいものを野放しにしておる」

耀蔵の目には、歌舞妓役者は、盗みをして安易に大金を得る盗賊と同じく世の中に害なす輩にしか見えない。都合のいい絵空事の芝居をつくっては舞台で見せ、無学な町衆から広く公然と金を取ってゆく。それに便乗する商人たちも後押しをするかのように、歌舞妓役者の身に着けた衣装を流行らせ、江戸の風紀を乱している。歌舞妓は今や、江戸を堕落させる元凶に他ならない。

「それほどまでに歌舞妓を憎いと？」

「反吐が出る。だいたいあ奴らは……いや、黄金の菓子箱を目の前に、つまらぬ愚痴は言うまい。武蔵屋、度々、すまぬな」

後藤は自分の顔の前で手を振った。

「何を水臭いことを。鳥居様も元は手前と同じ、林の姓。銭のことならお任せください。お侍様は政が本分。銭金を生み出すのは手前ども御金改役にござります」

後藤は、信濃国飯田城下の商人、林家の四男だった。十三歳で京に出て漢学や経学を学び、京では知られた秀才でもある。その才を見込んで婿養子にしたのが、文化七年（一八一〇）に取り潰しにあった金座や銀座を支配した後藤庄三郎家の分家の、後藤三右衛門家だ。期待どおり、三右衛門は後藤家を継ぎ、公儀金座御金改役となり、文政二年（一八一九）には〈文政小判〉の鋳造を手掛けるまでになった。

「しかも、お互い辰年生まれの三十九の婿養子。お父上様の昌平黌でお会いして以降、鳥居様とは少なからず縁を感じておりました。ご入用の際は、ご遠慮なくお申しつけくださりませ」

耀蔵の父は、幕府大学頭を務めた幕府の儒者、林述斎――。

後藤との出会いは、神田湯島で父が開いていた昌平坂の学問所だった。

「何が儒学だ、何が漢学だ。何が己を律するだ」耀蔵はぞんざいに盃を呷った。

「武士は出世してこそというが、世の中は所詮、銭ではないか。学問なぞ、腹の足しにもならぬに、父はわしに糞にもならぬ儒学ばかりを教えおって」

「さりとて、江戸城に入ることができたのも、名家の旗本鳥居家に婿養子となれたのも、学問を身に付けられたからこそ。これも皆、あの述斎先生をお父上様に持たれたからに他なりません」

三男だった耀蔵は、幸いにも将軍家家臣として知られた名門鳥居家の庶流、旗本鳥居成純の長女の婿として養嗣子となった。とはいえ、鳥居家の内情は借金まみれで、本家である下野国壬生藩三万石の大名鳥居家とはまったく行き来はなく、相手にもされていない。
耀蔵は今年六月、江戸城中奥番から徒頭となり、一千石の役職手当が付いた。併せて三千五百石だ。だが、実際の金子として入るのは、一千二百両余り。そこから鳥居家先代が残した多額の借金を返済し、上士への付け届けや、家人・下男下女を合わせて百人余りの賄いを差し引くと、毎年、二百両ほどが足りない。加えて近年、全国的な凶作による米価・物価高騰や飢饉で、実入りは減る一方だ。借金をしなければ、鳥居家は一日として立ち行かなかった。

「したが、婿に入ってみれば楽ができるどころか、鳥居家は火の車。城に上がって出世できたとはいえ、所詮、上様の下の下の、ろくに学もなき譜代の上役どもの顔色伺いぞ。屋敷に帰れば、この辺りの艶めかしい神楽坂芸者のかけらもない、愚妻のお出迎え。同じ三十九年生きてきたとはいえ、あり余る銭を持つそなたとは雲泥の差じゃ。わしの人生なぞ、糞面白くもないわ」

妻の登与は醜女ではない。それどころか、さすが三河以来の名門譜代の鳥居家の庶流だけあり、品のある美人だ。が、あまりに気高すぎて女を感じない。耀蔵は、どちらかと言えば、男好きのする、やや淫乱な女が好みだった。

後藤は相好を崩し、銚子を向けた。

「銭なぞ入る時は入るもの。手前が家を継ぎ、今、こうしてご公儀御金改役に就けたのも、一文にもならぬ学問をお父上様が熱心に説かれ、お教えくださったお蔭」

父林述斎は、何事も刷新するのが好きな男だった。若い頃は庶民には悪評だった「寛政の改革」に参与。儒学の刷新に尽力し、『徳川実紀』などの編纂と監修にも携わった。中でも父の自慢は、昌平坂学問所を幕府直轄としたことだった。

「鳥居様。多くの銭を得るには知恵がいる。その知恵の元が、お父上様が授けてくださった知識。僭越ながら、お侍様は知識があるのに、誰一人として、それを銭に変える術をご存じない」

「そうかもしれぬ。父は銭には関心もなかったが、わしも父に似て銭を得る才がない」

「銭を得る才がなくとも、鳥居様はここで終わる方ではございませぬ。やがては御側衆にまで昇り詰められるお方と見ております」

「御側衆じゃと？　あ、ははは……。御側衆とは、五千石以上の大身旗本しかなれぬお役目ぞ。わしのような三千五百石には雲の上の、そのまた上。わしが一生望んでも上れぬ、縁なき地位ぞ。せめて、町奉行ぐらいにはなりたいがの」

五千石未満で最高位の役職は、大目付や寺社奉行を除く、勘定奉行や町奉行などの奉行職だ。

「いずれは成られますとも。世辞ではございませぬ。手前は後藤家を継ぎ、ご公儀御金改役となった男。人を見る目は持っております。さもなくば、旗本鳥居家がいくら名家とはいえ、出世もできぬお方に、三百両、五百両とご用立てはいたしませぬ」

後藤曰く、徳川家斉の政は今、あらゆるところで破綻をきたしているという。老中任せの家斉の放漫財政と、近年の大飢饉による年貢米収入の激減で、幕府の金蔵にはもう僅かな金しか残っていない。にもかかわらず、依然として家斉の奢侈な暮らしは収まらず、放漫財政が続けられているからだ。

それは説かれずとも、江戸城にいる大概の者は知っている。

「上様は六十二と老齢ながら、ますますお元気。城内の噂では、七十ぐらいまでは長生きなさるだろうとのこと。つまり、まだまだ上様の御政道は続くことになります」

「困ったものよ。今年、新しく老中に就かれた水野（忠邦）様も、何とかお諫めしようとしておられるが、上様の周りに〈三佞人〉というのがおっては、どうにもならぬ」

〈三佞人〉とは、家斉お気に入りの、若年寄の林忠英と御側御用取次役の水野忠篤、小納戸頭の美濃部茂育の三人のことだ。老中ですら太刀打ちできない。

「そこが付け入る隙というもの。鳥居様。大の酒好きに美味い酒を与えたら、どうなります？」

「いきなり問答か。酒好きに美味い酒を与えれば、さらに酒を欲しがるもの。それが人よ。人、酒を飲む。酒、酒を飲む。酒、人を呑む、と申すでのう」

「仰せのとおり。そこが酒の怖いところ。銭も同じにございまする。上様は大の銭好き。銭を欲しがる者には、銭を与えるに限ります」

「したが、五百、千両とは桁が違うぞ。江戸城の金蔵を満たすには何万何千両もの小判がいる。新たに金山でも掘り当てぬ限りは、そなたでも無理じゃ」

後藤は苦笑いして、自分の頭を指差した。

「打ち出の小槌はここにあり。金山など掘らなくとも銭は産まれます。知識も銭も使うてこそ」

後藤は立つと、縁側にある月見の祭壇の、団子の載った三方を持って前に座った。

「鳥居様。この団子一つを永楽通宝一文銭とします」

団子を二つ取り、両手の間で潰して見せた。二つの団子はくっついて煎餅のようになっている。

「これが今、出回っております波銭——四文銭にございます。二文分の銭で二文の儲け。つまり、お上は今ある同じ量で、倍の儲けを得ておるのです」

「なるほど。頭を使うて銭を産むとは、そういうことか。で、また倍にする」

後藤は渋い顔を横に振ると、懐から財布を取り出し、その中から今まで見たこともない小判型の物を出して畳の上に置いた。中央には四文銭と同じように四角い穴があり、それを挟んで上下に分かれて〈天保〉〈通宝〉という銘が入っている。

耀蔵は思わず手に取った。

「天保通宝……？　輝きはないが、形はまるで小判。これは新しい銭か」

「お上に言上しようと考えた、ひな型。寛永銭六枚分でこさえたものにござります」

「一文銭が六枚分……されば、本来なら六文じゃが、それを十二文、いや……二十四文にすれば、四倍の儲け。そうであろう」

「いいえ。これは百文銭にござります」

あまりの法外な額に盃を落としてしまった。

「ひゃ、百文じゃと……！」

「はい。六文分で百文。何の売り買いもせず、差し引き、九十四文が手に入る」

「面白い……！　父は『金は悪を産む』と言うたが、まさに、人、金を生む。金、金を生む。金、悪を生むじゃのう。これなら〈三傛人〉も耳を貸そうし、上様も飛びつく」

後藤は苦笑しながら頭を振った。

「老中水野様からお上に言上してもらわなければ、意味はありませぬ」

後藤曰く、〈三佞人〉も将軍家斉と同じく、すでに老齢。新しいことを受け入れられない年寄り三人に提案したところで、あまりに利幅が大き過ぎて前例がないとの理由で却下されてしまう。万が一、受け入れられたとしても手柄は持っていかれ、ますます城内での権威が増していく、と。

「そこで鳥居様から、ご老中水野様に言上して頂きたいのです。さすれば、老中水野様はお上のご信任を得、鳥居様の出世の道も開くというもの」

「――さすが武蔵屋！　知恵が回る。したが、水野様も己の手柄にするのではないか」

「ご老中水野様は四十一と、ご重役としてはまだお若い。今後のことを考えれば、城内に味方を増やしておきたい。いや、己の片腕となって働いてくれる者を今のうちにつくっておきたいはず」

「……なるほど。それは道理じゃ」

「鳥居様。商いとは常に先手。先を読まねば儲かりませぬ。それには、今まで培った学問が物を言う。しかし――」後藤はにやりとした。「物事を成就させるには綺麗ごとだけでは、到底、なし得ませぬ。世の中は裏と表。表を美しく見せるには汚き裏がいる。そこには、この〈天保通宝〉のような無から生むカラクリに、儒学で学んだ権謀術数を加えてこそ。そして、腹をくる度胸があってこそにござりますぞ」

つまり、出世を望むなら、自らの手を汚す覚悟があるかと問うている。無能な上役の下で一生を送るくらいなら、何役もこなす歌舞伎役者の如く、表と裏の顔で演じるぐらい造作(ぞうさ)もないこと。その知識も悪知恵も十分持っている。

「……相わかった。この話、わしから水野様に申し上げておく」

「宜しくお願い申し上げます」後藤は深々と平伏するや、手を叩いた。すると——。

襖(ふすま)が開き、芸者が五、六人入ってきた。どれも男好きのする女ばかり。

「ふふふ……。武蔵屋。わしを女好きと見たか」

「はい。女好きには、綺麗所をあてがうのが一番。商いの定石にござります」

「商いの奥義の次は、商いの定石でわしを呑むか——なるほど、知恵が回るわ」

耀蔵は苦笑いしながらも、側に座った芸者の腰に手を回し引き寄せた。肉付きのいい張りのある感触に、指が勝手に動いていく。その手に柔らかな女の指が重なった。

四

備中岡山、安芸宮島、下関、博多中洲(なかす)と回り、十二月暮れの長崎の八幡座(やはたざ)での舞台もようやく終わった海老蔵は、夕方、長崎の東の八幡町の常宿で弟子たちと帰り支度をしていた。

　江戸を出て、十ヵ月近く。さすがに長く旅巡業を続けていると、四十四歳の体にも疲れが出る。

　それを癒してくれたのは、江戸から届いたおすみの便りだった。文には今年二月に焼け落ちた中村座・市村座はすでに再建され、森田座を含めた江戸三座が櫓を上げたとあった。他にも、成田山へ旅巡業に行っていた十二歳の長男八代目團十郎や、十歳の次男六代目高麗蔵など倅たちの近況とともに、年頃の十七歳の娘おみつに方々から縁談話が来ていることなどが書かれていた。

　長崎から江戸へは船で帰る予定だが、大坂に寄らないわけにはいかない。

　理由はお爲だ。弟子の九蔵もそれが気になるらしく、おすみや子供たちへの土産だけでなく、お爲にも何か買っていったほうがいいと遠回しに言ってくる。

　今もそうだ。海老蔵が熱燗を飲んでいる長火鉢の横までできて、詰め寄っている。

「親方。せっかく長崎にいるんですぜ。長崎名物カステーラってのは、如何です。若い娘には何よりの土産。きっと喜ぶ。今なら店も開いてやすよ」

　九蔵は三十半ば。小柄な上に、顔や声にも特徴がない。十代から大坂の子供芝居に出、上方や九州などの舞台にも立っており、どんな役でもそつなくこなすことから、弟子の間では陰で「器用貧乏役者」と囁かれている。ただ、苦労人だけあって、気遣いは誰より長けていた。

「……やっぱし妾にしねぇと不味いか、九蔵」

「断りゃぁ、どうなるか、親方だって察しが付くでしょう。やがて八代目も上方へも出なさる。先々のことを考えりゃ、ここは受けるしかない。すべては成田屋一門のため。なーに女将さんだって、それぐれぇわからないほど肝っ玉が小さいわけじゃなし、大坂で芸者や女郎と遊ばれるより、よっぽどいい。ガキさえこさえなきゃ、女将さんだって文句は言わねぇですよ」

歌舞妓役者が妾を取るのを良しとされるのは、女房に子ができなかった時だけだ。あちこちで子供ができると後々、名跡の跡目争いで家が傾くと言われるからだ。

とはいえ、九蔵の言い分もわからないわけでもない。将来の成田屋市川宗家を見据えれば、上方は欠くことはできない。が……。

――色と金に転ばないのが、海老蔵だ。

「親方。そんなに悩んでいなさるなら、妾のことは、女将さんには黙ってりゃいいじゃねぇですかい。天下の成田屋の親方が、旅先の女のことまでいちいち女房に話すってのも、男がすたるってもんだ。妾を持つのは男の甲斐性。江戸っ子の総本山の親方の、甲斐性のあるところをあっしら弟子にも見せておくんなせぇ」

「江戸っ子の総本山……」海老蔵は九蔵を睨んだ。「やっぱしやめておかぁ。妾を無理強いされて、恋女房を裏切るほうがよっぽど男がすたるってもんだ。大坂に戻ったら、きっぱりと断ってやる。ま、詫びというわけじゃねぇが、久兵衛さんとあの娘に、そのカステーラってのを土産にするか。九蔵。ひとっ走り行って買ってきてくんな」

「本当に、いいんですかい？　それで。後々、どうなっても知りませんよ」

「おめぇの言い分もわかるが、成田屋の屋台骨の俺が色と金に転んだら、京も大坂もねぇだろ」

「……わかりやした。そこまで親方に言われちゃ黙るしかない」

九蔵は渋々ながら重い腰を上げ、玄関に行ったかと思ったら、間もなく戻ってきた。八幡座の座元の使いが一席を設けたので、色街丸山町の妓楼〈松月楼〉に来て欲しいという。

「何、丸山町の〈松月楼〉に来いだぁ？　しょうがねぇなぁ。これも後々のためか」

海老蔵は疲れた体を起こすと、後を弟子たちに任せ、九蔵とともに使いの者に連れられ、〈松月楼〉に向った。

色街丸山町は、長崎の南東にあり、思案橋の袂の、すぐ側にある。江戸新吉原、大坂新町、京都島原、伊勢古市と肩を並べる五大遊郭街の一つでもあり、人通りも多い。使いの者の案内で通された妓楼〈松月楼〉の座敷は、異国情緒漂う長崎だけに江戸や大坂とは趣がまるで違う。所々に明り取りの色ギヤマンの窓があり、南蛮風の敷物が敷き詰めてある。

九蔵と部屋を眺めていると、八幡座の座元、坂瀬惣衛門が手代を数人連れて入ってきた。惣衛門の歳は海老蔵とほぼ同じ四十半ばほど。長崎だからか、着ている羽織や着物も、色や柄が江戸や上方とはまったく異なっている。

惣衛門は慇懃に挨拶を述べると、十二月の二十日分の舞台料二十五両の包銀を差し出した。包銀の表には〈壱分銀弐拾五両〉の墨印。通称「切餅」だ。九州は上方と同じく「銀遣い」。舞台料の二十五両は、江戸や上方に比べるとかなり安いが、地方では仕方がない。

惣衛門は二重瞼を細めた。

「成田屋さんが、こげん人気とは知らんやったと。えっと〈大入り〉やったけん、ちんじんうったまげたばい。そいで相談ばってん。来年の新春の舞台も務めてもらいたいばってんが、どぎゃんね」

長崎の言葉はわかるようでわからない。なので、若い頃から長崎や博多を回ってい
る九蔵に、いつも訳してもらう。九蔵の訳では、海老蔵がこんなにも人気だとは知ら
なかった。あまりに〈大入り〉だったので驚いた。そこで相談だが、来春の新春舞台
も務めてもらえないかという。九蔵は自分の芸があまりに地味なので、その親方の海
老蔵も大したことはないと思っていたので余計に驚いているのだろうと、小声で苦笑
しながら補足した。

海老蔵が渋い顔でいると、惣衛門は懐から、もう一つ包銀を出して頭を下げた。

「長崎の衆のために頼むっけん。金は前払い。そいと丸山の芸子衆ば成田屋さんの妾
として差し出すっけん。こいは〈松月楼〉も承知の上。盃親は、こん坂瀬惣衛門が務
めさせてもらうばい。こいで、お願いできんじゃろうか」

長崎では、芸者のことを「芸子衆」と呼ぶ。

「妾――」と聞いて、海老蔵は九蔵と顔を見合わせた。おそらく惣衛門は、この長崎
へ度々、海老蔵ほか市川一門に来て欲しいのだろう。そのために丸山芸者を妾として
差し出せば、必ずまた来てくれるという腹積もりに違いない。

海老蔵が苦り切った顔をすると、九蔵が耳元で囁いた。

「親方。大坂と同じでさ。言っておきやすが、この座元はただの座元じゃねぇ。この辺りを仕切るやくざや顔役ともつながりがあるお人だ。ここは座元の顔を潰さねぇほうが身のためですぜ」

――けっ。また女難かよ。この場は上手く収めて逃げるか。嘘も方便だ。

海老蔵は深く頷くと、無理に口角を上げて笑って見せた。

「座元の惣衛門さんに、そこまで言われて断ったとあっちゃぁ、男がすたる。よござんす。この五代目市川海老蔵、喜んでお受けしやす」

「そいは本当ね。いやー、ありがとね。そいば聞いて、ほっとしたと。丸山で人気の高か芸子衆五人ほど呼んでおるけん、好きか女子ば選んでくれんね。ついでに物は相談ばってんが、新春の演目ば、こいでやってもらえんじゃろか」

惣衛門は手代から差し出された風呂敷包みを広げ、数冊の台本を差し出した。

表紙には《博多小女郎浪枕》と書いてある。これは近松門左衛門作の〈世話物〉だ。

内容は――。

気の弱い京の商人が京では女遊びができず、商い先の博多の遊廓の女郎と恋仲になり、博多に来るたびに通う。そんな折、博多へ向かう船で船主が御禁制の抜け荷をする頭目と気づいたために海へ投げ込まれてしまう。運よく博多に流れ着いたものの馴染みの女郎の常客が船主と知り、仕返しを企てる。が、女郎に諌められ、身請けを条件に抜け荷の仲間になり破滅していくという物語だ。人形浄瑠璃で見たことはあるが、歌舞伎の舞台では見たことがない。

惣衛門は、舞台の上に千石船を置き、新春から大勢の観客を驚かせたい。配役は抜け荷の頭目毛剃九右衛門を海老蔵に、女郎の小女郎を長崎に一緒に来た女形の岩井紫若に。しかも、台詞を名題どおり、すべて博多弁でやって欲しいとのことだった。

「博多弁でやれだぁ……？」

惣衛門はにやりとして頷いた。それもあって丸山の芸子の中でも、色白の博多生まれの女を選んだと自慢げだった。しかも、海老蔵と妾の住まいは〈松月楼〉の離れ。岩井紫若や弟子たちも、近くの旅籠に入ってもらう手筈になっているという。

――何から何まで念の入ったことだぜ。

こうなったら長居は無用。三十六計逃げるに如かず。長崎は捨てるしかない。

海老蔵は心とは裏腹に笑みを浮かべた。

「わかりやした。すべて座元の惣衛門さんの仰せのとおりにいたしやしょう」

「そいはありがたか。あいば、芸子衆ばお見せすっと」

惣衛門が手を叩くと同時に、襖がさっと開いた。

金屏風の前には、島田髷に稲穂の簪という出で立ちの若い芸者五人が黒骨の舞扇を前に置き、三つ指をついていた。上は紺や緑、黒など様々だが、腰下から白くぼかした曙染の裾引き着物。それを博多自慢の〈博多献上帯〉で締めている。

「安心してくれんね。こん芸子衆はどれも、蘭人（オランダ人）や唐人とは睦んではおらんとよ。長崎の町衆が手ば出せるほどの安か女子でんなかけん、体はよそわしかなか。カサ（梅毒）持ちはおらんとよ。まずは舞ば見て、とっくりと酒ば飲んで、好きな芸子衆ば選んでくれんね」

長崎には異国のオランダ人が住む出島や、支那（中国）から来た人々が住む唐人屋敷がある。出島はこの丸山町から西に八町（約八百七十二メートル）のところにあり、唐人屋敷は南西に四町余り。幕府の命で集めて住まわされているのだが、住んでいるのは男ばかりで女はいない。

九蔵によると、オランダ人や唐人の女を住まわせると長崎に根を下ろしてしまうからで、丸山町は、そんな長崎に住む異人の男たちのためにつくられた花街とのことだ。繁盛している一方で、カサをうつされ患っている女郎も多く、九蔵は遊んだこともないと笑った。

「さぁさぁ、成田屋の親方に舞ば見せちゃってくれんね」

顔を上げた芸子は、どれも渋皮のむけた綺麗所で、その上、博多人形のように色白で艶っぽく、目移りするほどだった。その中に一瞬にして海老蔵の目を引きつけ、釘付けにしてしまう美女がいた。心を鷲掴みされ、息もできないほどの衝撃だった。

水飛沫のある男波に都鳥が飛ぶ裾模様の入った黒い曙染の裾引き着物を、萌葱地に宝相華模様の〈博多献上帯〉で締めており、色気だけでなく品もある。一際軽やかに舞うその姿は、あたかも華やかに咲き誇る白い牡丹のよう。海老蔵の全身にみるみる鳥肌が立っていった。

やおら九蔵に目を向ける。

九蔵も気づいたらしい。口を震わせ驚きの顔で、真ん中で舞う芸者を食い入るように見ている。

しばらくして、大きく見開いた驚きの目をゆっくりと海老蔵に向けた。

「な……亡くなった女将さんに……」

声にこそしなかったが、動いた口で何が言いたいかはわかる。

生き写し――。

座敷で扇を使い華麗に舞っているのは、まぎれもなく文政元年十月十七日の〈寄初〉の晩に、江戸の大火で亡くなった前妻、おこう――そのものだった。

九蔵は、海老蔵とおこうが夫婦になった二年後の文化十年に、十四歳で弟子入りした。当時、九蔵は「茂々太郎」と名乗っており、おこうが何かと世話を焼いていた。そのおこうが、あの大火の夜、目の前で焼け死んだこともあり、九蔵の心にも強く残っていたに違いない。

高島田髷の富士額の瓜実顔。見ている者を惹きつけてやまない、二重の切れ長の目。鼻筋のとおった高い鼻は「鼻高の幸四郎」似で、おこうの鼻と瓜二つ。襟足から覗く白い肌。少し口を開け、舞扇の先を目で追う仕草まで似ている。舞扇を持つ手も、白魚のように美しい。おまけに海老蔵好みの腰高の、小股の切れ上がった柳腰だ。

海老蔵はおこう似の芸者を眺めながら、これまで心の中で固く護ってきた信念の箍が、かすかに緩んでいくのを感じていた。

五

年が明けた天保六年（一八三五）に、九州・上方からようやく江戸に戻った海老蔵は、三月の成田山新勝寺の〈居開帳興行〉と慌ただしい日々を送っていた。

それも無事に終わり、久しぶりに深川の自邸に戻った、四月末――。

海老蔵は軽い昼飯を済ませると、縁側で庭に咲いた遅咲きの八重桜が風に散るのを眺め、煙管をくゆらしながら、九州・上方でのことを思い出していた。

一年の長い巡業で、何といっても驚かされたのは、長崎で出会った前妻おこう似の、おさとだ。今でもあの晩のことを思い出すと、つい心と体が疼く。


十日余りと短い時を過ごしたにもかかわらず、生前のおこうといるようで、おさとが静かにつま弾く三味線を聞きながら、つい大坂でのお爲の話をしていた。

おさとは三味線を横に置くと、呆れ顔で言った。

「そげん阿呆な話が、どこにあると？　不動明王様が夢枕に立たれるっとは。いくら旦那さんのお妾になりたかけん、そげん子供騙しの嘘ば吐く女子は丸山芸子の中でん、おらんとよ」

姿形ばかりでなく仕草や声までおこう似で、気質も江戸っ子に似て気風がいい。

「ほんじゃ、おさとも、お爲の話はつくり話だって言うのかぃ」

「さぁ、そいはわからんと。そん娘のお父さんの入れ知恵かもしれん。ばってん、五年も旦那さんのことば思いよっと。うちのように妾にすればよかじゃなかね。女子の嘘には騙されてみろ、言いよるけん。そいより、うちの前でそげんしょうもなか女の話ば、ようできるもんたいね」

おさとは海老蔵の太股（ふともも）に手の甲を押しつけると、人差し指と中指で挟んでつねった。

「――痛っ！　なっ、何しやがる」

「うちの心は、そいより痛か」おさとは澄まし顔で言うと、煙管の煙草（たばこ）を長火鉢の火で点（つ）けて差し出した。「旦那さん。身請けの盃も交わした。そろそろうちと、契（ちぎ）りを結んでくれんね」

「ん？　ここに来た夜、結んだじゃねぇか」

色と金には転ばない男――。それが信条のはずだった。が、おこう似のおさとの前では脆（もろ）くも崩れてしまった。というのも、十九と若いだけあって瑞々（みずみず）しく抜けるような白い肌が、おこうと出会った頃をより鮮明に思い出させ、海老蔵までも当時の気分にさせてしまったからだ。

おさとは突然、目を吊（つ）り上げ、尖（とが）らせた。

「あいは違う。旦那さん、うちは……うちは、おこうではなかけんね」

「おこう……！　俺がそう言ったのか……いや、すまねぇ。実はおこうってのは俺の」

「――聞きとうなか！　そげん女の話」おさとは言下に遮り、海老蔵の胸に顔を埋めた。「うちは旦那さんの舞台を見た時、生まれて初めて男に惚れたとよ。やけん、長崎におる間は、うちだけの旦那さんでいてくれんね。江戸の女将さんの話も、大坂の女子の話も聞きとうはなかっ！」

必死に思いを伝えようとしているのか、抱いた背中まで熱い。その姿がいじらしくて堪らない。

「おさと……おめぇの気持ちはしっかりと、この五代目市川海老蔵が受け取ったぜ」

おさとは顔を上げると、薄っすらと涙を滲ませ、満面の笑みを浮かべた。

「うちは……嬉しか。旦那さん。また長崎に来らるっとね。そいとも、もう来んね」

「わからねぇ。だが、おさとは絶対に放しはしねぇ。できることなら、江戸に連れて帰りてぇくらいだ」

おこう似のおさとに酔っていたのだろう。ついそんな言葉が口から出ていった。だが、おさとは海老蔵の優しい嘘と思ったのか、体を起こすと、寂しげに笑った。

「うちは一夜妻でん構わんけん。ばってん今夜は、さととして抱いてくれんね」

「おさと……。今度は置き去りにはしねぇ。いや、一生、大事にする」海老蔵はおさとの体を引き寄せ、膝の上に抱いた。「一緒に連れていく。嫌とは言わさねぇよ」

おさとは腕の中で真剣なまなざしを向けてきた。それすらもおこうの面影と重なっていく。

「……旦那さん。博多の献上帯は一度締めたら緩むことがなかけん、放せんようになる。うちの心は〈博多献上帯〉と同じたい。それでもよかと？」

その覚悟はあるかと訊いている。海老蔵は静かに唇を重ねた。

あの晩、海老蔵はおさとから逃げられなくなった。――いや、逃げたくはなかった。「夢現」とはいうが、歌舞伎で何役も演じていると、時々、虚の芝居と現実との境目が曖昧になり、本来の自分を見失ってしまうことがある。おさととの出会いは、まさにそれだった。まるで昔に逆戻りしたようであり、夢の中の舞台にいるようだった。会えるはずもない、おこうに会えた――。それが海老蔵の心に強い衝撃を与えた。

心の奥で眠っていたおこうへの思いが再び目を覚まし蘇った感すらある。だからだろう。成田屋を背負っていることも、おすみや子供のことも何もかも忘れ、おさとにのめり込んでいった。いや、おこうを失った悲しみから完全に抜けることができた。

とはいえ、おこうに似ているからと、ただ単に姿形に溺れたのではない。おさとには確かな情が湧いたのも事実だ。

反面、お為を妾にした理由はまったく違う。大坂の常宿〈植木屋〉の主人久兵衛に半ば脅され、押し切られたに近い。九蔵が言うように、断れば上方での足掛かりを失いかねない。そんな打算があったことは否めない。お為には悪いが、仕方なくだった。

江戸に戻って二ヵ月以上が経つ。おすみには未だ二人のことは何も話していない。勿論、そんなことで怒るような、狭量な女ではないことはわかっている。ただ、一度に二人も妾にしたこともあり、どうしても切り出せなかった。どう言い訳しても、おすみを傷つけてしまうように思えてならない。

江戸に戻ってからの海老蔵は、いつも台本を片手に台詞を覚える振りをし、おすみの付け入る隙を与えないようにしている。それは九蔵も同じだったらしい。旅先でのことを根掘り葉掘り聞かれるのを恐れてか、三月の新勝寺での〈居開帳興行〉を終えるや、再び大坂に行ってしまった。

旅先での女二人のことは、おすみは永遠に知らないほうがいい――。

それが二ヵ月余り掛かって出した答えだ。世の中は裏表というが、知らないほうが仕合わせなことは多々ある。もっとも、勘のいいおすみのことだ。すでに海老蔵の心の変化に薄々気づいているに違いない。それを上手く誤魔化してこそ、これまで尽くしてくれたおすみの情と恩に報いることができる。

その時、「おや、こんなところにいたのかい」と背後でおすみの声がした。

縁側には、京紫の格子柄の着物を、黒と赤の昼夜帯で締めた、おすみが立っていた。

「何だか近頃、妙に避けてるけど、旅先で何かあったのかい？　ははーん。その顔は女だね」

さすがに勘がいい。が、それを顔に出すようでは、役者は務まらない。

「何だ、その目は」わざと舌打ちして、手にしていた《仮名手本忠臣蔵》の台本を高々と上げた。「そんなんじゃねぇよ。今度の市村座での舞台で、久しぶりに菊五郎兄ぃと立つんでよ。しかも、俺は大星由良助など八役を。八代目も由良助の倅など二役だ。倅を前に、みっともねぇ姿は見せられねぇ。それで毎日、こうして台本を読み込んで役柄を頭に叩き込んでいるってわけよ」

「おや、そうだったのかい。それで八代目も張り切ってるんだね。それにしても役になりきるのは大変だ。討入りを悟られないよう祇園で遊ぶ大星由良助は、今のお前さんにははまり役だね」

内心、どきりとしながらも、険しい表情でおすみを見た。

「そら、どういう意味でぃ。俺が何か隠しているってのかい？」

おすみは、凄む海老蔵をかわすように薄く笑った。――やはり何か気づいてやがる。

「ところで九蔵さんのことだけど、何で市村座の舞台にも上げず、大坂に帰したのさ？　せっかく江戸まで出てきたんだ。出してあげればよかったじゃないか」

突然、話が変わって救われた思いだった。

咄嗟に海老蔵は、おさとお爲二人のことを九蔵に置き替えた。大坂では嫁を娶れ
「俺もそうしたかったんだが、ちょいと旅先で面倒があってよ」

と道頓堀の顔役に迫られ、長崎では丸山町のやくざに身請けしろと脅された、と。九蔵には悪いが、これもおすみの心を傷つけないためだと割り切った。

「本当かい？」おすみは驚きの顔で横に座った。「あの、からっきし女に無縁の九蔵さんが？」

九蔵は苦労人でいろいろな役を器用にこなすが、芸風が地味なため、今一つ人気がない。

「お国が変われば女も男の好みは変わる。三十六にもなるのに九蔵の野郎、舞い上がっちまってよ、二人を大坂に置いてきたのはいいが、どっちにすればいいか、江戸に着いてから相談に来やがったのよ。それでもう一度会って、心で選びなって言ってやったのよ。やはり最後は心だろ」

海老蔵はおさとを大坂まで連れてきたものの、さすがに江戸には連れてはこれなかった。

「それで大坂に行ったのかい。だけどさ、そのどこが面倒なんだい。お目出度い話じゃないか」

「そこよ。俺も考えなしに会って決めろとは言ったものの、大坂の女は素人の大店の娘だ。後ろには手打連中が付いている。長崎の丸山芸者は、後ろにはやくざだ。どっちも安易には断れねぇ。かといって身は一つ。二人の女と夫婦になれば、手が後ろに回る。難しいよな」

「そんなら、どっちか好きなのと夫婦になって、一方を妾にすりゃぁいいじゃないか。大坂だって、江戸と同じくらい大きな街なんだろう。離して住まわせれば、いがみ合うこともないだろうにさ」

「──あ、なるほどね。言われてみれば、それもそうだな。そいじゃ早速、文で書き送るか」

おすみは射貫くような目で苦笑した。

「そういえば、女で思い出したけど、『お爲』って、どこの誰だい？　夕べ、お前さんが寝言で、何度も『お爲』と呼んでたけど」

海老蔵はカッと体が熱くなり、冷や汗が背中を走るのを感じた。

おさとに「うちは、おこうではなか！」と言われてから、女の前では二度と名前を間違えまいと、お爲の家に向かう途中、口に出して稽古した。それが裏目に出たらしい。それより――。

海老蔵を油断させておいて、不意打ちを食らわせることには驚く。さすがおすみだ。

「お爲……知らねぇな。――ああ、思い出した。夕べ、菊五郎兄ぃと喧嘩している夢を見てよ。確か『お為ごかしばかり言ってんじゃねぇ』と啖呵を切ったのよ」

〈お為ごかし〉とは、いかにも相手のために言っているような顔で、その実、自分のために言っていることから、いつからか江戸っ子はよく使う。まるで海老蔵自身だ。

胸のうちで苦笑いした。

おすみも同様なことを思ったらしい。疑いの目を向けている。

「ふうん。音羽屋さんと喧嘩を、ねぇ。あたしゃ、お前さんが上方で隠し女をこさえたのかと思ったよ」

「俺を見損なっちゃ困ら。旅回りをしても、俺の心はおすみ一筋よ。第一、弟子もいるんだぜ。色なんざ追い掛けてる暇はねぇよ。色と金には転ばねぇ――それが成田屋市川宗家の海老蔵でぃ」

おすみはにたりとすると、顔を海老蔵の鼻先まで近づけてきた。

「じゃ、この脂汗は何だい。舞台で汗を掻かないお前さんが、おかしいじゃないか」

海老蔵は庭に目を向け、おすみを抱き寄せた。

「桜も散り始めて、すっかり初夏だ。四十も半ばを過ぎると、毛穴もだらしなくなる。未だ三十三のおすみにはわからねぇかもしれねぇがよ……ん？　三十三といやぁ、女の大厄じゃねぇか」

「だったら、どうだってのさ」

「三月の成田山新勝寺の居開帳でお祓いはやったが、やっぱし大厄となりゃ、それだけじゃ危ねぇやな。――おう、そうだ。俺と八代目の名で長崎の聖福寺に供養塔を奉納したんだが、おすみの厄除けに石灯籠を一対、成田山に奉納しようじゃねぇか。お盆にはまだ間に合うだろうよ」

海老蔵が立つや、「お前さんて、あたしには勿体ないほどの亭主だよ。優しくって、甘くってさ」と、海老蔵の心のうちを見透かしたように笑みを浮かべた。

「何を今さら水臭ぇ。おめぇは俺の大事な恋女房だぜ。優しくて当然。甘くて当然でい。おすみのためなら石灯籠の一本や二本、屁でもねぇ。これが江戸っ子の総本山、成田屋五代目海老蔵よ。今から、ちょっくら石屋に行って頼んでくら」

その時、おすみが「——そうだ」と、逃げようとする海老蔵を止めるようにポンと手を打った。

「甘いといえば、お前さん。今朝方、寝言で『おさと』って言ってたけど、どこの女だい？」

海老蔵は、背中に浴びせられた言葉にどきりとして体を波打たせた。

「おおお、おさと……？」

「おや、今度は癪（しゃく）かい？　癪とつかえには〈独参湯（どくじんとう）〉だ。飲むかい？」

「い、いらねぇ。……ああ、それも喧嘩の捨て台詞よ。菊五郎兄ぃがあまりにえげつない真似（まね）をしやがるから、お里が知れるって言ってやったのよ」

「ふうん、あんな甘ったるい声でかい？　じゃ『おめぇの肌は博多人形のように白くて、しっとり』って誰に言ったんだい？」

振り向くと、おすみが何もかもお見通しというような目で睨（にら）んでいた。

「そら、《忠臣蔵》の由良助の新しい台詞だ。ほら、〈祇園一力茶屋（いちりきぢゃや）の場〉で遊女と睦（むつ）む由良助よ」

「ああ。討入りを誤魔化すためにね」

「そう、それでぃ。台詞もたまに変えねぇと、客に飽きられるからよ」

「で、お前さん。あたしに一体、何を誤魔化してるのさ」

「ご、誤魔化す……？　何を言ってるのか、よくわからねぇな。ま、とにかく石屋に行ってくら」

海老蔵は踵（きびす）を返すと、その場を足早に逃げ出した。

六

翌天保七年（一八三六）四月――。六代目岩井半四郎が三十八歳の若さで没した。

父の五代目岩井半四郎だった岩井杜若（とじゃく）は、還暦を過ぎての突然の逆縁に耐えられなかったのか、舞台に立てなくなった。「大太夫（おおたゆう）」と呼ばれ、一時は江戸三座の〈立女形（たておやま）〉を親子兄弟三人で独占したこともあったほどだから無理もない。七代目岩井半四郎の名跡は、次男の岩井紫若（しじゃく）が継ぐことになるだろうが、こちらも病気がちで前途は危うい。

江戸は今、《東海道四谷怪談》の舞台のように暗い。というより、世の中全体に活気がない。昨年からの全国的な大雨と冷夏で米の不作が相次ぎ、江戸は多くの行き倒れや流浪（るろう）の民で溢（あふ）れ返っていた。

そんな殺伐とした中でも、海老蔵たち歌舞伎役者は少しでも江戸を活気づけようと、舞台に立ち続けている。七月十五日からの森田座の〈夏興行〉では、演目《東海道四谷怪談》を、久しぶりに尾上菊五郎と息の合ったところを見せ、沈んでいる江戸っ子たちを喜ばせた。ただ――。

上方から流れてきたのは、流浪の民や物騒な盗賊集団だけではない。海老蔵には、かなり厄介な人物が訪ねてくる。何と、

おさとが江戸にやってきた――。

十一月の〈顔見世興行〉の千穐楽を終え、弟子たちとともに深川島田町の自邸に戻ってくると、大変なことが起きていた。幸い長崎や大坂を旅回りした九蔵が上方に行っているので、おさとが妾と知る者はいない。だが、古株の五十過ぎの下女頭お清や弟子は驚きの目でおさとを見ていた。

おそらく海老蔵と九蔵が長崎丸山の妓楼〈松月楼〉で、初めておさとを見た時の衝撃と同じだ。

勘のいいおすみは、そんなお清たちの驚きの顔で大よそわかったらしい。座敷でおさとと談笑しながらも、後に入ってきた海老蔵に向けた目は怒りに満ちていた。

おさとは芸者が結う島田髷ではなく、妾が本妻に遠慮して結う三ツ輪髷。江戸では

「長船」と呼ばれている。着物は異国の香りのする、生成に草花を木版摺で描いた鍋島更紗に、宝相華柄の袋帯。その上に江戸紫のビロード織の羽織姿。いずれも海老蔵が長崎で買い与えたものだ。

海老蔵は平静を装い、二人の前に座った。

「久しぶりだなぁ、おさとさんよ。また会えて嬉しいぜ」

「おさとさんて綺麗なお人だねぇ」とおすみ。「どことなく、おみつに似てないかい、お前さん」

似ていて当然だ。おさとは、おみつの母おこうと瓜二つ。そのおみつは母親似なのだから。

「おさとさんは遠路遥々、長崎から女一人で出てきたんだってさ。江戸に入るまで顔にご飯糊を付けて瘡掻きを装ってまで会いに来るなんて、よっぽどの御用だろうね」

瘡掻き――とは梅毒に罹ったことを指す。飯粒を潰し、紅を混ぜて乾かすと梅毒の瘡のように見えることから、若い女が一人旅の際、男に道で襲われたりしないために顔に付けて醜女を装う。誰もが振り返って見るほどの美人の、おさとなら当然だろう。

棘のあるおすみの言葉に臆することなく、おさとは目を細めた。海老蔵に合わせるとの意だ。

「勿論でぃ。きょうも市村座の座元と話をしてたんだが、長崎でやった《博多小女郎浪枕》を来年〈初春興行〉でやるのよ。舞台に千石船を置くって趣向よ。どうだ、面白ぇだろう、おすみ」

「そりゃぁ面白いねぇ。で、それとおさとさんの御用と、どんな繋がりがあるってんだい？」

「だからよ。その船を操っている、抜け荷の頭目の毛剃九右衛門が俺だ。俺が考えた、船の舳で仁王立ちして、両手を大きく廻して睨む〈汐見の見得〉が長崎で大受けよ。な、おさとさん」

　おさとは調子を合わせるように楽しげに頷いた。

「はい。今でも旦那さんの芝居ば、町衆ばっかいか、漁師さんらも真似と一ばい」

「じゃ、江戸っ子にも大受けだ。その衣装をおさとさんに頼んでおいたってわけだ。だよな？」

　海老蔵は左に座るおすみには見えないよう、右の顔だけを引きつらせて合図した。が――。

「持ってきとらんと。こげん物騒な時に、そげん大事な物ば持ってこらるると思うと？」

「あらら、お前さん。話が違うようだね」

おすみは意地悪く口元をほころばせた。海老蔵の背中に冷や汗が走っていく。

「いや、確かに、おさとさんの言うとおりだ。こんな物騒な時に、あんな凄え衣装を持ち歩いていたら追剝に遭う。なら、八幡座の座元に送ってもらうよう、文を書き送っておくか。ま、それはいいとして、おさとさんを呼んだのは他でもねぇ。この博多のお国言葉よ」

「はぁ……？」とおすみ。意外だったらしく「お国言葉だって？」と素っ頓狂な声を上げた。

「おうよ。この《博多小女郎浪枕》は、博多のお国言葉で台詞を語ってこそ味がある。そこで、博多のお国言葉のご指南を願おうと、おさとさんにわざわざ江戸まで出て来てもらったのよ。な、おさとさん」

「旦那さん。そん『おさとさん』という言い方はやめてくれんばい。長崎におった時と同じごつ『おさと』と呼んでくれんね。久しぶりに会ったとに寂しゅうなるけん。そいより、うちは悲しか、契りば結んで一年以上も放っとかれて。うちは旦那さんの言葉を信じて、待っとったとよ」

おさとは、海老蔵の「一生、大事にする」という言葉を信じて一年も大坂で待っていた。だが、一向に来る気配がない。一旦は九州に戻ったものの、そこへやってきた九蔵の勧めもあり、途中で大坂に立寄り、お爲の許を訪ねた後、江戸に来たという。

――九蔵め、余計な真似を。

「なるほどねぇ」おすみが舐めるようにおさとを見た。「お前さんの寝言の、肌は博多人形のように白くてしっとりたぁ、この人のことかい。で、おさとさん、お爲さんには会えたのかい？」

「会うたとよ。お爲さんは可愛い人じゃった。ばってん、旦那さんは嘘吐きじゃ」

「な、何でぃ。俺の、どこが嘘吐きだってんだ」

「うちには子はつくらんと言うたに、お爲さんには二つになる男の子がおったとばい」

「――何、ガキだとう！……そ、それは俺の子か」

「お爲さんは嬉しげに、旦那さんの子て言っとったとばい」

おすみの顔色はすでに変わっていた。

「やっぱし去年は大厄だ。上方から帰ってから様子がおかしいとは思っていたけど、亭主が旅先で女二人と契って、子供までこさえてる。知らぬは女房ばかりなりかい」

「ガキなんて俺は知らねぇよ。ガキは女房の外には絶対つくらねぇと、お爲にも言ったぜ。第一、去年の二月末に戻ってから、ずっと江戸にいたんだ。二つになるガキなんぞ、あり得ねぇ」

「じゃ、誰の子だい！」

「知らねぇよ」と言下に言ったものの、身に覚えがないこともない。

長崎から大坂に戻った二月半ば、形なりの祝言の後、お為が父親からの持参金で買った屋敷で、一緒に五右衛門風呂に浸かった。お為に「絶対にお子がでけんさかい」と言われ、つい酒の酔いもあって契ってしまった。

心の中で指を折る。子が生まれるまで十月十日。天保六年は七月が閏月だったから十三ヵ月。年内に生まれていれば、確かに二つ。――あの時にできたのか……！

おすみは怒気を含んだ鋭い眼差しで、冷ややかに笑った。

「色と金には転ばないのが、成田屋市川宗家の海老蔵だぁ？　ふん。よくもまぁ、このあたしの前で、とんだ茶番を見せておくれじゃないか、お前さん。いつから大部屋役者になったんだい」

茶番――とは大部屋役者の楽屋での茶汲み当番のことで、当番の役者が滑稽や洒落などを交えた余興を披露して茶を出したことから、即興の小芝居をいう。近頃、巷でも流行っている。

「で、このおさとさんも、お前さんのいい女ってことかい？」

「そいできょう、こげんして参った次第ばい。どうか、宜しゅうお願い申し上げますけん」おさとは紫の風呂敷から、白地に黒で〈独鈷華皿〉柄と親子縞の並んだ〈博多献上帯〉を取り出した。「こいは博多名物の献上帯ばい。どうぞ納めてくれんね」

おすみは嬉しそうに手に取った。

「おや、見事な作りじゃないか。ありがとね、おさとさん。これからも、この宿六を宜しくね。あたしは今年が後厄の三十四。子供は四人も産んでる。女としてはもう幕引きだ。そういえば、博多帯は一度締めたら緩まないとかで、手放せなくなるそうだ。ね、お前さん。そうだろう?」

「……そ、そうらしいな。だがよ、江戸の帯だって俺の腰にしっかりと馴染んでら」

「ふん。妙なお上手こいてるよ。甲州や三河じゃ、米がなくて大騒動。江戸でも水油（菜種油）もない大変なご時世だってのに妾二人もこさえるたぁ、いいご身分だね。そんじゃ、二、三日中におさとさんの貸家を探しておくから、汚いところだけど、今夜はうちに泊まっとくれ」

「よう、おすみ。うちの二階に空きがあるじゃねぇか。何も貸家を探すこたぁ……」

「――お前さんは馬鹿かい」言下に遮った。「女房と妾が一つ屋根の下に住んで、どうするんだ。あたしは成田屋市川宗家の女将だよ。江戸中の笑い者にする気かい」

あまりの剣幕に気圧されそうだった。おすみは目を尖らせたまま、口元に笑みを漂わせた。

「そんじゃ、お前さん。積もる話もあろうから、あたしは失礼するけど、いくら博多帯がいいからと、この家で契るのだけはよしとくれ。うちには子供も弟子も大勢いるからね。それからお前さん。話が済んだら、ちょっと顔を貸しておくれでないかい。わかったね」

おすみは刺すような目を向けて立つと、襖をぴしゃりと閉めて部屋を出ていった。

夕食の後、海老蔵がおすみの部屋に入るなり、おすみの手が海老蔵の顔めがけ飛んできた。

「――痛っ！　何しやがる」

「それは、こっちの台詞だよ。よくもコケにしてくれたね。亭主が旅先で妾を二人もこさえておいて、女房のあたしが知らないなんざ、いいお笑い草だよ」

さすが負けん気が強い、伝法肌のおすみだ。いつもの美しい顔が不動明王のような面相になり、真っ赤になっている。海老蔵はおすみが暴れないよう両腕をしっかりと摑んだ。

「落ち着け、おすみ。おめぇが怒るのも無理はねぇ。俺も、おめぇだったら殴ってるぜ。いや、三行半だ。だがよ、俺も好き好んで妾を持ったわけじゃねぇんだ」と、その経緯を話した。

大坂では常宿〈植木屋〉の久兵衛の仲立ちで京の芝居茶屋〈梅村屋〉の長女お為を、長崎では八幡座の座元坂瀬惣衛門の口利きで丸山芸者のおさとを妾にした。大坂の久兵衛の後ろには大手連が、京〈梅村屋〉には笹木連が付いている。長崎の八幡座の座元惣衛門は町の顔役や地元やくざとも親しい。どちらも断れば、市川家は上方や九州での足掛かりを失うと懸念を付け加えた。

話し終わると、おすみは摑まれた両腕を放せとばかりに、ぞんざいに海老蔵の手を振り解いた。

「――何さ、それ！　皆、九蔵さんのことだと言ってた話じゃないか。まさに《忍夜恋曲者》だよ」

「すまねぇ」言下に頭を下げた。「これも皆、倅たちの将来のため、成田屋一門のためにやったことでぃ。おめぇには悪いと思って、旅先でのことは伏せておこうと腹をくくったのよ。おめぇの心を傷つけたくない一心でだ。俺がおめぇにぞっこんなのは今も変わっちゃいねぇよ。信じてくれ」

「ふん。そんな嘘を信じろってのかい。寝言で女の名前を何度も呼んでたくせに」

　こうなっては、おすみが好きな芝居でいくしかない。海老蔵は戯けて一歩前に踏み出した。

「いやさ、おすみ。俺の心をよーく聞いておけ。おさともお為も一夜妻。心に残すは江戸の妻。俺には生涯、前々よりの出来た女房おすみ。おめぇ以外にはいねぇよ」

《浮世柄比翼稲妻》の三幕目、大詰めの台詞をもじって言ってみた。が――。

　おすみはにこりともしない。逆に、海老蔵が舞台でやる〈睨み〉のように目が鋭くなっている。

「お前さん。お為さんとやらが産んだ子に〈新之助〉の名は絶対、付けないどくれ」

「当り前だろう。〈新之助〉は代々、〈團十郎〉を継ぐ者だけに許された名跡だ。それにしても、おすみがこれほどの悋気（嫉妬）持ちだったとは思わなかったぜ」

　おすみは眉根を寄せたまま、顎を突き出した。

「見損なっちゃ困るね。あたしは旅先で妾をこさえたから怒ってんじゃない。それを隠した上に、子までこさえたからだ。しかも、男とは厄介なことをしてくれたもんだよ、まったく」

　おすみが考えていることはわかる。脇腹とはいえ、海老蔵の血を引いた子となれば蔑ろにはできない。やがては、それなりの名跡を継がせなければならないからだ。

「お前さん。成田屋一門のためだと言うんなら」

「――わかってる」言下に手で制した。「もう外でガキをこさえるな。だろう？」

「そう。それが妾の分ってもんだ。次は本当に許さないよ。それができないんなら、お前さんを女形しかできない体にしてやるよ。せいぜい覚悟しておくんだね、お前さん」

「女形しかできない体……？　そら、どういう意味だ」

おすみは手を伸ばすや、いきなり海老蔵の股間を握った。――うっ……。

「股の間にぶら下がってる、この厄介物を、あたしが嚙み切ってやるってことさね」

おすみは股間を握ったまま涼しげに言うと、にっこりと笑った。

美人なだけに凄味がある。海老蔵は初めておすみの恐さを、というより、執拗なまでの女の怖ろしさを思い知らされた。

七

第十一代将軍徳川家斉が、その座を嫡男家慶に譲った天保八年（一八三七）六月――。

鳥居耀蔵は、いつものように牛込神楽坂の高級料亭〈中富〉の離れの座敷で、御金改役御用町人、後藤三右衛門と酒を酌み交わしていた。

後藤から差し出され、目の前に置かれた紫色の風呂敷で包まれた四角い箱は開けなくともわかる。小判の箱詰めだ。箱の大きさから見て、五百両――。

「打ち壊しに、盗賊が出る世間と、ここは別世界よ、武蔵屋。銭も美味い酒もたっぷり。さすが将軍家御膳酒の、伊丹の下り酒よ。江戸市中の安酒とは味が格段に違う」

酒は今朝、上方から船で運ばれた下り酒。後藤は笑みを漂わせ、銚子を向けた。

「後で綺麗所もたっぷりと参ります、鳥居様」

「望むところよ。わしも、あの歌舞伎役者の海老蔵のように妾でも囲うか。武蔵屋のお蔭で借金は消え、懐も少々温かくなってきたでな」

歌舞伎の名門成田屋の当主市川海老蔵が二人も妾を持ったことは、城内でも噂になっている。

「身請けの銭ぐらい手前が御用立て致します。お気に召した芸者がおいででしたら、ご遠慮のうお申し付けください。妾の屋敷もご用意させて頂きますので」

耀蔵は大仰に手を左右に振った。

「冗談じゃ、武蔵屋。わし如き目付の分際で、妾だの、側室だの持ってみろ。たちまちご老中方に足許をすくわれるわ。したが、こうして目付になってみると、世の中は所詮（しょせん）、銭と出世じゃな」

　耀蔵は一昨年、発行された〈天保通宝〉の功が認められ、昨年、家慶付きの西ノ丸の目付に昇進し、一千五百石の役職手当が付いた。知行を合わせ、四千石となった。

「銭を得るには高い位に就いてこそ。高い位を得るには銭を旨（うま）く使ってこそ」

「そのとおりよ。大坂で町奉行所の元与力が義憤に駆られて私財のすべてを投げ打ち、一揆（いっき）を企てたようじゃが、馬鹿なことをしたものよ。あれこそ死に金。犬死にぞ」

「義の人」といわれた、大塩平八郎（おおしおへいはちろう）の乱のことだ。

「何が人を思いやる仁じゃ。何が正しい行いをする義じゃ。なまじ儒学や陽明学なぞを身に付けるから義憤に駆られる。知識を無駄に使うた良き見本よ。のう、武蔵屋」

「ご尤（もっと）もにございます。知識も出世のため、銭儲（ぜにもう）けのために使うてこそ、生きるというもの」

「で、今度は如何（いか）なる頼みじゃ」

「また銭から銭を産む話にございます」

　後藤が提案し二年前に新鋳した〈天保通宝〉は、寛永通宝一文銭六枚分で鋳造したものを百文として流通させたことで、幕府に多大な利益をもたらした。

「武蔵屋、また無から生み出す、新たなカラクリを考え出したか」

後藤は、これは京橋新両替町の大判座の後藤四郎兵衛の発案と前置きしながらも、懐から財布を取り出し、紫の袱紗の上に、やや大きめの小判を置いた。通常の小判の二倍はあろうか。表面は小判と同じように茣蓙目で覆われ、上下の桐の紋の間に〈五両〉と刻印がなされている。

「ほう、五両小判か」

「はい。小判三枚分でつくったものにござります」

「なるほど。小判三枚で二両の儲けか。〈天保通宝〉とはやはり桁が違うのう。大判座の後藤四郎兵衛もなかなか知恵が回るではないか」

「さに非ず。これは鳥居様も今、申されたように五両小判。大判座が扱う金ではござりませぬ」

後藤によれば、大判座の後藤四郎兵衛は、近年、大判の鋳造がないため困窮していた。そこで考えたのが、十両の大判と一両の小判の間の、五両小判だった。元来、大判は大名や幕内だけに使用され、一般に流通させる小判とは一線を画す。管轄も違う。大判は大判座の後藤四郎兵衛の扱い。小判は勘定奉行支配で鋳造は後藤三右衛門が行う。たとえ四郎兵衛の発案であっても、扱いは小判座の三右衛門。筋を通して欲しいと訴えた。

今、勘定奉行は、昨年、大坂からやって来た、矢部定謙という男だ。先の大坂で一揆を企てた大塩平八郎が提出した意見書のほとんどは、矢部の不正を糾弾するものだった。つまり、出世や銭のためなら手を汚すことも厭わない、耀蔵と同類と見ていい。

「それで五百両か。じゃが、武蔵屋の申すとおり、これは五両小判。大判座ではなく、小判を扱う勘定奉行のお役目。されば、わしから矢部殿に進言しよう。なーに容易いことよ。それにしても、よう知恵が回るものよ。大判座の四郎兵衛にとっては、鳶に油揚げじゃな」

「これは至極当然なこと。役目を超えるはご政道の乱れの元。それより頭を使うのは、ここからにござりますよ。ささ、新しい酒を一献」

後藤は下り酒の銚子とは別に、料亭の花鳥模様の二合徳利を向けた。

「ここな酒はいらぬ。伊丹の酒にせよ」

「ま、そうおっしゃらずに、こちらも」

耀蔵は注がれた酒を味わうように飲んだ。——んん……？

「おい。これはただの水ではないか。何の真似じゃ、水杯とは縁起でもない」

水杯は出陣の際に行うもので、別れを意味する。

後藤はにやりとし、下り酒の入った銚子に花鳥模様の二合徳利の水を注いで向けた。

「さぁ、もう一献」

「せっかくの伊丹の酒を水で薄めて飲めとは、如何なる趣向じゃ、武蔵屋」

それでも後藤は口元をほころばせ、飲めと言わんばかりに頷いている。

耀蔵は仕方なく呷った。やはり酒が水っぽい。

「今度は、如何です」

「水で薄まった酒なぞ、不味いに決まっておるではないか」

「されど、酒の味はする。つまり、酒に変わりはないということでございます」

「何が言いたい、武蔵屋」

後藤は懐から財布を出し、先ほどの紫の袱紗の上に置いた五両小判の横に、もう一枚並べた。

同じ五両小判だが、隣の山吹色の小判よりやや青っぽく輝きも鈍い。耀蔵はそう指摘した。

「これは金の量を減らし、銀を多目に混ぜたものにございます」

「金を減らし、銀を多目に混ぜた……？」

「この五両小判は小判三枚分に非ず。実は小判一枚半。即ち、小判三枚で五両小判を二枚つくる。つまり、三両で七両も得をするのでございますよ」

「ほう……儲けがでかいのう。じゃが、そのようなことをしても構わぬのか」

「小判は金色であれば、歌舞妓の舞台で使う紙の小判と同じく光って見えさえすればいいだけのこと。悪事は大胆であればあるほど、洩れないものにござりますよ」

「なるほどのう。そうゆうものか」

後藤は老獪な笑みを浮かべ頷くと、得意げに続けた。さらにお上は五両小判で、多額の借財で苦しむ大名・旗本に恩を売ることができると説いた。

「どういうことじゃ、恩を売るとは？」

「たとえば、小判三枚を五両小判一枚と交換すれば、三百両で五百両の借金を返済でき、六百両なら千両の借金が消えてしまう」

しかも、お上は金山を採掘することもなく、換金した小判で質のいい金を集められ、容易に五両小判を量産できると説いた。

「ん……？　待て、武蔵屋。おかしいではないか。小判三枚で五両小判二枚ができると申したぞ。つまり三両で十両だ。であれば、三百両で千両の借金を返済できることになる。五百両足りぬではないか」

「それが上様と手前どもの儲けにござりますよ。大名・お旗本は三両で二両の儲け。こちらは、その三両で五両の儲け。つまり、五両小判を一枚産み出す毎に五両儲かる。

売り手よし、買い手よし、上様よし。これがお上の商いにご座候(ざそうろう)」

「――さすが武蔵屋じゃ。諸大名の助けになるばかりか、幕府の威厳も鼓舞できる。これこそ財政難の幕府にとり、渡りに船の妙案。これでまた、ご老中水野様の頭痛の種が減るわ」

　後藤は相好を崩した。

「ご納得いただけたようで。されば、そろそろ綺麗所を呼びますか」

「おう、頼む。したが武蔵屋、女子(おなご)は数ではなく、伊丹の酒と同じく、上物(じょうもの)をな」

「鳥居様。この武蔵屋後藤三右衛門に抜かりはありません。神楽坂一の芸者を呼んでおりまする」と二拍手した。「さぁ、お姐(ねえ)さん方、入っておくれ」

　五人ほどの芸者が入って来た。その中の、紫の裾(すそ)引き着物を着た腰高の芸者と目が合った。

　――妾を持つのも悪くはないかもしれぬ……。

　耀蔵は酌をしてくれた芸者の下り酒を味わいながら、妾にした芸者との暮らしを思い浮かべた。

八

お爲がまた子を産んだ。しかも、またもや男――。

昨天保八年（一八三七）秋、今度は大坂にいたお爲が江戸にやって来た。諸国から米が集まる大坂でも米不足が続いており、奉行所の元役人が乱を起こしたり、所々で流浪者の一揆や押し込み強盗があったりと、とても安心して暮らせる状況ではないという。お爲はみすぼらしい姿で三歳の四男となる猿蔵（さるぞう）を連れ、下男下女と共に、命からがら出てきたと海老蔵に泣きついた。

そんなお爲をおすみは、おさとの時以上に冷めた顔で迎えた。

おすみの、妾二人に対する対応はまるで違う。

先に江戸に出てきたおさとは、海老蔵の屋敷のある深川島田町から近い、おすみの古巣でもある冬木町に屋敷を建て住まわせている。舟で、屋敷の横を流れる油堀と十字に交差する平久川（へいきゅうがわ）を三町（約三百二十七メートル）ほど北に上れば、すぐだ。おすみは、踊りや三味線、小唄（こうた）の上手（うま）いおさとは気に入っているらしく、三人の倅をおさとの許に通わせ習わせている。が――。

一方、猿蔵を連れてきたお爲は、深川から遠い、大川を挟んだ日本橋の新大坂町の借家に住まわせた。

新大坂町には多くの大坂商人が住んでいるというのが理由だ。が、おすみの本音は、猿蔵を産んだお爲をなるべく市川宗家の屋敷がある島田町から遠ざけたかったらしい。お嬢様育ちのお爲とはまったく反りが合わないようで、お爲の借家には三人の倅だけでなく、弟子たちも一切、近づけない。育ちの違いや相性もあるのだろうが、お爲を嫌っているのは明らかだった。

そんなおすみの本音が見えたのは、今年（天保九年・一八三八）の四月十七日の大火だ。日本橋小田原町二丁目から出た火は南風に煽られ、日本橋・神田一帯を焼き尽くした。幸い火元から東の、中村座のある堺町や市村座のある葺屋町、その北にある新大坂町も燃えずに済んだ。だが、冬なら完全に火に呑まれている。まして、江戸に暗いお爲は逃げる術すらわからない。そんな話を陰で、弟子たちまでもが囁くほどだった。

とはいえ、海老蔵はお爲に深い情が湧いたわけではない。ただ、舞台を務める中村座からお爲の借家が近いこともあって、深川には帰らず泊まることが多くなった。それで不注意にも子供ができてしまった。生まれたのは、毎年十月十七日に行われる〈寄初〉の四日前、十三日――。

七日後、海老蔵はおすみには一言も伝えぬまま、生後間もない稚児を河原崎座の座元六代目河原崎権之助の養子に出し、名も「河原崎長十郎」として隠した。

お為には悪いが、これ以上、成田屋市川宗家に波風は立てられない。もし、おすみが怒って家を出るようなことがあれば、かつて坂東三津五郎と瀬川菊之丞とがお伝を廻る痴話を撒き散らしたように、江戸歌舞妓が再び世間に恥を晒すことは火を見るより明らかだ。そうなれば舞台に立つどころではない。成田屋市川宗家自身が危くなる。

それでなくとも、今年の歌舞妓界は訃報や悪い報せが多い。

五月に海老蔵の親代わりだった鼻高の、五代目松本幸四郎が中村座に出演中に倒れ、そのまま帰らぬ人となった。享年七十五――。

その後を追うかのように大坂で七月、〈兼ネル〉役者と呼ばれた三代目中村歌右衛門が六十一歳で他界。その上――。

海老蔵唯一無二の盟友であり、共に江戸歌舞妓を背負い、芸を競い合った、三代目尾上菊五郎までもが、病を理由に舞台を降りる決心をする。病がちだとは聞いていたが、お為のことや、前年から市村座の座頭になった倅の八代目のことなどで忙しく、見舞いに行く暇すらなかった。

その菊五郎が先日、海老蔵の許を訪ねて来た。

久しぶりに会った菊五郎の衰え方は、かつて美貌で知られた男とは思えないほどだった。声にも肌にも張りはなく、顔色も土気色。歩く姿も、ついこの間までの菊五郎とは明らかに違い、まるで老人のように枯れていた。病については詳しく語らなかったが、海老蔵の目から見ても、舞台に立って観客を魅了する力はもはやなかった。

「すまねぇ……團十郎、いや、海老蔵。おめぇと江戸歌舞伎を背負うと言っておきながら、このざまよ。病で、どうにもならねぇ。若い時分の無茶が祟ったのか、体が駄目になりやがった」

よほど悔しかったのだろう。菊五郎は薄っすらと涙を浮かべていた。その晩、海老蔵は菊五郎と時の経つのも忘れ、若い頃の昔話に花を咲かせ、夜遅くまで酒を酌み交わした。そして――。

翌十一月九日、中村座で〈三代目尾上菊五郎一世一代御名残芝居〉と銘打った菊五郎の隠居舞台が行われ、海老蔵は、もはや大声を張れなくなった菊五郎に代わり口上を述べた。裃袴姿で隣に座した菊五郎は感無量だったのか、舞台の上で言葉もなく涙を流していた。

それは贔屓定連も同じだった。

「――まだまだやれるじゃねぇか、音羽屋！」「馬鹿野郎！　日本一のいい男が舞台を降りちゃぁならねぇ！」と、場内は菊五郎を惜しむ叫びと涙で溢れた。

菊五郎との舞台を終え、深川の自邸に帰った夜――。

おすみが険しい顔で話があると言うので、海老蔵は久しぶりにおすみの部屋に入った。

おそらく、お爲の産んだ五男「長十郎」と名付けた子供のことが知れたに違いない。菊五郎の舞台を去る潔さに胸を打たれていたこともあり、海老蔵は覚悟を決め、おすみの前に座った。

おすみはかなり怒っているらしく無言のまま、海老蔵の股間辺りを見続けている。

久しぶりに見るおすみの顔は三十六歳と、多少、女としての衰えはあるものの、未だに美しさは変わらない。「股の間にぶら下がってる、この厄介物を、あたしが嚙み切ってやる」とまで言ったほどだ。どう落し前を付けるか、考えているに違いない。今度ばかりはよほど堪えたらしく、やおら目を閉じた。

海老蔵は観念して大息を吐いた。

「鼻高の親っさんが舞台で倒れ、あの歌右衛門さんが亡くなり、菊五郎兄ぃまでもが舞台を降りなすった。一時代が終わった。そろそろ俺も幕引きかもしれねぇ……」頭を下げた。「すまねぇ、おすみ。おめぇにばかり辛い思いをさせて。このとおりだ」

「やっぱし……お前さんも知っていたんだね」

海老蔵は平伏したまま、目を瞬かせた。——やっぱし、お前さんも知っていた？

「……一体、何のことだ。これ以上、辛ぇ話は聞きたくもねぇが、何かあったのかぃ」

おすみは苦渋に満ちた表情で口を開いた。

「おみつと……八代目のことだよ」

「あの二人……何か、しでかしたってのかぃ」

おすみは躊躇いがちに、「はっきりとした証があるわけではないんだけど」と前置きした上で、おみつと長男團十郎は男女の間柄ではないかという。近頃、團十郎は夕食の後、おみつの部屋に入ったきり出てこないとのことだ。

「男と女の仲……？」内心、胸を撫で下ろした。「おみつが二十二で、八代目が十六か……。ま、十六といやぁ、女に興味をもって当然だ。姉弟たぁいえ、母親が違う。そんな仲になっても」

「——お前さん、馬鹿かい！」言下に怒鳴った。「母親は違っても、お前さんの種だ。姉弟で畜生道に入って、どうする気だい。うちの護り本尊、成田山の不動明王様に顔向けできないだろ」

「冗談に決ってるだろ。《四谷怪談》の直助とお袖じゃあるめぇしよ。心配はねぇ。あいつは今、市村座の座頭だ。大変なこたぁ、おみつもわかってら。きっと愚痴でも聞いてもらってんだろ。あの二人は小さい時から仲が良かったからよ、おみつは母親代わりをしているつもりなのさ。おみつは早くに母親を亡くしてるだろ。きっと、育ててくれたおめぇへの恩返しだぜ」

「それでおみつ、来る縁談、来る縁談、断り続けてたのかい？　けど、もう二十一だ。年増の域に入ってるってのに、四つ違いの河原崎座の六代目権之助さんとの縁談だって断ったんだよ。仲立ちしてくれた桜川のお師匠の顔まで潰してさ」

　河原崎座の名前が出て、海老蔵は内心、ひやりとした。

「権之助は、昔、好色女のお伝と深い仲だったから、勝気なおみつは許せねぇんだ。おめぇに似て一本気な質だからよ。案外、同じ役者の家に嫁ぎてぇんじゃねぇかぃ」

「なら一昨年、何で鼻高の親っさんの倅の高麗蔵さんとの縁談を袖にしたんだい？」

　生前の松本幸四郎の達ての願いだった。幸四郎の倅五代目市川高麗蔵は、幼い時から幸四郎が手塩にかけて育て上げただけに、若いながらも〈荒事〉や〈実悪〉の上手さが光る役者だった。だが、おみつは頑として首を縦に振らなかった。

「おみつだって男の好みはあらぁな。あいつは、昔から〈実悪〉の役者が嫌いだったからよ」

「だけどさ、近頃、ますます変なんだよ、二人の帰りが遅くてさ」

理由は知っている。海老蔵が「他の役者の芝居も見ておけ」と言ったからだ。

今、四代目中村歌右衛門は市村座の〈顔見世興行〉で、今年十一月に海老蔵がやった同じ演目《一谷嫩軍記》の熊谷直実役で出ている。歳は海老蔵より七つ下の四十一。今年七月に六十一で亡くなった、三代目中村歌右衛門の当たり役を引き継いだだけあって芝居はなかなか上手い。

もっとも評判は、前名の中村芝翫の時からあった。深川の西、常盤町に屋敷があることもあり、町衆は小名木川に架かる高橋から萬年橋までを「芝翫河岸」と呼ぶほどの人気だ。

「市村座に出てる、歌右衛門の芝居を二人で最後まで見てるのさ。役者ってのは伸びる時には、上手い役者の技をどんどん盗んでおかねぇと伸びねぇ。おみつもおすみに仕込まれただけあって、見巧者な芝居通だ。第一、神田や日本橋、深川辺りじゃ誰が二人を知ってら。隠れて出合茶屋なんぞに入れるわけもねぇ。勘のいいおすみも、さすがに思い過ごしだぜ」

「だったらいいんだけどさ」と安心したように頷いた刹那、おすみは鋭い視線を向けた。

九

「ところでお前さん」とおすみが改まった。「さっき『すまねぇ、おすみ。おめぇにばかり辛い思いをさせて』と言って頭を下げたけど、ありゃぁ、どういう意味だい」

——ん……まずい！　これだから気が抜けねぇ。

「ありゃぁ、その何だ。今までずいぶん苦労を掛けてきたなぁと思ってよ。鼻高の親っさんや歌右衛門さんがお亡くなりなすって、菊五郎兄ぃまで隠居しちまったろう。ここまで来れたのもおすみのお蔭だなぁと思ったら、つい礼が言いたくなってよ」

「あら、そうだったのかい。あたしは、お為さんがまた子を産んだのかと思ったよ」

ひやりとした胸の内などおくびにも出さず、涼しい顔で笑みを浮かべて見せる。それが役者だ。

「何を言いやがる。俺も四十八だぜ。盛りの付いた雄犬のような力はもう残ってねぇよ」

「あらあら、そんなこと言っちゃぁ、お妾(めかけ)さんになった若い二人が悲しむじゃないか。

——あ、そうそう、お妾さん二人と言やぁ」

おすみは思い出したように側に置いていた文箱(ふばこ)を開け、二つの袱紗を出して並べた。

各々（おのおの）五枚の小判が帯封されている。

「これはおさとさんとお為さんの当座の分だ。米が二倍も値上がりして、何もかも撥（は）ね上がってる、このご時世だ。うちも弟子が多くて大変だけど、二人に惨（みじ）めな思いはさせられない。ま、これだけあれば年は越せるだろうよ。お前さんから渡しておいておくれな」

「よう、おすみ。このご時世、正月の支度に五両たぁ、いくらなんでも少な過ぎるんじゃねぇか」

おすみがきっと睨んだ。

「お前さん。その小判を手に取って、よーく見てから物を言っとくれ。それぞれ二十五両だよ」

「何を、二十五両だぁ。小判が五枚なら五両じゃねぇか」

海老蔵は一つの束を取った。普通の小判よりふた回りほど大きく「五両」と刻印がある。

「五両小判だぁ……？」

「おや、まだ知らなかったのかい。去年の夏頃から出回ってるよ」

「小判一枚で五両？　何だ、そりゃ。今までの小判よりはでけぇが、艶（つや）もなく冴（さ）えねえな」

「両替商の越後屋さんや贔屓筋の大店の旦那衆も、同じこと言ってるよ。お上のやることだから文句は言えないが、何だか、しけた小判だよ。こんな小判が出たせいで、何もかも値上がりして嫌になるよ。お前さん。その分じゃ、一分銀（天保一分銀）が出たのも知らないね」

おすみが懐の財布から一分銀を出した。これまでの二朱銀よりわずかに大きい、親指の爪ほどの四角い銀銭だった。価値は二朱銀の二倍。一両小判の四分の一だ。

「ふうん、一分銀ねぇ。確か俺の厄年に二朱金（天保二朱判）とかが出て、三年前には百文の〈天保通宝〉とやらが出てから、去年も保字金（天保小判）だの、一分金（天保一分判）だのといろいろ出やがって、終いにゃ五両小判ときやがる。近頃、いろいろ出回るじゃねぇか。米が足りねぇってぇのに、新しい銭だけがどんどん増えていかぁ」

「新しい銭が次々と生まれると、世の中、ややこしくっていけない。〈悪銭で穢れた水の（水野）江戸の町――〉たぁ、上手い狂句だよ。だけど増えるのは、銭だけにしておいてもらいたいね」

意味ありげに、こちらに目を流した。

「……知ってたのかい？」

「当たり前だろう。あたしは成田屋市川宗家を預かる女将、五代目市川海老蔵の女房だよ。ここにいれば、知りたくもない話も耳に入る。ま、お爲さんには可哀想だけど、河原崎座に養子に出したのはよかったよ。これ以上、市川家にお前さんの血を引く子供が増えると、銭と同じでややこしくなるからね。そうは言っても子供は天からの授かりものだ。これからも覚悟はしとくよ」

「……すまねぇ。おめぇには一生、頭が上がらねぇな」

「だろうともさ」得意げに顎を突き上げた。「ところで、まさかお前さんまで、弟子たちの言うことを信じちゃいないだろうね」

「何のことでぃ」

「お爲さんの家のことだよ。あたしがよかれと思って日本橋新大坂町の屋敷を借りたのに、江戸の大火で焼き殺そうと考えてるって」

「……違うのかい？」

「怒るよ。あたしは、そんなケチな女じゃないよ。それにしても男ってのは、どうしてあんな猫っ被りの女に弱いのかねぇ。気を引こうとわざと可愛く見せてるってのに、気づかないで鼻の下を伸ばしてんだからさ。八代目にも、あの手の女にはくれぐれも気をつけなって言っといたよ」

――やっぱしお爲を嫌ってやがる。

おすみは財布からもう一枚、五両小判を出した。

「お爲さんに言っといとくれ。他に住みたいなら移っていいからと」

「これで引っ越せってのかい」

「違うよ。新しく生まれた子に丹前(たんぜん)の一枚でも買っておやりと、あたしからの祝儀だ」

「すまねぇ……。おめぇにはほんと敵(かな)わねぇな。やっぱしおめぇが一番だぜ」

「持ち上げたって、もう何も出ないよ。それよりお前さん。『江戸三幅対(さんぷくつい)』と呼ばれた親方衆がお亡くなりになり、音羽屋さんまでもが隠居なすったんだ。いよいよ江戸歌舞伎を背負うのは、成田屋市川宗家のお前さんしかいない。この暗い江戸の町を明るくするのは、お前さんだよ」

「任せておけ、おすみ。もう覚悟はとっくにできてら。その俺を支えてくれるのは贔屓定連でも、弟子たちでもねぇ。たった一人の女房のおすみ、いや、江戸歌舞伎を支えるのはおめぇだ」

おすみには、心底、感謝していた。惚(ほ)れ直してもいる。比較をするわけではないが、妾を持って、おすみの良さがよりわかった気がする。

一時の気の迷いとはいえ、おこう似のおさとに出会ってからというもの、己を失いかけていた。今、思えば、どんなに似ていても、おさとはおさとだ。この世におこう、はもういない。それを、こんなにも海老蔵のことをわかってくれている女房がいるのに、いつまでも女々しく前妻の影を追い掛けているようでは、それこそ江戸っ子の名折れというものだ。

「嘘でも嬉しいよ」

「本当でぃ」としみじみと続けた。「俺のしでかした野暮を受け入れ、許してくれるおすみは、俺にとっちゃ神様、観音様よ。頼りにしてるぜ。これからも成田屋宗家を宜しくな、おすみ」

「あいよ」おすみは苦笑しながら頷いた。おそらくこれからも海老蔵がしでかすことに覚悟しているとの意味合いもあるのだろう。

海老蔵はおすみの肩を優しく抱き寄せた。

第七幕　茨の花道

一

「――して、山伏の出で立ちは？」

と舞台右上手で、烏帽子をかぶり素襖姿で刀を差した安宅の関の役人富樫左衛門役の市川九蔵が問うと、舞台左下手で、山伏姿の金剛杖を持った武蔵坊弁慶役の海老蔵が、

「すなわち、その身を不動明王の尊容にかたどるなり」と答える。

演目は〈歌舞伎狂言組十八番〉の一つ、《勧進帳》――。

物語は、源氏の棟梁 源 頼朝の怒りを買った弟の源義経一行が山伏に化け、北陸道を抜け奥州へ逃げる際、安宅の関での〈山伏問答の場〉の、役人富樫と弁慶が禅問答を交わす場面――。

関所に来た一行を義経主従と疑う富樫役の九蔵と、弁慶役の海老蔵が小気味よく交

互に台詞を重ね、最後は立て板に水の如く説いていく。

「頭に頂く、兜巾は如何に」と、富樫が問う。

「これぞ、五智の宝冠にして、十二因縁の襞を取って、これを戴く」と、弁慶が返す。

「掛けたる袈裟は？」

「九会曼陀羅の、柿の篠懸」

「足にまといし、はばきは如何に」

「胎蔵黒色の、はばきと称す」

「さてまた、八つの草鞋は？」

「八葉の蓮華を踏むの心なり」

「出で入る息は？」

「阿吽の二字」

「そもそも九字真言とは如何なる義にや。ことのついでに問い申さん。ささ、何と－何と－」

「九字の大事は神秘にして語り難き事なれども、疑念の晴らさんそのために説き聞かせ申すべし。それ九字の真言と言っぱ、所謂、臨兵闘者皆陳列在前の九字なり。まさに切らんとする時は、正しく立って歯を叩くこと三十六度、先ず右の大指をもって四縦を描き、後に五横を書く。その時、急々如律令と呪する時は、あらゆる五陰鬼、煩悩鬼、まった悪魔、外道、死霊生霊、立ちどころに亡ぶること、霜に熱湯を注ぐが如く……」

弁慶役の海老蔵の後ろで黒子の、五代目鶴屋南北門下で勝諺蔵が台本を丸暗記したままを小声で伝えていく——。

海老蔵、五十歳の節目の、天保十一年（一八四〇）——。

三月五日、河原崎座で「元祖市川團十郎才牛百九十年の寿」と銘打ち、劇場の前の大名題看板に初めて〈歌舞妓狂言組十八番〉と記した。

《勧進帳》は海老蔵にとり、初演でもある。

これは能の演目《安宅》を元にした《星合十二段》を初代市川團十郎が歌舞妓で演じたのが最初で、海老蔵が《勧進帳》に〈書替え〉をした舞台だった。だからこそ、長男八代目團十郎ほか市川九蔵など弟子たちと、市川宗家一門だけで演じてみせた。

江戸歌舞妓に新しい時代の到来と、成田屋宗家の意気込みを広く報しめる舞台でもあった。そのため舞台には、これまでにない、能舞台様式を取り入れた。正面には、左右に大きく枝を張る松の絵を描いた羽目板を置き、舞台をより格調高く見せている。

衣装や動きにも工夫を凝らした。弁慶の穿く「大口」と呼ばれた袴は、裏地に莫蓙を縫い合わせ横に大きく広げ目立たせた。他にも動きの激しい〈荒事〉の所作をより大きく派手に見えるよう、能の囃子や鳴り物を数多く取り混ぜている。

成田屋宗家の自慢でもある〈見得〉も、〈不動の見得〉〈元禄見得〉〈石投げの見得〉〈打ち上げの見得〉など、海老蔵の大きな目を生かし、ふんだんに織り込んだ。〈見得〉の中には海老蔵の弁慶だけでなく、義経・富樫の三役を合わせた〈天地人の見得〉も新しく組み入れている。

　さらに、何も書かれていない巻物の勧進帳の〈読み上げ〉や〈山伏問答〉のほか、舞台から去る時の花道を進む豪快な〈飛び六方〉など、最後の最後まで観客を飽きさせない工夫をいくつも盛り込んだ。中でも見せ場は、役人の疑いを晴らすために主君の義経を金剛杖で打つ弁慶と、義経一行と見抜いた富樫がそれを止めた後の、黙契の場面だろう。

　富樫は弁慶に主君を打擲させたことを後悔し、詫びとして酒を振る舞い、弁慶はそのお礼に〈延年の舞〉をみせる。敵味方ながら心が通じ合うも、黙して語らない。両者の間に流れる張り詰めた空気。役者の腕の見せ所でもあるこの場面で、観客は敵味方両方に感情移入してしまい涙する。

そして、弁慶は義経一行の後を追い舞台から花道へ、〈飛び六方〉を踏み去ってゆく。元々「身を捨てて弱い者を助ける」という心意気を図柄にした〈鎌○ぬ〉が流行った江戸だけに、敗者や弱者に同情する江戸っ子には受けのいい内容だった。

海老蔵の目論見どおり、成田屋総出の気迫ある舞台は、弁慶役の海老蔵が勧進帳を持ち「天も響けと読み上げたり！」と叫ぶ台詞に呼応するかの如く、初日から〈大入り・札止め〉となった。

ただ、やはり飢饉の影響からか、五日ほど過ぎてからは入りが徐々に悪くなり、通常五十日間行われる〈弥生興行〉はひと月で打ち切りとなった。

千穐楽の二日後の、四月七日の昼八ツ半（午後三時頃）——。

海老蔵は自邸の縁側で、十八になった長男團十郎と十六の次男高麗蔵、八歳の三男新之助とともに、おすみが今川橋近くの店で買ってきた、今川焼を食べながら庭を眺めていた。

庭には薄紫の花をいくつも付けた藤が咲き誇り、温かな風に揺れ、雅な香りを漂わせている。

弟子抜きで、倅たちだけが集まるのは珍しい。それだけに自ずと芝居の話題になる。

長男團十郎は芝居のことより、座頭としてどう振る舞えばいいのか、困惑していると吐露した。

「……客の入りが悪いと、座頭として市村座の舞台を務める役者の皆さんに申し訳なくて」

まだ十八だから座頭の荷が重いのはわかる。

團十郎は真面目で几帳面な質だけに、何事にも完璧を求めてしまう。それが長所であり、欠点でもあるのだが、役者としては線が細い。しかも、おすみのような勝気さはまるでない。派手な動きの〈荒事〉を売り物とする成田屋宗家の当主としては、やや物足りなさは否めない。それには本人も気づいているらしく、近頃は自分を大きく見せたいのか、派手な〈弁慶格子〉柄の着物を好んで身にまとっていた。

「おめぇは三年前、十五で座頭になった。俺は二十三の時だ。よくやってるよ」

座頭になったとはいえ、周りの役者は皆、年上ばかりだ。かなり気を遣っているらしい。

團十郎は昨年、座頭として演目や配役を決めることばかりに打ち込み、市村座の舞台を一度も踏んでいないことは九蔵から聞いていた。そこで海老蔵は、何度か河原崎座の舞台に上げた。突然の出番でもそつなくこなしてしまう器用さはあるものの、正直、親としては、仁と度胸のなさ、芝居の小ささが気になっている。

「七月の舞台は歌右衛門さんに出てもらうから客入りは心配ないが、五月の舞台が不安で」

「八代目よ。鉄砲と芝居は拍子もの、当たるが不思議、当たらぬが常だ。散々に趣向を凝らした《勧進帳》だって、『随市川』と評判は取ったが、結局のところ、〈大当り〉とはならなかったじゃねぇか。客入りなんざぁ気にしてたら座頭は務まらねぇよ」

「随市川」とは、「随一」と「市川」を合わせた、幇間桜川善好の考えた、掛け声だ。

「あの芝居でも、俺は親方の足を引っ張ったような気がしてるんでさ」

「そんなこたぁねぇ。おめぇの義経役は、なかなかだったぜ」

褒め言葉は役者を駄目にすることはわかっている。だが、團十郎に自信を付けさせるために、海老蔵はあえて褒めた。が――。

そんな親心に気づいたのか、團十郎は花が萎むように背中を丸めた。

「自分でもわかってるんでさ。久しぶりに親方と一緒に芝居をさせてもらって、己の未熟さを思い知りやした。俺もやがて親方みてぇな〈山伏問答〉の、大きな弁慶を舞台の上で演じられるのか、どうか。あの堂々とした小気味いい問答は天下逸品だ。それだけに、今も不安でならねぇ」

團十郎の背中を叩いた。

「何を言う。俺なんざ諺蔵の黒子がいなかったら、〈山伏問答〉はできやしねぇよ」

團十郎を励まそうと吐いた嘘ではない。これまでは長台詞も何ともなかったものの、やはり歳のせいか、五十路に入ってからというもの急に台詞覚えが悪くなった。

《勧進帳》の弁慶の台詞は長いものが多い。覚えられないわけではないが、ことに〈山伏問答〉は富樫と弁慶の交互に交わす台詞の小気味良さが命だけに、一語でもつかえると台無しになる。そこで、万が一の用心のために、台詞の出だしだけを伝える黒子をあえて置いたのだった。

「だいたい未熟で当然だろ。十八やそこらで、弁慶や富樫を演じられるわけもねぇ。ま、弁慶や富樫の心を演じきれるようになるには、おめぇも舞台の場数だけじゃなく、いろんなことをやって年を重ね、人生の機微ってのを知らねぇとよ。それが役に重みをのせていく。おう。いい機会だ。一つだけコツを教えておかぁ。弁慶の台詞は、腹の底から声を響かせ、気迫を込めながらも唄うような節回しで軽やかに台詞を吐いていく」

「腹の底から声を響かせ、気迫を込めながらも唄うような節回しで軽やかに……」

「その小気味いい節回しの調子に、弁慶の、義経への思い、京を追われて逃げる無念、悲しみ、怨み、諸々の心をのせていく。そうすりゃ、客にも弁慶の深い心が伝わり、大きな弁慶ができていく。どんな役柄も、大きくなるか小さくなるかは役者次第だ。舞台以上のものを客に見せていく。それが本物の役者ってもんよ」と説いてから、《勧進帳》の弁慶の台詞をもじり、弁慶の節回しで「まだこの上にも歌舞妓の道、悩み・心配あらば、訊ねに応じ答え申さん」とにこりとした。

「ありがとうございやす、親方。俺が今、一番気になっているのは間でさ。年を重ねている役者はいっぱいいるが、親方はまるで違う。問答の台詞回しの間、黙契の間、踊りの拍子の間、ゆるりと首を回して〈見得〉を切った後の間、客の反応を待っての間。親方の間は絶妙でさ」

「当たり前じゃないか」背後でおすみの声がした。振り向くと、茶碗を四つ盆にのせ立っていた。

「八代目。お前のお父っつぁんを誰だと思ってんだい。今年、役者評判記で〈大極上上吉〉と評された江戸一番の大歌舞妓役者の、五代目市川海老蔵だよ。その辺の役者なんぞ、足元にも及ばないよ。だけど、お前の今の言葉を聞いて、おっ母さんはほっとしたよ」

「ほっとした……？」團十郎は怪訝な顔で訊き返した。

おすみは目を細め、それぞれに茶の入った茶碗を置いていく。

「ああ。さすがあたしの子だよ。お前には芝居の違いを見抜く目がある。見抜く目さえあれば、後は身に付けるだけだ。そろそろお前も自分らしい仁を身に付け、当たり役をこさえないとね」

海老蔵は思わず苦笑いした。

「何が可笑しいんだい、お前さん」

「おすみも親馬鹿だなぁと思ってよ」

「親馬鹿じゃないよ」おすみも顔をほころばせた。「本当のことじゃないか。だいたい、お前さんとあたしのいいところばかりを受け継いでるんだよ。その上、この男っぷりだ。八代目が町を歩けば、町娘が黄色い声を上げて追い掛けてくる。人気は、お前さんの若い時以上だよ」

それは事実だ。海老蔵に似た細面の顔に、すーっと通った鼻筋。切れ長の目はおすみ似で品と色気がある。その上、体軀も大きい。一時、姉のおみつとの間を疑っていたおすみも、團十郎が町娘に騒がれるようになってからは不安が消えたようで、一切、口にしなくなった。

「それが親馬鹿ってんだ。八代目。間は、それこそ役の心がわかってくれれば、厭でも身に付いていかぁ。焦るこたねぇ。今の調子で精進しろ」團十郎は海老蔵の言葉を心に刻むかのように頷いた。「それにしても息苦しいこんなご時世ってのに、うちじゃ今川焼を食べてやがる。巷じゃ、多くの無宿人が江戸から追い出され、食うのにも困ってるってのによ」

昨天保十年、お上は城下の一揆を防ぐためとして江戸市中に徘徊する無宿人や浪人を、三月からほぼ毎日、追放し続けている。巷の噂では、日に三十人。多い日には九十人も追放されたと聞く。

「ありがたいよねぇ。だけど、こんな時だからこそ、役者は町衆を楽しませなきゃいけないよ」

「おすみの言うとおりだ。一時でも辛い思いを忘れさせる。それが成田屋市川宗家の役目だ。ま、八代目も高麗蔵も、これからだ。お前たちの後ろにはこの海老蔵がいる。仁だの、当たり役だのと気にせず、思いっきり役になりきってみろ。そうすりゃぁ、台詞も顔も体の動きも、肝心な間も、自ずと身に付いてくる」

「親方」と八歳の三男新之助。「新之助も舞台に上がりたい」

「おう、そうだな。新之助もそろそろ初舞台を踏まねぇとな。子供が多いと、弟子以上に大変だ」

「そうだよ。お前さんはこの子たちを照らし続けなきゃならない、七光だ」

「七光……」指を折る。「八代目に高麗蔵と新之助。お爲が産んだ猿蔵に長十郎で五人か。じゃ、長十郎の下に、あと弟二人をつくらなきゃならねぇか。となると、今度こそ、おさとだ。明日にでも行ってくるか」

「――お前さん！」と言下に棘のある凄味のある声が飛んだ。目が厳しくなっている。この手の冗談だけは、今もまったく通じない。「親の七光ってのは、そんな意味じゃないよ！」

海老蔵はにたりとした。

「おい、皆。おっ母さんの怒った顔をよーく憶えておけ。これが女の怒った時の、美しい顔だ。女形をやる時は、きっと役に立つ。歌舞伎役者は喜怒哀楽を、どう美しく見せるかが腕よ。日頃から、こういう仕草を見て憶えておくのも、役者の修業ってもんだぜ」

團十郎と高麗蔵ばかりか、新之助までおすみを食い入るように見だしたものだから、おすみは余計に目を尖らせた。

「お前さん。覚えておきなよ」

おすみは床を蹴って立ち上がった。

二

冷たい北西の風が江戸に吹く十一月十六日、巳ノ刻(午前十時頃)――。

鳥居耀蔵は江戸城本丸の、御用部屋にいた。

御用部屋は老中が執務を行う場で、広さは二十畳。中央上座には一畳ほどの長方形の囲炉裏がある。

目の前にいる老中首座の水野忠邦は思案に苦慮しているらしく、灰を整える〈灰ならし〉で何度も囲炉裏の灰を撫でている。

「俗物将軍」「オットセイ将軍」と渾名され、大奥に入り浸り散々に放漫な暮らしをしていた、十一代将軍徳川家斉がついに、今年(天保十二年・一八四一)の閏一月七日に没した。

水野はそれを待っていたかのように、直後から改革に乗り出す。これまでの大御所家斉による幕府の風紀の乱れと、賄賂の横行などの政治腐敗を一新するため、家斉側近衆千人近くを悉く罷免・左遷。新将軍徳川家慶の名の許、側近衆を刷新した。耀蔵は西ノ丸附き目付より目付に移動となり、金座御金改役の後藤三右衛門とともに側近衆に加わった。江戸市中の風紀も見直され、江戸町奉行には、北町が遠山景元、南町が矢部定謙となった。

改革は、庶民にも向けられる。五月、水野は〈祭礼緊縮令〉を出すや、赤坂山王権現の山王祭をはじめ、八月の神田明神の祭礼に縮小を命じ、夏の江戸の風物詩「大川の花火」も倹約の時世であるとの理由で縮小となった。

奢侈禁止に関する倹約令も出している。禁止項目は贅沢な菓子や料理、絹の着物、金銀の煙管、鼈甲の櫛や簪の製造・販売など多岐にわたる。女髪結いも禁止となり、他にも軒先で囲碁や将棋をすることも往来の邪魔として禁じた。触れの数は「法令雨下」と呼ばれるほどで、半年余りで百を超え、江戸の街は瞬く間に一変してしまった。

しかし——。

水野が満足していないことは、側近くで仕える耀蔵にはわかっていた。一日中、江戸市中に質素倹約を徹底させる術はないかと苦慮していたことも知っている。そこで耀蔵は、神楽坂で窃盗を働いていた無宿人の万蔵を使い、十月七日未明、日本橋堺町に放火させたのだった。

狙いは、歌舞伎の一掃——。

水野は歌舞伎ほど贅沢で江戸の風紀を乱す有害なものはないと考えている。

耀蔵も同感だった。奢侈禁止には、歌舞伎は最高の標的といっていい。勿論(もちろん)、誰の指示でもない。

上役が望んでいることをいち早く察知して実行に移す――。

そう、それが出世の近道だ。思惑どおり、冬の北西の風に煽(あお)られた火は江戸三座の中村座や市村座を含む、浄瑠璃(じょうるり)の薩摩(さつま)座や人形劇の結城(ゆうき)座、芝居茶屋など芝居に関わる家屋を焼き尽くした。

放火が露見する心配はない。耀蔵配下の密偵を使って万蔵を殺し、すべて消し去っている。

残るは江戸三座の一つ、木挽(こびき)町の河原崎座を排除するだけ。そして歌舞伎や浄瑠璃など芝居の許可を今後、一切、出さなければ難なく取り潰(つぶ)せるはずだった。が、ここに来て、思わぬ邪魔が入る。

江戸町両奉行の遠山と矢部だ。歌舞伎を排除することに猛反発してきた。

きょうの老中水野からの呼び出しも、おそらくはそれに違いない。歌舞伎の排除に両町奉行が反対したことは、水野にとり誤算だったのだろう。これは二年前の天保十年（一八三九）に「蛮社(ばんしゃ)の獄(ごく)」の幕府批判で捕らえた渡辺崋山(かざん)や高野長英(ちょうえい)と同じく、水野政権への批判に等しい。

水野の無表情はいつもと変わらないが、細い目と真一文字に閉じた口だけでも、かなり憤怒していることは明らかだ。

それにしても、あの矢部までもが反対するとは思いもしなかった。水野によれば、大坂で乱を起こした大塩平八郎が幕府に提出しようとした建議書九ヵ条のうち、六ヵ条は矢部を「国を乱す奸佞」と弾劾するもので、矢部の様々な不正を挙げ、口封じに証人を次々と殺害した事実まで記してあったという。まして五両小判の鋳造の折に、百両もの賄賂を受け取っている。

そんな袖の下と出世に目ざとい男が老中首座の水野に楯突いただけに、あの日、新将軍家慶を前に御座ノ間で行われた評定は、今もはっきりと記憶にある。

中村座と市村座が燃えた十月七日の、七日後――。

御座ノ間には、新将軍家慶の下、上座に水野と若年寄三人が左右に分かれて座し、その下に町奉行の遠山と矢部、目付の耀蔵など、八人ほどが序列に従い座っていた。

水野は歌舞伎を、世の中のあらゆる贅沢な風潮や風俗の乱れを生み出している元凶であると、切々と説いた。歌舞伎役者は身分も忘れ、舞台の上で何百両もする衣装を見せびらかし、何十両もする華美な印籠などの装飾品を身に着け、千両もの銭を手にし贅沢な風潮を撒き散らしている。

　さらに町人との婚姻で、今や身分までもが曖昧となっている。それが風紀の乱れの原因とし、今後は身分を明確にし、町人との交わりを断たせていく。中村座と市村座が焼失したのを機に、断固、歌舞伎を江戸から排除すべきと提案する。ところが、遠山が猛然と反論する。

「お言葉ながら、財政を逼迫させているのは、歌舞伎役者でも町人でも非ず。武士にござる。中でも大奥の上臈衆方の華美は目に余るものがござる」

「何、大奥に手を入れろと申すか」

　水野は険しい目を向けた。が、遠山は臆することなく続けた。

「矢部駿河守殿がかつて勘定奉行だった折、将軍家の出費の四分の一は大奥とのこと。奢侈禁止を推し進めるならば、まずは将軍家が襟を正さねば改革などできませぬ。それを差し置き、この上、歌舞伎をも潰さば民は納得いたしますまい。歌舞伎は娯楽とは申せ、町人らの心の糧。無くせば、江戸はぎすぎすして些細なことで喧嘩が起き、世の中の泰平までも失いかねませぬ」

　遠山は歌舞伎の効用として「粋」を取り上げ、それにより諍いが解決した、いくつもの事例を述べた。どれも町奉行らしい、民の立場から見た言だった。

すると、同じ町奉行の矢部までもが負けじと語り出す。
神田明神祭や大川の花火を縮小したことで江戸の賑わいは消え、女髪結いまで禁止したことで女たちの髪型がだらしなくなり、江戸は活気のない寂れた街になったと暗に改革を非難。さらに、かつて堺奉行や大坂西町奉行を務めていたことで、上方通であることをほのめかしたかったのか、言わずもがなのことを言ってしまう。

「江戸ばかりでなく、着道楽の京も同じ。ご老中はご存じないやもしれませぬが、天子様のおわす京では裕福で絹や紬を着ておるのではなく、木綿の着物を買う余裕すらなく、祖父母の代から着ていた古着を仕方なく着ておるだけのこと。それを贅沢と申さば、京は老若男女、裸で町を歩かねばなりませぬ」

矢部は耀蔵とは違い、場の空気を読まない。そこが耀蔵とは反りが合わないところだ。

もっとも、御座ノ間の評定では矢部の「京では老若男女、裸で町を歩かねば――」という奇妙な水野批判で笑いが起き、場は和んだ。その場の空気に呑まれたのか、勘定奉行で水野の実弟跡部良弼までもが苦笑しながらも矢部の言葉を裏付けるように、日本橋の呉服商越後屋の売り上げが前年比で四割、白木屋で七割も落ち込んだと報告する。

跡部も、矢部と同時期に大坂東町奉行を務めている。大塩平八郎の乱で大塩方の鉄砲に驚き、落馬したという醜態を晒した男だ。にもかかわらず、乱が起きた責めを問われることなく、兄水野の威光で勘定奉行にまで栄進している。

おそらく跡部も矢部同様、遠山に負けじと職務に励んでいることを新将軍の前で披露したかったのだろうが、自らの発言が水野への政策批判となっていることには少しも気づいていなかった。案の定、水野の目が吊り上がり、顔は今まで誰も見たことがないほど赤く染まっていた。

「――黙れ！　五両小判や一分銀を鋳造し、財政難を乗り切ろうとしておる時に笑うておる場合か。だいたい遠山。その方の進言で品川や板橋、千住、内藤新宿にお救小屋を建ててお救米まで与え、一万人もの無宿人を賄っておるのだぞ。そんな時に町人が歌舞伎なんぞに現を抜かすなど言語道断。歌舞伎は贅沢を助長させる、諸悪の根源。奢侈禁止令で江戸が寂れるのならば、それでも構わぬ。即刻、歌舞伎を禁止させよ！」

水野が断言したにもかかわらず、遠山は毅然と異議を申し立てた。

「お言葉ながら、歌舞伎や浄瑠璃を潰すは江戸庶民の娯楽を奪うだけでなく、それで食べておる様々な民の生業まで奪うこととなり、さらに流民を増やせば、お救米も増やさねばなりませぬ」

「ならば、青山か、四谷に移せ！　ついでに深川の遊里など江戸に散在する悪所も共にだ」

遠山はまったく臆することなく、水野が示した移転先の提案にまでも苦言を呈す。

「畏れながら、青山・四谷界隈は城に近く、かつ、閑静な場所。そこへ、芝居小屋や遊里などを移さば、風俗の乱れが広がるは必定。また、江戸のあちこちに散在する岡場所は、吉原など高額な遊廓には行けぬ大工や人足らの楽しみの場。それを取り除くことは若い娘の少ない江戸では、かえって騒ぎを招く元になりまする」

まったくの正論だった。だが、水野の顔はますます熟し柿のように赤く変容し、引きつらせていく。それに遠山もようやく気づいたのか、水野の怒りが爆発する寸前に譲歩案を出した。

「さればご老中、岡場所などの遊里のことは後々、吟味致すとして、江戸三座を江戸の片隅に。たとえば大川沿いの浅草辺りに移しては如何に。あそこであれば、浅草寺の境内には奥山の盛り場、北には新吉原もあり、城からも遠い江戸の端。芝居小屋があっても、さほど風紀も乱れますまい」

「浅草辺り？」水野は目を尖らせながらも、冷静さをとり戻そうとするように息を吐いた。「なるほど。悪所を江戸の北、外濠の外にか。それは妙案。遠山、早急に移転場所を吟味いたせ」

はっ――。遠山の提案で、その場は何とか収まった。が――。

あの折、表面上は平静を装(よそお)いながらも、水野の憤怒の念を耀蔵は見逃してはいない。しばらくして、水野は〈灰ならし〉でならした灰の上に火箸(ひばし)で文字を書き出した。盗み見る。書かれた文字は、〈南〉と〈北〉――。おそらく両奉行所のことだ。

水野は憎々しげな表情で舌打ちした。

「南と北で南北……ふん、これぞ釣るや南北。適材と思うたが、とんだ眼鏡(めがね)違いよ。いずれも江戸城より釣り出さねばのう。どちらが先かじゃ。鳥居、目付として、いずれが消し易(やす)い」

「消す……！　とは、まさか」

「命を取れとまでは申してはおらぬ。失脚させるのよ。いずれも改革には邪魔じゃ」

「となれば、簡単に追い出せるのは南の矢部殿。遠山殿は上様からの覚えよく、町衆にも人気がありますゆえ、後々、何かと厄介。矢部殿ならば、今年六月に南町奉行所であった刃傷沙汰(にんじょうざた)がありまするゆえ、それを突(つつ)けば雑作(ぞうさ)もないことにございます」

刃傷沙汰とは、南町奉行所同心が同心見習を殺害し、もう一人の同心に手傷を負わせ、自ら喉を突いて自害した事件。刃傷に及んだ理由は、殺害した同心見習の父親がお救米で米屋と不正を働いた罪を仲間の同心になすり付けようとしたためだ。裁きは、矢部の配下でお救米掛の与力三人と、町年寄と御用達の米屋の入獄で落着。奉行の矢部は不問に付された。

「あの一件は矢部殿の配下が起こした、お救米の横流しと賄賂によるもの。配下が起こしたこととは申せ、まったく矢部殿が関わっていなかったとは申せませぬ。むしろ関わっていたと見るのが自然。江戸の治安と風紀を守るべき南町奉行が、不問のままでは町衆が納得致しますまい」

「ならば徹底的に調べ上げよ。矢部の次は北の遠山。歌舞妓と共に葬ってやる」水野は三白眼の冷酷な目を向けてきた。「鳥居。空いた南町奉行の座は、その方が座ることになる。心しておけ」

　あまりの突然のことに、耀蔵の体が勝手に波打っていた。

「そ、それがしが南町奉行……！」――ついに昇るか。「有り難き仕合わせ」

「申しておくが、鳥居。町奉行になったとて、わしに逆らうことは断じて許さん。わかったな」

「ご懸念には及びませぬ。この鳥居耀蔵、水野様の下僕となり、改革を押し進めていく所存」

「その言葉を忘れるでないぞ、鳥居」

――ははぁ。耀蔵は心が小躍りするのを感じながら平伏しつつも、最近、妾(めかけ)にした若い芸者の白い柔肌を脳裏に浮かべ、舌なめずりした。

三

天保十三年（一八四二）、正月十二日――。

海老蔵は弟子を引き連れ、取る物も取りあえず、木挽町の河原崎座へと走った。お上から中村座と市村座を浅草に移転する命が出たとのことで、河原崎座にも大勢の役人が朝から取り壊しに来ているという。昨年十月に全焼した中村座と市村座の再建がお上から禁じられたことで、江戸三座移転の噂は昨年暮れからあった。それが正月早々から、しかも何の前触れもなく、有無も言わさず移転させられるとは思いもしない。

河原崎座の前では座元の六代目河原崎権之助と、陣笠(じんがさ)姿の役人らしき男が対峙(たいじ)していた。権之助は三十近くとなり、かつてお伝のことで諍いを起こした時より、座元としての風格が備わっている。黒紋付に深川鼠の袴も板に付き、様になってきた。

「お奉行様。何のお達しもなく、いきなり芝居小屋を取り潰すとはあんまりでさ。すでに正月の〈初春興行〉も決まっておりやす。せめて三月までお待ちくださいまし」

「――黙れ！　下郎。うぬごときの指図など受けぬわ。きょうよりこの芝居小屋は、取り潰しと相なる。おい、触れの札を立てよ」

〈鳥居笹〉の家紋の入った黒い陣笠に羽織、袴と脚絆という出で立ちの侍が鞭で指示した。

　それを阻むように海老蔵は立った。

「――お役人様。暫く、暫く！」

　役人は面長の、のっぺりとした顔だった。目は切れ長というより、糸のように細い。

「何じゃ、お前は」

「手前は、この河原崎座の座頭、成田屋市川海老蔵にございます」

「おう、その方が『江戸随市川』と評判の歌舞妓役者か。わしはこたび新しく南町奉行の座に就いた鳥居甲斐守じゃ。芝居小屋に関わることは、今後、わしが差配する。よう覚えておけ」

「へぇ」海老蔵は懐から帯封された小判を差し出した。「これを、甲斐守様」

鳥居は蔑むような目を向けてきた。

「ふん。早速、袖の下か。南町奉行のこのわしを愚弄する気か、成田屋」

「滅相もない。これはお奉行様自ら足をお運び頂いたお礼と、札を立てて頂いた手間。それに取り壊しの間の、お目付料にござります。どうぞ、遠慮のうお納めを」

鳥居は苦笑しながらも小判の束を横にして見ている。

「五両小判が十枚……。この小判を、その方ら下々までもが手にするようになったか。ま、きょうのところは、その方の顔を立てて引き揚げるが、一両日中に取り壊しにかかれ」

「と申されましても、取り壊す大工や舞台道具を運ぶ人足も集めねばなりません。今暫くの猶予をお願い申し上げます。できれば、南町のお奉行様のお情けで〈初春興行〉を終えさせて頂ければ、あり難き仕合わせにござります」

海老蔵はまた懐から帯封された小判を出し、鳥居の袖の中に押し込んだ。

「何でも袖の下か。よほど金回りがいいとみえる」と小声で呟いてから、聞こえよがしに大声で言った。「南町奉行の情けと言われれば、無下にはできぬ。されば、二月末までに移転を終えよ」

「二月末？」

「文句があるのか」

「いえいえ。ありがとうございます。して、移転先はいずこに？」

「浅草聖天町よ。うぬら歌舞妓役者なれば、よう知っておろう」

聖天町――といえば、大川の洪水から下谷・浅草の低地を護るために、三ノ輪町まで十三町余り（約一・四キロメートル）築かれた日本堤の先にある。日本堤は、遊廓の新吉原に向かう時には必ず通る。海老蔵も幼い頃、芸事を習いに通った道だった。

「身分卑しきおぬしらには似合いの場所よ。他の二座にも、その旨、伝えてある。今後は江戸の片隅で三座肩を並べて暮らせとの、ご老中水野様よりのお達しじゃ」薄く笑ってから配下に目を向けた。「――馬、引け！　きょうのところは引き揚げじゃ」

鳥居は馬に乗るや、侮蔑したように鞭を海老蔵の肩にのせた。

「言うておくが、城から離れたとはいえ、贅沢な振る舞いはご法度。これだけはきつく申しおく。さもなくば、この江戸では歌舞妓ができぬようになる。それをよう肝に銘じておけ、たわけが」

へぇ――。海老蔵は頭を垂れたものの、腸は煮えくり返っていた。

鳥居が乗った馬が遠ざかるや、座元の河原崎権之助が小走りで駆け寄ってきた。

「座頭、面倒を掛けちまって、しかも大金まで使わせて、すいやせん」

「なーに、いいってことよ。金はまた稼げばいいが、正月に芝居を見せられねぇんじゃ、江戸の衆に申し訳が立たねぇ。ま、相手が銭に転ぶ役人とわかっただけでも儲けものよ。何かあれば、また袖の下だ。それにしても浅草たぁ、ずいぶん隅に追いやられるもんだぜ」

浅草寺の向こうとなれば、日本橋から北東に一里ほど離れることになる。

権之助は落胆したように肩を落とした。

「浅草まで芝居小屋を移すとなると、また銭が掛かる。銭の工面も大変だが、これで客足が遠のいて赤字が増えたら、首が回らなくなる……」

「何を江戸っ子が弱音を吐いていやがる。三座が同じ町で肩を並べるってこたぁ、大坂の道頓堀と同じような大きな芝居町ができるってことじゃねぇか。お上が何を考えようが、江戸歌舞妓は今まで続いてきたように、これからも続いていかぁ。いや、そうさせるのが俺たちだ。そうだろう。そうじゃなきゃぁ、おめぇの所に俺の坊主を養子には出さねぇよ」

「へぇ……。とにかく、引っ越しの銭の工面だ。金主さんたちもこの飢饉で、今は商売があがったりだって言ってやしたから、これ以上、銭を出してくれるかどうか」

海老蔵はうなだれる権之助の背中を叩いた。

「しょげてんじゃねぇよ。咲かせて三升の成田屋市川宗家の、この海老蔵が付いてんだ。一緒に行って頭を下げてやるから心配するなって。いざとなりゃ、贔屓定連の方々にもお願いすれば何とかなる。勿論、俺だってありったけの銭は出すぜ、六代目」

それでも権之助は心配らしく、不安な面持ちで頷くだけだった。

正月十五日からの河原崎座の〈初春興行〉の舞台は、海老蔵が八代目團十郎と親子共演をしたこともあり、好評のうちに終わった。

その後、中村座と市村座はお上の指図どおり移転したが、河原崎座だけは居座り続けた。

反抗したわけではない。大工や人足が集まらなかったからだ。

その間、寄席も取締りに遭った。江戸市中に百数十軒あった寄席が、市中十五、寺社境内に九つと、計二十四ヵ所に減らされた。さらに三月、江戸市中に点在していた岡場所も禁止となる。

その後も問屋仲間が解散させられたり、諸物価を値下げさせられたり、役者絵の合巻の販売までもが禁止になったりと、多数の触れが出されたせいで江戸はすっかり活気を失った。

次第に街中を行き交う人々の装いもみすぼらしくなり、江戸の街からは華やかさや賑わいだけでなく、粋までもが姿を消した。

四

「――ちょっと、お前さん！」と、おすみが珍しく河原崎座の舞台で稽古している海老蔵に向かい、舞台下から険のある声を張り上げた。

おすみは他の役者に遠慮して稽古を見に来ることはない。そのおすみが無遠慮に舞台下から声を掛けるとは、よっぽどのことだ。おそらく楽屋に飾ってあった衣装を目にしたに違いない。

「この演目だけはよしとくれ。近頃、紬は贅沢だ、お菓子も飴も駄目と、何から何まで口うるさいご時世だよ。番所じゃ、手鎖が不足するほど些細なことでもお縄にしてるそうだ。三味線だって芝居小屋以外はご法度ってのに、金箔や銀箔なんざ使ったどい、てらに、本革や象嵌の鎧兜を着て舞台に上がった日にゃぁ、手が後ろに回るよ」

昨年、南町奉行が鳥居耀蔵になって以降、江戸の街は一変した。

おすみによれば、町中で高価な着物を着ていると、男女の別なく剝ぎ取り丸裸にして晒し者にしたり、奉行所同心が客になりすまして禁制の贅沢品を買い求め、店主が蔵から出してきたところを捕縛したりと、卑劣きわまりないやり口で取り締まっているという。

しかも、奉行所同心に見回らせるだけではなく、町名主にも取り締りをさせ、さらには同心や町名主を見張る隠密まで放っているという徹底ぶりだ。あまりに陰湿で汚い手口に、町衆は鳥居耀蔵のことを、町を歩けば毒蛇に絡まれるとの意で「蝮の耀蔵」と忌み嫌っている。

歌舞伎役者にはさらに厳しい。町衆との行き来はならず、芝居小屋への出入りの際は深編笠で顔を隠さなければならない。また、一年の給金は五百両を超えてはならず、舞台で使う簪や煙管、印籠など華美な物はすべて禁じられた。

海老蔵は近頃のお上のやり方で、積もり積もった鬱憤を蹴散らすように大きく一歩踏み込んだ。

「あの蝮のせいで江戸はどこも閑古鳥だ。町に閑古鳥が鳴くなんざ、花の江戸じゃねぇ。そんな江戸のために、ひと肌もふた肌も脱ぐ。それが江戸歌舞伎を背負う、咲かせて三升の市川海老蔵でぃ。おめぇだって四十路で、そんな安物の木綿を着せられ頭にきてんだろうが」

奢侈禁止令が出てから、おすみは絹や紬を一切、着ていない。今も地味な銀鼠色の着物だった。

おすみは眉間に皺を寄せた。

「それなら《景清》じゃなくたっていいじゃないか。お客を楽しませるのが歌舞妓だろ。楽しませるだけなら、他にいくつもあるじゃないか」

三月九日からの演目は、〈歌舞妓狂言組十八番〉の中から選んだ、《景清》だった。

話の筋は、源氏への反抗を続けていた「悪七兵衛」の異名を持つ勇猛な藤原景清が、平家滅亡後、源頼朝の命を狙うが失敗し、逆に捕らえられ、土牢に閉じ込められてしまう。平家には三つの家宝があり、うち頼朝が持っているのは〈朝霧の琴〉だけ。残り二つの家宝〈青山の琵琶〉と〈青葉の笛〉の行方を白状しない景清を前に、頼朝の家来は景清の妻と娘に過酷な責めを行おうとする。怒った景清は牢を破り妻と娘を助け、大暴れするという一幕だ。見せ場は、大勢の頼朝の家来たち相手に、景清が牢の柱を持って振り回す〈牢破り〉――。

海老蔵の狙いも、その見せ場にある。幕府の奢侈禁止令に縛られた町衆の代表として〈牢破り〉を舞台の上でやることで、江戸っ子の溜まりに溜まった鬱憤を晴らしてやろうと考えていた。そのため江戸っ子たちの怒りを表すように、景清の顔は《暫》と同じく〈荒事〉の中でも一段と凄みを感じさせる派手な隈取にし、髪型は油で固めた髪の毛の束を蟹の足の如く左右五本ずつ張り出した〈五本車鬢〉と呼ぶ鬘を使い、より荒々しさを出している。

「おすみ、こんなご時世だからこそ《景清》じゃねぇか。世の中の悪を懲らしめる役を演じるのが、成田屋市川宗家本来の〈荒事〉だ。江戸っ子が本気で怒っているのを舞台で見せてやらぁ」

おすみは呆れたように深い溜め息を吐いた。

「また悪い癖が始まったよ」

「悪い癖だぁ？　一体、何のことでぃ」

「あたしの目は誤魔化せないよ。お前さんは町衆のためじゃない。江戸三座が江戸の端に追いやられ、贅沢を禁じられた腹いせに、お上に喧嘩を売ってるだけじゃないか。違うかい？」

さすがおすみだ。痛いところを衝いてきやがる。

「だったら、どうだってんだ」

「歌舞妓は、お前さんだけのものじゃない。歌舞妓を楽しみにしている江戸町衆、皆のもんだ。それを忘れているよ。お願いだ」おすみは頭を下げた。「このとおりだよ。今度だけはよしとくれ。虫の知らせじゃないが、妙に胸騒ぎがしてならないんだ」

「心配するなって。三月三日から、成田山の不動明王様が深川までお出になる出開帳だ。俺には、その不動明王様が付いてら。〈手鎖〉になっても、せいぜいひと月ぐれぇのもんだろうよ」

〈手鎖〉の刑は小伝馬町の牢屋に入れられるわけではない。瓢箪型の手錠で両手を封じ、一定期間、自宅で謹慎させる刑だ。罪の軽重によって、三十日、五十日、百日〈手鎖〉の刑がある。

「馬鹿なこと言ってるんじゃないよ。倅たちや客の前でお縄になるなんて前代未聞だよ。成田屋市川宗家に泥を塗る気かい。お前さんだけの宗家じゃないんだよ」

舞台の端では長男團十郎と、次男高麗蔵が不安げにこちらを見ていた。

親子とはいえ、稽古中は師匠と弟子。芝居の台詞以外、余計な言葉を発することは許されない。

ただ、二人とも未だ少年らしさは残っているものの、二十歳に十八とすっかり体が大人になり、江戸の不穏な空気を肌で感じているのか、側にいる弟子たちと視線を絡ませていた。

「俺も五十を二つも過ぎた男だぜ。今さら怖(こ)ぇもんなぞ、ありゃしねぇよ。南町奉行の蝮は袖の下が好物よ。なーに五十両も渡せば、〈手鎖〉もなくお叱(しか)りで済まぁ」

お叱りの刑は、〈手鎖〉より軽い。〈叱り〉と、やや重い〈急度(きっと)叱り〉がある。もっとも、江戸っ子には役人に人前で大の大人が叱られること自体、恥になる。

「本当に大丈夫なんだね、お前さん」

海老蔵は何度も念を押すおすみの心配を断ち切るように、足許にあった小道具の牢の柱を足でひょいとすくい上げて手に取ると、大きく振り回して六方を踏みしめた。

「やい、おすみ。『悪七兵衛』と悪名高きこの景清めが、恋女房のため、江戸の町衆のために、四角四面のこの棒で、江戸を錆(さ)びさす荒波を、丸ぁるくなるまで、あ、蹴散らして見せらぁ」

「――よっ、待ってやした、成田屋！」と舞台下で見ていた、市川九蔵の声が飛んだ。

三月九日から河原崎座で始まった《景清》の舞台は、海老蔵の思惑どおり大盛況となった。

力強い〈荒事〉の立ち回りに合わせ、新たに常磐津(ときわず)節を終始入れたことで、これまでより動きを軽妙に見せられた効果もある。景清の〈牢破り〉は、数多(あまた)の悪令に縛られ苦しむ江戸っ子たちの心を解き放ってくれる、胸のすく、憧れそのものになっていった。

瓦版屋たちも海老蔵の芝居を、「江戸っ子の心意気〈牢破り〉――」とはやし立てた。お蔭で木挽町に残った河原崎座は最後の灯ともいうべき光を放ち、これまで以上の賑わいを見せている。

負債を抱えて心配ばかりしていた座元の権之助も、ようやく安堵の顔になった。

四月に入るや、聖天町には中村座や市村座ほか、浄瑠璃芝居小屋や芝居茶屋も徐々に出来上がっているという噂が木挽町界隈まで聞こえてきた。聖天町は新たな出発を機に、江戸芝居小屋の草分けである「猿若勘三郎」の名に因み、『猿若町』と改名。中村座は猿若町一丁目、市村座は猿若町二丁目、河原崎座は未だ移転していないものの、猿若町三丁目と定められた。

《景清》の舞台が大盛況の中、海老蔵も猿若町に移った時の、河原崎座のこけら落としの演目を考えながら、残りの日々を惜しむように楽しく舞台を務めた。だが――。

四月六日、河原崎座に突如として南町奉行所の役人が乗り込んでくる。

景清役の海老蔵が舞台の上で〈牢破り〉を演じている最中だった。海老蔵は牢番役人役の役者に本物の役人が混じり、取り囲んでいることに気づきもせず、柱を振り回した。舞台に上がった役人たちも、悪七兵衛景清役の隈取や〈五本車鬢〉のあまりに異様な海老蔵の姿と、迫力のある演技を前に二の足を踏んだのだろう。見ているだけで声すら発しない。海老蔵も牢番役人が増えたぐらいにしか思っていなかった。

そして、いつものように海老蔵が〈見得(みえ)〉を切ろうと一歩踏み出した時、場内がにわかに騒(ざわ)めき出すや、その喧騒を一蹴(いっしゅう)するかのように舞台下から、

「神妙に致せ！　成田屋。南町奉行鳥居甲斐守であーる」と声が飛んだ。

その声で海老蔵を取り囲んでいた役人たちが、我に返ったかのように「――御用だ！」「角棒を捨てろ！」と口々に怒声を浴びせ、突棒(つくぼう)や刺股(さすまた)で海老蔵の体を押さえ込んだ。

そこへ、壇上に上がって来た鳥居が海老蔵の両手に手錠を掛け、さらに勝ち名乗りでも上げるかの如く「市川海老蔵、〈町触(まちぶれ)〉に背いた廉(かど)により、南町奉行鳥居甲斐守が召し取ったりーぃ！」と、歌舞伎役者さながらの大声を上げた。

五

〈身のほどを　白猿（しらざる）ゆへの御咎(おとがめ)を　手にしつかりと　市川海老錠(じょう)――〉

海老蔵が南町奉行の鳥居耀蔵から召し捕られた後、巷に流れた落首だった。

海老蔵は南町奉行所で吟味を受けた後、〈手鎖〉の上〈預かり〉となり、海老蔵の家主熊蔵に身柄を預けられた。罪状は、奢侈禁止令に抵触したことによる。

六月初め――。〈預かり〉となってから、ふた月ほどが経つ。

留守を守るおすみの話では、奉行所役人が何十人も深川の自邸に入り、屋敷や蔵の中を検分。舞台道具の鎧兜や長女おみつに買い与えた雛人形など、豪華な調度品の数々を前に驚いていたとのことだ。事務方などは、庭にある御影石の灯籠や蔵にある不動明王の仏像の寸法まで測り、事細かく台帳に控えていったという。

大盛況だった河原崎座の〈弥生興行〉は、その後、代役を立てることも許されず、上演中止となった。次男の高麗蔵や海老蔵の家主熊蔵、名主など、海老蔵以外にも数人がお白州に引き出され、〈急度叱り〉や過料などの罰則を受けている。

その影響で、深川では辰巳芸者や置屋を幕府が移転させるとの噂が出、その原因をつくったのはお上に盾突いた海老蔵とのことで、家族や弟子たちは肩身の狭い思いをしているという。

そんな話をしながら、おすみは熊蔵宅の離れの縁側で、自宅から持ってきた竹筒の水筒から麦茶を茶碗に注いだ。ここは井戸も台所もないので、毎日、おすみが自邸から食べ物や水、着替えなどを届けている。

家主の熊蔵の屋敷は、同じ深川の島田町にある。こたびの一件で、かつては「日本一の歌舞伎役者に住まってもらい鼻高々よ」と自慢していた熊蔵だが、手の平を返したように寄り付かない。

今住んでいる熊蔵の屋敷の離れ――とはいっても、納屋（なや）と見まごうばかりの粗末な家だ。梅雨の間は所々で雨漏りがした。おまけに六月の夏の陽気で、横を流れる油堀からは腐った油や魚の腸（はらわた）の臭（にお）いが漂い、夜は藪蚊（やぶか）が飛んできて熟睡もできない。

「いつまでなんだろうね」

おすみが虚（うつ）ろな目で、雨しずくが垂れる軒先の、蜘蛛（くも）の巣にかかった大蚊（ががんぼ）を見つめながら呟いた。大蚊の姿は、あたかも舞台で《暫》の〈大見得〉を切る鎌倉権五郎景政のようであり、身動きが取れなくなった今の海老蔵のようにも見えてくる。

おすみの呟きは〈預かり〉の期間だ。今度ばかりはおすみもかなり骨身に沁（し）みたらしく、鬢に白いものが覗（のぞ）く。四十路（よそじ）で、黒地に灰色の竹縞（たけしま）の地味な小袖を、色褪（いろあ）せた紺色の帯で締めている上に、さらに、この一件が重なったこともあって急に老（ふ）け込んだ気がする。

「さあな。これからどう裁くか、どんな刑罰を与えるか、考えてんだろう」

海老蔵自身、このまま〈預かり〉で済むとは思っていない。

おすみが不安げな顔を向けた。

「じゃ、もっと酷い刑罰が下るってのかい」

「蔵の中までお調べがあったとなると、まずは家屋没収と過料だろうぜ」

おすみは寂しそうに吐息を漏らした。

「やっぱし、あの家は潰されるのかねぇ」

「見せしめにな。蔵の物や庭にある御影石の灯籠も召し上げだろうよ」

「不動明王様も……じゃ、今のうちに、おさとさんの家にでも弟子たちと移しておこうかね」

蔵には須弥壇があり、その上に高さ三尺（約九十一センチメートル）ほどの金箔を貼った不動明王が鎮座している。京の仏師に特注でつくらせたものだ。

「やめておけ。奉行所の役人が台帳に事細かく書いていったんだ。そんなことしたら、おさとにも累が及ぶどころか、成田屋市川宗家の長の八代目もお縄になるぜ」

「あの子にまで……？」

刑罰には罪が家族や弟子たちにも及ぶ〈連座〉や〈縁座〉がある。

「相手は蝮の奉行だ。案外、それを待っているのかもしれねぇぜ。何から何まで汚ぇやり口で、しょっ引いてんだ。そんなこたぁ、朝飯前よ。運ぶんなら〈歌舞妓狂言組十八番〉の台本が入った桐の箱だ。弟子に暇を出すような振りをさせて、手分けして、おさとの家に運ばせておけ。あれこそ成田屋市川宗家の宝だ。将来ある倅や弟子たちを野垂れ死にさせるわけにはいかねぇからな。それより、おすみ。今のうちに浅草辺りに家を探しておけ。俺は当分、帰れそうにねぇ」

「帰れそうにないって……?」

「おそらく俺は、軽くて〈江戸払い〉。重けりゃ〈遠島〉――島流しだろうよ。いずれにしても、江戸の衆への見せしめに、江戸で一番目立つこの俺を釣り上げたかったのさ。今にして思えば、俺がお縄になった日、土間席に、やけに瓦版屋が多いと思ったぜ。ま、どの道、もう二度と江戸の舞台には立てねぇのは確かだな」

おすみは、今まで見たこともない打ちひしがれたようなまなざしをしていた。

海老蔵は手鎖でつながれた両手をかざした。

「ざまぁねぇよな。あん時、必死に止めたおすみの言うことも聞かねぇで、江戸の町衆のためと意気がって《景清》なんざやるから、このざまだ。舞台で芝居をしたまま手鎖を掛けられるなんざ、前代未聞。東西広しといえども、俺が初めてだろうぜ。今まで倅や弟子たちに偉そうなことを言ってたかと思うと、顔から火が出らぁ。その上、咲かせて三升の成田屋市川宗家の五代目海老蔵ともあろうもんが、〈一世一代御名残口上〉もできねぇで江戸の舞台から降ろされるたぁ……夢にも思わなかったぜ、くそーっ！」

歴代の名だたる役者は、必ず〈一世一代御名残口上〉を舞台の上で行ってから隠居していく。それをしないで舞台を去るのは、緞帳役者と同じ。江戸歌舞妓を背負っていたなどとは、とても言えない。

不覚にも涙がこぼれ落ちた。ぼやけた視界の中に、涙に濡れたおすみの顔があった。

「……すまなかった、おすみ。後先も考えねぇで、とんだドジを踏んじまって。あまりの馬鹿さ加減に自分でも情けなくならぁ。何が江戸歌舞妓を背負うだ、何が江戸っ子の総本山だ、この馬鹿が忌々しい！」

海老蔵は手鎖でつながれた両手を固く結んで額に打ちつけると、溢れ出る涙をぞんざいに袖で拭った。

「――おっと。江戸っ子が、自分のしくじりで泣くなんざぁ、見っともねぇにも程があらぁ。とにかく、もう江戸歌舞妓に迷惑は掛けられねぇ。おすみ。これからは俺じゃなく、八代目を護ってくれ。あいつまで潰されたら、成田屋市川宗家は本当に終わる。……苦労を掛けるが、頼む」

おすみは目に涙を溜めながら深く頷いた。

「……お前さんの遺言だと思って、しっかりとこのあたしが護ってみせるよ」

おすみは倒れ込むように海老蔵の胸の中に顔を埋めると、体を震わせ、声を押し殺して泣いた。


六月二十二日、昼四ツ（午前十時頃）――。

海老蔵は南町奉行所に呼び出され、お白州に座らされた。

お白州に面した屋敷には役人たちが並んで座り、奥には南町奉行の鳥居耀蔵ののっぺりとした顔が見える。こちらを見る細い目は刺すように鋭い。

「市川海老蔵。頭を丸めるとは殊勝な心掛け。だが、神妙になるのが少々遅すぎたわ」

海老蔵が剃髪したのは罪を反省してではない。江戸歌舞伎との縁を切る、覚悟の意だった。切った髪は遺髪として、おすみや倅ほか、弟子やおさととお爲二人の妾に渡してある。

鳥居は勝ち誇ったように口元に皮肉な笑みを漂わせてから、おもむろに筆机の上から紙を取り、一礼するや、「水野越前守様、御指図――」と読み上げた。

内容は大よそ、海老蔵の屋敷にあった品々や調度品が、如何に奢侈禁止令に抵触しているかを語るものだった。台帳に控えていっただけあって事細かい。

「――触れに背きし段、誠に不届きに候。よって家屋取り壊しの上、木品召し上げ、〈江戸十里四方追放〉を申し付けるものなり」

〈江戸十里四方追放〉とは、日本橋を基点に半径五里（約二十キロメートル）四方より外へ追放するという意味だ。明確にはわからないが、西は東海道の川崎まで、甲州街道は府中辺りまで、東は習志野辺りまでで、その外に出なければならない。

やっぱし――というより、思っていたより軽い。人通りの多い日本橋で晒される〈晒し〉や、〈遠島〉ともなれば、市川宗家末代までの恥になるばかりか、江戸歌舞伎に泥を塗ることになる。

かつて市川門之助や大谷馬十が亡くなった文政七年の同じ夏、武州の僧侶六人が内藤新宿や新吉原で女を買ったことが露見し、日本橋で、縄を掛けられた姿のまま三日間も晒され、通行人から唾を吐きかけられ罵声を浴びている。海老蔵がそうなれば、これまで積み上げた芸歴はもとより、成田屋の威厳も格式も失われ、市川宗家は完全に終わってしまう。

とはいえ、もう江戸では舞台に立てないことは確かだ。ただ、望みはわずかにある。江戸以外の、上方や中国・九州など、旅回りの舞台には立ってもいいということだ。

幸いにも下総国成田山新勝寺も江戸十里四方の外、十六里（約六十三キロメートル）にある。不動明王との縁が切れなかっただけでも、不幸中の幸いと言わねばならない。

「わかったか、海老蔵」と前から声が飛んだ。

海老蔵はお決まりのように「ははぁ」と平伏した。

「〈江戸追放〉は、歌舞伎役者のお前に似合いの幕引きの花道よ。きょうより三日、猶予を与える。それでもまだ江戸に残っておれば、次は極刑と心得よ」

ははぁ――。海老蔵は深々と頭を下げた。

――八代目……。江戸歌舞伎は、おめぇに任せた。頼んだぜ。

そう心で呟いた刹那、不思議にも憑き物が取れたように背中が軽くなるのを感じた。

六

六月二十五日、早朝――。

海老蔵は深川の自邸をしみじみと眺めた。

見納めだ。三日後には、屋敷も蔵も取り壊される。

玄関先にはおすみと倅たち、おさととお為の妾二人ほか、弟子たち一門二十人ほどが見送りに出ていた。海老蔵が向かうのは、成田山新勝寺だ。連れは弟子の市川九蔵だけ。旅回りとなると、やはり九蔵は欠かせない。

おすみは誰もが無言で涙する中、九蔵の手を握り、旅先のことを頼んでいた。

〈景清が　牢破って　手鎖くい――〉

〈白猿は　牙（木場）をとられて　青くなり――〉

海老蔵は巷で囁かれている二つの狂句を呟くと、努めて明るく振る舞った。

「おいおい、皆。今生の別れじゃねぇんだぜ。しけた面してねぇで、笑顔で送り出してくんな」

「そいなら、なして遺髪ば残して行くと？」

おさとだった。最後の別れと思っているらしい。海老蔵をじっと見つめる不安げなまなざし。二十七歳になったとはいえ、海老蔵のいない江戸は心細いに違いない。心なしかやつれているものの、奢侈禁止令だからか、大きな文様はさけ、無地に見える〈鮫小紋〉を着ていることもあり、いつも以上に品よく、艶めかしくさえ映る。

「おさと。ありゃ遺髪じゃねぇ。いつも側にいるってこった。会いたくなったら成田山に来い」

「必ず行くけん、若か女子ば側に寄せんでくれんね」

「五十二だぜ。色なんぞ、そんな気はもうねぇよ。若いと言えばおみつ。おめぇももう二十半ばだ。いい加減に選り好みしていねぇで、さっさと嫁に行かねぇか。おすみが困ってら」

おみつは涙を溜めながらも、きっと目を尖(とが)らせた。

「こんな時に、おっ母(か)さんや弟たちを放って嫁なんかに行けるかい。馬鹿だよ、お父(と)っつぁんは」

顔は母親のおこうそっくりだが、性格はおすみに育てられたからか、伝法肌で気が強い。

「そう怒るなって。とにかく、しばらく成田山で養生したら、上方から西の舞台を荒らし回ってやらぁ。なーに、江戸で舞台に立てなくったって、京・大坂があらぁな。弟子だって、大坂には米十郎もいるし、そこら中にいらぁ。これからは上方でぃ」と言うや、お爲が前に出てきた。「上方のことなら、うちに任せておくれやす、旦那様(だんな)」

お爲はおみつと同じ二十五歳。子供二人を産んだものの、子育ては一切、人任せだからか、未(いま)だに娘のよう。

「うちが来年、大坂の家で待ってますよって、旦那様のお世話をさせて頂きます」

お爲が父親からもらった持参金で買ったという屋敷は、海老蔵が常宿にしている旅籠屋の主人、植木屋久兵衛に預けたままだった。

海老蔵はおすみの顔色を窺うように見ると、おすみは苦笑しながら頷いた。

「じゃ、お爲。待っててくんな」と流してから、倅團十郎に目を向けた。

團十郎は一言も発せず、海老蔵の顔を心に刻むように、涙を溜めた目でじっと見ていた。

父親譲りの顔立ちと母親譲りの芸の覚えの早さで、未だ二十歳ながら、人気は海老蔵を凌ぐまでになっている。ただ、何事にも過敏すぎて気難しく、やや短気で怒りっぽいのが欠点だった。

おそらく海老蔵の後ろ盾を失った後の成田屋市川宗家を、自分が背負って行けるのか、不安を感じているに違いない。

「……八代目、成田屋市川宗家と江戸歌舞妓は、おめぇに任すぜ」と言った声が涙でつかえた。「……おめぇに言っておくこたぁ一つだ。己の欲を捨て、心の底から〈市川團十郎〉になんな。そうすりゃ、江戸歌舞妓はおめぇのもんだ」

「己の欲を捨て、心の底から〈市川團十郎〉になれ……？」

真意が摑めなかったらしく、小首を傾げている。

「今はわからなくてもいい。とにかく俺みてぇに思い上がらず……ただただ歌舞妓に打ち込め」言った側から涙が溢れ出た。「それにはまず、おめぇの短気な質を直せ。カッとなったら腹の中で二十、数えて怒りを鎮めろ。癇癪は、おめぇの芸を駄目にする」

團十郎は素直に無言で頷いた。その素直さが心配なのだが、今は胸を締め付ける。

「八代目……。二、三年したら、弟たちや市川宗家一門を引き連れ大坂に上ってこい。どれだけ上達したか、とっくり見てやる。楽しみに待ってるぜ」

「わ、わかりやした、親方……」その後の、言葉が続かない。

海老蔵はぼやけた目で深く頷いた。

「じゃ、皆。達者でな……」さらっと言ったつもりが、思ったより声が湿っぽい。

親方――。弟子たちの涙声が次々と重なっていく。自ずと熱いものがこみ上げてくる。海老蔵は涙を振り払うように背を向け、おすみに言った。

「……頼んだぜ、おすみ」

「あいよ……任せておきな、お前さん」

後ろから聞こえるおすみの声も、湿っぽく涙に震えていた。

第八幕　親孝行に親不孝

一

〈芸なし猿の野良廻り　畑にも紅白粉はありながら　明暮さびしき　かつらきぬ髪
——〉

夕方、海老蔵は屋敷の二階の窓辺に腰掛け、遠くに見える大坂城をぼんやりと眺めながら、思わず自分のつくった詩を口にした。

昨天保十三年（一八四二）——。成田山新勝寺に身を寄せ、七月から九月にかけて成田山周辺の寺社を参詣した時に思い浮かんだ俳句や詩を、『しもふさ身旅喰』と題して冊子にまとめたものの一節だ。

昨年から一年ほどは己を見つめるために、成田山周辺の寺社を歩いた。その後、伊勢神宮へ赴いたり、紀州の高野山に籠もったりするため、成田山を去った。

歌舞伎との決別を考えてのことだ。

旅路の途中、そんな海老蔵の気持ちを天が汲み取ったかのように、自慢の両目が病になってしまう。長年、睨みで酷使したせいだ。目を開けられないほどの痛みが襲う。幸い駿河で、伊達家の分家筋に当たる伊達本益という名医に、ふた月も治療してもらったお蔭で治った。しかし――。

気持ちは前に向いてはくれない。

その後、再び成田山に戻り、己を見つめ直す行として今年（天保十四年・一八四三）八月、〈断食参籠〉で七日間、成田山に籠もった。何もかも洗い流そうと滝に打たれ、水垢離も幾度となくしたが、やはり根っからの歌舞伎役者なのだろう。一度、体に沁み込んだ歌舞伎は簡単には抜けず、未練がましい己を知る。

新勝寺の元住職照融上人は、そんな煩悩にもがき苦しんでいる海老蔵を不憫に思ったのか、声を掛けてくれた。

「仏とは、これまでいろいろな煩悩で縛られてきた心がほどけることからほとけという。未だ心残りがあるなら、それがほどけるまで存分におやりなされ。そのために、今、命がある。命とは意の道――すなわち、己を生かし使い切る道。使い切ってこそ煩悩がほどけ、やがて仏となる。これが本当の、成仏と知りなされ」

さらに「時は常に流れておる。江戸は今、嵐の中。されど、嵐も時が過ぎれば去っていく。それまで嵐なき所で己を磨くも、また修行なり」と背中を押してくれた。

海老蔵はすぐさま成田山を出て、上り船で上方に向かった――。

今は大坂道頓堀の南東、坂町天神前にある、お為が持参金で買った屋敷にいる。周りには芝居茶屋や見世物小屋が建ち並ぶ、人通りの多い賑やかな場所だ。

照融上人の助言に従い、来てよかったと思う。大坂で頑張っていた愛弟子の市川米十郎とも再会できた。江戸のおすみは怒るだろうが、お為との間に、新たに六男を授かった。今の海老蔵の重い心を癒す、ほんの束の間の、ささやかな仕合わせだった。

とはいえ……。

心は晴れない。やはり江戸に戻りたがっている己がいる。

「露と落ち　露と消えにし　我が身かな　浪速のことも　夢のまた夢……」

海老蔵が夕闇に消えゆく大坂城を見て呟くと、「そら、太閤はんの辞世の句だすな」と長火鉢でスルメイカを焼いていた米十郎が、渋い顔でしみじみと言った。

「十月にもなると、さっきの親方の詩といい、太閤はんの辞世の句といい、何やこう、物侘しおすな。いや、親方の今の気持ち、わてにはようわかります。わても去年、大怪我をして三月も舞台に上がれんどしたさかい」

米十郎は今年で三十二になる。昨年の秋、米十郎は舞台へ上がろうとしたところを古株の俳優に蹴飛ばされ梯子段から転落。相手の名は明かさなかったものの、相当、悔しかったらしく「必ず舞台で見返したる」と、床の中で言っていたらしい。

海老蔵は窓の障子を閉め、米十郎と九蔵がいる長火鉢の所に座った。

きょうは少し冷えることもあり、弟子たちが熱燗を用意してくれた。お為が江戸から連れてきた下女はいるが、つい二日前、お為が六男を産んだために掛かりっきりで、代わりに米十郎が細々と世話を焼いてくれている。

「親方も骨休めのつもりで、のんびりしはったら宜し」

「わかっちゃいるが、闇夜に沈む大坂城を眺めてると、太閤さんと自分が重なって見えて、つい気持ちが後ろ向きになっていけねぇ……小せぇ、小せぇ。おめぇにまで気を遣わせてよ」

「そないなことはおまへん。今は難しいことは考えんと、夕飯ができるまで熱燗にスルメイカで一杯やっておくんなはれ。ここのスルメは江戸の物とは違うて、肉厚で美味うおまっせ。九蔵兄さんも、どないだす」

米十郎が焼けたスルメイカを手際よく裂いて皿にのせていく。

「ヨネも、ずいぶん上方で苦労したんだな。言葉まですっかり浪速っ子じゃねぇか」

伊豆生まれの米十郎は幼くして父親を亡くし、母親と江戸に出た。母親は市村座の裏方と再婚。だが、米十郎は日本橋の魚河岸に奉公に出される。その後、母親が男と駆落ちしたため奉公先を追われ、十歳の時に市川家の門を叩き海老蔵の弟子となった。九蔵と同じく、伊勢松坂や名古屋などの地方芝居に出、神社や寺の境内で興行する安価な中芝居に出て修業を積んでいる。

近年、道頓堀の大芝居にも出られるようになり、尾上菊五郎の弟子二代目尾上多見蔵から教わった〈ケレン〉が評判となり、ここ大坂では海老蔵も驚くほどの人気ぶりだった。

米十郎は目を細め、手を左右に振った。

「こっちでは船場や浪速言葉のほうが、何かと都合がええんだすわ。ま、こっちの者は、わての浪花弁を気持ち悪い言いまっけど。それよか、苦労なんて大層なことはおまへん。大芝居に出られるようになったのも、親方から三升の紋を頂いたお蔭。市川の名をもろうたお蔭だす」

歌舞妓界の名門の苗字を名乗ることができれば、緞帳役者のような扱いは受けない。だからこそ誰もが、大名跡の一門になりたがった。

「俺は仕合わせもんだぜ。おめぇみたいな、いい弟子を持ててよ。そろそろ米十郎の名を捨て、市川宗家の名跡、四代目小團次を継いでもらおうか」

「とんでもおまへんがな」米十郎は驚いた顔で頭を振った。「四代目小團次やなんて、そないに大それた名跡なんぞもらわしまへん。わてはまだまだ修業の身。ようやく中芝居から大芝居に出させてもろたわてが、そないな大名跡なんぞ背負わされたら潰れますがな、親方」

大坂歌舞伎は役者には厳しい。大芝居の舞台に立てても、少しでも芝居が下手になったり、人気が落ちたりすると、中芝居に落とされる。そこが江戸歌舞伎と違うところだ。海老蔵とて例外ではない。それだけに気が抜けなかった。

「ヨネよ」と九蔵が口を挟んだ。「親方がああおっしゃってんだ。有り難く頂戴したらどうでぃ。役者は伸びる時に伸びておかねぇとよ。おめぇは今、勢いがある。もっと上を目指しな」

九蔵は米十郎よりひと回り上の兄弟子で、今や成田屋市川宗家門弟の筆頭でもある。九年前の天保五年に、初代團十郎の長男の名跡〈市川九蔵〉二代目を継がせた。以降、数多の役をこなし芸の幅も広がったものの、芸風が地味ゆえに人気は今一つだった。そんな経験をしてきた九蔵だからこそ、米十郎の背中を押したのかもしれない。

「――よし！　決まりだな。兄弟子の口添えだ。もう四の五の言うな、ヨネ。襲名披露は来年の三月だ。桜が咲く頃には、世の中も少しはマシになってるだろうよ」

先日、おすみから届いた文には、海老蔵に〈江戸十里四方追放〉を命じた水野越前守は、閏(うるう)九月に老中首座の任を解かれ失脚したとあった。その折、これまで多くの禁止令に苦しめられていた江戸っ子たちは暴徒と化し、水野の屋敷に投石などをして襲ったという。

その後、どうなったかはわからないが、海老蔵に科された〈江戸十里四方追放〉も、やがて解かれることもあり得ると、おすみは楽観的だった。もっとも――。

一度、〈江戸払い〉となった科人(とがにん)が江戸に戻ったという話は聞いたことがない。海老蔵が二十代の頃、江戸で人気だった相撲力士の雷電爲右衛門(らいでんためえもん)は、〈天下無双の雷電〉と刻ませた鐘を寺に奉納した廉(かど)で〈江戸払い〉となり、戻ってはこなかった。

米十郎は居住まいを正すと、きちんと腰を折った。

「ほな、親方。宜しゅうお頼(たの)申します」

「おう。お披露目口上は任せておけ。それより、来月十一月の角ノ芝居を何の演目にするかだ。俺が大坂に出てきたことを、どーんと大坂の衆にお披露目しねぇとよ」

海老蔵は江戸を出た直後、「成田屋七左衛門」と改名したが、さらに成田山から大坂に出る際、「幡谷重蔵(はたやじゅうぞう)」と改めている。もっとも、それは舞台の上だけのことで、大坂では誰もが「成田屋はん」や「海老蔵はん」と呼んでくる。

「となりゃあ、ここは〈歌舞妓十八番〉の《助六》だ、親方」

九蔵が煙管を持って、花川戸助六の仕草をして見せた。

成田屋と言えば、やはり《助六》だ。〈江戸十里四方追放〉を食らって一年余り。

第一段の演目としては悪くはない、が……。

「いや、十一月は江戸なら〈顔見世〉。〈歌舞妓十八番〉なら、ここは〈牢破り〉の《景清》よ」

「えっ……！」九蔵は持っていた煙管を落とした。「親方。そいつぁ、ちと具合が悪かねぇですかい。いくらご老中が代わったとはいえ、お上に喧嘩を売ってるようなものですぜ」

《景清》は、南町奉行鳥居耀蔵に手鎖を掛けられた、縁起の悪い演目だった。

「お上のご政道に怒っているのは、江戸っ子だけじゃねぇ。浪速っ子だって怒ってら。こちとら江戸っ子の総本山でぃ。お上の顔色を窺いながら、芝居なんざできるかってんだ。浪速っ子のために舞台を踏む。これが〈荒事〉の成田屋の心意気ってもんだ。そうだろう。〈大坂十里四方追放〉ってのがあんなら、やってみろってんだ」

自棄糞——というより、自分の芝居が小さくなっていくことが何より怖かった。このままお上の顔色を窺い、当たり障りのない芝居をしていけば波風は立たない。だが、

〈荒事〉を看板にしている成田屋だ。そんな芝居を海老蔵が大坂ですれば、八代目ほか、それに続く市川一門が演じる〈荒事〉すらも勢いがなくなるばかりか、江戸っ子の心意気すらも失っていくようでならない。それでは〈歌舞妓狂言組十八番〉を定めた意味すらも見失う。

米十郎は酒を一気に呷る(あお)と、海老蔵の心を知ってか、渋い顔をつくり笑った。

「くーっ！　さすがわての親方や。惚れ惚れ(ほぼ)しまんな」

「――おい、ヨネ！　おめぇまで何言いやがる。江戸の女将(おかみ)さんがここにいなすったら、きっと怒って止めなさる。この大坂でも天王寺屋さんが〈大坂お構い〉で追い出されたって話だ。今度、お縄になったら、島送りになるかもしれねぇんだぞ」

「天王寺屋」とは、「難波の太夫(たゆう)」とまで言われ、人気のあった、二代目中村富十郎のことだ。海老蔵と同じく奢侈(しゃし)禁止令に触れ、大坂から追放されている。

「そら、捕まればだっしゃろう。捕まらんように《景清》の衣装を地味にして、立ち回りだけを派手にすれば、お咎(とが)めのしようがおまへんがな。ねぇ、親方」

――なるほど！　さすが今、評判のヨネだ。俺が何がしたいか、わかってら。

「そいつぁ名案だ。激しく派手な〈荒事〉を存分に見せられるぜ。――よし、〈牢破り〉の《景清》で決まりだ。衣装は黒と緋(ひ)の縮緬(ちりめん)の〈片身替(かたみがわり)〉でぃ。これでお縄なら、本当に俺の見納め——形見代わりの舞台よ」

〈片身替〉とは、背縫いの着物の左右を異なった生地や文様で仕立てたものをいう。能装束に多く見られ、初代團十郎も舞台でよく着たと伝えられている。

「〈片身替〉たぁ粋だ」と九蔵は言ったが、渋い顔だった。「でやすが、半身を緋縮緬ですかい」

九蔵が危惧するのも無理はない。緋縮緬の赤と黒では派手になってしまう。

「舞台映えがするじゃねぇか。それに緋縮緬なら女が皆、長襦袢や腰巻にしてら。奉行所とはいえ、まさか大坂中の女子衆から、長襦袢や腰巻を剝ぎ取れねぇだろうよ」

米十郎が愉快そうに手を叩いて破顔した。

「そうだす、そうだす。役人も文句の付けようがおまへんわ。さすがわての親方や。このスルメと同じで嚙めば嚙むほど、いつまでもええ味出しまんな」

海老蔵は米十郎が裂いてくれたスルメイカを一切れ、口に入れた。江戸より肉厚で味もいい。

「よう、ヨネ。俺の大坂での仕切り直しを前に、スルメたぁ縁起が悪い。おめぇは上方が長ぇから知らねぇだろうが、江戸の『ありんす国（新吉原）』じゃ、スルメを『当たりめ』と粋に呼ぶ。だから江戸っ子も皆、『当たりめ』と呼ぶのよ、覚えておきな」

「当たりめ……。ほな、十一月の《景清》は〈大当り〉でんな」

「あたぼう、いや、当たりめぇよ。江戸を追放されての初舞台。黒と緋縮緬をまとい派手に大暴れしてやらぁ」

海老蔵は腰を上げ、一歩足を踏み出し〈見得〉を切った。

「市川一門の〈荒事〉で、あ、目に物見せてくれようぜぃ」

「――よっ！　成田屋」と、米十郎が嬉しそうに声を張った。

二

弘化二年（一八四五）十二月五日、未明――。

八代目團十郎は、姉おみつの褥に潜っていた。

顔の前には、ふっくらとした丸餅型の乳房が二つ。その先の薄桃色の乳首を口に含むと、苛々した心が静まっていく。幼い頃から、そうだ。

この四年の間、いろいろなことがあった。

父海老蔵が江戸を追われて三年。江戸歌舞伎は大きく変わった。

江戸三座はすべて猿若町に集められ、一大芝居町をつくったかに見えた。しかし、大看板の父海老蔵が江戸から消え、父の朋友でもある三代目尾上菊五郎など〈大立者〉や、「大太夫」と言われた五代目岩井半四郎など〈立女形〉が歳を取り、次々と舞台を去ったせいで、年六場所あった舞台興行の日数も激減。移転後、〈大入り・札止め〉になった日は一度としてない。

歌舞妓を目の敵にするお上の容赦のない取り締まりに加え、今まで出回っていた役者の錦絵までも販売禁止の触れが出たことで、巷からは華やかさがすっかり消えた。次第に芝居町猿若町から客足が遠のき、賑わいもなく、火が消えたようになっている。

それは深川も同じ。

深川島田町にあった成田屋市川宗家の贅の限りを尽くした屋敷がお上に取り壊されたのを機に、深川の多くの妓楼や辰巳芸者のいた置屋はすべて、大川を渡った日本橋や柳橋に移された。今は三味線の音も人の賑わいもなく、色町深川の灯は完全に消滅した。

変わったのは町だけではない。

歌舞妓の低迷で、成田屋市川宗家の暮らしも一変した。いや、どん底に落とされたと言っていい。猿若町の借家に移って以降、暮らしは以前とは雲泥の差だ。舞台が減り客足が遠のいたせいで収入は以前の半分もなく、借金はかさむ一方だ。粗衣粗食で、名門歌舞妓の宗家とも思えない。〈八代目　茶断ちまでして　精進精進――〉と狂句までつくられ巷では面白がられてはいるが、実際は茶断ちではなく茶を買う余裕すらなかった。

そんな中で、團十郎は成田屋市川宗家の八代目当主として父の残した借金を返し、大坂の父に仕送りをし、母兄弟と宗家一門の弟子を養っている。

もっとも、それがお上の知るところとなり、今年五月、北町奉行所に呼び出され「親孝行息子」であるとして、褒美に一分銀十枚（約二十万円）を賜った。父が不名誉な刑罰を受けたこともあり、市川宗家の名誉回復という意味でも、また、苦しい家計の足しとしても、わずか二両二分とはいえ吉事には違いなかった。役者評判記も〈親孝行にて御褒美を頂いたは古今無双役者の鑑――〉と書き立てている。とはいえ――。

團十郎はさほどに嬉しくはない。父の追放後も市川宗家は四六時中、見張られており、お上が團十郎の日常の一部始終を事細かに調べあげた上での褒賞だからだ。そのせいで、父が去った三年間は芝居にまったく身が入らず、芝居が下手になったようで焦りすらある。

これまでは何か辛いことがあると、姉おみつの褥に忍び込むのが幼い頃からの常だった。

おみつの胸に顔を埋め、肌の温もりを感じると不思議に不安が消えていく。

十歳で八代目團十郎を襲名した頃は、舞台が終われば胸に飛び込み、舞台の興奮や苛々を取り除いた。母おすみが家のことで忙しく、ろくに構ってくれなかったこともある。それゆえ、五つ違いの異腹のおみつは姉というより、母親に近い。

お上の監視に気づいてからは月に一度ほどと、極力、おみつの褥に入るのを避けていた。

だが、昨夜、團十郎の動向を探っていたのは、六月に屋敷から姿を消した下男の新助とわかり、また、昨日で〈顔見世興行〉も無事終わったこともあり、團十郎は久しぶりにおみつの褥に潜り込んだのだった。

おみつは布団を引き寄せると、何かに気づいたように薄目を開けた。

「もうすぐ夜が明けるよ。部屋にお戻り。さっきから半鐘が鳴っているくらいだ。誰かに見られたら変に思われる。そうなったら、おっ母さんの代わりもできないからね」

團十郎は、それでもおみつの胸に顔を埋めていた。

母おすみは四十過ぎという歳のせいもあるのか、父が江戸を追われてからすっかり気弱になり、家のことはほとんどおみつに任せている。

「師走は寒いし、日が昇るのも遅い。久しぶりなんだから、もう少しこのまま居させてくれよ」

「乳離れしない弟を持つと大変だよ。あーあ、これじゃ、いつになったら嫁に行けることやら。ま、もっとも二十八の大年増じゃ、もう後添いの口しかないけどね」

團十郎は顔を柔らかな乳房から離し、おみつを見上げた。

「おみつも、嫁に行きたいのかい」

おみつは困ったように苦笑している。

「お前も二十三だもんね。そろそろ嫁を娶らないといけない歳だね」

「そんな余裕なんか、この市川家にあるかよ！」つい強い口調で吐き捨てた。「こんな借金まみれの、貧乏歌舞伎役者の家に来たいって女は、よほどの物好きさ。俺はおみつが側にいてくれればいい。女に興味はねぇよ」

「それじゃ困るよ。お前は市川宗家を担う、八代目だ。わかってるのかい」

「――やめてくれ！」團十郎は再びおみつの柔らかな胸に顔を埋めた。「それを言われるたんびに、胸が苦しくて苦しくて……息ができなくならぁ」

「ご免よ。けど、いつかはあんたの子をこさえなきゃならないんだ。それが市川宗家を担った、長男としての役目なんだよ。いくら腹違いとはいえ、あたしはお前の子は産めないんだからね。だから、きょう限りにしよう。ね」

「別に情を結んでいるわけじゃねぇんだから、いいじゃねぇか」

「良かないよ。女は乳房を吸われたり、揉まれたりすると、妙な気分になるもんなんだよ」

「え……！」驚いて見上げると、おみつの顔が真っ赤になっていた。

「お前って、本当にお父っつぁん似だね。女の体のことは何にもわかっちゃいない。ん……？　まさか〈褌祝〉をやってから、他所の女と睦んでいない……？　そんなことないよね」

〈褌祝〉とは武家の〈元服〉に代わるもので、褌をすることを許され、一人前の男と見なされる。町家の男子は十三前後にするのが通例で、團十郎も十三の時にした。その折、母方の姉妹が男としての成長を確かめる意味で伽を共にするのだが、母おすみには姉妹や親類縁者がいなかったので、十八のおみつが相手を務めた。

ただ、おみつ自身、初めてのことで旨くは運ばなかった。以降、おみつも嫌だったのか、他の弟たちの〈褌祝〉の時はしていない。

その後、團十郎は八代目として、毎日、父や兄弟子たちに芸を仕込まれていたため遊んでいる間もなく、未だに女との経験はない。が……。

「二十三にもなるんだぜ。ないわけがないだろう。重兵衛ほどじゃないが、吉原で遊んでら」

二つ下の弟は父に似て女好きで、次男という気楽さからか、十四、五の頃から、しょっちゅう新吉原に入り浸っている。猿若町に移ってからも、町娘を追い掛ける日々だった。

「そんなお金は、うちにはないだろう。見栄を張るのは舞台の上だけにしておき。女ってのはね、誰だって乳房に触れられると、感じるっていうか、特に吸われると体が疼くもんなんだ」

「え……それじゃ、おっ母さんや乳母のお清は、俺がガキの頃、俺に吸われるたんびにかい？」

「そ、そんなこたぁ知らないよ……まだ子供を産んだこともないんだから」

その時、話に水を注すように、遠くで鳴っていた半鐘の音が一段と大きくなった。

「また火事かい。嫌だねぇ、こんな寒い日に。とにかく」おみつは一旦言葉を切ってから、鋭く睨んだ。「子供の時ならともかく、二十歳を過ぎた大人のお前と一つの布団に入ってんだ。姉弟で変だろう。新助に見られなかったのは幸いだったけど、おますも新之助も、それに気づいて変に見ていたじゃないか。ん……？　ひょっとして、それで二人を外に追い出したんじゃないだろうね」

　昨年、妹の三女おますを二代目坂東玉三郎の許に嫁がせ、弟の三男新之助を六代目松本幸四郎の許へ養子に出した。単に口減らしと、成田屋市川宗家を存続させるためだった。

「そんなんじゃねぇよ。少しでも味方を増やしていかねぇと、俺だけでは舞台に立てねぇんだ。今じゃ、玉三郎さんも幸四郎さんも庇ってくれて、宗家の体面を保てるまでになったんだ」

　父が江戸から姿を消して以降、舞台の上は勿論、楽屋でも若い團十郎への風当たりは強かった。今まで擁護してくれた歌舞妓界の重鎮たちが相次いで舞台を去ったこともある。先日も先輩役者から「何だ、おめぇの芝居。ぜんぜん物になっていねぇ。市川宗家のおめぇが、あれじゃ、猿若町も閑古鳥が鳴くわけだぜ」などと罵詈雑言や皮肉を浴びる始末で、近頃はますます酷く、端役の役者ですら遠慮がない。

　すべては團十郎へのやっかみだとわかっていた。

　先頃、出回った役者評判記に、〈江戸中の流行は何でもかでも八代目、かんざし屋はもちろん絵草子、食べ物までも三升〳〵〉と、あたかも未熟さを皮肉るように高く評したからもある。ただ、そんな評判でも騒がれれば騒がれるほど、楽屋や舞台での風当りは一層、酷くなった。

昨年三月晦日の晩、どうしても耐えられなくて、おみつの褥に忍び込んでしまった。それをすぐ下の弟、次男の重兵衛に障子の穴から覗かれてしまう。その後、まもなくだった。重兵衛は疱瘡を煩い、役者の命ともいうべき片目を失い廃業せざるを得なくなる。それだけに、あの時の重兵衛の言葉が未だに忘れられない。

俺は見ちゃいけねぇものを見てしまった。目が潰れたのはそのせいよ。成田山の不動明王様は、成田屋市川宗家には兄貴しかいらねぇらしいや――。

團十郎は何度も誤解だと弁解したが、女好きの重兵衛を納得させられなかった。重兵衛は「高麗蔵」の名跡を弟の三男新之助に譲り、完全に役者を辞めてしまった。

「お前の辛さはわかってるよ」おみつは團十郎の頭を優しく撫でた。「だから、あたしも一緒に頑張っているんじゃないか。大丈夫。これからは良くなる。ご贔屓の旦那衆の話じゃ、あのケチな水野のご老中が降ろされて、お父っつぁんに手鎖を掛けた南町の『蝮の耀蔵』もお役御免になったそうだ。しかも遠山様が、今度は南町のお奉行におなりだ。お父っつぁんが江戸に戻れるのも近いんじゃないかって話だよ」

その噂は聞いていている。

耀蔵の裏切りで、改革を進めていた老中水野は辞任に追い込まれた。ところが、昨弘化元年（一八四四）五月に江戸城本丸が焼失し、水野が再び老中首座に返り咲く。水野を裏切った耀蔵は奉行職を追われ、他家にお預けとなったという。

とはいえ、一度沈んだ江戸歌舞伎界に明るい兆しはない。舞台を華やかに見せたくても、高価な衣装や小物は舞台では付けられず、奢侈禁止令はそのままだ。いくら役者評判記で評価されようが、芝居だけで多くの客を引き寄せるのは今の團十郎では無理だ。人気・実力とも力不足と言っていい。

「こうなったのも、弟を可愛がり過ぎたあたしにも責めはあるんだけど。おっ母さんの真似をして、あんたにあたしの乳を吸わせると、不思議と癇癪が治ったからね。とにかく一緒の布団に入るのも、あたしを『おみつ』と呼ぶのも、きょう限りだ。明日からは『姉ちゃん』とお呼び」

「……これが最後か。いや、そうだな。いつまでもおみつを頼っちゃいけねぇ。すまねぇ、迷惑ばかり掛けて。もう少し度胸がつけばいいんだが、自分でも情けねぇよ」

幼い頃から親に褒められたことがなかったからか、まったく自分に自信が持てない。加えて、心から許せる友もいなかった。それゆえか、未だに世間での自分の立ち位置すら摑めない。

そんな團十郎の胸のうちを気遣ってか、おみつは満面の笑みを浮かべた。

「心配ないよ。お前の品のある色気と、嫌味のない演技には定評がある。ことに甲（高音）と呂（低音）の声の揺れは誰も真似はできやしない。江戸の町娘たちも、ぞっこんだ。おっ母さんも言ってたけど、あとは八代目として当たり役さえあれば江戸歌舞伎はお前のものだ。そうなりゃ、また昔のように江戸は華やかになるさ」

おみつの励ましは嬉しかった。ただ、父海老蔵が江戸を去る際に言い残した、己の欲を捨て、心の底から〈市川團十郎〉になれ——という言葉の意味は未だに解けていない。

「おみつ……いや、姉ちゃん。俺は成田屋市川宗家の当主として、姉ちゃんのためにも日本一の役者、いや、本物の〈市川團十郎〉になってみせるぜ」

「その意気だ。お父っつぁんが戻ってくるまで一緒に頑張ろう、ね」

その時、遠くでけたたましい半鐘が聞こえたかと思ったら、母おすみの「——おみつ！」と呼ぶ声とともに廊下を駆ける足音が近づいてきた。

「早く起きとくれ、おみつ。吉原が燃えてるんだよ！」

「——ちょっと待って、おっ母さん！」

おみつがはだけた胸を隠す間もなく廊下側の襖が開き、血相を変えたおすみが部屋に飛び込んできた。

「早く弟子たちを連れて、吉原ご定連方を助けに……」驚きの目に変った。「――お前たち。姉弟で、なっ、何をやっているんだい。……気は確かかい。そ、そりゃ、畜生のやることだ！」

「――違うんだ！　おっ母さん」

團十郎の声に、おすみは慄くように顔を震わせ後ずさりすると、部屋を出て、襖をぴしゃりと閉めた。

三

嘉永三年（一八五〇）――。

海老蔵は江戸を出て八度目の正月を、岐阜因幡（現・岐阜市）で迎えた。

伊奈波神社のある因幡は、三方を深い雪に覆われた山々に囲まれた山間にあり、江戸や大坂とは比べものにならないくらい夜の帳が下りるのが早く寒い。夕方になると人影はまったくなく、寂しいほど静まり返っている。だからか、余計、人恋しくなる。

今は、芝居小屋の隣に建つ芝居茶屋〈大久〉にいる。弟子の二代目市川九蔵や、大坂で六年前の春に米十郎から改名した四代目市川小團次ほか、弟子たちと一緒だ。

大坂を出たのは、「菊五郎兄ぃ」こと三代目尾上菊五郎を忘れるためでもあった。一度は引退した菊五郎だったが、やはり向島寺島村で始めた趣味の盆栽の植木屋では満足できなかったらしい。元号が「嘉永」と変わった一昨年、もう一度、海老蔵と舞台を踏みたいと病をおして大坂にやってきた。

嘉永元年夏――。「大川橋蔵」と名を改めた菊五郎は、海老蔵とともに角ノ芝居の舞台に上がった。菊五郎は大坂では顔が知れ渡っており、評判を呼んだのは言うまでもない。しかし、すべてに完璧を求める菊五郎の気性ゆえか、かえって無理が祟り、嘉永二年二月の舞台で倒れてしまう。

三月には何とか持ち直したものの、二度と舞台に立つことはできなかった。

その後、菊五郎は大坂を去り、江戸への帰路の途中の閏四月に、遠州（現・静岡県）掛川で息を引き取ったとの報せが海老蔵の許に届いた。享年六十六――。

覚悟はしていたとはいえ、実際に亡くなると、実の兄を失ったような虚無感に襲われ、何も手につかない日々が続いた。それもあって岐阜に赴いたまま留まっている。大坂に戻ると、どうしても菊五郎を思い出してしまうからだ。

今にして思えば、再会した折、《東海道四谷怪談》をやりたいという菊五郎のわがままを聞いてやればと残念でならない。あの時は、〈早替り〉や〈提灯抜け〉などの

〈ケレン〉の多い舞台は、病がちで六十五歳の菊五郎には無理と判断し、反対したのだった。

おそらく菊五郎は一番輝いていた頃に海老蔵と出た《東海道四谷怪談》を、この世の名残りに演じたかったに違いない。それだけに思いは苦かった。もっとも――。

海老蔵にしても死は、もう他人ごとではない。今年で還暦だ。「目千両」「大太夫」と言われた五代目岩井半四郎が三年前に七十二歳で他界し、昨年、菊五郎が没し、次いで同年十一月に鼻高の五代目の後を継いだ六代目松本幸四郎までもがこの世を去った。だからか、余計に死期が近づいているように思えてならない。

今生での願いは只一つ、

江戸に帰りたい――。

その思いがようやく叶う。昨年の五月、海老蔵が大坂道頓堀の筑後芝居に出ていた折、倅團十郎が突然、楽屋に二十五歳の次男重兵衛と十七歳の三男高麗蔵を伴い、やって来た。

上坂した理由は、お上から「御赦免」の内示があったからだ。團十郎によると、正式な発表前に知れ渡るとお上の気が変わることもあると、南町奉行遠山から釘を刺されての報せだった。

あまりに突然な吉報に、海老蔵は倅三人とともに涙を流し、抱き合って喜んだ。

團十郎ほか倅たちとはその後、ひと月ほど京都で祇園祭などを見物し、高野山を参拝してから別れたのだが、大坂に戻ると「江戸を追放された父を遥々江戸から訪ねてきた孝行息子――」と美談が広まっていた。

ただ、「御赦免」の内示は、周りにいる身内の誰にも話していない。それゆえ、正式な御赦免の書状が来るのを楽しみに待つ日々だった。

岐阜の正月の演目は、《忠臣蔵裏表幕有幕無》――。

正月といえば〈曽我物〉がお決まりだが、あえて《忠臣蔵》を選んだ。正月八日の初日からの公演は、江戸からやってきた中村鶴蔵も加わり、連日〈大入り・札止め〉で、それがまた評判を呼び、八日目を迎えても続いている。

この演目は十七年前の、天保四年に江戸の河原崎座でやったもので、菊五郎が丁度、五十歳を迎えた年だった。それだけに、菊五郎が楽屋で言った言葉を今も一字一句、覚えている。

「人生五十年。残りの人生を役者として、どう生きるか。それが勝負だ。役者の中には舞台の上で死にてぇなんて奴もいるが、俺は違う。千穐楽を終え、白粉を落とし、家で夜空の月を愛でて一杯やって死ぬ――それが、江戸っ子の粋を知る歌舞伎役者ってもんよ」

海老蔵は楽屋から見える暮色の山々を眺め、菊五郎の言葉を胸に酒を口に含む。

残りの人生を役者として、どう生きるか——。

今まで江戸に帰ることばかり頭にあったからか、考えもしなかった。が、今は違う。どう身始末をして、舞台から消えてゆくか……。

その時、弟子の九蔵が海老蔵の視線を断つように、「やけに冷え込んできやがったな」と窓の障子を閉め、肩をすくめた。

海老蔵の周りでは、九蔵ほか弟子たちが、芝居茶屋〈大久〉の亭主大黒屋久四郎が差し入れてくれた串焼きの五平餅を肴に酒を酌み交わし、中村鶴蔵の江戸の話に耳を傾けていた。

中村鶴蔵は「鰐口」と渾名されるほど大口で、容姿には恵まれていないものの芝居が上手く、脇役としての存在感は十分ある。歳は四十過ぎ。外から梨園に入った苦労人だけに、舞台の上だけでなく何事にも気配りができる男で、門外ながら海老蔵は気に入っていた。

「酒にはしょっぺぇ五平餅が合うが、今は江戸の〈助六餅〉が恋しいぜ」と九蔵。

「ずいぶん食ってねぇからな」

〈助六餅〉は、尾上菊五郎が同じ《助六》をやって喧嘩になった文政二年辺りから茶店で売り出され、今や江戸では名物になっている。——やはり九蔵も江戸に戻りたがっている。

九蔵は頬張った五平餅を酒で飲み込むと、鶴蔵に銚子を向けた。

「で、八代目の江戸での評判は、どうなんだ」

「八代目も二十八になって、江戸歌舞伎を背負って立つ、押しも押されぬ立派な〈大立者〉におなりなすった。やっぱし蛙の子は蛙でさ、親方」

「蛙か……。手を突て　何と音もなき　蛙かな……」

思わず口を突いて出たのは、倅團十郎が大坂で詠んだ俳句だ。両手を突いて内々の通知を海老蔵に報せたことを詠んだもので、「音もなき」とは発表できないとの意だ。

「音もなき蛙か？　そういやぁ、去年、高野山で別れてから何の音沙汰もねぇな」

さすが勘の鋭い九蔵だ。何か心に引っ掛かったらしい。

海老蔵は覚られる前に銚子を向けた。

「今、鶴蔵さんが教えてくれたじゃねぇか。あいつも江戸で人気者になってる。さぞかし忙しいんだろう。こっちだって暇じゃねぇ。来月は二月五日から、名古屋の中村津多右衛門座の舞台だ。江戸のことなんぞ、気に掛けていられるかってんだ」

その時、大坂からの書状が届いたと、米十郎こと小團次が楽屋に駆け込んできた。

書状は次男重兵衛からで、中には、江戸にいる團十郎からの文が入っていた。

それには正式に「御赦免」が下ったので、早々に江戸南町奉行所に出頭して欲しいとの旨が書かれてあった。待ちに待った報せだけに、自ずと涙が溢れてくる。

「どうしたんです、親方」と九蔵。小團次も心配そうに覗き込んでいる。「何か不幸でも」

海老蔵は静かに文を九蔵に渡した。

「……ご、御赦免！」九蔵が呟くや、「──えっ！　江戸に戻れるんだすか」と小團次。九蔵が歪ませた顔で小刻みに頷くと、二人は周りも憚らず堰を切ったように声を上げ号泣した。

弟子たちにとっても、海老蔵が江戸に戻ることが悲願だったらしい。

海老蔵は指折り数えた。

「江戸を追われて八年か……長い長い旅回りだったぜ。おめぇたちにも辛い思いをさせたなぁ」

九蔵が袖でぞんざいに涙を拭った。

「何をおっしゃるんですかぃ、水臭ぇ……。親方と弟子は一心同体。そうだろうよ、小團次」

「九蔵兄さんのおっしゃるとおりだす。ほんまによかっただすわ。そいなら、すぐに江戸に戻りまひょう、親方」

「そいつぁできねぇ。市川宗家の海老蔵が、てめぇの都合で舞台を放り出すわけにはいかねぇ。座元との約束は二十二日までだ。それから約束の名古屋の舞台を終え、大坂に戻る」

「え、大坂に戻るんだすか」

「大坂には江戸から報せに来た重兵衛もいるし、お爲もいる。それに、大坂の芝居小屋の座元や金主さん、手打ちご連中の皆々様への挨拶回りもしなきゃならねぇだろ。七年余りも厄介を掛け、世話にもなってるんだ。不義理な真似をして帰ったら、もう二度と上方に入れなくならぁ」

九蔵は深く頷いた。

「やっぱし日本一の歌舞妓宗家の親方だ。何から何まで筋が通ってら」

「あたぼうよ。こちとら義理人情に篤い江戸っ子の総本山だぜ。とにかく、きょうは祝い酒だ。とことん……いや、明日の舞台に差し支えねぇよう、ほどほどに飲もうじゃねぇか」

「座頭」と側で聞いていた鶴蔵が膝を進めた。「待ちに待った、めでてぇことですぜ。美江寺宿から芸者衆を呼んで、大いに騒ごうじゃありませんか」

美江寺宿はここから一里ほど南西にある門前町の宿場町だ。

「そらぁ、ええですな」と小團次が舌なめずりしたのを見て、海老蔵は白扇を上げて制した。

「そいつぁいけねぇ。まだ御奉行所から御赦免のお言葉を賜っちゃぁいねぇんだぜ。こんな時に羽目を外し過ぎると、また足許をすくわれる。それに舞台もまだ残ってら。お祭り騒ぎは江戸に帰ってからだ。それを楽しみに、皆で残り少ない旅回りを楽しもうじゃねぇか」

へぇ——。九蔵と小團次の、息の合った返事だった。

四

嘉永三年（一八五〇）三月十七日——。

海老蔵は再び、江戸河原崎座の舞台に立った。

後ろには、揃いの裃半袴姿で八代目團十郎など三人の倅たちが控えている。

こんな日が訪れるとは、つい最近まで思いもしない。それだけに感無量だった。

東西、東西――。

「高うはござりまするが、口上をもって申し上げー奉りまする。皆々様のご尊顔を拝し奉り恐悦至極に存じまする。

江戸を出て八年。昨年暮れに御上様より、冥加至極にもなき有難き御高免を蒙りましてござりまする。これまでは坊主にでも身なりを変えねば、皆々様に御目見えできぬと思うておりましたが、やはり役者としてお目に掛かれるは無上の幸せ。これまさに盲亀の浮木、優曇華の花にござりますれば、御上様への御礼・御恩は言葉に尽くし難く、子々孫々に至るまで永く御礼申し上げー奉りまする。

さて、私海老蔵も早還暦。大坂表にて珍しき狂言を相勤めましたれば、江戸表で珍しきものと存じましたけれども、稽古に日にちが掛かりますれば、さらに不義理・不調法を重ねるばかり。それゆえ、こたびの演目は《難有御江戸景清》をご披露させて頂く運びと相成りましてござりまする。

今年は五代目・六代目・七代目岩井半四郎、五代目・六代目松本幸四郎、さらに三代目尾上菊五郎の年忌にも相当たりますれば、追善供養の舞台ともしとうござりまする。

大江戸八百八町、いずれ様もご了承のほど、並びに、相も変わらぬ御贔屓のほど、あ、隅から隅までずずいーと、御願い上げー奉りまする」

口上の後、海老蔵は観客席に深々と平伏したまま顔を上げられなかった。涙が止まらないのは勿論だが、江戸の舞台に立てたことをしみじみと味わいたかったからだ。観客席からは盛んに「――待ってたぜ！」「――よっ、成田屋総本山！」との暖かい声援が飛び交っていく。その観客の声も心なしか湿っぽかった。

演目に《景清》を選んだのは、お上への当てつけではない。その証拠に見せ場である、大勢の役人相手に景清が牢の柱を持って振り回す〈牢破り〉の場面はやめ、神話「天(あめ)の岩戸(いわと)」を組み合わせている。

神話「天の岩戸」は、天照大御神(あまてらすおおみかみ)が弟須佐之男命(すさのおのみこと)のあまりに粗暴な振る舞いに怒り天の岩戸に身を隠したため、世の中が真っ暗になった。そこで神々が相談して、岩戸の前で天鈿女命(あめのうずめのみこと)に舞を舞わせた。すると、岩戸の中の天照大御神が不思議に思い、岩戸を少し開けて覗いたところを手力男命(たぢからおのみこと)が岩戸を押しのけて世の中が明るくなったという話だ。

海老蔵不在の八年間を闇(やみ)とし、海老蔵が江戸に戻り明るさを取り戻したという筋立てにし、今、江戸中で広まっている「江ノ島・弁財天」信仰を取り入れ、〈綯い交ぜ〉にした芝居だった。

　台本を書いたのは、かつて《勧進帳》で海老蔵の黒子を務めた五代目鶴屋南北の門下で、「勝諺蔵」から名を改めた二代目河竹新七だった。

　舞台には、倅たちや九蔵ほか市川宗家一門だけでなく、四代目坂東彦三郎など、江戸歌舞伎の錚々たる役者たちが舞台を飾った。

　加えて、浮世絵師三代目歌川豊国が、《難有御江戸景清》と、同時上演した《一谷嫩軍記》などの見せ場を、何枚もの大判錦絵にしてくれたこともあり、連日〈大入り・札止め〉の〈大出来・大々当り〉となり、海老蔵の江戸復帰は暗かった江戸の街を一掃する熱気と嵐を生んだ。

　その後も五月〈皐月興行〉、七月〈夏興行〉、九月〈菊月興行〉、十一月〈顔見世興行〉まで、海老蔵は休みを取る間もなく、江戸町衆と江戸歌舞伎のために倅や一門とともに舞台に上がり続けた。その甲斐あって、明けて翌嘉永四年（一八五一）正月の役者評判記には、ついに——

〈大極大上上吉〉と番付けされ、〈日本に並びなき富士山〉〈随一〉とまで評された。

正月三が日に行う恒例の〈巻触れ〉も無事に終わった、翌四日、早朝――。海老蔵は、猿若町の團十郎の屋敷の座敷に敷かれた布団の中で、役者評判記を見ながら、しみじみと江戸に着いた日からのことを思い出していた。

江戸に足を踏み入れたのは、忘れもしない、昨年の二月二十九日――。

東海道の品川宿から江戸に入り、次男の重兵衛に案内され、猿若町に着いた時には、丁度、暮れ六ツ（午後六時頃）の鐘が鳴っていた。猿若町の沿道には、海老蔵が江戸に戻ってくることを誰もが前もって知っていたらしく、多くの町衆が出迎えた。涙でぼやけた向こうには、大勢の役者やお囃子方などが手に持つ赤や白の提灯とともに、懐かしい贔屓定連の顔が並んでいた。誰からともなく「お帰りなせぇ、親方」の声……。それが、池に落とした石が波紋を描くように広がっていった。

あまりの歓喜に体が震え、目頭が熱くなった。海老蔵は嬉しさのあまり誰彼構わず抱きつき、江戸に戻れた喜びを嚙みしめた。そして――。

狂ったように「――お前さん！」と叫び、人垣を搔き分け海老蔵の胸に飛び込んできたのが、
おすみだった。

海老蔵の胸の中で、子犬のようにすがりつくおすみ。久しぶりに抱いたおすみの体は、ひと回りもふた回りも小さく感じた。八年間のおすみの苦労を思うと、胸が締め付けられた。

そのおすみが今、隣で微かな寝息を立てている。

江戸の街で、妻子や一門の弟子たちとともに同じ屋根の下で迎えた、正月の朝――。

今の海老蔵にとり、こんな平穏こそが、世の中で一番の仕合わせとさえ思える。

おすみをしみじみと見る。

髪には所々白いものが覗き、目じりには小皺が見える。齢四十九だから仕方がないが、海老蔵は未だに愛おしくて堪らない。寝間着は、團十郎茶の地に白抜きの〈六弥太格子〉柄。一昨年、《一谷武者画土産》で倅團十郎が演じた岡部六弥太役で衣裳に用いたもので、以降、巷で流行り出しているという。さりげなく倅を応援しているところが、おすみらしい。

海老蔵は役者評判記を傍らに置くと、おすみの掛け布団を少し持ち上げ、自分の体を滑り込ませた。

おすみの温もりを確かめるように胸に手をのせる。柔らかくて温かい。軽く乳房に触れると、おすみは薄目を開け、相好を崩した。

「お前さん。あたしはもう十分だよ。それより、きょう辺り、おさとさんの許へ行っておあげよ。ずっと女寡(おんなやもめ)だったんだ。きっと寂しがってるよ。本当か、どうかは知らないが、近頃、二本差しのお侍がたまに通って来るって噂だ」

「侍……？　ふうん」

「おみつより二つ上とはいえ、まだまだ若い。あれだけの美人だ。そんな浮いた噂の一つや二つ、立っても不思議じゃないけどね」

おさとは海老蔵が江戸に戻ってから一度、この屋敷に顔を見せただけで、おすみへの遠慮もあってか、その後は来ていない。海老蔵のほうも江戸に着いて早々、舞台に上がり続けたことに加え、長らく櫓(やぐら)を上げていない森田座の揉め事に巻き込まれ、おさとの許へ行く暇すらなかった。

森田座の揉め事とは、〈森田勘彌(かんや)〉の名跡だった。

十代目の森田勘彌が上方で客死して以降、名跡が十数年来絶えており、それを、あの好色女のお伝が、養子にした四代目三津五郎に相続させようとしたことから大騒ぎとなった。

〈森田勘彌〉の名跡は、森田座の座元としての特権が伴うだけに、十代目勘彌の養父坂東八十助が黙っていなかった。ただ、森田座は天保八年（一八三七）に負債過多で休座となって以後、控櫓の河原崎座に興行権を渡しており、すぐには櫓を上げられない状態だった。にもかかわらず、お上への訴訟にまで発展し、海老蔵ほか江戸の親方衆も巻き込んで、すったもんだの末に八十助が折れ、四代目三津五郎が跡を取ったのだった。

　まさに欲ボケした六十半ば過ぎの、お伝のごね得と言っていい。

　その時の勝ち誇った白髪に皺だらけのお伝の顔は、能面の〈老女〉そのものだった。それだけに未だにお伝の顔と言葉が頭から離れない。

　長生きはするもんだね。今度こそ、日本一の大太夫をこさえてみせるよ。もっとも、その頃には成田屋の旦那は舞台にいないかもしれないがね――。

　海老蔵は背筋が寒くなるのを感じて身震いすると、おすみの温かな体に身を寄せた。

「そうだな。女も放っておくと始末が……いや、おさとにもずいぶん寂しい思いをさせたからな。こんなことなら、あいつにも子供を産ませておけばよかったぜ」

　おさととの間には子供ができなかった。「子供はつくらない」という、おすみとの約束だからだ。「約束ば守る。そいが九州の女子たい」とおすみの前で啖呵を切るほどだった。

ただ、おさとはその代わりとして、おすみの三男を育てさせてくれと懇願した。そこでおすみは、今は六代目松本幸四郎の許に養子に入った三男高麗蔵(こまぞう)を、幼い頃におさとに預けた。それゆえ、誰もが未だにおさとを高麗蔵の生みの親と信じている。

「おさとさんは、お爲さんとは違うよ。あんな一本気で、しっかりした人は江戸でも珍しいよ。高麗蔵だけでなく、おますも仕込んでくれたお蔭(かげ)で、今は大和屋さんの女将だ。おますも高麗蔵と同じく、おさとさんを本当の母親のように慕ってるよ。ちょっと悔しいけどさ、今じゃ、このあたしより、おさとさんを頼りにしているんだからさ」

海老蔵が〈江戸十里四方追放〉となった直後、おすみは心の拠(よ)り所を失い、家の一切を長女のおみつに任せていたらしい。

当時、おますは十六と難しい年頃だった上に、父親が罪人となり家を失ったせいで、周りからは白い目で見られる日々だったという。今まで深川で仲の良かった友達もいなくなり、猿若町に越してきた当時は生気を失っていた。それを元の明るいおますに立ち直らせ、二代目坂東玉三郎に望まれる娘にまでしてくれたとのことだった。

「おますが歪まずに育ったのも、おさとさんのお蔭だ。本当に感謝だよ」

「そうかい。おますにも要らぬ苦労を掛けちまったな。じゃ、その礼も兼ねて、おさとの家に顔を出してくるか。ところで、おみつは三十を超えたからか、もう嫁に行く気はねぇようだが、八代目にはいい加減に嫁を取らせねぇとよ。あいつももう来年で三十路だ。誰か、いねぇのかぃ」

　おすみの顔がやや曇った。

「あの子……一生、嫁を娶らないかもしれないよ」

「そりゃぁ、どういう意味だ。女嫌いってことかい？　いや、そんなこたぁねぇ。重兵衛は俺に似て女好きだ……ん？　まさか八代目は若衆道じゃぁねぇだろうな」

　若衆道とは、男同士で睦み合う男色の道で、歌舞伎界では珍しくはない。〈色子〉と呼ばれる若い役者が、後ろ盾欲しさに陰で身を売っている。

「それなら、まだいいさ」おすみの顔に苦渋の色が走った。「……見ちゃったんだよ」

「何を？」

「六年前の十二月、新吉原で火事があった朝のことさ……」

　おすみは布団から起き上がり、綿入れ半纏を羽織ると、躊躇いがちに話した。

　海老蔵は思わず跳ね起きた。

「――なっ、何だとう！　おみつの褥に」

「おみつはあたしを見ながら……慌てて開けた胸を仕舞ってたんだ。あの光景は……

忘れようにも忘れられないよ」

「じゃ、じゃ姉弟で、その……何か」

おすみは悲しげな顔で頷いた。

「一つの布団に入っていただけで、情は結んでないって言うんだけどね」

「だ、だけど姉弟とはいえ、男と女だ。胸を開けてたとなると……。よう。ひょっとして〈褌祝〉が元かい？」

「それもあるかもしれないね。おみつはあの子を小さい時から可愛がっていたからね。ほら、あの子がまだ五つの時、七夕の前日にお前さんが酷く叱ったことがあっただろう。あの時だって、おみつはあの子を庇ってお前さんを睨んでいたじゃないか」

憶えている。怒った理由は、願い事を書く短冊に〈きくごろう〉と書いたからだ。目指すのなら〈市川團十郎〉と書いて欲しかった。それで怒りに任せ、つい怒鳴ってしまった。

「あの頃のあたしは、お前さんや家のことで忙しくってさ、その上、お腹にはおますがいて、まだ三つの重兵衛に手を焼いていたからね。当時から、あの子のことはおみつに任せっきりだったんだよ。それが……まさか、あんなことになるとはね」

「……で、今も続いているのかい？」

「あの日以来、ないって言うんだから、それを信じるしかないよ。ま、お前さんが戻ったことだし、お前さんが言うように嫁を取らせるのが一番だ」

その時、浅草寺の明け六ツ（午前六時頃）を報せる鐘の音が聞こえてきた。間近だから五月蠅い。ますます苛々が増していく。

海老蔵は鐘の音を振り切るように、大きく舌打ちした。

「――何てこった。江戸で、正月早々、気持ちのいい朝を迎えられたと思ったら、寝起きに胸糞悪い話だ。こうなったら、今年中に八代目には嫁を取らせ、おみつは嫁に行かせるしかねぇな」

「じゃ、二人を引き離そうってのかい」

「おみつの腹が膨らんで、それが八代目の種とわかったら、市川宗家はどうなる。とにかく、八代目の嫁には、何としてでも俺の血を受け継いだ子を産んでもらう。ここまで八代目を育ててきて、今さら外から養子なんざ取れるかよ。丁度いい、きょうは贔屓定連のご連中の顔役との新年の集まりがあるから、八代目の嫁を頼んでおかぁ」

「それじゃ、おさとさんの所には行かないのかい？」

「それが終わったらだ。まずは八代目のことを片付けねぇと、おさとどころじゃねぇだろう」

海老蔵は今さらながら、江戸にいなかった八年間の長さをしみじみと痛感した。

五

海老蔵は猿若町での贔屓定連の顔役衆との新年会の後、深川冬木町にある、おさとの屋敷に舟で向かった。

冬木町は浅草から大川を下り、下流にある本所深川の今川町の横を流れる仙台堀に入り、十町（約一キロメートル）余り進んだ所に架かる亀久橋（かめひさ）の袂（たもと）の河岸（かし）で降りればすぐだ。

深川に来たのは、江戸を追放されて以来となる。九年ぶりだけに懐かしい。とはいえ、南に見えた深川の花街の灯りや、冬木町に並ぶ屋敷からは弦歌（げんか）の声もない。その上、雪で覆われていることもあり、余計に寂れて見えた。それでも深川の人情は未だ残っている。通りには一尺ほど雪が積もってはいるものの、人が通れるように雪掻きがしてあった。

おさとの屋敷はさほど大きくはない。格子戸の奥には明かりが点（つ）いており、おさとの得意な三味線の音がかすかに漏れ聞こえていた。

静かに格子戸を開けて勝手口から入る。海老蔵がおさとを驚かす時の、いつものやり方だった。

海老蔵は座敷横の、六畳の次ノ間に入った。

畳の上には侍が被（かぶ）る深編笠（ふかあみがさ）と、大小二本の刀が無造作に置かれている。

——おすみが噂で聞いた、二本差しの侍か……？

まさか、おさとに限って——。そう思いながら奥の座敷を覗こうと一歩踏み出した時だった。突然、三味線の音が止（や）む。

気づかれたか——と思ったが、そうではない。奥の座敷から微かに、女の悩ましげな声が漏れ聞こえてきた。

海老蔵は襖をわずかに開き、座敷を覗き見た。

行燈（あんどん）の薄明かりの中、おせち料理がのった朱塗りのお膳（ぜん）が部屋の隅に投げ出されている。その側では、横たわったおさとが、覆いかぶさっている男と口吸いをしている最中だった。男の手はおさとの帯を解きだしていた。

——おさとが、男と乳繰り合っている。

心が凍り付いた。刹那（せつな）、前妻おこうの面影までもが目の前で穢（けが）されていくようで、頭に血がカッと上った。全身の毛が総毛立ち、われ知らず拳を固く握りしめていた。

――これが、おさとが顔を見せない理由か。くそーっ！

海老蔵は部屋に分け入ろうとして、はたと思いとどまった。

間男は髷から察すると、侍ではない。おそらく町人だろうが、若い。こっちは還暦過ぎだ。逆上されれば勝ち目はない。ましてや江戸に戻って早々、奉行所沙汰になるようなことは起こしたくはない。腹は立つが、ここは心を静めて間男と交渉するしかないだろう。

その刹那、妙な川柳が頭に浮かんだ。

――七両二分　間男からの　お年玉……。

あまりに陳腐な出来に思わず苦笑いする。お蔭で、何とか込み上げる怒りを抑えることができた。

二人に気づかれないよう静かに襖を閉めてから、一旦、お勝手に戻り、まな板の横に刺してある柳葉包丁を手にした。用心のためだ。もっとも間男は今、丸腰。分はこちらにある。

再び二人が乳繰り合う隣の部屋に入り、大きく深呼吸して襖を開けた。が――。

二人は夢中で、まったく気づきもしない。

男はおさとに覆いかぶさり、おさとは大胆にも男の腰に両脚を絡(から)ませ首にしがみつき、喜びに浸った顔になっている。――こんなおさとを見るのは初めてだ。

海老蔵は込み上げる怒りを柳葉包丁を握りしめる右手に込め、怒鳴った。

「――そこまでだ！」

おさとは男の首に手を回しながらも、驚きの顔をこちらに向けた。

男も驚いているのか、おさとの体にかぶさったまま身動き一つしない。

「――おう！　若いの。この女は俺の囲いだ。おめぇたちはご法度(はっと)の密通をやってるってこった。下手な真似しやがると、この柳葉包丁がおめぇの背中をぶち抜くぜ。おさとにも刺さるかもしれねぇが、知ってのとおり、密通した男と女は亭主が殺してもお咎(とが)めなしだ」

男は震え出した。

「とはいえ、正月早々、そんな野暮はしたくねぇ。話で始末を付けようじゃねぇか、若いの」

だが、男は体中を震わせているだけで、おさとから離れようともしなかった。

「いい加減にしろい！　おさとも、いつまで体をおっ広げてやがる。さっさと仕舞わねえか」

おさとは蒼ざめた顔で男の体をのけて起き上がると、慌てて着物で体を隠した。が、男はまったく微動だにしない。

「よう、若いの。いつまで背中向けてんだ。それとも、奉行所に突き出されてぇか。密通は死罪。勿論、おさともな。そうされてぇのかよ、若いの」

「お、おさとさんには……罪はありません」と男の蚊の鳴くような声。

どこかで耳にした、聞き覚えのある声だった。

男は顔を隠すように振り向くと、そのまま平伏した。

「おさとに罪はねぇだとう？　じゃ、おめぇがおさとを手籠めにしたってのかい」

男は平伏しながらも小刻みに頷いている。

海老蔵はおさとに目を向けた。

おさとは髪を乱したまま、薄物の赤い襦袢をはだけ、放心したように遠くを見ている。これほどだらしのないおさとは、これまで一度として目にしたことがない。それだけに、そんなおさとにした間男に、余計、腹が立った。

「で、若いの。どう落とし前を付ける。間男の始末金は七両二分が江戸の相場だ。が、それじゃ、俺の腹の虫が治まらねぇ。きっちり十両、払ってもらおうか」

「二十両、いえ、五十両、出しやすから、おさとさんを……俺に譲ってください」

海老蔵は呆れ顔で大息を吐いた。

かつての五代目瀬川菊之丞の、親子ほども歳の違うお伝に溺れていた姿と重なっていく。

「五十両で譲れだぁ。盗人たけだけしいとは、てめぇのこった。よう。言っておくが、このおさとは遥々長崎から連れてきた女だ。どこの大店の若旦那かは知らねぇが、おさとは売りものじゃねぇ。見たところ、まだ若そうじゃねぇか。てめぇに似合った女を探しな。それより、いい加減に頭を上げて、面を見せねぇか、この野郎！」

海老蔵は男の襟首を摑んで起こした。

——ん……！

あまりの驚きで声も出なかった。

六

男は涙に濡れた悲しげな目を向けていた。

「——なっ、な、な、何で、おめぇが……！」

目の前の顔は、まぎれもない——

長男の團十郎だった。

一瞬にして、怒りでカッと体が熱くなった。海老蔵は柳葉包丁を畳に突き刺して立ち上がるや、おさとの顔を思いっきり平手打ちした。

「——何て女だ！　てめぇという女は！　いくら俺が〈江戸払い〉で寂しいからと、よりによって俺の倅に手を出すたぁ……！」

「——親方！」團十郎がおさとを庇うように割って入った。「悪いのはおさとさんじゃねえ。俺なんだ。殴るのなら、俺を殴ってくれ」

「——やかましい！　てめぇはすっこんでろぃ」

海老蔵は團十郎を蹴飛ばし、おさとの襦袢の胸倉をねじ上げた。

「やい、おさと！　よくもこんな恥晒しな真似ができるもんだな。いつからこんな仲になりやがった。俺が江戸から消えてすぐか。それとも、その前からか」

おさとはそれには答えず、海老蔵の腕にしがみついた。

「うちが何もかも悪か。罰は何でも受けるけん、八代目ば許してあげてくれんね」

「悪いのはおめぇに決まってら。八代目との密通ならば、たとえ俺が見つけても訴えられねぇ。跡取りを死罪にはできねぇからな。そう踏んで誑し込んだんだろう」

おさとは、今まで見たこともないような悲しげな目を押し付けてきた。

「うちが……そがん浅ましか女子（おなご）に見えるっとね」

「ああ、見える。――あ、なるほど。八代目との間にガキをこさえれば、そのガキが成田屋宗家を継ぐ。そういう腹か」

　おさとの目から大粒の涙が溢れ出た。

「あんまりたい。うちは……うちは、そがん恐ろしいことば思ったことは一度もなか。こがんことをしたんは、ただただ八代目のことを思いよっただけたい……それを旦那（だんな）様に、そがんこつ言われるっとは凄（す）う悲しか」

「八代目のことを思ってだと？　笑わせるねぇ」

　團十郎は、おさとをねじ上げている海老蔵の手を両手で摑んだ。

「――親方！　これ以上、おさとさんを蔑（さげす）むのはよしてくれ。おさとさんの言うとおりなんだ。俺が不甲斐ないばっかりに……」

「おめぇの不甲斐なさとおさとと、一体（いってぇ）、どんな関わりがあるってんだ」

　團十郎はおさとを海老蔵から引き離すと、これまでの経緯を語り始めた。

　海老蔵が〈江戸十里四方追放〉となり、深川の屋敷を壊され追い出され、猿若町に来た当時、團十郎は一家や一門を養うために多くの借金をしなければならなかった。その上、海老蔵への仕送りもある。團十郎は市川宗家の当主として、借金を返しながらも舞台に立った。

しかし、当時は未だ二十歳。三、四十代の先輩役者たちからすればまだまだ未熟。罵詈雑言を浴びる日々だった。團十郎は海老蔵の忠告どおり、短気を抑えるために腹の中で二十を数え、じっと耐えた。

とはいえ、抑えきれない日もある。そんな時は幼い頃から支えてくれた姉おみつの胸に飛び込むのが常だったのだが、借家で小さくなったこともあり、お上の監視の目もあってなかなかできない。

それが、海老蔵が江戸を出て四年目の、團十郎が親孝行者として北町奉行所から褒賞を受けた弘化二年の冬、どうしても我慢できず、久しぶりに姉の褥に忍び込んでしまう。その朝、吉原が火事と報せに来た母おすみに見られてしまった。以降、おみつの部屋に忍び込むこともできず、初春の舞台のために辛辣な先輩役者たちと、日々、辛い稽古を続けていた。

そんな折、またもや大火となる。翌弘化三年の正月十五日宵五ツ（夜八時頃）に小石川片町から出た火は、本郷・湯島を焼き、神田・日本橋から浜町・八丁堀と永代橋際まで呑み込んだ。

團十郎はおすみの言いつけで、深川のおさとの無事を確かめに屋敷に向かった。

おさとは心配して見に来てくれた團十郎に感謝し、酒の用意をしてくれた。團十郎は酒の酔いもあって胸に溜まった日頃の愚痴や鬱憤をぶちまけ、おさとの胸に飛び込んでしまった。おさとも、芝居と借金に一人で苦しんでいる團十郎を助けたい一心から、つい体を許してしまったと吐露した。

その後、海老蔵が江戸に戻るまでの四年間、月に一度、肌を重ねたという。

海老蔵が江戸に戻ってからは、おさとの許にはいかなかった。だが、團十郎はおさとが初めての女だったこともあり、どうしても我慢できず、今夜、来てしまったと涙ながらに告白した。

「舞台に上がる毎日が……辛くて辛くて、息もできないくらいだった。それでも、俺は八代目〈市川團十郎〉なんでさ。その看板を背中に背負っている。……誰も、誰も代わっちゃくれねぇ。一日だって気を抜けねぇ。俺の辛さは……江戸にいなかった親方には、絶対、わからねぇ」

海老蔵は胸が潰れる思いで聞いていた。

「すべては俺の、身から出た錆ってわけか……。だが、舞台がいくら辛いからとはいえ、よりによっておさとに手を出すとは……」

「姉ちゃん以外に甘えられるのは……、おさとさんだけだったんだ」

「そんなこたぁねぇだろう。今のおめぇの人気なら吉原も、町娘も放っちゃおかねぇ」

おすみの話では《助六》の舞台で、助六が天水桶に体を沈める時の、〈水入り〉に使った水で白粉を溶かすと美貌になるとの噂が立ち、芝居小屋の前で売り出されるや、徳利一本一分の高値にもかかわらず、町娘たちは争って買い求めたという。

「お父っつぁん……！」團十郎は嗚咽しながらも声を絞り出した。

「台所が火の車だってぇのに、吉原に行く金が、一体、どこにあるんだ。未だに五百両余りも借金が残っているんですぜ……。町娘は放っちゃおかねぇ？　お上が役者と町衆の交わりをできなくした原因は、どこの誰だ。お、お父っつぁんじゃねぇか」

海老蔵がいなくなってからの舞台は、まさに「針の筵」だったと苦しい胸のうちを語った。

舞台に立てば、「何が成田屋八代目だ」「〈市川團十郎〉の名が泣くぜ」と周りの役者からは罵られ、観客からは心無い野次が飛んだ。その上、成田屋市川宗家や八代目〈市川團十郎〉の看板の重責だけでなく、色町深川を潰した海老蔵の責めもすべて團十郎に向けられた。勿論、興行の間は、怪我や病気であっても休むわけにもいかない。舞台を空ければ、また借金が嵩んでいく。満身創痍の中、毎日が綱渡りだったと涙ながらに声を震わせ吐露した。

「その辛さなんざ、上方にいた親方には……わかるはずもねぇ。俺は……俺は月に一度、おさとさんといる、ほんのひと時だけが、ほっとできたんだ！」

團十郎が方々に借金をしていたことは、おすみから聞いている。

金銭のことは、一切、人任せにせず、土下座までして金を借り、元金を期限までに返せない折は、自ら出向いて頭を下げ利子だけを返し謝罪していたという。貸し手の中には、そんな團十郎を揶揄し、わざと人前で笑い者にした連中もいたらしい。やはり色町深川を潰された怨みもあったのだろう。それを耐えていたと思うと、團十郎の辛さは察して余りある。

海老蔵は二人を前に目を瞑った。

――やはり元を正せば、俺のせいだ。

こんなにも線の細い團十郎に成田屋市川宗家を託さなければならなかったのも、團十郎が町の男たちのように女遊びができなかったのも、海老蔵が〈江戸十里四方追放〉になったからに他ならない。

「話はわかった。おめぇの、これまでの親孝行に免じて、きょうまでの、おさととのことは水に流す。――が、八代目。もういけねぇ。おさとは俺の女だ。おめぇには、おめぇの子を産める娘をあてがってやる。とにかく、今夜は俺と大人しく猿若町に帰るんだ。わかったな」

「……へぇ」

「おさと。今夜のことも、これまでのことも俺は目を瞑る。他言無用だ。おめぇもおめぇなりに成田屋市川宗家のことを思い、したことだからな。だが、もう役目は終わった。おめぇは雪が解けたら、長崎に帰りな」

「親方……悪いのは俺なんだ。何もおさとさんに、そんな仕打ちをしなくったって」

「仕打ちじゃねぇ。けじめだ。これが、俺が昔、江戸を追い出される時におめぇに言った、己の欲を捨て、心の底から〈市川團十郎〉になれ——ってこった」

海老蔵は真剣に我が子團十郎と向き合った。

〈市川團十郎〉になれ——とは、代々引き継いできた、團十郎の魂を演じることだ、と説いた。

だからこそ、二代目以降の代々の團十郎は皆、どう舞台に立てばいいか、どうしたら團十郎らしい芝居になるか、悩んできた。歴代の誰もが批判され、心が折れそうになる中で、人一倍苦労と精進を重ね、ようやく己だけの〈市川團十郎〉の形を見つけた、と。

「本物の〈市川團十郎〉になるまでは、『先代の名折れ』『面汚し』と罵られる。世間なんざ、口さがねぇもんよ。だが、それを力に変えて乗り越えてきたからこそ、團十郎の名は代々続いている。〈市川團十郎〉の名跡を継ぐってこたぁ、その覚悟があるかってこった。舞台の辛さを色や酒に逃げたって本物にはなれねぇ。己の下衆(げす)な欲を捨て、真っ正直に芝居に立ち向かってこそ、本物の〈市川團十郎〉になれる。本物になるんだ、いや、なってくれ。本物になってこそ、舞台に本物の花を『咲かせて三升の團十郎』になれるんだぜ、八代目」

團十郎はそれでも尚(なお)、不安げな目でおさとを見つめていた。

「おさとのことは心配するな。おめぇが嫁を取って、その嫁に子ができたら、またおさとを江戸に戻す。そうじゃねぇと、おさとの白い肌が恋しくなるのは目に見えている。おさとが初めてなら尚のことだ。おさと、それまで大人しく長崎で待っていろ」

おさとは悲しげな顔のまま無言で頷いた。

第八幕返し　浪速に散る江戸の花

一

おさとが江戸を去って、二年が過ぎた――。

倅の八代目團十郎は、あの日を境に芝居に没頭している。おそらく芝居に打ち込むことで、おさとを忘れようとしているに違いない。

もっとも、嫁はまだだ。おさとが忘れられないらしい。

初めての女が、気品漂う美人では無理もない。そのため若い娘にはまったく興味を示さず、贔屓定連の顔役衆が持ってくる話は悉く断っている。ただ――。

役者としては成長している。海老蔵の後ろ盾もあるからだろう。日に日に芝居に磨きが掛かり自信を付けてきている。今や江戸では、《明烏花濡衣》の時次郎役や《児雷也豪傑譚語》の児雷也役、《与話情浮名横櫛》の「切られ与三」「向こう傷の与三」などと呼ばれる与三郎役が当たり役となり、並ぶ役者がないほどで、飛ぶ鳥を落とす勢いの人気となっている。

そんな團十郎に、親の後ろ盾がなくともやっていけることをわからせる意味で、海老蔵は嘉永五年（一八五二）の暮れに江戸を離れ、翌嘉永六年（一八五三）正月に再び大坂の舞台に上った。

〈江戸払い〉になっていた折の、大坂でつくった借金を返すのが主な目的でもあった。

八月、夕刻――。大坂道頓堀の坂町天神前にある、お為の屋敷の縁側で、海老蔵はおすみの文を読んでいた。

近頃、江戸から聞こえてくるのは團十郎の評判ばかり。おすみの便りと一緒に送られてきた瓦版には〈八代目大人気立ちて、何をしても大てい大入なり――〉とまで書いてあり、舞台の上で團十郎は「咲かせて三升の團十郎――」と、かつての海老蔵の口上を常套句のように使っていると、おすみの文字に喜びが溢れていた。

おすみの文を読み終えると、剃髪した自分の頭に手を当て、赤く染まる夕焼けに目を向けた。

「あいつも、ようやく本物の〈市川團十郎〉……一人前の、千両役者になりやがったか。これで本当に成田屋市川宗家は任せたぜ、八代目」と呟いた時、お為が銚子をお盆にのせやってきた。

近頃お気に入りの、涼しげな水色の紗合わせを着ている。三十半ばを過ぎたこともあり、昔のような初々しさはないものの、落ち着いた色香がしっとりとして、かえって艶っぽい。

「旦那はん。お酒をお持ちしました。あらら、そのお顔は、江戸からのええ報せどすな」

無理やり押し付けられたお為だが、唯一気に入っているのは京言葉だ。東男には何とも言えぬ抑揚が堪らない。

「八代目が江戸で大そう人気よ。これで江戸歌舞伎は八代目のものだ。もう江戸の舞台に未練はねぇ。ま、もっとも〈一世一代〉の舞台も済んだ。もう江戸の舞台には立てねぇがな」

昨年、江戸三座に隠居願を出し、九月に河原崎座で〈一世一代〉として〈歌舞伎狂言組十八番〉の中の《勧進帳》の弁慶役を演じた。團十郎が富樫役を、三男七代目高麗蔵が常陸坊役を、義経役には四男猿蔵を立て、市川家総出で江戸での最後を飾った。舞台の上で海老蔵が髷を切り落としたこともあり、〈大出来・大当り〉となった。

お為は縁側にあった瓦版を手に取った。

「さすが旦那はんの血を引く八代目はんどすな。どんどん光輝いていかはるわ。それに引きかえ、うちが産んだ猿蔵も権十郎も可哀想や。ことに権十郎は他家に養子に出され、市川の苗字も成田屋の屋号すら、もらえんのやさかい……所詮、妾の子。江戸の片隅で一生を終えるんどすな」

お為との間にできた五男長十郎こと権十郎は、生まれてすぐ河原崎座の座元河原崎権之助の許へ養子に出している。海老蔵は思わず苦笑いした。

「お為、何にもわかっちゃいねぇんだな。権十郎は養子たぁいえ、河原崎座の座元を継いでいる。他の役者とは違い、すぐに本舞台に立てるんだぜ。兄弟の中では八代目同様、恵まれてら」

座元の倅という立場は格別だった。若い十代のうちから下積みの〈中通り〉や〈稲荷町〉などせず、本舞台に上がることができる。弟子の小團次の話では、十六歳になる権十郎は朝早くから夜遅くまで稽古をしているので、いずれは江戸歌舞伎を担う役者になるだろうと言っていた。

「へぇ！　そないにええ立場どしたんか。なるほどな。そやさかい、おさとはんは、うちのことを羨ましいと言いはったんどすな」

胸がちくりと痛む。二年前の正月四日の夜は衝撃だった。未だに團十郎とおさとの睦んでいる光景が頭から離れない。あの後、二月に入って、おさとは猿若町にいた海老蔵の前に現れた。

「こいでお暇ばさせて頂きますけん……。旦那さん、女将さん、お世話になりました」

おすみはおさとの突然の暇乞いに驚き、理由を訊ねたが、海老蔵は黙して語らなかった。

苦い記憶を洗い流すように、お爲が注いだ一合升を一気に飲み干した。

「それにしても、あないに別嬪はんのおさとはんが三十七の若さで去年の暮れに逝ってしまうとは……人の寿命はわからへん。美人薄命とは言いまっけど、ほんまどすな」

昨年末、海老蔵は大坂に出てきたことを、長崎にいるおさとに報せた。久しぶりに顔を見たかったこともあるが、その折、一年の給金の手形とともに江戸での近況や、團十郎がおさとのことを忘れられないようで、未だ嫁を取っていない旨を書いた。すると――。

今年の正月、おさとから〈自分は死んだと、八代目に伝えてくれ――〉と文が届いた。しかも、お爲にも信じ込ませるように、形見分けとして黒い曙染の裾引き着物も一緒に送られてきた。おそらく團十郎に嫁を取らせたい一心だったのだろう。おさとの言葉が今も耳の奥にある。

約束ば守る。そいが九州の女子たい――。

ただ、團十郎には未だ伝えていない。江戸で、ようやく人気も出、自信も付いてきた團十郎だ。そこへ、おさとを諦めさせる嘘とはいえ、〈おさとが亡くなった――〉などと文を送れば、歌舞妓どころではなくなるのは見えている。とはいえ、伝えなければ、いつまでも妻を娶らないに違いない。となれば、いつ、どんな形で切り出すかだ……。

「せやけど、おさとはん、何で長崎に戻りはったんやろ」お爲は思い出したように言った。「二年前の権十郎の文には、突然、帰ったとおましたけど」

「長崎にいるおっ母さんが歳で難儀をしてたそうで、その世話に長崎に帰ったのよ」

「あ、そうどしたんか。うちはまた八代目はんと何かあったんかと思ってましたわ」

海老蔵は内心どきりとして、ついお爲を睨んでいた。

「何かあったたぁ、どういう意味だ、お爲」

「いや、そないに怖い顔せんとおくれやす。うちは旦那はんが江戸を追われた間、大坂で一緒やったし、二人もお子ができたやおへんか」

海老蔵は大坂にいる間、お爲との間に六男幸蔵と七男あかん平を儲けてしまった。

今年、十一歳と九歳になる。二人は今、歌舞妓の修業で江戸のおすみの許に預けていた。

「おさとはんは旦那はんが大坂にいてる八年の間、さぞかし寂しかったやろなと思ただけどすぇ。うちとおさとはんは歳も近いし、女盛りどしたさかい」

　おさとと團十郎との仲を、お爲は倅権十郎からの文で報されていたのかもしれない。團十郎は海老蔵がいない八年間、河原崎座に籍を置いていた。おそらくその間、おさとが河原崎座に何度か足を運んでいたのだろう。それを見た権十郎が、二人の間に、ただならぬものを感じ取ったに違いない。

「こう言っちゃなんどすが、おさとはんみたいな別嬪はんに限って陰で、口にはでけんようなことをしますのや」と、お爲は何かを臭わすように言った。

「口にはできねぇようなことだとう？　よう。俺がいなかった八年の間、八代目とおさとがいい仲だったとでも言いてぇのか」

「いや、かなんな。そないなことは思いもしまへん。けど、八代目はんは三十一になるのに嫁も取られへんし、おさとはんはあないに美人で子供もいてなかったさかい、ひょっとしたら」

「──そんなこたぁ、ねぇっ！」一喝した。「八代目は今、芝居に夢中で、女なんざ眼中にねぇだけだ。下衆な勘ぐりはよしな」

「……すんまへん。亡うなったお人のことを、あれこれ詮索するのは無粋どしたわ。

ほな、旦那はん。もし八代目はんが、このままずーっと独り身で、いえ、お嫁はんをもろうても男のお子ができひんかったら、九代目團十郎はどないになりますのん？」

「そん時は兄弟の中から出す。ま、三男の高麗蔵と五男の権十郎は養子に出たから、今のところ継げるといやぁ、四男の猿蔵か、権十郎の下の幸蔵。それと、あかん平の三人だな」

「――いや、皆、うちが産んだ子や！」妙に目を輝かせている。

「だがよ、いくら弟でも芝居が駄目じゃ、名跡は継げねぇよ。それに、それは成田屋宗家の跡を取った、八代目が決めるこった」と海老蔵が言うや、お為は何か思い出したように「――あ！　あん時の不動明王はんのお告げは、このことどしたんか！」と、手を打った。

「急に大声を上げやがって、脅かすねぇい！　何でぃ、その不動明王のお告げたぁ？」

お為は嬉しそうに、昔、妾にしてくれと訪れた、旅籠〈植木屋〉の離れでのことを話した。

「あん時、うちが『白い猿との間に生まれし男子が家の元となる』と、不動明王さんのお告げを言いましたやろ」

「そんなお告げなんざ、当てにしねぇほうがいい。いずれ八代目には嫁を取らせる」

「いえ、不動明王さんのお告げに嘘はおまへん。いずれわかることどす」

お為は信心深いほうではないが、不動明王のこととなると何でも信じてしまう。

二

「ところで旦那はん、話は変わりますけど」と、お為が一転して媚びるような目を向けた。こういう時は必ず何かをねだってくるのが常だ。

「中ノ芝居はんが、旦那はんと一緒に八代目はんにも出てもらわれへんか、訊いてくれ言うてますのやけど」

「今年は無理だ。俺は来月、角ノ芝居に出なきゃならねぇし、その後は堺の南芝居に、次が宮島、伊勢古市。来年は正月から京、次が名古屋の若宮だ。八代目だって中村座との約定もあるから、早くても盆休み……いやいや盆休みは甲州の亀屋座の舞台がある。あいつは律儀が取り柄だから、不義理は絶対にしねぇ。ま、当分、無理だな」

「そこを何とかなりまへんやろか。中ノ芝居はんは残りの借金を帳消しにした上で、ひと月八百両出す、言うてますのやけど」

「——何、たったひと月で八百両だとう！　そら、話がでけぇな……いやいや金の多少じゃねぇ。舞台は役者が命を懸ける、真剣勝負の場だ。芝居小屋との約定を破れば、筋が通らねぇ。それが、悲しいかな、歌舞伎役者の運よ」

お爲は厭らしいほどの含みのある目を流した。

「そら、そこらへんの役者のお人の話どすやろう。天下一の大名跡の成田屋は違うんやおへん。それに今、江戸は異国の黒船の大騒ぎで芝居どころやないのやおまへんか」

おすみの文にも、六月初めに浦賀にアメリカ国の大型船四隻が突然、現れたため、江戸市中は鎧武者で溢れ、芝居小屋は悉く櫓を降ろされたとあった。その間、團十郎は弟猿蔵や一門を連れ、甲州の亀屋座の舞台に出たとのことだった。

「それに旦那はん。江戸へ行った婆やの加納の文には、お上（徳川家慶）がお亡くなりにならはったそうで、江戸は〈鳴物御法度〉で皆、喪に服してはるそうどす。丁度、宜しいやおへんか。加納も、今月末には幸蔵とあかん平を連れて戻る予定どす。そん時、八代目はんも一緒に大坂に出て来はったら、どないどすやろ。中ノ芝居の忠七はんも船賃ぐらいは出す言うてはりますし」

加納はあかん平の乳母で、お爲が最も信頼している。

「そうか、今、江戸は大変か……ん？　船賃？　まさか手付を受け取ったんじゃねぇだろうな」

お爲は、叱られた子供のように上目遣いで見ているが、悪びれた様子もない。

「……旦那はんには、かなんな、何でもお見通しや。そうどす、手付に八十両、もらいました。そのお金で、西陣の紗合わせと大島紬を買うたんどす。やはり本物は高いだけあって宜しおす」

海老蔵は呆れて大息を吐いた。

お爲は生まれも育ちも、さほど貧しくはない。にもかかわらず、金銭への執着は人一倍強い。

おまけに質も少々悪い。かつて按摩が貸した金の返却を求めて屋敷に来た折、利子をまけろと懇願して断られると、按摩が帰る際、わざと針山を足元に置いたり、自分が呉服屋に財布を忘れてきたにもかかわらず、下女が盗んだと裸にしてまで調べたりと異常なほどだった。そんなところを目の当たりにしているだけに、こと金銭のこととなると気が抜けない。

お爲が手付をもらったということは、中ノ芝居との約定を結んだことになる。

「何てことしやがる。だが、今、言ったとおりだ。先がぎっしりで受けられねぇよ」

「そこを何とかお願いします。中ノ芝居はんが言わはるには、今が上方歌舞妓を手にする、ええ機会やそうどすえ」

お爲が聞いた話では、今、上方歌舞妓は、京の坂田藤十郎が没して以降、七代目片岡仁左衛門や三代目中村歌右衛門などが支えてきたが、その二人も今は亡く、衰退の一途をたどっている。これといった目立つ役者がいない上に、大坂では近頃、中ノ芝居や角ノ芝居などの大芝居から、金欲しさに格下の浜芝居に役者が流れるようになり、芝居の質までもが落ちてきた。ここで江戸歌舞妓の大名跡を継いだ八代目市川團十郎が大坂の舞台に立てば、上方歌舞妓はすべて成田屋宗家のものになる、と説いたという。

「京にいてる、うちのお父うはんかて文にしてまで寄こしてます。八代目はんが大坂に出はったら、お金かて八百両どころか、何千両と入ってきますがな。それこそ旦那はんが昔、江戸で建てはった大きい大きい『團十郎御殿』が、この大坂に建ちますのやで」

海老蔵の脳裏に〈江戸十里四方追放〉になる前の屋敷が、鮮やかに浮かび上がった。

金泥の格天井。鴨居の上には透かし彫りの欄間。吊り束の下の長押には、菊と五三桐の紋が施された赤銅魚子の釘隠し。明かり取りの窓は、不動明王の火焔を思わせる朱塗りの花頭窓。そこに差し込む日の光。窓を開けると、庭には七尺の御影石の灯籠や枝ぶりのいい松が見える。鳥のさえずり、虫の声……深川の潮の匂いまでもが蘇ってくる。

「なるほど。そら、上方に出ねぇほうが馬鹿だ。今なら……」

江戸歌舞伎ばかりか、上方歌舞伎も成田屋市川宗家のものとなる——。

海老蔵の心に、めらめらと燃える野心の炎が立ち始めた。

「だっしゃろう。ほな、やってくれはるんどすな」

「中ノ芝居から手付までもらったんだ。出るしかあるめぇ。いや、今が出時だ。おめえが言うとおり、八代目が出て俺と舞台を踏みゃ、確かに京・大坂の上方歌舞伎は……いや、先は言うまい。とにかく、こらぁ是が非でも、やらにゃぁなるめぇ」

「そうどす、そうどす。よかった。これでうちの顔も立ちますがな。それから、もう一つお願いが」

「何でぇ、まだあるのかい。言っとくが、もう金の話は仕舞いだぜ」

「そんなんやおへん。そろそろ幸蔵とあかん平も、猿蔵と同じように、日の当たる舞台に上げて欲しいんどす」

「それなら安心しな。八代目がしっかりと江戸で仕込んでら。今年の三月、猿蔵とともに、二人も中村座の舞台で大喝采を浴びたと、おすみの文に書いてある。長男としても立派になりやがって……」こみ上げてくる嬉し涙とともに洟を啜った。「歳のせいか、涙脆くっていけねぇ。お爲。二人とも今度の江戸下りで、ひと回りもふた回りもでかくなって戻ってくら。これで成田屋市川宗家は盤石よ」

「ほな、邪魔が帰ってこん今のうちに、旦那はんとしっぽりやりまひょか」

お爲は海老蔵の手を自分の乳房に導いた。

「ちょっと待て、お爲。六十過ぎの爺ぃだぜ。もうそんな元気は残っちゃぁいねぇよ」

お爲はお嬢様育ちの割には、お伝のように好色なところがある。だからだろう。時々、お爲が「味よしお伝」と重なり、背筋が寒くなることがある。

「何を言うてますのん。助六は永久に歳を取らないと言うたんは、旦那はんどすぇ。成田屋宗家の明るい行く末が見えた今、旦那はんの血を引く倅たちに九代目、十代目、十一代目と続くよう、もう一人ぐらい儲けとかな、先行き、心配どすがな。うちはお金でもお子でも、増える話が何より好きどすねん」

鳥肌が立った。今は完全にお爲の顔がお伝に見える。

「どないしはったんどす？」

「ちょっと寒気が。いや……何でもねぇ」海老蔵は頭を激しく振った。「この分じゃ、灰になるまで吸われそうだな」

「そうどすえ。さあ、旦那はん」

お爲は海老蔵をその場に押し倒すと、口吸いをしてきた。

この時ばかりは心地いいと言うより、精気ばかりでなく、何もかもを吸い取られるような妙な気分だった。

三

「――親方は、ボケちまったのかよ!」

嘉永七年(一八五四)二月末――。八代目團十郎は猿若町の屋敷の自室で大坂からの海老蔵の文を読み終え、鬱憤を晴らすように畳を蹴り上げて立つと、襖を開け放ち廊下に出た。

鉛色の曇り空が團十郎の苛立ちを、一層、重くする。

海老蔵の文には今年七月に名古屋、八月に大坂の舞台が組んであり、演目もほぼ決めたから〈盆休み〉の時に出て来いとの指示だった。

この文で三度目になる。その都度、断わりの文を出したが、相変わらず同じ文を送ってくる。

昨嘉永六年三月の〈弥生興行〉で團十郎は、《与話情浮名横櫛》の与三郎役で〈大入り・札止め〉の〈大出来・大当り〉を取った。

團十郎にとり、ようやく当たり役を手にし自信も付いてきた、その矢先だった。

六月に入るや、海の向こうのアメリカという国から黒船四隻が浦賀に着いたことで江戸の町は騒然となり、江戸三座は七日間の休座を強いられた。さらに七月に入ると、将軍崩御の発喪でお上からは「鳴物停止令」の触れが出され、七月二十二日から九月十三日までの長きにわたり櫓を上げることができなかった。

以降、この二つの出来事は、これまで泰平だった江戸の町に甚大な影響を与えた。江戸市中に「異国人が大砲で攻めてくる」という噂が立ち、侍たちが挙って鎧兜に身を固めて浮足立ち、上を下への大騒ぎとなったものだから、町衆にとっては歌舞妓どころではない。

そのため、十一月の〈顔見世興行〉はまったくの不入り。三座が猿若町に移転させられ、父海老蔵が〈江戸払い〉になった十一年前よりも酷く、〈中通り〉や〈稲荷町〉など大部屋役者ばかりか、小道具・大道具などの裏方衆まで、このままでは食べていけないと去っていく始末だった。

今年に入っても、それは変わらない。客入りは少なく、債務を抱える三座は苦しい出発となる。

　昨年の赤字分を取り返そうと、開演日数を大幅に増やしてみたものの、まったく客足は伸びず、元には戻っていない。このままでは江戸歌舞妓の存続すら危うい。團十郎は座頭として、また、江戸歌舞妓を担う一人として中村座で、休座している市村座と河原崎座の分まで江戸の町衆を楽しませようと、正月の〈初春興行〉から目が回るほどの忙しい日々を送っていた。

　今年は正念場といっていい。看板役者の誰もが感じている。

　團十郎自身、予定は七月の〈夏興行〉まですでに詰まっており、各々、日にちも長い。〈夏興行〉の後の〈盆休み〉は未だ予定は定まってはいないものの、昨年、行った甲州亀屋座ばかりか、成田山からも依頼が来ている。その義理を無視してまで上方に上ることは到底できない。が――。

　師匠だった父には逆らえない。男としての借りもある。

　思わず袖から、匂袋を取り出していた。おさとが江戸を旅立った日、すれ違いざまに袖で隠して渡してくれたものだ。

　白檀の甘い香りは心を穏やかにさせるというが、團十郎は違う。逆に気が昂ってくる。人肌の温もりが恋しくなる春先だからだろう。おさとの包み込むようなまなざしが、今も團十郎の心を捕えて放さない。

「……おさとさん」と呟いた刹那、現実に引き戻すように、父海老蔵の凄んだ顔が目に浮かんだ。

　おさとは俺の女だ――。

　思わず側にあった湯呑み茶碗を摑み、父の顔を目掛けて投げつけた。

　茶碗は庭の向こうの黒塀に当たり、カシャン――という音とともに砕け散った。

　その時、部屋から出てきた姉おみつが、その音に気づいて足早に駆け寄ってきた。

「どうしたんだい、また癇癪を起こして。癇癪が起きたら、腹の中で二十数えろと、昔、お父っつぁんに言われただろう」

　團十郎は匂袋を袖の中に仕舞うと、おみつを直視した。

「……姉ちゃん。お願いだ。昔みてぇに、胸に顔を埋めさせてくれ」

「馬鹿言ってんじゃないよ、三十路を過ぎた男が。あたしはお前の姉だよ。けじめも付けたじゃないか。だからって、〈伊勢屋〉の若い女中に迫るのはおよし。正月にあんた、酒に酔って女中を追い掛けたって話じゃないか」

〈初春興行〉二日目の舞台中に、同じ文が大坂から届いた。舞台は何とか切り抜けたものの、苛々が募り、その晩、中村座の隣にある芝居茶屋〈伊勢屋〉で酒の酔いに任せ、胸の大きな若い女中を追い掛けてしまった。

「女中の娘は本気になるわ、〈伊勢屋〉の御主人まで出てきて話がややこしくなるわで、おっ母さんと詫びに行ったんだ。何で、いくつになってもお乳なのさ、乳離れしないね。だから皆に変わり者って思われるんだ。この際、言っとくけど、誰もおさとさんの代わりはできないからね」

「――えっ……！　な、何で姉ちゃんが……？」

おみつは苦り切った顔を向けた。

「いつだったか、朝方、あんたの部屋の前を通り掛かった時、寝言を聞いちまったんだよ。『おさとさん、おさとさん、おさと――』って。それで、お父っつぁんがおさとさんを突然、長崎に帰した訳が解けたってわけさ」

「じゃ、お袋も……？」

「そんなこと、おっ母さんに言えるわけないだろう。知っているのはあたしだけだよ」

團十郎は話を打ち切るように、父からの文を差し出した。

「何だ、またお父っつぁんからかい。近頃、よく来るじゃないか。何だって……んん？　今年の〈盆休み〉に上方に来い？　名古屋と大坂の舞台に出ろだ……何を考えてんだ、お父っつぁんは。團十郎はこの一年、市村座との約定がある んだ。——あ、それで癇癪を起したってのかい」

「市村座には借金の肩代わりで、これまでずいぶん世話になっているんだ。ここで上方なんぞに行ったら、義理が立たねぇよ」

「困ったねぇ、お父っつぁんにも。〈一世一代〉を終えて大坂に行ったからか、江戸の決まりをすっかり忘れちまったみたいだね。八代目、構やしない。江戸には江戸のしきたりがあるんだ。きっぱり断っておやり」

「だが、相手は親方だし」

「もう親方じゃない。隠居したお人だよ。今、成田屋市川宗家は八代目の、お前が背負っている。親方はあんただよ。市川宗家の親方が江戸の決まりを破っちゃ、江戸歌舞妓に示しがつかないよ」

「だけど……俺には」

「おさとさんとのことで借りがある——そう言いたいんだろう？」

無言で頷いた。

「なるほどね、お父っつぁんもその辺りを考えて無理難題を押し付けてきたってわけか。だけど、それはそれだ。色恋を歌舞妓に持ち込むなんざ、役者として下の下。筋が通らない。——わかったよ。あたしからお父っつぁんに断りの文をきっちり書いてやる。丁度いい。乳母のお加納さんが明後日、大坂に帰るっていうから、文を持っていってもらうよ。だから、お前は何もかも忘れ、芝居に打ち込みな。いいね」

おみつは文をぞんざいに袂にしまうと、目ざとく部屋の隅に出してあった三味線を手に取った。

「おや、おさとさんのじゃないか」裏を見た。「〈五大力〉……？」

芸者が惚れた男への貞操の誓いとして、三味線の裏皮に書く〈五大力〉だった。おさとが江戸を去る二日前、浅草寺の境内で團十郎に渡していったものだ。あの時の情景は、未だに忘れられない。

こいは、うちの心たい。長崎に持っていきよったら未練が残ってしまう。置いて行くけん——。

三味線を渡す折、袖で團十郎の手を覆い、優しく握ってきた。それが、どんな意味かはわかっている。

「……三月の舞台は《五大力恋翻》だ。稽古に使おうと思って」

演目は事実だが、おみつに言い訳は通用しない。

「ふうん……両思いだったたって訳か」くすりと笑った。「あんたはまるで《鳴神》の、雲の絶間姫を追い掛ける、鳴神上人だね」

おみつの言った《鳴神》は〈歌舞妓狂言組十八番〉の一つ。色仕掛けで堕落させられた鳴神上人が、雲の絶間姫に謀られたことに気づき、怒りの形相で姫を追い掛けるという物語だ。

「俺は騙されたわけじゃねぇし、怒ってもいねぇよ」

「わかってるよ。ただおさとさんが恋しくてしょうがないんだろう。ほんと、あんたはお父っつぁんと女の好みまでそっくりで呆れるよ。ま、女のあたしでも惚れ惚れするほど綺麗なお人だから、忘れろって言われても、ね……」

團十郎はおみつから三味線を取り上げると、赤く染まった夕日に目を向けた。

「あーあ、一層のこと何もかも忘れて、アメリカとやらの異国に行きてぇな」

昨年、浦賀沖にきた黒船が、今年の正月十六日に江戸前の海にやって来て大騒ぎとなった。

「アメリカって、あの黒船のかい。何をとっぴょうしもないことを言ってるんだい。柵で大変なのはわかるけど、親兄弟もいない、そんな遠い異国へ行って何をしようって言うんだい」

「冗談だよ。冗談に決まっているだろう。第一、異国に行って戻った日にゃ、死罪だ」

「そうだよ。妙なことは考えず、江戸で気張るんだよ」おみつは二、三歩前に進んでから、思い出したように踵を返した。「ところで、ちょっとお前に会わせたい娘がいるんだけど。世話役の五郎右衛門の口利きでさ、日本橋の呉服商〈越後屋〉の娘さんで御歳十八。凄い別嬪という評判で、胸もお前好みでたっぷりなんだけど、一度、会ってみる気はないかい？」

團十郎は言下に首を横に振った。——今はおさと以外に考えられない。

「やっぱし無理かい。おさとさんも罪作りなことをしてくれたもんだよ、まったく」

おみつは溜め息まじりで言うと、部屋を出ていった。

四

夕刻、海老蔵は大坂の屋敷の庭先で、乳母の加納が江戸から持ち帰った、おみつの文を読んでいた。その庭に面した座敷では、お爲が加納とともに、江戸で今、流行っているという『声色独稽古』の本を読み上げ、能天気に笑い合っていた。

「いやぁ、旦那はん。見ておくれやす、この本を。江戸ではこないな本を使て、素人はんたちが役者はんの真似をしてますのんやて。芝居の名台詞に、役者はんの声色の出し方まで書いてあるとは面白おす。なぁ、加納。〈呂の声〉いうんは、どないな声どすねん」

「そいは低い声やそうどす。たとえば八代目はんの当たり役〈切られ与三郎〉のこの台詞は、『ご新造さんぇ、女将さんぇ、お富さんぇ。いやさ、お富、久しぶりだなぁ』と言いますのんや」

「なるほどな。そやし、うちは女子やさかい、そないな声はできひん。うちがでける声色と言うたら、『江戸は広か。ばってん、長崎のカステーラほど美味かもんはなかばいね』」

「――あ、そいは、おさとはんの真似どすな。お国言葉だけやなしに、声までそっくりどすわ。なぁ、旦那様、そないに思われしまへん。まるでおさとはんが、ここにいてはるみたいで――」

　二人の耳障りな談笑を蹴散らすように、海老蔵はおみつの文を握りしめ、飛び石に叩きつけた。

「――おみつの野郎……！」

「どないしはったんどす？」お爲が声を掛けた。「そないに大声で怒りはって。あんまり怒りはると、裏のお爺さんのように卒中で倒れますえ」

「――馬鹿野郎！　まだ六十四でぃ。八十過ぎの爺と同じにするねぇい。おみつめ、八代目は市村座との約定があるから、こっちには行けねぇと断ってきやがった。これ以上、追い詰めれば、八代目はアメリカ国に行ってしまう、とぬかしやがって」

「アメリカ国？　そら、どこどすのん？」

「よくは知らねぇが、あの黒船騒動の、海の向こうの遠い異国よ」つい舌打ちした。

「あの馬鹿、何を考えてやがる。何を言ってもわからねぇ、言葉も通じねぇ連中に歌舞伎がわかるかってんだ」

「ほな、旦那はんは異人はんに会うたことおますのんか」

「ああ。三十半ばの頃、江戸で一度な。物凄く縁起の悪い名前でよ。確か……不入り・腐乱本・辛抱（フィリップ・フランツ・フォン・シーボルト）とかいう男だ」

三十年以上も前だ。幕臣で幼い頃、よく遊んだ年下の大塚八郎（同庵）が蘭学者となり、長崎から帰ってきた折、是非にもというので会った。アメリカ国ではないが、ドイツ国の医者で、何を言っても妙な言葉を返してくるだけだった。印象といえば、背が高く、酒焼けした赤ら顔で、鼻が天狗のように高かったことは未だに憶えている。

海老蔵は舌打ちした。

「何がアメリカ国だ。歌舞妓は、日ノ本にいてこそだ。それを、今後、八代目への注文はすべて、おみつを通せ。江戸のことは、八代目に任せて上方で余生をのんびり過ごせと言ってきやがった。どいつもこいつも親の恩を忘れたばかりか、年寄り扱いしやがって」

「やはり成田屋市川宗家の代も変わったんどすねんな」

「――何を！」　海老蔵は振り返って睨みつけた。

「いやぁ、そないに怒らんとおくれやす。頭まで真っ赤で怖おすえ。気を鎮（しず）めておくれやす」

「気を鎮めろだとう……？　いや、お爲の言うとおり、確かに代は変わった。だが、俺は八代目の父親だ。江戸は任せたとは言ったが、京、大坂、名古屋を飾ってこそ、〈大立者（おおだてもの）〉ってもんでぃ」

上方を制してこそ、天下の成田屋市川宗家だ。まして大坂は「日ノ本の富の七分は大坂にあり」とまで言われる。今なら上方の財も名声も独り占めできる絶好機というのに、その親心も知らず、ちっぽけな江戸の芝居小屋に義理立てし、拒み続けている團十郎の気が知れない。それより――。

何とかしないと、中ノ芝居ばかりか、名古屋に穴を空けると、また借金を背負うことになる。

「ほな、今度はうちが八代目はんに文を送りまひょうか」

「何を。お爲が？　何か、いい考えでもあるのか」

「へぇ。うちの文なら二つ返事で飛んできますやろ。これでも昔、八代目はんの相談には、よう乗ってあげてたさかい、どないにすればええかは知ってますさかいに」

「ほう。てぇした自信じゃねぇか。で、何と書くんでぃ」

「そら……旦那はんには言えまへん。八代目はんとの仲やさかい」

お爲は意味深長な笑みを浮かべた。まさか、お爲まで――と思ったが、すぐ頭から追い出した。

おさとに心底惚れている團十郎だ。お爲の誘いに乗るはずもない。

「そんじゃ、八代目のことは任せたぜ。必ず大坂に出てくるよう仕向けるんだ。わかったな」

「へぇ。うちに任せておくれやす」

お爲は自信ありげに、自分の帯を叩いた。

江戸の團十郎から文が来たのは、五月末だった。

「今年の雨は長おすな」と、海老蔵が團十郎からの文を読んでいる座敷の横の廊下で、梅雨空を眺めていたお爲が言った。「ちっともお日さんが顔を出しはらへんさかい、何や気まで重うなります。なぁ、旦那はん」

「もうすぐ雨は上がる。こっちのほうも、ようやく雨が上がったからよ」

「こっちのほうも……？　ほな」

「ああ。六月末に江戸を出て、七月の初めに名古屋の若宮で会おうと言ってきやがった。お爲。どんな文を書いて送ったんだ？」

「そら、言えまへん。八代目はんかて、旦那はんや女将はんに言えんことはおます。それをうちが聞いてあげて、こないにしたらどないどすと、助け船を出してあげただけどすねん。そやかて、その中身をぺらぺらと旦那はんにしゃべるようでは、うちが信用を失いまっさかいな」

「なるほど。そりゃ、道理だ。じゃ、聞かねぇよ」

「けど、ようおしたな。これから大忙しや。どないしょ。すぐに岩城(いわき)枡屋(ますや)はんに来てもらわな、七月初めに間に合わしまへん」お爲は笑顔で踵を返した。「――加納！」

「おいおい。間に合わねぇって、お爲。まさかおめぇまで名古屋に行くつもりかぃ」

呆れた目を向けている。

「何を言うてますのん。行くに決まってますやないの。旦那はんと八代目はんが同じ舞台に上がるんどっせ。その舞台を見んで、どないします。幸蔵とあかん平にも見せてやりとうおますし、向こうで八代目はんの相談にものってあげな、名古屋で江戸に帰ってしもたら一大事どっせ」

「名古屋から江戸に帰るなんざ、俺が許さねぇよ」

「そうかて、今は八代目はんが成田屋市川宗家の当主どすぇ。お弟子はんの手前、旦那はんの言うことは聞かしまへんやろ。それに、姉のおみつはんかて付いて来はるやも知れまへんし」

――おみつ。それを忘れていた。娘ながら、どうも苦手だ。口では、まったく歯が立たない。

脳裏に、海老蔵を睨むおみつの顔がぼんやりと浮かんだ。

「……確かに厄介だ。だがよ、そんなら慌てるこたぁねぇ。舞台は翌月からだ。お為は二十日過ぎ辺りに来てくれればいい。舞台中に揉めたくはねぇからよ」

「翌月の二十日過ぎ……」お為は指を折りながら小刻みに頷いた。「まだふた月ほどおますな。ほな、そうします。その分、もう一反ぐらい御召を。――そや、京友禅がええ」

「お爲。いい加減にしろぃ。俺は、倅が大坂まで来たら、と言ったはずだぜ」

「そうかて、久しぶりに八代目はんに会うんどっせ。それに名古屋に行けば、うちが旦那はんの妾やと知れますえ。くたびれた汚い女子では笑われますがな。名古屋は見栄を張るのが当たり前の土地柄どす。旦那はんかて、〈見得〉は得意やおへんか」

　思わず苦笑いして頭を振った。舞台の〈見得〉と名古屋の〈見栄〉を一緒にしてやがる。おみつと同じ寅年生まれの女には本当に敵わない。

「わかった。好きにしろぃ」

「へぇ」と返すや、お爲は廊下を駆けていった。「――加納！　岩城枡屋はんを呼んどくれ」

　海老蔵はお爲の後ろ姿に呆れながらも、また團十郎の手紙に目を落とした。

五

〈拙者、親方と申すは、お立ち会いのうちに、ご存じのお方もござりましょうが、お江戸を発って二十里上方、相州小田原一色町をお過ぎなされて、青物町を登りへおいでなさるれば、欄干橋虎屋藤右衛門、只今は剃髪致して、円斎と名乗りまする……〉

舞台から、八代目團十郎の澱(よど)みなく流れる名調子の《外郎売(ういろううり)》の台詞が、海老蔵のいる舞台袖まで聞こえてくる。

これは二代目市川團十郎が得意とした演目で、昨晩、突然、團十郎がやりたいと言ってきた。

外題〈歌舞妓十八番之内〉として閏(うるう)七月一日からの興行で、〈歌舞妓狂言組十八番〉の中でも、見せ場や〈見得〉の多い《勧進帳》のほか《助六》や《矢の根》など〈曽我物〉を中心に二十日ほどにわたり上演してきたが、《外郎売》はわざと取り上げていない。

理由は、『般若心経(はんにゃしんぎょう)』の大よそ七倍ほどの長台詞を暗記しなければならない厄介な代物(しろもの)だからだ。早口言葉が多く、活舌(かつぜつ)が悪かったり、途中でつっかえたりすると舞台が台無しになる。海老蔵ですら十歳の折、六代目團十郎の一周忌追善興行で一度しかやっていない。

團十郎が千穐楽(せんしゅうらく)前日に、そんな厄介な演目を黒子なしであえて臨んだのは、一人前になった姿を海老蔵に見せたかったのだろう。ようやく自分の中に本物の才を見つけたらしい。が、本音は今後一切、海老蔵の指図は受けないと示したかったに違いない。

というのも、一昨日になって急に帰ると言い出したのだ。とはいえ、團十郎を江戸に帰すことはできない。すでに大坂中ノ芝居と約定を交わし、前金も受け取っている。再度、中ノ芝居に出てくれるよう頼んだが、團十郎は一年間の約定がある市村座の手前、一日も早く切り上げて江戸に戻ると頑として突っぱねた。

そこでやむなく、最後の切り札――「借りを返せ」と迫り、大坂行きを承諾させたのだった。

借りとは他でもない。おさととの密通だ。それだけに昨晩の、團十郎の恨めしげな目とともに、吐いた言葉までもが今も心に残っている。

「親方。その代わり……おさとさんを俺にくだせえ。それが条件だ。約束してくれるなら、喜んで大坂に行きやす」

おさとは死んだ――という嘘を伝えていなかったとはいえ、あまりに真剣な團十郎に、海老蔵は呆れながらも頷いて見せた。

勿論（もちろん）、子供騙しの嘘でしかない。自分の妾を倅に譲るなど、世間の物笑いの種になるだけだ。第一、四十近い大年増（おおどしま）のおさとでは、夫婦になっても跡継ぎができるかどうか。ただ――。

海老蔵の思惑は別として、舞台で朗々と語る團十郎の晴れがましい姿を見ていると、親としては、ぜひにも、大坂の舞台に立たせて披露したい気持ちになり、騙してよかったとさえ思う。

〈――さて、この薬、第一の奇妙には舌の回ることが、銭ゴマが裸足(はだし)で逃げる。ひょっと舌が回り出すと、矢も盾も堪(たま)らぬじゃ。そりゃそら、そらそりゃ、回ってきたわ、回ってくるわ。アワヤ咽(のんど)、サタラナ舌にカ牙サ歯音(ゲしおん)、ハマの二つは唇の軽重(きょうじゅう)、開合(かいごう)さわやかに、アカサタナハマヤラワ、オコソトノホモヨロヲ、一つへぎへぎに、へぎほしはじかみ、盆豆(ぼんまめ)、盆米(ぼんごめ)、盆ごぼう……〉

舞台からは、團十郎の声が心地よく朗々と響いてくる。

――本物の〈市川團十郎〉になりやがった。

歳で涙脆くなったせいか、だらしなく涙が溢(あふ)れてしまう。舞台の袖で海老蔵は、涙しながら自分が役者であることも忘れ、聞き惚れていた。

夕刻、海老蔵が若宮の芝居小屋近くにある芝居茶屋〈寿(ことぶき)屋〉に入ると、玄関先に、六男幸蔵の声が聞こえていた。兄の團十郎を真似て《外郎売》の長台詞を語っているが、未だ十二歳で声変わりしていないこともあり、声は幼い。

〈……隠れござらぬ貴賤群衆の花のお江戸の花外郎。あれあの花を見て、お心をおやわらぎゃっという。産子、這子に至るまで、この外郎のご評判、ご存じないとは申されまいまいつぶり、角出せ、棒出せ、ぼうぼうまゆに、臼、杵、すりばち、ばちばちぐゎらぐゎらぐゎらと、羽目をはずして今日お出でのいずれも様に、上げねばならぬ、売らねばならぬと息せい引っぱり、東方世界の薬の元締め薬師如来も照覧あれと、ホホ敬って、外郎はいらっしゃりませぬか〉

終わると、きょうの舞台と同じように「よっ！　成田屋」と声が飛び、拍手が沸き起こった。

二十四畳の座敷には、江戸から一緒に来た次男重兵衛や四男猿蔵ほか弟子たちと、大坂から連れてきた多くの一門で溢れていた。一昨日、お爲が大坂から連れてきたあかん平も中ほどにいる。それぞれの前には、朱塗りの膳にのせられた料理が並び、何本もの銚子がのっていた。

海老蔵が間よく座敷に入り、角前髪の幸蔵に笑みを送った。

「おう、幸蔵。なかなかやるじゃねぇか。だがよ。台詞ってのは、ただ憶えて語ればいいってもんじゃねぇんだぞ。てめぇの工夫した語り口で、ものにしてこそ役者ってもんだ」

「わかりやした、座頭」

「そう、その素直さがおめぇの才を伸ばす。後五年ほど修業したら、舞台を張れるぜ」と褒めると、幸蔵の隣にいた十歳の芥子坊頭の、七男あかん平が声を上げた。

「お父はん……やなく、座頭。おいらだって兄ちゃんには負けてへん。見ておくれやす」

立とうとするあかん平を制した。

「あかん平。おめぇの旨ぇのは知ってら。今夜のところは兄ちゃんに花を持たせる。それが兄弟ってもんだ。兄弟は仲良く、助け合わねぇといけねぇ。な、お為」

見回したがお為の姿はなかった。

「お母はんは、長旅で疲れた言うて宿で寝てます」と、二十歳になった猿蔵が答えた。

「そうか。酒の席に五月蠅いのがいねぇほうがいいや。おみつも来なかったしよ、な、重兵衛」

猿蔵の横で、酒で顔を熟し柿のようにさせた次男重兵衛が皮肉な笑みを漂わせた。二十歳で患った左目に黒い眼帯を付けているからか、まるで山賊のよう。

「姉貴は心配だからと行きたがっていたんですが、女将さんがすべてはお父っつぁんに――いや、座頭に任せておけばいいと、止めたんでさ」

　おそらくおみつとお爲が顔を突き合わせれば、同じ寅年同士で揉めると見たのだろう。さすが読みの鋭い、おすみだ。

「ところで座頭」と、二年前に九蔵から名を改めた六代目團蔵が斜向かいから声を掛けた。五十半ばとなり、鬢に白髪が目立つが、相変わらず、弟子たちのまとめ役を担ってくれている。

「八代目は本当に大坂に行かれるんですかい？　夕べ、江戸に戻るとおっしゃってやしたが」

「行かねぇと大坂の舞台が始まらねぇよ。俺と八代目の二枚看板に、おめぇや小團次の幟が芝居小屋の前に立てば鬼に金棒よ。これで上方歌舞伎は市川一門で総取りだ。そうだろう、八代目」

　見回したが團十郎の姿もない。重兵衛が顔をほころばせた。

「兄ぃは今、市村座の座元に文を書いてまさ。市村座への詫び状だと言ってやした。あれほど江戸に帰ると言っていた律義者の兄貴が、急に大坂に行くと言い出したのは驚きだ。さすがお爲さんだ。座頭ばかりか、兄ぃのあしらいも旨ぇや」

「何、お爲が……？」

でさ」
「何だか知らねぇが、昼前、お為さんから大坂の話を聞かされて急に笑顔になったん

一抹の不安が頭をよぎっていく。おそらくお為は、おさとが大坂で待っていると嘘(うそ)で釣ったに違いない。――いや、たとえそうだとしても、お為が正しい。今はどんな手を使っても團十郎を大坂に連れて行かねばならない。

「それにしても、兄ぃはさすが八代目だけあって、《外郎売》は凄ぇや。名古屋の客も驚いてやしたよ。この名古屋でも、外郎が流行るんじゃねぇかなぁ。ねぇ、座頭」

「ん……？　ああ、流行るかもな。じゃ、大坂でも八代目に《外郎売》をやらせるか」

「お為さんも、あれなら大坂で〈大当り〉間違いなしと言ってやした」と團蔵。「それともう一つ。やはり八代目といやぁ〈切られ与三郎〉。な、小團次。おめぇも出てたんだろう」

小團次は渋い顔になった。米十郎から改名した小團次も、四十を過ぎたこともあり、落ち着きが出ている。

「團蔵兄さん。お富役の、音羽屋の梅幸(ばいこう)兄さんがいてまへんと、芝居にならしまへんで」

小團次から聞くまでもない。《与話情浮名横櫛(よわなさけうきなのよこぐし)》は与三郎役の團十郎と同じく、相

手役のお富役の四代目尾上梅幸が当たり役となり、〈大当り〉となった演目だ。

「お富役ぐれぇできる役者は、うちにだっていらぁな。そうだ、小團次。おめぇがやりゃぁいいじゃねぇか。四年前の中村座で八代目と一緒に舞台に立った、八重垣姫はなかなかのもんだったぜ。お富役なんざ、屁でもねぇだろう」

歌舞伎では、《本朝廿四孝》に出てくる八重垣姫と《金閣寺》の雪姫、《鎌倉三代記》の時姫の三人を〈三姫〉と呼ぶ。赤い振袖と打掛が特徴の八重垣姫は「赤姫」とも呼ばれる。気品と美しさに加え、厳しい状況の中で恋に生き抜く女を演じなければならない、数多のお姫様の役の中でも難しい役所だった。

「團蔵兄さん。褒めてくれはるのは嬉しおすが、お富役は梅幸兄さんの品のある、おっとりした和事が受けてるんだす。でけるようで、なかなかでけしまへん。正直、わてがお富役を承諾なしに演じた日にゃ、梅幸兄さんに恨まれまっせ。江戸に帰ってから揉めるのはご免蒙ります。折角、成田屋市川宗家が出張ってるんだす。やはり〈歌舞妓十八番〉の中からにしたら、えんとちゃいます」

「それもそうだな。なら《勧進帳》だ。あれなら座頭もお出になるし、義経役は八代目で決まり。勿論、俺やおめぇも出られる。どうです、座頭」

「その腹積もりで、大坂でも仕度してら。きっと芝居小屋の前には難波らしい派手な、弁慶役の俺と義経役の八代目の、人形看板が立つだろうぜ。だが、まずは祝いの《三番叟》よ」

《三番叟》とは、裃半袴姿の人形遣いと烏帽子姿の人形の舞で、能の『翁』に倣い、〈顔見世興行〉や正月の仕初め式に五穀豊穣を祈り本舞台前に舞うのが決まりとなっており、人形役には座頭がなる。滑稽な舞ながら、そこには確かな踊りの基礎が身に付いていなければできない。

「じゃ、大坂の舞台は八代目が座頭に？」と團蔵が訊ねた。

「中ノ芝居の座元のご希望だから、しょうがねぇやさ。とにかく皆、明日は千穐楽だ。最後まで気合を入れて成田屋の芝居を存分に見せて、大坂に乗り込もうじゃねぇか」

へぇ——。皆の声が揃った。

六

〈——長崎よりアメリカ国へ渡り申し候の間、江戸中へ、このこと御申しくださるべく候とて、もはや滅多に帰り申さず候。

八代目　市川團十郎——〉

團十郎は江戸への文を宿屋の主人に頼むと、日が傾きかけた夕方近く、名古屋城下に出た。

閏七月は秋とはいえ、名古屋の残暑は厳しく、昼間の熱気が乾ききった道にまだ残っている。近くの寺の樹々からは五月蠅いほどの蟬の声が聞こえ、顔を拭う風は埃っぽく生暖かい。

團十郎の恰好は町人姿ではない。歌舞伎で使う浪人の着物と角帯に竹光の大刀と、旅回りの時には必ず持ち歩く本身の脇差との二本差しの侍姿で、頭には深編笠を被っている。〈市川團十郎〉と覚られないためだ。江戸で、おさとの家に行く時のお決まりの恰好で、今まで誰一人として見破った者はいない。今、宿泊している宿屋の奉公人も気づかなかった。

変装してまで町に出たのは他でもない。長崎から名古屋に出てきた、おさとに会うためだ。

お爲の話では、おさとが昨日、密かに名古屋に入ったとのことで、つい先ほど、下男の寅吉が、女から頼まれて女児が持ってきたという付文を届けにきた。

付文には、〈くれ六ツ　大す　盆屋　かが屋にてまつ　さと――〉とあった。

おさとが名古屋まで出てきてくれたことで、ようやく覚悟を決めた。もう江戸にも、歌舞伎にも未練はない。芝居小屋にも、成田屋市川宗家にも縛られない。勿論、借金にもだ。そして——。

そう、おさとと二人でアメリカ国に行く。

江戸の馴染みの瓦版屋によれば、異国アメリカの夫婦は、家同士ではなく、家柄や身分、年齢すらも気にすることなく、好き合う者同士の合意でなれるという。長崎には、そのアメリカ国行きの、オランダや支那の船がたくさんあるとのことだ。

船賃は一人十両——。今、團十郎の手許に百両ある。十分とは言えないが、アメリカとやらで、おさとと暮らせるなら、どんな苦労も厭わない。二人の、これからの暮らしを想像するだけで口元が緩み、團十郎の足は自然と早くなっていく。

名古屋は京都と同じく、道が碁盤の目になっているのでわかり易い。付文にあった大須は、芝居小屋が建つ若宮八幡社より、南に四町（約四百三十六メートル）余り行った色町にある。

名古屋より西では、出合茶屋のことを「盆屋」と呼ぶ。大須観音の周りには、多くの遊廓や盆屋が軒を連ねており、人通りも多く、かつての江戸深川や大坂道頓堀の賑わいに引けを取らない。

〈加賀屋〉は表通りから二軒目にあった。

團十郎が暮れ六ツ（午後六時頃）の鐘とともに〈加賀屋〉の玄関に入り、土間でおさとの名を告げると、手代らしき男が奥の階段を指差し、二階へ上がるように愛想笑いをした。

階段を上り、廊下で軽く咳払いをして障子を開けた。

部屋には女が一人、背を向け立っていた。まだ暑いからか、窓の障子を開け、赤い夕日を眺めている。髷は團十郎好みの島田髷。装いは逆光で見え辛いが、水飛沫のあがる男波に都鳥が飛ぶ裾模様の入った黒い曙染の裾引き着物。風に乗って微かに匂う白檀の甘い香りは、おさとがくれた匂袋と同じ。――間違いなく、おさとだ！

團十郎は胸の高鳴りを抑えきれず、ぞんざいに深編笠を取り、腰の大小二本をその場に放り出すと、無言で近づき、ほっそりとした体を後ろから両手で抱きしめた。

三年ぶりだからだろう、おさとは驚いたように微かに体を波打たせた。

おさとの髪やうなじからは、溢れるように懐かしい蠱惑的な女の香りが漂ってくる。

「おさとさん、いや、おさと。会いたかったぜ。やっぱし俺は、おさとがいねぇと駄目だ。この三年、寂しくて苦しくて。どんな思いでいたか……。おさとに話したいことがいっぱいある」

おさとは静かに窓の障子を閉めた。その途端、部屋が赤く暮色に染まった。

「團十郎さん……今は何も言わず、うちを抱いてくれんね」

懐かしい声と、久しぶりに聞く博多のお国言葉だった。

團十郎はおさとの帯を解き、着物を剝いだ。

おさとは恥ずかしいのか、顔を隠すように振り向くや、團十郎の胸に顔を埋めた。

思いは同じだったらしい。すぐに團十郎の後ろに手を回し、帯を解いていく。

團十郎もおさとの薄物の絽ちぢみの襦袢を脱がせようとした時、おさとは團十郎の手を取り、隣の部屋の襖を開いた。夕日に染まる薄明かりの中、二組の赤い布団と枕が並んでいる。

團十郎は欲情を抑えきれず、おさとを布団に押し倒した。そして、夢中でおさとの唇を奪い、襦袢の衿を開いて乳房に顔を埋めた。

顔に吸い付いてくる、匂い立つような柔肌。恋い焦がれた感触だった。夕方の熱気を帯びたように火照っている。ふっくらとした乳房の奥では心臓が、長い間、想い続けてきた團十郎に応えるかのように激しく音を立てていた。ますます愛おしくなってくる。

團十郎は堪らず、おさとの体をしっかりと胸に抱いた。

どれほど刻が経ったのかはわからない。團十郎は、外から聞こえてくる辻占売りの「淡路島ー通う千鳥の恋の辻占――」の声で、目が覚めた。

辺りはすっかり暗くなっている。

目の前には、肌を露わに横たえた、おさとの背中があった。桜色になっているのが、かすかにわかる。長崎に帰って少し太ったのか、やや肉が付いていた。

いつものように、うなじに手を掛ける。肩から下へ手を滑らせていく。体は熱っぽく、しっとりしていた。突然、体が震え出したと思った刹那だった。

「くく……」と、低く笑う声が漏れ聞こえてきた。

――ん！　その笑い声はおさとのものではない。

團十郎は跳ね起きた。

「――だっ、誰だ、おめぇは？」

「うちどすがな」

女はゆっくりと体を向けた。

女の丸い顔を見た瞬間、團十郎は心も体も凍りついた。

「——お、お為さん……！　な、なっ、何でここに？」

お為はそれには答えず、にやりとして、唇を舐めてみせた。

「やっぱり若い男はんは違う。久しぶりにいい思いさせてもらいましたわ。それにしても、こないな着物だけで、おさとはんと間違えるやなんて。やっぱりおさとはんといい仲どしたんやなぁ」

「お、お為さん……あ、あんた、な、何てことを……」

恥ずかしさと罪の意識で、頭が混乱していた。体が震え、全身から妙な冷や汗が噴き出してくる。

「したんは八代目はんどすぇ。どないします？　おさとはんとも契った上に、うちともして」

「だっ、だけど、俺は……おさとと思って。何で、こんな真似をしやがる。俺は今までお為さんを信じて、何でも相談してきたじゃねぇか。そ、それを……」

「確かめよう思て、てんごうしただけどすがな」言下に言った。「そ、それじゃ、おさとが名古屋に入ったてのも、子供が持ってきた付文も嘘かい？」

「て、てんごう……！」上方では悪ふざけや悪戯を意味する。

お為は起き上がると、赤い長襦袢を引き寄せて羽織り、身づくろいをし始めた。

「うちは、八代目はんとおさとはんが怪しいと思てましたんや。そやし、ひと芝居打ったまでどす。うちかて芝居ぐらいはでけまっさかいな。せやけど、まさかこないなことになるとは思いもしまへんどした。きっとどこかで気づきはると思てましたのに、最後までいかはるなんて驚きや。うちの体とおさとはんの体は違いますやろ。腰かて、おさとはんほど腰高やおまへんし……。ま、うちかてはんなりした京の生まれやさかい、肌の白さでは博多女には負けしまへんけどな。それにしても、あないにも激しく――あ、そうか。〈女子絶ち（おなごだち）〉をしてはってたんで、久しぶりやったんどすな。そやさかい、あないにも……」

お爲の言うとおり、おさとと再会できるまでは女を近づけないという願掛けをきょうまで続けてきた。それが今、お爲の悪ふざけで、もろくも砕け散った。悪夢と言っていい。その罪悪感が心に重くのしかかっている。そんなことより――。

こんなことが父海老蔵やおさとに知れたら、いや、おさとだけには絶対に知られたくない。

團十郎は罠（わな）にはめたお爲を睨（にら）みつけた。

「いややわ、そないな怖い顔しはって。今、肌を合わせた仲どすえ。大丈夫どすがな。このことは誰にも言いしまへんさかい、安心しておくれやす。もっとも、言えることやおまへんけどな。不義密通はご法度やさかい。しゃべったら、うちも八代目はんも獄門台どす。ちゅうても、お腹に八代目はんのやや子ができてたら、どないしょ。うちはできやすい体やさかい」

「――なっ、何……こ、子が！」

「てんごうどすがな。うちは三十七どっせ。いくら何でも、もうやや子はでけしまへん。それより、一つお願いがおます。旦那はんには、うちとのことは黙ってるさかい、猿蔵を九代目團十郎にしてもらわれへんやろか」

猿蔵はお爲が産んだ四男の弟で、二十歳になる。十五の時から團十郎の側で修業をしており、こたびの上方への旅巡業にも連れてきている。

「猿蔵を……？」

「八代目はんは嫁を取る気はおまへんのやろ。たとえ嫁を取ったかて、男子が生まれるか。旨く生まれても歌舞伎役者として育つかもわかりしまへんやろ。ほんなら猿蔵を九代目にしても、ええんと違います。腹違いとはいえ、八代目はんの実の弟やさかいな」

「……それが目的で、こんなことを？」

「違いますがな。これはほんまに成り行きどっせ。いきなり押し倒さはるんやさかい。

ただ、してしもうたことは後戻りでけしまへん」お爲は悪びれる様子もなく、くすりと笑った。「うちが産んだ子が〈市川團十郎〉の大名跡を継ぐのが夢どすねん。そのためやったら何でもしますえ。何なら、たまに亡うなったおさとはんの代わりに、うちが八代目はんの相手、しまひょうか」

「何……！　今、何て言った。おさとが亡くなった……？」

お爲は急に顔色を変え、慌てて自分の口に手を当てた。

「あ……しもた。言うたらあかんのんやった。今のは違いますのや。聞かんかったことにして」

團十郎はお爲の襦袢の襟を摑んで引き寄せた。

「おさとが、どうしたんだ。亡くなったとは、どういうことだ」

「堪忍しておくれやす。旦那はんに固く口止めされておますのや」

「本当のことを言え。でないと、九代目は養子を取る！」

お爲は脅えながらも頷いた。

「わかりました。わかりましたさかい、手を離しておくれやす」

お爲によると、おさとは二年前の暮れに亡くなったとのことで、去年の正月に長崎から報せの書状とともに、形見分けの品が届いたという。

「それが、この御召物(おめしもの)どす。江戸の女将さんの許へも報せは届いてはる思います。八代目はんに伝えんかったんは、おさとはんとの仲を知ってはって、嫁取り前の大事な時期に都合が悪いと思うてはったさかいかもしれまへんなぁ」

母おすみがどんな思惑で伝えなかったかより、今は、おさとが亡くなっていたことのほうが衝撃だった。

おさとが死んだ――。

信じられなかった。遠く離れていても、今の今まで心が繋(つな)がっていると信じてきた。辛い時は心の中でおさとと話してもいる。それが二年も前に亡くなっていたとは……。心に大きな穴が空き、魂までもが抜け出ていくような虚無感に襲われた。何も考えられない。

空っぽの頭に、江戸で二人の時だけに見せていた柔らかに笑う、おさとの顔が浮かんだ。それが徐々に悲しげな顔へと変わっていく……。

團十郎は思わず、畳の上に脱ぎ捨てられた裾引き着物を引き寄せ、胸に抱いた。微かにおさとの匂いがする。その刹那、言いようもない罪悪感が全身を覆った。

――俺は何という男だ。おさとの形見の着物の側で別の女と、それも父の妾(めかけ)と契るとは……。

團十郎は己の体ばかりか、おさととの間までも酷く穢された思いがして無性に腹が立った。

にもかかわらず、お爲は湿った体を摺り寄せてきた。

「すんまへんどしたな、こないな時に言うて。これからは、うちをおさとはんや思て」

團十郎は思いっきりお爲を突き飛ばした。

「――触るんじゃねぇ、この下衆女めが！　おめぇの面なんぞ、二度と見たくもねぇ！」

七

閏嘉永七年（一八五四）、閏七月二十八日――。

海老蔵は八代目團十郎ほか市川宗家一門とともに、船で大坂に入った。

大坂歌舞伎の顔見世は、〈船乗り込み〉で始まる。

夕刻、天満橋の八軒家浜から乗った、紅白の提灯で飾られた三十石舟は、大川から東横堀川、道頓堀川へと回った。海老蔵たちが乗った船が進んでいくや、両岸や橋の上は赤や白の提灯を持った浪速っ子で溢れ、「――待ってたで、八代目！」「――気張ってや、成田屋はん！」と連呼する歓声と拍手がそこかしこから沸き上がった。

海老蔵が初めて上坂した時以上の熱気だった。あまりの歓迎ぶりに、海老蔵ですら、成田屋市川宗家の代替わりを見せつけられた思いがしたほどだ。しかし――。

團十郎に笑顔はない。それどころか、心ここに在らずという面持ちだった。

海老蔵が迎えてくれている観衆に手を上げて応えながら、團十郎の肩を叩くと、我に返ったように体を波打たせ、恐れたような目で見返してくる。

理由は大よそ察しがつく。おさとが亡くなったという嘘を、お爲が口を滑らせたに違いない。それを信じた團十郎が、おさとの死を黙っていた海老蔵を恨み、腹を立てているのだろう。

もっとも、おさとが亡くなったと信じたほうが團十郎のためだ。おさとのことは、一日も早く忘れるに限る。そして、市川宗家に見合う嫁を娶り、子を儲けてもらわなければ困る。それが、おさとの本意でもある。

ところが、名古屋の舞台が終わった直後から、團十郎の態度が一変する。四男猿蔵や六男幸蔵、七男あかん平の弟たち三人を毛嫌いし始めた。一緒に舞台に上がることを拒むばかりか、中ノ芝居が用意してくれた大坂へ向かう船に同乗することさえ拒絶した。

　これだけは理由がわからない。海老蔵が訊ねても、「周りに下手な身内がいちゃ、芝居に打ち込めねぇ」とだけ。幸い幸蔵とあかん平は船酔いが酷いので船には乗らなかったが、四男猿蔵は團十郎とは別に、ひと足先の船で大坂に向かったほどだ。

　大坂に入ってからも、〈船乗り込み〉は一緒だったものの、海老蔵が住むお爲の屋敷に入ることを拒み、かつて海老蔵が常宿にしていた旅籠〈植木屋〉に、同腹の弟の次男重兵衛と下男寅吉、江戸から連れてきた鬘師二人と入っている。

　今、團十郎の機嫌を損ねては、大坂の舞台はない。團十郎は頑固な上に、激昂すると手がつけられないほどの癇癪持ちだ。ここでまた突然、「やっぱり、江戸に帰る」と言い出されたら海老蔵ですら手に負えない。誰もが、それをわかっているからか、腫れ物に触るように接していた。

　そこで團十郎の機嫌を直すために演目を《勧進帳》から、今や團十郎の当たり役となった《与話情浮名横櫛》に急遽、変更し、團蔵ほか弟子たちに稽古をさせていた。

　八月朔日――。夕方、芝居の稽古も無事に終わった頃、中ノ芝居の座元から一席設けたので、是非にとの招待を受け、海老蔵は團十郎と次男の重兵衛を引き連れ、料亭

〈花菱〉に入った。

広い庭に面した離れの座敷には、今が旬の魚の刺身や松茸などがのった朱塗りの膳が二つ各々の席に並び、いい香りを漂わせていた。

座敷の奥で、座元の五代目塩谷九郎右衛門が手招きして、海老蔵たちに座を勧めた。

「さあさあ、成田屋はん、座っておくんなはれ」

綺麗に整えられた白髪に黒紋付。いつもより気品高く、五十半ばらしい風格を漂わせている。

「お、アカムツの刺身じゃねぇか」と、白身魚に目のない次男の重兵衛が目ざとく言った。

「へぇ。今朝獲れたのを黒門市場から持ってこさせたんだす。今は桜鯛も宜しいが、やっぱりきょうび旬は、脂がのったアカムツだすわ。焼いた松茸は丹波物だっせ。ええ香りしてますやろ。後で松茸ご飯を出しまっさかい、楽しみにしておくんなはれ」

重兵衛はぞんざいに着物の裾を払うと、末席に腰を下ろした。

片目を失い役者を辞めてからは、開き直ったように一端の遊び人気取りでいる。黒い眼帯に、着物の柄はいつも同じ〈鎌◯ぬ〉。もはや遊び人にしか見えない。

「これじゃ、腹の虫も泣くってもんだ。ねぇ、親方」

「重兵衛。親方は八代目だ。何度、言ったらわかるんだ」

海老蔵は席に着くと、宗家を代表して慇懃に挨拶を述べた。

「こたびは座元に大そうお世話になりまして、八代目ともども感謝しておりやす。その上、このような席まで設けて頂き、恐悦至極に存じます」

「何をおっしゃいますやら。こっちこそ、天下の成田屋はんを大坂にお迎えでけて、浪速のこの五代目塩谷九郎右衛門、鼻が高うおますがな。さ、堅い話は抜きにして、浪速の味をたっぷりと」九郎右衛門は意味ありげににたりとすると、声を落とした。「お為はんはまだ名古屋から戻っておらへんそうでんな」

「へぇ。船が苦手なもんで、倅二人と街道を。ま、能天気な女ですから、こっちに着くのはいつになることやら」

「それは何よりでんがな。今夜、成田屋はん好みの、綺麗所を揃えてまっせ」

「いやいや、あっしはもう六十半ば。女はもうたくさんでさ」

「じゃ、あっしが頂きやしょう」と重兵衛。「今年で三十路。男としての箔を付けるにゃあ、妾の一人も持たないといけねぇと思ってたところでさ。これからは兄ぃもちょくちょく大坂に出る。となりゃ、兄ぃの御用を預かるあっしに、大坂に妾の一人ぐれぇいねぇと」

「馬鹿野郎。一丁前の口を利いてんじゃねぇ。遊び人のおめぇの妾より八代目の嫁だ。そろそろ身を固めてもらわねぇと、俺も安心してあの世に行けねぇ。よう、八代目。聞いてんのか。おめぇにはずいぶんと世話になったが、嫁を取るのも親孝行のうちだぜ」

水を向けても、末席で胡坐をかいて悪態をついている重兵衛とは対照的に、團十郎は陰鬱な表情で下を向いたまま正座していた。黒紋付姿だからか、余計、暗く映る。

気まずい沈黙が流れた。それを取り繕うように、九郎右衛門がポンと手を打った。

「あ、そういえば、八代目はん、嫁はんはまだどしたな。丁度ええ。十七の別嬪はんがいてますのや。未だ手の付いてない未通女いう話だす。見たらきっとお気に召しまっせ、八代目はん」

それでも無言のまま、話の輪に入ろうともしない。九郎右衛門は口を継いだ。

「ま、とにかく、まずは顔見世や。おい、忠七。芸子らを呼び。何をぼうーっとしとんや。お酒をお注ぎせんか。ほんまに気の回らんやっちゃな」

忠七と呼ばれた男が二拍手すると、色とりどりの煌びやかな錦の裾引き着物の芸者四人が入って来た。傍らで三味線を持った地方の芸者が弾き始めるや、四人は扇を出して舞い始めた。

いずれも若く、別嬪揃い。その中に、若い頃のおさとに似た面影の、切れ長の目の美しい品のある芸者が一人いた。腰高で、裾引き着物だからか、舞う身のこなしまで同じに見える。

海老蔵は隣にいる團十郎の膝を叩いて、見るよう促した。

團十郎にも同じように見えたらしい。食い入るように見入っている。

「八代目。左から二人目の芸者は、目といい、所作といい、おさとと瓜二つじゃねぇか。なぁ」

團十郎は芸者に向けていた目を、微かに怯えた表情で海老蔵に向けた。

刺すようなまなざしは何かを訴えていた。怒っているようであり、慄いているようでもある。

その時になってようやく、何も考えず言った自分の無神経さに気づいた。

おそらく團十郎は、誰にも知られたくないおさととの仲を、弟の前で暴露されたと思ったに違いない。それも、よりによって、唯一、その事実を知る海老蔵からだ。驚愕して当然だった。

「……あ、いや、俺はあの娘が別嬪だと言いたかっただけで、別に変な意味じゃねぇよ」

「変な？」とすかさず重兵衛が訊ねた。「九州に帰ったおさと姐さんが、どうかしたんで？」

「五月蠅え！　おめぇはすっこんでろい。八代目、違うんだ。俺はただ……おめぇに嫁を取ってもらいたくて言っただけだ。ほら、いつだったか、おめぇが、おさとのような女がいいと……」

弁解すればするほど妙に聞こえてしまう。

團十郎は海老蔵の言葉を断ち切るように盃の酒を一気に呷ると、九郎右衛門に慇懃に一礼して席を立ち、無言のまま座敷を出て行った。

八

八月五日、晩――。

團十郎は稽古を終えて旅籠〈植木屋〉に戻ると、自室にしている離れの二階に按摩を呼んだ。

それほど疲れていたわけではない。ただ、未だ行ったことのない、これからの長い旅路を考えると、少しでも疲れを残しておきたくはなかった。

思ったとおり、おさとがあの世で團十郎を怨んでいる。その怨みが強いからこそ、この世に姿を現したのだ。現に先日の夜、幼い時に父海老蔵と三代目尾上菊五郎が演じて話題をさらった《東海道四谷怪談》同様、おさとの怨念が芸者姿の幽霊となって目の前に現れた。

あの晩、父海老蔵にも見えたのだから間違いない。座敷で舞うおさとが一瞬、見せた含み笑いと、その後の悲しげなまなざしは、何もかも見ていたと言いたげだった。

おさとの仕打ちは当然だろう。嵌められたとはいえ、あれほど強く願掛けをしておきながら、他の女と情を交わし体を穢してしまった。しかも相手はお為だ。おさとには屈辱でしかない。

おそらく團十郎の運命は、《東海道四谷怪談》のお岩に祟られた民谷伊右衛門の如く、すでに決められているに違いない。はからずも芝居と同じように按摩まで側にいる。ならば、見苦しい振る舞いはせず、潔くおさとの報いを受けるしかない。

――そう、それがおさとへの操の証……。

團十郎が腹這いで大きく息を吐くと、背中を揉みほぐしていた按摩が手を止めた。

「体がえろう凝ってはりまっけど、もう少し強めのほうがええでっか」

「いや、丁度いい。続けてくんな」

「へぇ。わては目が見えんさかい、歌舞妓ちゅうもんは見たこともおまへんが、旦さんは江戸ではえろう人気のある看板役者はんやそうだすな。確かお名が、市川團十郎八代目」

「……いや、同じ八代目だが、俺は市川白猿ていう、弟子の一人だ」

「その市川白猿はんいうお人が、市川團十郎八代目はんだっしゃろう」

「違う。成田屋七左衛門てのが、市川團十郎だ。だいたい、そんな大看板役者がこんな旅籠に泊まらねぇよ。大坂にいる親方の妾の屋敷があるんだから、そっちに泊まるだろ」

「そら、そうでんな。この辺りの者は按摩のわてに嘘ばかり言うて、からかいまんねん。ほな、昨日、中ノ芝居で、その八代目はんが稽古をすっぽかしはったちゅうんも嘘だっか」

　昨日、六日の初日を前に通し稽古をした。ただ、下男寅吉が朝、團十郎を起こし忘れてしまい、座頭が仕切る《三番叟》は父が代役をして終わっていた。その後の稽古には出たものの、楽屋に何食わぬ顔で弁当を運んできた寅吉を團十郎は思わず打擲したのだった。

「遅れてはきなすったが、通し稽古には出てたよ。座頭がいねぇと、芝居にゃぁならねぇよ」

「だっしゃろうな。ま、百三十里も離れた遠い江戸からわざわざこの大坂に、親の借金のために来はるほどの親孝行者やさかい、稽古もきっちりしてはるのやろ」

「親の借金のため……?」

「あれ、お弟子はんやのに知りまへんのか。父親の名は確か、市川海老蔵とか、幡谷重蔵とか言いましたかいな。何や知らん、大そう借金があるいう話だす。何でもその借金の元が、お爲いうお妾はんらしいんだすわ。わても何度か呼ばれて屋敷に行きましたが、声は可愛いらしいいし、物腰の柔いはんなりした京言葉やさけ、男はんは騙されてしまうんやろな」声を潜めた。「旦さん、江戸のお人にはわかりまへんやろが、京の女子は口から出る言葉と腹は違いますよって、あないな女子とは関わらんほうが身のためだすわ。あれは欲にまみれた女子だっせ」

——もう遅い。手遅れだ。

ふいに名古屋での、あの晩のお爲の顔が否応なしに浮かんでくる。

大丈夫どすがな。このことは誰にも言いしまへんさかい、安心しておくれやす——。

つまり、いつかは誰かに漏らすということだ。俄かに冷や汗が脂汗となって額に滲んでくる。

「わてには姿形は見えしまへんけど、人の心はよう見えまんねん。人の心いうのは欲深いとどんどん汚れる。あのお爲はんも、欲にすっかり魅入られてもうて強欲だすわ。噂(うわさ)では、何でも手に入れんと気が済まんお人やそうで、岩城枡屋(いわきますや)はんで西陣織の御召やの、あちこちの呉服屋から高い着物をぎょうさん買(こ)うて。その銭を得るために旦那はんの稼ぎだけやなしに、金貸しの鴻池屋(こうのいけ)はんや天王寺屋はんからもぎょうさん金借りて、博打(ばくち)にまで手を出したそうだすわ。ほんで、大きな借金をつくったいう話だす」

その噂は聞いていたが、まさか本当とは思ってもいない。だが、事実なのだろう。

その借金のために、おさとが待っていると嘘まで吐(つ)いて團十郎を名古屋まで呼び寄せ、さらには盆屋でおさとの振りをして情を結び、九代目の名跡まで盗もうとしている。

うちが産んだ子が〈市川團十郎〉の大名跡を継ぐのが夢どすねん。そのためやったら何でもしますえ――。

お爲の強欲のために、團十郎までもが市村座に、「持病治療のための温泉めぐりと神社仏閣に治癒祈願に参詣(さんけい)に行く」と嘘まで吐き、名古屋や大坂へ行くことを隠して出てきた。

だが、いつかは嘘がばれる。その時、江戸三座に團十郎が立てる舞台はもうない。

おそらく、お爲が九代目の名跡を狙う企てには、その腹積もりもあるに違いない。もっとも、〈長崎よりアメリカ国へ渡り申し候――〉という文を出したからには、もう江戸に戻れない。

いずれにせよ、按摩が言うとおり、お爲は何もかも手に入れ、成田屋市川宗家を乗っ取る気だ。

「……あれは本当に欲深い、酷ぇ女だぜ」

思わず口を突いて出た言葉とともに拳を握っていた。

「いや、そないに怨めしそうに言いはって。旦さんもお弟子はんやから、何があったんか知りまへんけど、怨みもほどほどにしまへんと心を汚しまっせ」

「心を汚す……？」

「人を憎んだり、怨んだりすると、不思議なもんで、心が汚れていきますのや。というて、こないな世知辛い世の中やさけ、騙されたり嘘を吐かれたりすれば怨みとうもなります。わてかて、若い頃、目が見えんことで母親を怨み、わてを邪険にしよる世を怨んだもんだす。けど、怨んだかて、どうにもならしまへん。心が汚れるだけだしたわ」

「だが、それが人ってもんだろう。だから、この世は世知辛いんだ」

「けど、それで心まで汚したら、一生損だすがな。お侍はよう『遺恨を残す』と言いまっしゃろ。死んでも怨みに引きずられて、あの世にも行かれしまへん。怪談話の幽霊が、それだす。怨めしやぁー、言うて出てきまっしゃろ。怨まれるのも嫌だすが、怨むのもええ加減にせんと不幸だす」

おさとが、そうかもしれない。あの世には行けず、事あるごとに團十郎の前に姿を現している。

昨日もこの旅籠から中ノ芝居に行く途中、街中で芸者姿で團十郎を見つめるおさとに会った。

「ま、わては目が見えんさかい、人かて、幽霊かて、見えしまへんけど。ところで旦さん、隣の部屋に女子はんがいてますのか」

「女子……いや、誰もいねぇ。二階には俺だけだ」

「そうだすか。ほな、気のせいか。何や人の気配に、甘いええ香りがしたもんやさけ」

——やはり、おさとが近くで俺を見ている。

「妙なこと言うてすんまへん。お詫びに、欲とか、怨みから逃れる方法を一つお教えしまひょか」

團十郎は溜め息を吐いてから、鼻で笑った。

「本当にあるんなら、教えてもらいてぇもんだ」

「信じてまへんな。簡単なことだすがな。人を恋しいと思う、恋心を抱けばええだけのことだす」

「恋心だぁ……？」

「恋心を抱けば、これまた不思議なもんで、心が綺麗になっていく。その証拠に、旦さんの心は今、ほんまに綺麗なこと。旦さん、心の中に今、固く心に決めた女子はんがおりまっしゃろ」

「な、何で……わかる？」

團十郎は思わず振り返った。

「誰かて、わかりまんがな。旅の若いお人が、こないな夜に宿の二階で按摩を呼ぶなんてことはおまへん。呼ばはるのは、旅で歩き疲れたご隠居はんらぐらいだす。ここは浪速の道頓堀だっせ。若いお人は皆、岡場所だす。役者はんなら尚のこと。浪速女が放っておかしまへん。銭が無うても、夜は宿の飯盛女としっぽりが相場。やのに宿で一人ちゅうことは、どこぞで旦さんを待ってる女子はんがいてるちゅうことだす」

――なるほど。

「図星だ。その女ともうすぐ会えるのよ。だから、会う前に疲れた体をほぐしておきたいのさ」

その時、階段を上る足音が聞こえ、まもなく襖の向こうから下男の寅吉の声がした。

「親方。御注文の水裃に白の小袖と白袴、三方を持ってきやしたが、どこに置いときやしょう」

「隣の部屋に置いといてくれ。明日の朝も自分で起きるから、おめぇはいい」

へぇ。寅吉は隣の次ノ間に入ってから、また階段を下りていった。

「水裃に白袴とは、明日のお芝居に使うんだすか」

「《忠臣蔵》の四段目で演じるのよ。寝る前にもう一度、稽古しておかないと済まない性分でね」

咄嗟に出た嘘だが、按摩は信じたようで軽く頷いた。

「さてと、按摩さん。もういいよ」

團十郎は起き上がると、財布から小判一枚を取り出し按摩に渡した。

「え……旦さん、こら一両だっせ。いくら何でも、もらい過ぎだす」

「取っといてくんな。按摩さんの説法のお蔭で、気になっていた心の懲りまでほぐれて楽になった。俺の気持ちだ」

「ほうでっか……ほな、遠慮のう。旦さん、明日の芝居、気張っとくんなはれ」

按摩は小判を拝んでから懐(ふところ)に入れ身仕舞いすると、一礼して部屋を出ていった。

深夜、町が寝静まった頃――。

團十郎は部屋で盥(たらい)の水で身を清めると、水裃に白袴という死に装束に着替え、二階の窓を開け放った。

夕方、西の空に浮かんでいた上弦に近い月は消え、夜空には満天の星が輝いていた。

時折、庭からは虫の声が聞こえてくる。

「俺もあの世で、おさとの側で星になるか……」

團十郎は宙に目をさ迷わせた。

「おさと、近くで見てんだろう。もう弁解はしねぇよ。おめぇの綺麗な心を怨みで汚したのは、この俺だ。おめぇに会えたら、どんな罰でも受けてやる。だから怨みは捨てて、この世をさ迷わず、三途(さんず)の川の橋の袂(たもと)で待っててくんな。俺もじきに行く」

作法どおりに畳の上に二畳ほどの無垢(むく)の白布を敷き、北を向いて座した。

目の前には、三方にのった道中差の柄を取り除いた刃だけが懐紙の上にある。

刃を取り上げ、懐紙で巻いていく。舞台の上で何度もやってきたことだ。

――これが最期。

青白く光る剣先。喉(のど)に突き立てれば、おさとの許に行ける。お爲への怨みも捨てた。もう何も思い残すことはない。欲と怨みが渦巻くこの世から、おさらばだ。

「……じゃ、そっちに行くぜ、おさと」

團十郎は刃を思いっきり自分の喉に突き刺した。

終幕　泥まみれの花道

一

安政五年（一八五八）七月――。

海老蔵は江戸に戻った。というより、大坂から逃げ帰ってきた。

今まで築き上げた海老蔵のすべてが、四年前の嘉永七年（一八五四）八月六日未明に亡くなった伜、八代目團十郎の死で崩壊した。発端は團十郎が死んだ直後に巷に出回った、海老蔵とお爲を揶揄する多くの風刺画だ。それには――、

海老蔵が金儲けのために團十郎を無理やり江戸から呼びつけ、さらにはお爲が四男猿蔵に市川團十郎の名跡を継がせようと企てた。團十郎は一年契約を結んでいる江戸の芝居小屋への義理と、親の強要との板挟みで、律儀な性格から自害するしかなかった――などと、まことしやかに書かれていた。

おまけに〈夜明ければ義理と孝とに絡まれて　ためを思ひて吾身果てゆく――〉や

〈欲に目のないしやう（性・妾）明かす魂胆を　おためごかしと人のいふらん――〉と、お爲まで團十郎の死に関わっていたような、いわくありげな狂歌まで載せている。

三十二と若い上に、人気絶頂だったからもある。その上、侍の「切腹」と同じく「自刃」という役者らしからぬ自害の仕方もあって、侍からも惜しむ声が多かったことも巷を騒がせた。

それだけに死絵の絵柄は瞬く間に三百を優に超え、瓦版屋が書き立てた〈八代目團十郎自刃〉の瓦版は大坂界隈だけでなく、京や名古屋はもとより江戸表まで広がった。一切、遺書を残さなかったことも、憶測が憶測を呼んだ原因だった。瓦版屋の風刺や憶測を裏付けるように、死ぬ前日、次男重兵衛や鬘師の万吉と庄八が耳にした團十郎の言葉によれば、「お爲が産んだ弟たちには、断じて九代目を継がせねぇ」と憎々しげに吐き捨てていたという。お爲がわが子猿蔵に〈市川團十郎〉の名跡を継がせるため團十郎に近づき、何らかの罠を仕掛けたのは確かだ。その証拠に、初めは気丈に振る舞っていたお爲だが、團十郎が自害した年の瀬、長崎のおさとから團十郎の死を悼む文が届いた頃から急におかしくなった。

それに追い打ちを掛けるように、お爲と海老蔵が「成田屋市川家再興――」を願い、冥加金という名で金集めをしているとの噂が大坂市中に出回り、金の亡者の如く扱われた。

さらに、まるでお爲の罠に嵌ったことを怨む團十郎の祟りのように、翌安政二年（一八五五）九月二十八日、今度は四男猿蔵が大坂の若太夫ノ芝居の舞台で倒れ、二十一歳の若さで病没してしまう。

お爲にも、何か心当たりがあったに違いない。猿蔵が亡くなった直後から「祟りや、祟りや……」と呟き始めた。それを瓦版屋がどこで聞きつけたのか、〈八代目團十郎の祟り、異腹の弟猿蔵を呪い殺す。果たして次は——〉との瓦版で煽るや、ついに錯乱・発狂してしまった。

その後、海老蔵は狂乱したお爲を京の実家に送り届け、再び大坂に戻り、ようやく舞台に立てたのは昨年の、閏安政四年（一八五七）三月だった。

お爲の賭場の借金を肩代わりしていた中ノ芝居や、鴻池家や天王寺屋から借りていた多額の借金返済のために、大坂の舞台に立たなければならなかった。

海老蔵はぼろぼろだった。跡を継いだ長男團十郎だけでなく、四男猿蔵までも続けざまに失った心の痛手は、言いようのない耐え難いものだった。その上、町を歩けば海老蔵への中傷や容赦のない罵声が飛んでくる。それでも舞台に上がり続けた。

そんな海老蔵に追い打ちを掛けるように、更なる不幸が襲う。

閏安政四年八月――。

大坂の角ノ芝居で、海老蔵が生涯六度目となる《助六由縁江戸桜》の初日。海老蔵は舞台に上がり、口上を述べ、一度、奥に引っ込み、助六として登場する出番を待っていた。

舞台では、悪役の髭の意休が三浦屋の前で、助六の愛人の花魁揚巻を前に悪態をついている場面だった。そこへ、久しぶりに江戸のおみつから早飛脚で文が届く。

読んだ刹那、持つ手が震えた。

おすみが亡くなった――。

あまりに突然のことに、目の前がまったく色のない灰色になっていく。

「歌舞伎役者は親兄弟、妻子の死に目に会えなくても舞台には立つ」「何より舞台が大事だ」と教えられ、苦々しくも無理やり受け入れてきた海老蔵だった。母親や先妻、娘を大火で失った時も、長男團十郎が自刃し四男猿蔵が亡くなった折ですら舞台に立ち続けた。しかし――。

おすみを失った寂しさ、辛さ、悲しみは、何にも例えようがない。

自分の中の大事にしてきたものが、ごっそり抜け落ちたような空しさが襲ってくる。茫然自失。何も考えられない。ただただ寂しい。涙がとめどもなく溢れた。

気がつけば、助六の衣装をまとっていることも忘れ、その場にへたりと座り込んでいた。

「……きょうの舞台は、やめだ。江戸に、おすみの許に戻る……」

海老蔵が力なく言うと、九蔵から名を改めた團蔵が駆け寄ってきた。

「暑気当たりですかい、親方。予定は来年まで入ってるし、まだまだ借金は残ってるんですぜ。しっかりしてくだせい。江戸で何があったんです」

「……もういけねぇ、いけねぇや」海老蔵は文を團蔵に渡した。「俺は、最後の心の支えまで無くしちまった……もう仕舞いだ。俺にはもう何もねぇ」

おそらくおすみは、自慢の倅團十郎に死なれ、生きる気力を失ったのだろう。低迷した江戸歌舞伎を、これから盛り上げていこうという矢先だっただけに、どん底に叩き落とされるほどの衝撃だったに違いない。

にもかかわらず海老蔵は、そんな傷心のおすみを慮ることすらできず、ただただ目の前に突き付けられたお為が残した借金返済のために、大坂の舞台に上がり続けていた。今もだ。

――何という大馬鹿者だ、俺という男は……。

團蔵は涙を溜めた目を向けた。

「――おっ、親方！　何を……何を言ってるんですかい。女将さんが大好きだった《助六》を今、やってるんですぜ。逃げちゃいけねぇ。芝居の途中で舞台を投げ出す、今の親方を見たら、何と思いやす。こ、こんな情けねぇ男と生涯を共にしたのかと、きっと、きっと嘆くにちげぇねぇ。女将さんだって、きっとあの世で見ていなさる。そんな見っともねぇ姿を晒すんですかい」

おすみと初めて逢った、芝居茶屋〈和泉屋〉の二階で、贔屓定連相手に威勢よく啖呵を切ったおすみの言葉が蘇ってくる。

成田山の出開帳で不動明王様まで演じた男が、女房だの娘だの亡くした話なんざ、舞台に持ち込んで欲しくないね。悲しみも何もかも胸の奥にしまい、役になりきれてこそ本物の役者ってもんだろ。違うかぃ――。

「お、おすみ……。俺を、不甲斐ないこの俺を、もっと、もっと、もっと……叱ってくれぇ」

海老蔵は天を仰いで号泣した。

海老蔵は心痛の中、悲しみを胸の奥に深く沈め、その後も役に徹し大坂の舞台を務め上げた。

大坂でのすべての借金を返済したのは、翌安政五年（一八五八）——今年の六月だった。

皮肉にも、京都にいるお爲が亡くなったとの報せが大坂の海老蔵の許に届いたのは、その翌日。海老蔵が江戸に戻る支度をしている最中だった。

二

江戸に戻ってひと月ほど経った、八月の夕方——。

浅草近くの仏閣から烏の鳴き声が「カァカァカァ……」と空しく聞こえてくる中、海老蔵は酒に酔った体で窓辺に腰を掛け、赤く染まった夕空を眺めていた。

江戸に着いてからは酒浸りの日々が続いている。自暴自棄。悔やんでも悔やみきれない。

飲まずにはいられなかった。江戸に戻ってきた海老蔵への風当たりは、大坂以上に厳しいものだった。

当然だろう。妾（めかけ）のお為がつくった借金返済のために、成田屋市川宗家の当主であった長男八代目團十郎を自刃にまで追い込んだのだから。

今、成田屋は四十一歳になる娘おみつが女将代わりとして、しっかりと市川一門を支えていた。もっとも――。

おみつの、海老蔵に対する仕打ちも厳しかった。おすみが亡くなったという文（ふみ）を大坂にいる海老蔵の許に送ったにもかかわらず、すぐに江戸に戻らないばかりか、返書もしなかったことに腹を立て、口も利（き）いてはくれない。大坂での借金のせいで戻れなかった事情を話しても言い訳としか受け取らず、線香を上げさせてくれないどころか、敷居をまたぐことすら許さなかった。

留守を預かっていた弟子の小團次によれば、おすみは長男八代目團十郎が自刃したことで喪心（そうしん）し気鬱（きうつ）になった。そこに翌安政二年の九月に四男猿蔵が亡くなった四日後の、十月二日に江戸を大ナマズ（安政江戸地震）が襲った。逃げ遅れたおすみは屋敷の柱の下敷きになり、背骨を折る大怪我（おおけが）をする。直後は歩くこともできなかったが、おみつの献身的な看病で翌年には歩けるまでになったものの、やはり心の痛手は大きく、生きる気力を失い、閏安政四年の七月晦日（みそか）に亡くなったという。享年（きょうねん）五十五――。

おすみの最後の言葉は、「お前さん、江戸歌舞伎を護（まも）れなくて、ご免」だったと教えてくれた。

五十を過ぎての跡継ぎの死に身も心も疲弊していた挙句、大ナマズに呑み込まれて大怪我をし、ひたすら海老蔵の帰りを待っていたとは、あまりに不憫でならない。胸がいっぱいになった。

おみつの怒りもあって海老蔵は成田屋宗家の屋敷には入れず、今は浅草の煎餅屋の二階の、三畳間にいる。海老蔵の五男河原崎権十郎の養父であり、河原崎座の座元でもある、六代目河原崎権之助が借りてくれたものだ。

ここに訪ねて来るのは、團蔵と小團次ぐらいなものだった。

今も目の前で小團次ひとりが、酒を呷っている海老蔵をしかめた顔で見守っている。

「十六年はひと昔……三十二年はふた昔か。三十二で逝くとはよ……。八代目を亡くし、猿蔵も失い、おすみまで俺を置いて、あの世に逝っちまいやがった。俺の一生は……一体、何だったたんだ。磨いた石を積み上げるたんびに元の木阿弥にされてしまう。これじゃまったく、賽の河原で石を積み上げては鬼に崩される、水子と同じでぃ」

小團次は寂しげに息を吐いた。

「親方。何をおっしゃってるんです。親方には体に染みついた歌舞伎の芸があるじゃねぇですか」

「あるじゃねぇですか……？　よう。今、気がついたが、浪花言葉はやめたのかい、小團次」

幼い頃、米蔵の名で上方に出て修業した小團次は、大坂では流暢に浪花言葉を話していた。

「ここは江戸ですし、〈市川小團次〉の名跡を頂き、江戸の舞台を踏ませてもらってからは一切、浪速言葉は使っちゃぁいません。あっしも江戸歌舞妓を担う一人になりたいんで。あっしのことより、親方の芸でまた江戸歌舞妓を盛り上げようじゃねぇですか」

海老蔵は、注ぎ口の首にこげ茶の棕梠紐を巻いた大徳利の酒を茶碗に注いだ。

「ふん。芸なんぞ糞食らえってんだ。町を歩けば、『八代目を死に追いやった守銭奴』と罵られ、唾を吐きかけられる。小團次よ、客は俺の芝居を見に来るんじゃねぇ。俺に罵声を浴びせて憂さを晴らしに来んのよ」大徳利を持ち上げた。「よう。この大徳利を何と呼ぶか知ってるか」

小團次は渋い顔を横に振った。

「だろうな。俺もこの歳になって初めて知った。『貧乏徳利』と呼ぶそうだ。ふふふ……。今じゃ貧乏神が俺にくっ付いて離れねぇ。俺も落ちたもんよ。名も家も何もかも失い、あるのは懐の一両二分だ」懐の財布を畳に叩きつけた。「『千両役者』だの、『團十郎は江戸の花』とまで言われたこの俺が、こんな薄汚ねぇ三畳一間で安酒を呷ってやがる。ふん。何が『子福長者』だ。情けなくて涙も出ねぇ」

「親方には貧乏神じゃなく、成田山の不動明王様が付いてなさる。こんな江戸の隅でくすぶってる場合じゃねぇ。昔のように成田屋市川宗家の総元締めとして、舞台を務めてくだせぇ」

「成田山の不動明王様だぁ？　ふん。本当に付いてりゃ、身内を三人も立て続けに失うこたぁねぇし、お為のような、あんな悪女とめぐり会うこともなかった。あの女の口車に乗せられ、妾にしたばっかりに……糞っ！　何もかも失っちまったぜ！」

海老蔵は茶碗に注いだ酒を一気に呷った。すでに五合は飲んでいる。

「もう酒はよしやしょう」小團次は貧乏徳利を取り上げた。「親方は、咲かせて三升の成田屋の大元締めだ。お辛いでしょうが、いや、辛い時だからこそ、矢面に立って役者としての意地を見せなきゃならねぇ。女将さんが生きていたら、きっとそう言いますよ」

「けっ。團蔵と同じことを言いやがる」海老蔵は苦笑した。「小團次、おめぇの気持ちは嬉しいが、そのおすみもいねぇ今、もう七十近いこの老いぼれに、罵声に立ち向かう気力も、立つ舞台も江戸にはもうねぇよ。第一、六年前、江戸を発つ時に〈一世一代〉をやってら。その後に未練がましく舞台に上がれるかってんだ。江戸っ子の総本山の俺が、そんな筋の通らねぇ無粋な真似をしてみろぃ。それこそ成田屋市川宗家の名折れ。いや、舞台から引きずり降ろされて袋叩きだ」

「そんなこたぁ、ねぇですよ。音羽屋の菊五郎さんや、加賀屋の歌右衛門さんだって、生前、〈一世一代〉をやって舞台を降りやしたが、またお立ちになったじゃねぇですかぃ。江戸の町衆が親方の顔を見たがっている」

海老蔵は手で制した。

「ありがとよ。だが、もう十分でぃ。江戸に戻って、おめぇたち弟子の評判を耳にすると嬉しくてよ。三月の市村座の〈弥生興行〉でやったおめぇの《黒手組の助六》とか言われている助六は、俺のたぁ違うようだが、おめぇの〈仁〉に合ってたそうじゃねぇか。派手な隈取と金ぴかの衣装に、おめぇの江戸っ子訛りも板に付いてたって評判だぜ」

小團次は渋い顔で口元をゆるめた。

「親方に褒めてもらえて嬉しい限りだ。ですが、ここは筋を曲げてでも、もう一度、親方に舞台に立ってもれぇてぇ。あっしばかりじゃねぇ。音羽屋の四代目菊五郎さんの願いでもあるんでさ」

「四代目菊五郎……？　名前は聞いちゃぁいるが、会ったこたねぇ。誰だ、そりゃ」

「あ、親方はご存じねぇか。三代目の娘婿の梅幸さんでさ。三年前に〈尾上菊五郎〉を襲名されやして。あっしとやった《助六》で、揚巻や女房役のおまきをやったのが、菊五郎さんでさ」

「ほう、揚巻をやったのかぃ……。ついに〈尾上菊五郎〉の名跡を継ぎやがったか」

今から三十年近く前の天保二年、朋友だった三代目尾上菊五郎が大坂から江戸に戻った折、当時まだ「尾上菊枝」と名乗っていた娘婿の梅幸を市村座の楽屋で紹介された。

当時は七代目團十郎を名乗っていた四十一歳の頃で、三代目菊五郎は四十八歳。海老蔵は五代目瀬川菊之丞と三代目坂東三津五郎、お伝の三つ巴の色情沙汰に巻き込まれながらも、菊五郎と共に芸を磨き合っていた。それだけに、自慢げに話す菊五郎の言葉を未だに憶えている。

團十郎。跡目を誰にするか、そろそろ探さねぇとよ。おめぇは倅が二人いるからと安心しているようだが、名跡を継ぐとなれば見極めがいらぁ。俺の倅の松助のように二十半ば過ぎても、四代目を継ぐ技量がねぇこともある。そこへ行くと、この菊枝は違う。やがては四代目を立派に継いで行ける男だぜ。ま、ひとつ宜しく頼まぁ――。

あの頃、十歳になった長男に八代目〈市川團十郎〉の名跡を譲り、自らは五代目〈市川海老蔵〉となり、さらに成田屋市川宗家の芸風を護るために〈歌舞妓狂言組十八番〉を定めたのだった。当時は海老蔵もおすみも若く、何もかもが順風満帆だった。

しかし、今は当てにしていた長男の團十郎も、その下の四男猿蔵もいない。できるものなら、もう一度、あの頃に戻ってやり直したい。

「草葉の陰で菊五郎兄ぃも、さぞかし喜んでいるだろうよ。だが、それなら尚のこと遠慮するぜ。若くて艶っぽい〈立女形〉と一緒じゃ、余計、こっちが干からびて見えらぁ」

「そんなこたぁねぇですよ、親方。市村座の十一月の〈顔見世興行〉の舞台に一緒に出てもらえねぇですか。河原崎座の権十郎さんの願いでもあるんでさ」

「何、権十郎だとぅ……」

つい身構えてしまう。五男河原崎権十郎とは、お爲が産んだ二番目の倅で、生まれてすぐ河原崎座の座元、六代目河原崎権之助の養子にやった、河原崎長十郎のことだ。

次男の重兵衛の言った言葉が否応もなく蘇ってくる。

八代目の兄ぃが稽古の後、ぽつりと言ったんださ、「お爲が産んだ弟たちには、断じて九代目を継がせねぇ」と――。

　養父の六代目河原崎権之助はかつて「塩梅よしお伝」と淫らな関係になり、当時、河原崎座の座頭だった海老蔵を激怒させた男でもある。その時の腹いせなのか、五男権十郎は幼い頃から厳しく育てられたと聞いたことがある。しかし芝居が下手で、その後、小團次が仕込んだものの、所作が固く、台詞回しも重々しいだけで味がなく、巷では「大根役者」とまで言われている。

　それに加え、お爲の血を引いてもおり、わが子ながら何か裏があるのではと思えてならない。

「俺を出汁に使い、舞台の上で九代目を匂わせようって腹か……。ふん。そうはいかねぇよ」

「親方。そりゃぁ、あんまりだ。権十郎さんは未だ二十一と若ぇが、そんなことを考えるケチな男じゃねぇ。親方が元気なうちに、せめて実の父親との思い出を残したいだけでさ」

「俺との思い出を……？　あいつが、そんなことを言ったのかぃ」

「いいえ。あっしには何にも。ただ、幼い時に父親を亡くしたあっしには、毎日、稽古を付けていると、権十郎さんの気持ちがよーくわかるんでさ。勿論、育ての親は一番でしょうが、実の父親だって大事だ。権十郎さんだって、親方がこのままで終わって欲しくはない。それこそ歌舞妓の助六のように、粋でいなせな強い男として心に留めておきたいんでさ」

小團次は伊豆の生まれで、幼い頃、父親と死に別れ、母親と江戸に出てきた。母親は市村座の裏方高島屋榮蔵と再婚したものの、小團次は邪魔者扱いされ、魚問屋本牧屋に奉公に出された。その後、母親が男と駆落ちしたため、奉公先はおろか、義父榮蔵の許からも追い出されてしまう。

それゆえ、本当の父親の愛情を知らない。だからこそ、生まれてすぐ養子に出された権十郎のことが、余計、不憫に思えてならないのだろう。

海老蔵は深く溜め息を吐いた。

「助六のように粋でいなせな強い男だぁ……わかったよ。おめぇの顔を立て、出てやら。――ただし小團次。おめぇが〈市川團十郎〉九代目をやがて襲名すると、約定を一筆書いたらだ」

「そいつぁ、いけやせん、親方」言下に言った。「気持ちは嬉しいが、てめぇの器はわかっておりやす。九代目を継げるほどの技量はありぁせん。体は小せぇ上に、この濁声だ。先の八代目と比べりぁ、月とスッポン。それに、あっしにはお琴という怖ぇ女房に、ガキが二人もいます。あっしが離縁までして、おみつさんがいなさる成田屋宗家に入ったら、どんな噂が立つか。それこそ、成田屋は終わってしまいやす」

　小團次の妻お琴が男勝りの女丈夫なのは知っている。癇癪持ちの小團次を旨く操り、二人の倅も一人前の役者に育てている。どこか、おすみと似たところのある女だった。今、成田屋は小團次で持っている。それが、九代目の名跡を手に入れるためだったとなれば、小團次の評判は地に落ちることは酔った頭でもわかる。

「……そうさな。おめぇの一家を壊してまで、名跡を継がせるわけにはいかねぇな」

と呟いた時、おすみの怒った顔がまぶたに浮かんだ。

　また悪い癖が始まったよ。歌舞妓はお前さんだけのものじゃない。歌舞妓を楽しみにしている江戸の町衆、皆のもんだ。それを忘れているよ、お前さん――。

「……わかったよ、小團次。どんな舞台になるかはわからねぇが、江戸の町衆のために舞台に立ってやらぁ」

「本当ですか、親方」

「ああ。そろそろ稼がねぇと、酒代もねぇからよ」

「親方」と呆れ顔。

「冗談でぃ。咲かせて三升の成田屋市川家の大元締めとして、いや、江戸歌舞妓の総元締めとして、もうひと花咲かせて、本物の役者の意地を見せてやらぁ」

「その意気だ、親方」

小團次は励ますように拳を握って見せた。

三

江戸に初雪が降る頃——。

十一月十二日に始まった市村座の〈顔見世興行〉の舞台は、海老蔵の口上で幕を開けた。

東西、東西——。

「高うはござりまするが、不弁舌なる口上をもって申し上げー奉りまする。まずは大江戸御町中様、ますますご機嫌麗しく、恐悦至極に存じ上げー奉りまする。さて、こたびは何とも畏れ多いことと存じまするが、御贔屓御定連方様のお勧めにより、私こと五代目市川海老蔵が、再び舞台に立たせて頂く運びと相成りましてござりまする。

又候、八代目團十郎のことで皆々様のお心を煩わせたこと、成田屋市川宗家一門になり代わり、謹んで深くお詫び申し上げる次第にござりまする。

こたびの演目は《積恋雪関扉》にござりまする。

いずれ様方も八代目團十郎への思いは未だ断ち切れぬご様子。父親である私もその一人。ただ、いつまでも悲しんでいては倅も成仏できませぬ。演目に出てきまする、雪の中で凜と咲く小町桜の如く、舞台に花を『咲かせて三升の團十郎』の倅の分まで、相務めさせて頂きまする。

とは申せ、何分にも老輩の身。旨くいきますか、どうか。憚りながら、御目まだるき所は袖や袂で幾重にもお隠しあって、良き所は拍手栄当の御喝采を賜りまするよう、七重の膝を八重に折り、隅から隅までずずずいーと、御願い申し上げー奉りまするー」

「それでこそ、江戸っ子の総本山でぃ！」「また江戸の舞台に花を咲かせてみろぃ、成田屋！」と次々に掛け声が飛び交う。

倅八代目市川團十郎の死後、江戸市中の町衆も成田屋市川宗家の行く末を案じていたらしい。

舞台の上で裃姿の海老蔵は、深々と頭を下げたまま、顔を上げられなくなった。

涙が溢れて止まらない。世の中を騒がせた黒船来航以降、世の中の空気は何もかもが一変した。だが、人情は未だ残っていた。そのことが嬉しかった。

海老蔵が懐から手拭いを出し、涙を拭い、観客席に目を移した。

不思議にも視線の先に、おすみと倅團十郎が桟敷席に並んで座っていた。

その奥にはお為が猿蔵と共に、思い詰めたようにじっと見ている。四人は、海老蔵への励ましの祈りとも、また、詫びとも取れるような面持ちで合掌していた。

芝居は、倅の河原崎権十郎との親子共演とあって〈大当り〉となった。

年が明けた、安政六年（一八五九）――。

正月十五日から始まった中村座の〈初春興行〉の演目《正札附根元草摺》も好評だった。

これは四代目鶴屋南北が書いた〈曽我物〉で、海老蔵がまだ七代目團十郎を名乗っていた二十四歳の文化十一年（一八一四）に、初代市川男女蔵とやった芝居でもある。

見せ場は、勇壮で豪快な若武者曽我五郎と、〈猿隈〉という滑稽な隈取で立派な釜髭をつけた小林朝比奈との、鎧の草摺を摑んで引き合う、力競べの踊りだ。場面は、父の仇の館に一人で乗り込もうとする曽我五郎と、それを引き留めようとする朝比奈。

見せ場の中でも最も面白いのは、なかなか決着がつかず、二人がもみ合っているうちに互いの着物が脱げ、襦袢姿になってしまうところだ。

曽我五郎役の海老蔵の襦袢の模様は、「義のためなら命も捨て、なりふり構わぬ」という意味の〈鎌○ぬ〉。引き留めようとする朝比奈役の初代中村福助の襦袢柄は、「お節介させて頂きます」との意味の〈鎌ゐ升〉。相反する〈判じ物〉の柄も面白味の一つとなっている。

外題にある「正札附根元」とは〈荒事〉の宗家が演じる「正真正銘」という意味で、二人が引き合うことから、運を引き寄せるとの意味で昔から正月の縁起物とされている。

開幕から五日目の〈大入り〉の中、舞台で、丁度、二人が引き合った後の襦袢姿になった場面だった。

朝比奈役の福助が「われは〈鎌○ぬ〉。おりゃ〈鎌ゐ升〉が信条。こうなったら、命懸けで構いまする」と観客の笑いが広がる中、海老蔵がそれを蹴散らすように一歩踏み込み、〈見得〉を切ろうと客席に目を向けた時だった。急に金縛りにあったように動けなくなり、次の台詞を言おうとした刹那、目の前が真っ暗になり、闇に吸い込まれるように、その場に崩れていった。

どれぐらい時が経ったのかはわからない。

が、ゆっくり目を開いた先には、心配顔で覗きこむ娘おみつと、横には長崎にいるはずの妾、おさとらしき顔があった。背景の粗末な天井板の木目から、ここが浅草の借家、煎餅屋の二階の三畳間であることはすぐにわかった。

「――お父っつぁんが目を覚ました！」とおみつ。

團蔵や小團次ほか、倅の河原崎権十郎もいたらしく、枕辺で覗きこんだ。

「――親方！」と叫んだ團蔵の顔が歪んだ。隣にいる小團次や権十郎も同様だった。

「すまねぇ……せっかくの新春の舞台に穴を空けちまって。〈見得〉を切って倒れるなんざ、情けねぇにもほどがあらぁ。……座頭の仁左衛門さんも怒っていなすったろう」

「大丈夫でさ」と團蔵。「この小團次と権十郎さんが、きっちり親方の穴を埋めてまさ。だから、ゆっくり体を休めてやっておくんなせぇ」

「すまねぇな。おめぇたち弟子を後押しするつもりが、足を引っ張ることになってよ……小團次、権十郎の見極めはおめぇに任せるぜ」

「えっ……」と小團次は驚きの顔になった。「そいつぁ、九代目の話ですかぃ」

―

海老蔵はそれには答えず、おみつに視線を移した。

「贔屓筋や町衆が怒っていなすったろう、おみつ」

おみつは以前のような頑なさは消え、相好を崩した。この数年の心労が祟ったのか、白髪や皺が目立つこともあり、老けて見える。

「そんなこたぁないわよ、お父っつぁん。倒れるほどに念を入れて〈大見得〉を切ってくれたんで、今年はいいことがあると、客は大喜びだったわよ」

つい目頭が熱くなる。

「……ありがてぇ。江戸の町衆の情けが身に沁みるぜ」

「町の方々が二月の舞台を楽しみにしてるよ、お父っつぁん。だから早く元気になって、また舞台に上がらないとね。それから元気になったら、猿若町に来て。皆、待ってるから」

「……いいのかい?」

「これ以上、お父っつぁんを追い出したままにしておいたら、町で何を言われるか。あの世のおっ母さんが化けて出てくるかもしれないからね。それより、おさとさんが心配して猿若町から駆けつけてくれてるんだよ」

「猿若町から……?　江戸に出てきていたのかい?」

「去年、お父っつぁんが江戸に戻ったと、長崎にいるおさとさんに報せておいたのさ。で、よかったら、こっちに来てもらえないかってお願いしたのさ。こんな口うるさい年寄の相手はおさとさん以外には務まらないからね。お父っつぁんの家は、うちの近くの二階家を借りてあるからさ」鋭い目で睨(にら)んだ。「今度こそ、静かにしていなさいよね。わかったね、お父っつぁん」

おみつの言い方や仕草は、亡くなったおすみそのものだった。懐(なつ)かしい、というより、今は切なくすら感じてしまう。

「……わかったよ。そんなにこの年寄をいじめるねぃ、おみつ」

「都合が悪くなると年寄になるんだから。お父っつぁん、おさとさんにまた面倒を掛けるんだ。何か言っておあげなさいよ」

おさとは、はにかむように海老蔵を見ていた。

「やっぱしおさとだったのか。俺はまた幻でも見たのかと思ったぜ。すまねぇ、おみつが無理を言って。迷惑じゃなかったのかい？」

おさとは何か言い掛けて、首を静かに横に振った。

おそらく海老蔵との約束を思い出したのだろう。海老蔵はおさとと團十郎との密通の場で、團十郎が嫁を娶(めと)り子供ができたら江戸に呼んでやる。それまでは長崎にいろと命じたのだった。

「すまねぇが、皆、ちょっと席をはずしてくれ。おさとと二人だけにしてくんな」

「ちょっと、お父っつぁん。まだ病の身だよ。いくら久しぶりだからと言ったって」

「おみつ」思わず苦笑い。「俺をいくつだと思ってやがる。六十九の爺ぃだぜ。いくらおさとがいい女だからと、そんな元気はもう体に残ってねぇよ」

「冗談よ。それだけ受け流せれば、二月は舞台に立てるわね。お昼はお粥を持ってくるからね」

おみつはおさとに会釈をすると、團蔵たちとともに部屋を出ていった。

四

「ついに体に毒が回ったようだぜ、おさと」

「体に毒が回った……？　誰かに毒ば盛られたと？」

久しぶりに聞く博多弁だった。

「そうじゃねぇ。高野山の御坊様が俺に言ったのよ」

大坂で團十郎の葬儀の後、海老蔵は高野山に赴いた。

團十郎の死を受け入れられなかったこともあり、大坂を離れ、誰かに導いて欲しかったからだ。

朝方、高野山に着いた海老蔵は偶然にも門から出てきた僧侶と出会い、助けを求めてすがった。これまでの経緯とともに跡継ぎの八代目が自殺したことを伝え、苦しい身の上を聞いてもらい、教えを乞うた。すると――。

「毒箭を抜かずして、空しく来処を問う！」と一喝された。

今、毒矢が刺さっているにもかかわらず、矢は誰が放った？　どこから飛んできた？　と探しているうちに毒矢の毒が体に回って死んでいく――という意味だそうだ。

誰のせいだ。何でこうなったと原因を探しても、元には戻らない。それより、前を向いて一歩でも先に進み、今、すべきことをする。それが己に与えられた修行の道――と僧侶は説き、弘法大師の教えだと教えてくれた。

海老蔵は言葉どおり大坂に戻り、團十郎が空けた中ノ芝居の舞台に立った。だが――。

舞台に上がった海老蔵に飛んできたのは、罵声や罵詈雑言という、さらなる毒矢だった。

海老蔵は小さく息を吐いた。

「舞台で倒れて、毒矢を放ったのは俺自身だと、ようやく気づいた。元はと言ゃぁ、俺が〈江戸払い〉になったのが、そもそもの原因よ。八代目は成田屋宗家を護ろうと、借金で身も心もぼろぼろだった。その倅を支えようとした、おめぇにまで苦労をさせちまってよ」

おさとは思い詰めた様子で、頭を振った。

「うちがほんに悪かばい。自分が死んだことにしよっと、浅はかな知恵ば出したばっかいに、あがんことになってしもて。ほんに許してくれんね、旦那さん」

「おめぇのせいじゃねぇ。すべては俺のせいだ。俺こそ、おめぇたち二人に謝らなきゃならねぇ」

「うちらに謝る……？」

海老蔵はそれには答えず、薄く笑った。

「あいつが死ぬまで大事にしていたのは何だか知ってるかぃ」おさとは首を振った。

「おめぇが置いていった三味線だ。裏に〈五大力〉と書いてあった。俺が好きになる女は皆、一途でよ。おすみも同じで、まだ辰巳芸者で流してた頃、〈五大力〉と書いた三味線を持ち歩いていた……。八代目は、おめぇにぞっこんだった」

海老蔵は「今さら」と前置きして正直に話した。海老蔵がおさとを気に入った理由は、江戸の大火で亡くなった前妻おこう似だったからだ。だが、團十郎は違う。おさと自身に惚れていた。

「……あの晩、俺は歳甲斐もなく、おめぇたち二人が睦み合うのを見て悋気しちまったのよ」

「……旦那さん。やっぱり、うちが悪かばい」

「違う。俺だ。あん時、おめぇを八代目にくれてやりゃ、八代目も死なずに済んだんだ。いや、ひょっとしたら、今頃、この手に孫を抱いていたかもしれねぇ。人の恋路を邪魔する奴は馬に蹴られて死んじまえたぁ、昔の人はうめぇことを言ったもんだぜ。……すまねぇ。許してくんな」

「旦那さん……」

「あの世に行ったら、八代目を見つけて、おさとはまだ生きてると教えてやら。きっと驚くだろうよ。だからと、おさと、早まった真似はするんじゃねぇ。おめぇは八代目の分まで生きて、〈五大力〉の操を立てろい。それがおめぇの……八代目への供養だ」

おさとは堪えきれなくなったのか、両手で顔を覆い、肩を震わせた。

「安心しろい。おさとが来るまで、八代目に芸を仕込んでやら。もっとも、俺の顔を見て逃げるかもしれねぇがな。おすみも同じかもしれねぇ。……舞台の上では旨く演じられても、てめぇの人生だけは旨く演じ切れなかったぜ。——おっと、また矢の毒が回ってきやがった。死に際(ぎわ)に後悔しても始まらねぇのによ……いや、後悔はねぇ。舞台だけでも旨く演じ切れれば、御の字よ。俺は何と言っても、咲かせて三升の成田屋だ。そうだろう、おさと」

「そうばい。うちの旦那さんは、咲かせて三升の成田屋たい……」

おさとはそういうと、唇をかみしめて頷(うなず)き、涙に濡(ぬ)れた目で海老蔵を見つめていた。

その後、五代目市川海老蔵は、三月の中村座での《妹背山婦女庭訓(いもせやまおんなていきん)》の舞台に出る予定だったが回復せず、浅草煎餅屋の二階の三畳間で一進一退を繰り返し、娘おみつやおさと、弟子たちが見守る中、三月二十三日に息を引き取った。享年六十九——。

死顔は、笑みを浮かべているようだったという。

その後に出た評判記には、大坂歌舞妓の頂点に立った故三代目中村歌右衛門と同じく、居並ぶ者がいない名役者との意の、〈無類〉と位付けされた。

五

東西(とざい)、東西(とーざい)——。

「高うはござりまするが、不弁舌(ふべんぜつ)なる口上をもって申し上げ奉りまする。

さて、こたびは何とも畏れ多いことに存じまするが、御贔屓御定連方様のお勧めにより、私こと河原崎三升(さんしょう)(権十郎)、市川團十郎九代目を名乗らさせて頂く運びと相成りましてござりまする……」

明治七年（一八七四）七月——。

実父五代目市川海老蔵が亡(な)くなって、十五年が経った。

年号が明治となり、西欧の文化や思考が雪崩(なだれ)を打って流れ込み、世の中は大きく変(へん)貌(ぼう)した。徳川幕府が倒れ、侍の時代は終わり天皇中心の世となり、「四民平等」の名のもとに日本人はすべて「国民」とされた。

新しい建物は洋風のレンガ造りとなり、新橋・横浜間には「陸蒸気(おかじょうき)」と呼ばれる西洋の乗り物が走った。通貨は「両」から「円」となり、「江戸」も「東京」と名を変え、何もかもが悉く新しく変わってゆく混沌とした中――。

三十七歳の河原崎三升は裃姿で、芝新堀町に移ったばかりの河原崎座の舞台中央に座し、襲名口上を述べていた。

「大根役者」と酷評された三升が、まさかこの日を迎えることができるとは思ってもいない。それだけに、海老蔵が死ぬ前の病床で一度のみ許されたあの日のことが、口上を述べている今も脳裏に蘇ってくる。


実父海老蔵が病の床に臥せっていたのは、養父が借りていた煎餅屋の、小さい二階建ての粗末な三畳間だった。

正月の舞台で倒れて二ヵ月余り、一進一退を続けていたが、自分でも死が近いことを覚ったのか、亡くなる三日前の、三月二十日に権十郎を枕辺に呼び寄せた。

その日、側におさとという妾がいるだけで誰もおらず、おさとも親子水入らずにしてやりたいとの気遣いからか、席をはずしてくれた。

病床の海老蔵は、舞台の上であれほど大きく見えた父とは思えないほど、小さく萎んでいた。

「よーく見ておけ、権十郎」海老蔵の声はしゃがれ、弱々しかった。「これが日先の欲に囚われ、人生の何が大事かを見失った男の、成れの果てよ」

「――親方、いや、お父っつぁん。……本当にすいやせん。お父っつぁんの血を受け継いでおきながら『大根役者』と罵られておりやす。……自分でも情けねぇ」

大根は、どんな食べ方をしても食当たりしないことから、絶対に「当たらない」との意味で、下手な役者を「大根役者」と江戸っ子は蔑んだ。

「権十郎……俺は大根が好きだぜ。固い大根が、鬼おろしを何遍もなぞって、雪のように美しい白いおろしになっていく。おろしは焼いた秋刀魚にも、卵焼きにも合う。ちょっと醬油をたらすと絶品でぃ。大根でいいじゃねぇか……。そうよ。何遍も何遍も鬼おろしに己の身をなぞって削っていく。一本で旨くできなきゃ、二本三本と工夫して削る。そうすりゃ身のこなしばかりか、大根の心根もわかってくらぁ。おめぇが毎日《娘道成寺》を舞って所作を身に付けたようによ」

――魂が震えた。胸に響く言葉だった。

権十郎は十代の頃から、必ず毎日《娘道成寺》を踊ることを日課としてきた。それを父海老蔵は知っていた。日課としたのは、ただ単に所作事が上手くなるためではない。

親に認められたい――。その一心だ。

「おっ……お父っつぁん」

海老蔵は穏やかな笑みを浮かべた。

「大根でいいやな。大根は、どの役にも合わせられる。その姿を後に続く者たちに見せていきな。それより……権十郎」と改まった。

海老蔵を見つめる目に何かを感じ取ったのだろう。より一層、包み込むような、慈愛に満ちた優しいまなざしになった。

「もっと歌舞伎を楽しみな。昔、俺が〈江戸払い〉になった折、成田山新勝寺の住職照融上人(しょうゆうしょうにん)様が、こう諭してくだすった。〈歌舞妓〉の最後の〈妓〉という字は、元はといえば、京で楽しく歌い舞って神や人を癒(いや)した巫女(みこ)のことで、女偏(へん)に〈支える〉と書く。つまるところ歌舞妓たぁ、胸躍る歌と舞で、この世の人々を楽しませ支えていくことだ、と。その天から与えられたお役目のために、今、命があると思え、と教えてくだすった」

「胸躍る歌と舞で、この世の人々を楽しませ支えていくことが……歌舞妓」

「そうよ。おめぇが楽しめなきゃ、観(み)ている客だって楽しめねぇ。そうだろう。芝居ってのは、皆でつくっていくもんだ。客が俺たちの面白おかしな芝居にのめり込み、客と役者の両方の心が一つになる。それが『名舞台』になるってこった。権十郎、歌舞妓を受け継いでいくたぁ、そういうことだぜ。名跡や血なんぞ、気にすんじゃねぇ。考え過ぎも、理屈も無用だ。時が流れ、時代が変わろうが、最後は……己の心だ。心のままに演じるんだ。……わかったな、倅よ」

海老蔵は師匠としてだけでなく、父親として、「歌舞伎の何たるか――」を必死に伝えようとしていた。

胸が熱くなった。あまりの嬉しさに涙が止まらなかった。

「……わかりやした。お父っつぁんの言葉を胸に、何遍も身を削り稽古して、この世で生きる人々を楽しませ、支えていける役者になってみせやす」

込み上げてくる思いと溢れる涙で、目の前がぼやけていく。

「……今は亡き七代目、八代目市川團十郎の残しましたる芸の背中を追い、見事、歌舞伎に花を『咲かせて三升の團十郎』にならんことを、この場にてお誓い申し上げー奉りまする。

大東京八百八町の皆々様、何卒、この成田屋に相も変わらぬ御贔屓のほど、あ、隅から隅までずずずいーと、御願い上げー奉りまする」

九代目市川團十郎が深々と平伏すると、

「――よっ！　成田屋」の掛け声とともに、万雷の拍手が沸き起こった。

（了）

◆参考文献

『知らざあ言って聞かせやしょう』赤坂治績／著（新潮社）
『新版　歌舞伎事典』服部幸雄・富田鉄之助・廣末　保／編集（平凡社）
『歌舞伎衣裳図録』松竹株式会社事業部／編集（松竹株式会社事業部）
『歌舞伎の解剖図鑑』辻　和子／著（エクスナレッジ）
『歌舞伎と舞踊』石橋健一郎／著（小峰書店）
『大江戸歌舞伎はこんなもの』橋本　治／著（筑摩書房）
『未刊江戸歌舞伎年代記集成』より「八代目市川団十郎の死と忠臣蔵」倉橋正恵／著（新典社）
『七代目市川團十郎の史的研究』木村　涼／著（吉川弘文館）
『八代目市川團十郎』木村　涼／著（吉川弘文館）
『仮名手本忠臣蔵を読む』服部幸雄／著（吉川弘文館）
『江戸の刑罰』石井良助／著（吉川弘文館）
『江戸10万日全記録』明田鉄男／編著（雄山閣）
『江戸編年事典』稲垣史生／編集（青蛙房）
『女の世の中　鳶魚江戸ばなし3』三田村鳶魚／著（河出文庫）
『江戸ッ子・鳶魚江戸文庫9』三田村鳶魚／著（中公文庫）
『鳥居耀蔵』松岡英夫／著（中公文庫）
『地方芝居・地芝居研究――名古屋とその周辺』安田徳子／著（おうふう）
『上方歌舞伎と浮世絵』北川博子／著（清文堂出版）

◆参考論文

「歌舞伎の収支計算」宮内輝武／著（大阪学院大学通信・第16巻第5号）
「化政期における団菊の競演」田井庄之助／著（近世文藝5号・日本近世文学会）
「七代目市川團十郎の歌舞伎十八番」漆澤その子／著（武蔵大学人文学会雑誌・第39巻第1号）
「嘉永二年の八代目団十郎」小池章太郎／著（跡見学園女子大学国文学科報・第27号）
「近世名古屋　劇場・観客年表稿（享和〜天保）」池山　晃／著（大東文化大学日本文学研究・第48号）

＊その他、インターネットの文化デジタルライブラリー（独立行政法人日本芸術文化振興会）や早稲田大学演劇博物館の浮世絵閲覧システム、歌舞伎座のＨＰ『江戸食文化紀行』（松下幸子／著）などを参考にさせて頂きました。

受け継がれる心

市村萬次郎

〝市川團十郎〟という名前は歌舞伎界にとって、非常に大きな名跡である事は間違いない。歌舞伎を知らない人でも、團十郎の名前を一度は聞いたことがあるはずである。何せ、歴史の教科書にその名が載るほど、團十郎の名跡は長い歴史を持ち、幾人もの名優たちが後世にその名を残すべく、懸命にそして華々しく、役者として多くの舞台を彩って来た。

その中でも本作は、現在までに十三代続く〝市川團十郎〟の一人、江戸末期に生きた七代目市川團十郎にスポットを当てて描いている。偉大な役者である七代目の生涯は、常に栄光と共にあり続けたわけではない。その波乱万丈な人生をただ史実を並べただけの歴史書ではなく、読み応えのある人間ドラマに仕立て上げた著者の着眼点と想像力はただ一言〝見事〟としか言いようがない。

二度も妻と死別し、決して楽な人生を歩むことが出来なかった七代目は、それでも懸命に一役者として日々精進し、作中に描かれている仲間たちと切磋琢磨しながら己の腕を磨いていく。その姿からは役者という職業そのものの本質が見えて来る。私は役者として舞台の上で自身の演じる役を表現してきたが、文字にして様々な事柄を表現する文学の世界とはあまりご縁がなかった。今回は舞台上ではなく、言葉に変えて歌舞伎の世界を表していきたいと思う。

　歌舞伎役者は私生活を含めた人生のほとんどを〝芝居〟という名の世界にどっぷりと浸かって過ごす。そうしてほとんど自分の日常と一体となった〝芝居〟の世界の中で生きることで、役者としての自然な所作や台詞の言い方、果ては衣裳小道具の選び方までを自然と覚えていくものだ。そこに教えを乞うことが出来る特定の師は存在せず、しいて言えばこの芝居の環境こそが役者にとっての師匠ともいえるだろう。私は本作を読み進める中で、そんな役者にとっては当たり前だが、一般の方から見ればやや特異とも思える歌舞伎の世界を、役者ではない第三者の視点から読むことが出来たことを面白いと感じたと同時に、今なお色あせない若い頃の役者としての思い出が蘇ってきた。

　七代目が役者としての人生を終えた江戸末期から一世紀以上の時が経った現在、当時の環境とは飛躍的に芝居の環境は変わった。総合芸術と言われるように、衣裳、かつら、小道具と身につけるものだけでなく演出等を始め、舞台の構造からして花道、回り舞台、せり、照明音響と、時代の変化に伴って多くの先進的な技術が歌舞伎の世界に取り込まれ、七代目の生きた時代の歌舞伎とは大きく異なる様相を見せている。それでも歌舞伎の本質が変わったわけではない。芝居にとって重要なものは何か？それは美しく煌びやかな衣裳でも、宙乗りの様な派手な演出でもない。それは役者が織りなす芝居の物語の世界であり、作中の人物の生き様、人間描写こそが最も尊ぶべきものだ。團十郎の凄みのある睨みや見得も、その原点は如何に人物を力強く魅せるか、という一点から生まれたものである。

こうした考えは一見、新しい技術との親和性は高くないように思える。しかし、実際はそうではない。祖父六代目坂東彦三郎の弟子の立師坂東八重之助は「新しい技術が生まれたら昔にこだわらず使えるものは何でも使いなさい」と言っていた。そしてそれと同時にこういう言葉も残している。「歌舞伎の舞台とは芝居を見せるのであって技術をみせるものではない、本質を見失わず技術に溺れないように」と。

この考えは正しいと私は思う。歌舞伎の世界は必ずしも先代から受け継いできた技術を模倣し、そのままの形で次の世代に受け継いできたわけではない。伝統に於いて重要な事は、芝居における表面的な演出を踏襲することより、舞台の上でその役者が、何故そのように演じたのかという一点にある。それ即ち役者一人一人が持つ、お客様を魅了する演技の源である独創的な内面性を理解することであり、それを正しく知る為には基礎的技術を学ぶ以外に方法はない。派手で先進的な技術による演出方法は、演者の磨き上げた役の内面を外部から支援する為の装置にすぎないのだ。

こうした考えに至った経緯として、私自身の役者としての半生について振り返ってみたい。今思えば、私が歌舞伎役者としての小さな一歩を踏み出した昭和三十年、その頃の歌舞伎界はまさに新しい技術と江戸時代から綿々と受け継がれてきた役者としての情熱とが今以上に入り混じった状況にあったと言えるだろう。

まだまだ明治生まれの爺さん達が元気で役者として舞台に立っていた当時は、今とは異なる独特な雰囲気が楽屋に漂っていたものだ。恐らく、昭和よりもずっと昔の、江戸時代の雰囲気というものを間接的に幼い自分は感じていたのではないかと思う。

江戸時代生まれの師を持つ爺さん達とはいえ、さすがにその当時の話を聞いたことはないが、普通に会話をするだけでも、旦那、坊ちゃん、お師匠さん、三階さん、お中二階といった外の世界ではまず耳にしない言葉ばかりが飛び交い、義太夫、常磐津、清元、長唄といった昔ながらの音楽が自然と流れる中で育ったものだ。

しかし、一歩でも芝居の世界を出ると級友達はグループサウンズに浸っていて、彼らの口から長唄の名が出る事はない。芝居と学校、この二つを行き来するだけでまるで自分が何度も過去と未来の日本を行き来した様に思える。

そうした歌舞伎界の生き字引と共に役者として過ごすと、本作の團十郎の様に芝居を学んでいくことになる。

まず芝居は教えてもらうものではなく、見て覚えるのが当たり前。先輩方が真剣に演じている舞台こそが見本であり役者にとっての唯一(ゆいいつ)の勉強の場だ。無論、全く教えてくれないわけではないが、先輩が真剣に、まるで舞台に立っているかのように丁寧に教えてくれることはない。

あくまでお客様がいる生の舞台だからこそ、先輩方は全力を出してその身を芝居に投じているのであり、その姿を見て、何が大事かを読み取り自分の糧(かて)としていくのかが役者として重要になる。

物語の中では門之助が團十郎の女房おすみの仕草を見て女形の動きを会得(えとく)した様に、自分の演じる役の本質を如何に盗み取るか、そこに役者としての〝目〟が問われるのだ。

ただし、他人の芸を見て盗むばかりが芝居の全(すべ)てではない。私が子役の頃は、舞台の様子を記録したビデオがないどころか、そもそも役者が台本を目にする機会がなかった。その代わり代々手書きの台本を受け継いでいる狂言方が、役者一人一人に役ごとにあてがわれた台詞のみを抜き出した「書抜(かきぬき)」を渡す。その「書抜」を見て、初めて自分の役が喋(しゃべ)る台詞を知る事になる。勿論(もちろん)、「書抜」を渡されただけでは自分の知らない芝居を演じる事は出来ない。そこで最初は様々な芝居を観(み)てきた年配のお弟子さんに手取り足取り教えてもらう事になる。年齢が上がって大人の役をするようになると、以前その役を演じた先輩の役者さんに教えてもらうようになり、〝見て盗む〟だけではわからない細々とした所作や役に臨む際の心構えを教わる。

しかし、一つ一つの役のことは教わっても芝居そのものの基礎を教わる事はまずない。その為、役者は舞台に立つ様になると踊りを始め、初歩的な体の使い方を身につける必要が出てくるのだ。次に鳴り物、三味線、長唄、琴、義太夫等と稽古(けいこ)の幅を広げ、これらの稽古を通じて芝居を作り上げる環境を学んでいくのである。

私がそのようにして様々な芸事に取り組んでいた頃の学びの環境は素晴らしいものだった。長唄を全曲暗譜された鳴物の師匠、若くしてほとんどの義太夫狂言を覚えた三味線弾き、踊りの名人と言われた六代目菊五郎や七代目三津五郎にやはり若くして褒められた踊りの師匠など天才的な方々がいた。年配になっておられたが彼らの醸(かも)し出す雰囲気こそが芸の真髄そのものであり、それに触れることが出来ただけで伝統の重みを感じずにはいられないほどであった。母が笑っていたことがある。三十代の父、十七代目市村羽左衛門が兄たちに稽古しているとき、そうではないと言う小言が、父たちが十代の頃、六代目尾上菊五郎に稽古してもらった時に言われた小言そのままであったと……これもまた伝統なのかもしれない。

この様に幼いころから役者としての基礎を身につけ、音楽から踊りと多くのことを学んだとしてもそう簡単には上達せず、師に並ぶことはできないものだ。それでも下手な事や拙い事は恥ずかしい事ではない。勿論、何時までも成長しないのは恥ずかしい事ではあるのだが、そう思ったところで上手くいくということでもない。

父がこの悩みを六代目にこぼしたことがある。それに対し、「誰も思うように行かないものさ、一生懸命努力してそれを乗り越えたとしても、その時には頭の中は次に自分が乗り越えなければならない問題で一杯だ。結果、いつも思ったことの半分くらいしか上手くいったとは思えない。もし完璧に自分は出来たと思った奴がいたとしたら、そいつの成長はそこで終わっているのだろう。だから出来ぬことを気にせず努力しなさい」と答えたそうだ。若い頃は自分も上手くいかない事ばかりあると思ったものだが、六代目の言葉は身に染みる。確かに、何時でも自分の出来ないところを見つけ、良くしようとする向上心を持っている人の方が、自分は既に〝出来ている〟という自尊心に支えられている役者よりも上達すると確信をもって言える。

さて、ここまでは先輩やお弟子さんから芝居を教わる事とはどういう事かを語ってきたつもりだが、次に役を演じるに当たって演者個人がどう自分の役に接していくかを述べていこうと思う。

父から最初に教わったことは「台詞は覚えるな」という事であった。これは別に文字通り台詞を覚えるな、という意味ではない。台本に書かれた字面だけを見て覚えてしまうと表面的な芝居になりやすいため、自分の勤める役が作中でどの様な役割を担っているのかを芝居そのものの構成を踏まえたうえで考える事が必要なのだ。

自分なりに役の立場を解釈できたのなら、次に考えるべきことはどの様に台詞を言うかである。自分の発する言葉がお客様に聞かす台詞か、相手役に言う台詞か、それとも自分自身に向けられた言葉なのか。そして、その中でも大事な単語、もしくは感情を込めたい台詞があればその感情の〝息使い〟を考える。

息の使い方は台詞を言うときに最も重視されることだ。呼吸と共に台詞に込められた感情を体の中に吸い込む。それが悲しい感情なら鼻からゆっくりと吸い込み、吸い込んだ息は一旦止まりまたゆっくりと吐き出す。その感情の乗った息はお客様に悲しく聞こえる。大事なのは悲しく喋ろうとするのではなく、悲しく思う心なのだ。息に

〃情〃、即ち心を乗せることを中心に考え、台詞の言い方を組み立てていく。こうしたことを繰り返し考えていくうちに自然と台詞を覚えてしまうのである。

息をつめる事でお客様を引き付け、情を息で引き込み相手役との芝居を一体化させていく。その中で、父からは憶えた台詞を忘れるようにとも教えられた。公演は一月続く、しかし、劇中で自分の演じる役が感じる悲しみは一度きりの事だ。たとえ毎日同じ場面を演じ、先の展開を知っていたとしても、自分の演じる役はその事実を知らないのである。日々同じ舞台に立っていてもその瞬間ごとの情景、相手役の息づかい、それらが一つになって初めて自分の口から「情の乗った」台詞が言葉として発せられるのだ。だからこそ覚えた台詞を忘れ、新たに自然と湧きあがる感情を大切に、役に成りきることが必要なのだと思う。いくつもの舞台で大成してきた七代目團十郎も、一人の役者として決して台詞をおろそかにしなかったことは想像に難くない。何故なら名優と呼ばれた人たちは誰しもがそうだったからだ。

ただし、たとえそうやって役に成りきれたとしてもそれが直接お客様の満足に繋がるとは限らない。それ以上に大切なのが、役者の〃人間〃としての大きさである。その役者だからこそお客様が見たいと思う個性、魅力、人間性が求められる。そのあたりが座頭役者に皆を包み込む包容力が求められる所以である。

とはいえ役者も人間である。必ずしも常にその大きさを見せる事が出来る訳ではない。何らかの精神的不安があると何故か舞台に陰りが出てしまうものだ。七代目團十郎が妻おこうと娘おせんを火事で亡くした時、後添えになるおすみに指摘されたのはその一つの例だろう。

過去の名優たちが築き上げた観客を魅了する歌舞伎役者の技は、たとえ現代になって形を変えたとしても受け継がれているものであり、私も先人たちの舞台に向ける〝思い〟という名の襷を次代に繋ぐささやかな手伝いが出来ていれば何よりも喜ばしいものだと感じる。

最後に一人の役者として僭越ながら七代目に伝える事が出来るのなら……。

少し客観的にそしておおらかな心で夢と思えるような遊びと現実、私的な日常と公の仕事とを見分ける目があれば、また違った人生が開けたのではありませんか、と言いたいものだ。一時代を築いた名優に伝えるには随分と偉そうな気もするが、そう思いながら本書を読み返すとついそういう小言が出てしまうのもまた、母の言うように私を鍛えた先輩方の教えの賜なのではないかと思わずにいられない。

（令和六年七月、歌舞伎俳優）

この作品は令和四年四月『咲かせて三升の團十郎』として新潮社より刊行された。文庫化にあたり改題した。

仁志耕一郎著
凛と咲け
—家康の愛した女たち—

女子(おなご)の賢さを、上様に見せてあげましょうぞ。意外にしたたかだった側近女性たち。家康を支えつつ自分らしく生きた六人を描く傑作。

朝井まかて著
眩(くらら)
中山義秀文学賞受賞

北斎の娘にして光と影を操る天才絵師、応為。父の病や叶わぬ恋に翻弄されながら、絵一筋に捧げた生を力強く描く、傑作時代小説。

早見俊著
放浪大名 水野勝成
—信長、秀吉、家康に仕えた男—

戦塵にまみれること六十年、七十五にしてなお現役！ 武辺一辺倒から福山十万石の名君へ。戦国最強の武将・水野勝成の波乱の生涯。

隆慶一郎著
吉原御免状

裏柳生の忍者群が狙う「神君御免状」の謎とは。色里に跳梁する闇の軍団に、青年剣士松永誠一郎の剣が舞う、大型剣豪作家初の長編。

梶よう子著
ご破算で願いましては
—みとや・お瑛仕入帖—

お江戸の「百円均一」は、今日も今日とてんてこまい！ 看板娘の妹と若旦那気質の兄のふたりが営む人情しみじみ雑貨店物語。

島田荘司著
写楽　閉じた国の幻
（上・下）

「写楽」とは誰か——。美術史上最大の「迷宮事件」を、構想20年のロジックが打ち破る！ 現実を超越する、究極のミステリ小説。

花(はな)と茨(いばら)

七代目市川團十郎

新潮文庫 に - 34 - 2

令和六年十月一日発行

著者 仁志耕一郎(にしこういちろう)

発行者 佐藤隆信

発行所 株式会社新潮社

郵便番号 一六二―八七一一
東京都新宿区矢来町七一
電話 編集部(〇三)三二六六―五四四〇
読者係(〇三)三二六六―五一一一
https://www.shinchosha.co.jp

価格はカバーに表示してあります。

乱丁・落丁本は、ご面倒ですが小社読者係宛ご送付ください。送料小社負担にてお取替えいたします。

印刷・錦明印刷株式会社 製本・錦明印刷株式会社

ISBN978-4-10-104632-7 C0193